Axel Roschen

Regenmoorleichen

Axel Roschen wurde 1956 in Lilienthal bei Bremen geboren und wuchs am Rande des Teufelsmoores auf. Nach einem angefangenen Studium von Germanistik und Geschichte in Oldenburg wechselte er zur Biologie an die Universität Bremen. Seit über 20 Jahren arbeitet der Diplom-Biologe und Fledermausexperte in leitender Stellung beim Naturschutzbund Deutschland. Die faszinierende Moorlandschaft bei Bremen hat ihn nie losgelassen, er lebt seit vielen Jahren in Gnarrenburg.
www.axel.roschen.de

Über dieses Buch

Was ist los im Regenmoor? Eben noch hat Hans-Peter Schwabach auf das perfekte Eisvogelfoto gelauert, im nächsten Moment gerät der ehrenamtliche Landschaftswart in den Sog mysteriöser Ereignisse: Ein junger Tierschützer verschwindet, ein Wohnmobil geht in Flammen auf und der örtliche Gänsemastbetrieb wird aus dem Hinterhalt beschossen. Bald wird klar: Die wichtigste Spur zur Lösung des Rätsels verbirgt sich unter der Oberfläche im scheinbar unberührten Regenmoor.
Nach „Mausohrnächte“ (2011) ist „Regenmoorleichen“ der zweite Krimi aus der Feder von Axel Roschen.

28870 Fischerhude
Umschlaggestaltung: Wolf-Dietmar Stock,
Foto Gänsefarm von Mario Hommes, Bochum (Ausschnitt)
gedruckt in der EU
ISBN 978-3-88132-396-3
www.atelierbauernhaus.de

Axel Roschen

REGENMOORLEICHEN

Moorkrimi Band 1

Frühjahr 1983

Er wusste, es war ein Risiko. Aber wenn er handeln wollte, dann diese Nacht. Es war Zeit für das Finale. Mittlerweile hatte er bereits über ein halbes Jahr in den Job gesteckt. Er hatte erneut ein Stück Lebenszeit geopfert, war verschollen gewesen für seine normale Welt.

Müde strich der Mann mit gespreizten Fingern Haarsträhnen aus dem Gesicht und rieb sich die Augen. Seit wenigen Tagen kannte er das Schlüsselversteck. Unvermittelt hatte sich heute Nacht die Chance ergeben, da heranzukommen. Nun könnte er die zusammengetragene Beweiskette schließen und allem ein Ende machen. Die letzte Aktion dieser Art damit zum Erfolg führen.

Obwohl, wenn er so darüber nachdachte, musste er sich eingestehen, dass er Gefallen an diesen Auszeiten gefunden hatte. In die Rolle einer ausgedachten Existenz zu schlüpfen, zu leben, ohne sein eigenes Ich Preis zu geben. Hier, unter diesen Umständen, könnte er gut und gerne ein paar Wochen dranhängen. Wo alles so gut lief.

Du wirst bequem, ermahnte er sich selbst, hör auf, wenn es am Schönsten ist. Dem Appell zum Trotz kuschelte sich der Mann zurück in die Kissen. Ein hartes Stück Überzeugungsarbeit stand ihm jetzt bevor.

Vorsichtig drehte er sich auf die Seite und schaute im gelblichen Dämmerlicht der Hofbeleuchtung, das durch die Gardinen hereinschimmerte, auf die andere Betthälfte. Die Frau neben ihm schlief lautlos und tief. Ihr schmales, blasses Gesicht schien auf einem Meer ebenholzschwarzer Haare zu schwimmen. Sie hatten den Abend über intensiv gezecht und sich anschließend bis zur Erschöpfung geliebt, nachdem klar war, dass ihr Ehegatte seine Rückkehr um einen Tag verschoben hatte. Auf heute. Der Radiowecker zeigte 2:33 Uhr. Was für eine Frau, dachte er und erinnerte sich an ihre erste Umarmung. Der Verschluss ihres Büstenhalters unter dem Stoff ihrer Bluse. Ihre warmen Lippen. Der kratzige Teppich vor dem Schreibtisch. Er spürte noch das Kitzeln ihrer Haare auf der Stirn, während sie mit weitgeöffneter Bluse, den Rock über die Hüfte hochgeschoben, auf ihm hockte. Die angenehme Seite der Recherche. Allerdings wurde es zunehmend schwieriger, die Rollen als Student im Praxissemester oder den heimlichen Liebhaber überzeugend zu spielen.

Genug. Aufbruch, beschloss er. Er wand sich aus der Decke und klaubte leise seine Sachen auf. Dann verließ er auf Zehenspitzen das Zimmer. Ein wenig bedauerte er die kommende Trennung bereits.

Das Geheimfach in dem übergroßen alten Schreibtisch im Büro fand er ohne Licht. Der Schlüssel mit der roten Schlaufe lag zum Einsatz bereit.

Auf dem Weg über den gepflasterten Hofplatz explodierten plötzlich rings um ihn herum fette Tropfen. Sie hinterließen nasse Krater in der staubtrockenen Dreckschicht auf den Betonsteinen. Von Donnergrollen untermalt, setzte Sekunden später heftiger Regen ein. Gut und schlecht, dachte er, im Moment eher schlecht. Er zerrte die dünne Jeansjacke hastig am Kragen über den Kopf und begann zu laufen. Trotzdem war er durchweicht, als er das hinterste Stallgebäude erreichte. Wasser tropfte ihm aus den Haaren, die Hose klebte kalt auf den Oberschenkeln, seine Wildlederschuhe quatschen mit jedem Schritt.

Die erwarte Stille im Stallgebäude ging im Trommeln der Regentropfen auf dem Dach unter. Keine Fremdgeräusche. Kein Hufeschaben, Schnaufen, keine scheppernden Eisengitter, wie in den anderen Ställen, wo hunderte Tiere zusammengepfercht standen. Der Quarantänestall war derzeit unbestückt.

Er hinterließ eine nasse Spur quer durch den Vorraum zur Wendeltreppe in der Ecke. Sie führte hinunter bis vor die Tür aus Stahlblech. Dahinter war der Lagerraum, den er nie betreten hatte. Er wusste, dass der Raum regelmäßig benutzt wurde. Allerdings nur vom Bauern selbst. Immer früh am Morgen oder nach Einbruch der Dunkelheit. Jedes Mal brachte der dabei Kartons mit nach draußen. Das und den späteren Gebrauch hatte er sauber dokumentiert. Jetzt musste er an die Quelle. Der Mann vergewisserte sich erneut, allein zu sein. Stille. Vor der Treppe glänzten seine Fußabdrücke im Gelblicht der Hofbeleuchtung, das wie ein magischer Quader unter dem Treppenschacht auf dem Kellerboden stand.

Der Schlüssel drehte sich geschmeidig im Zylinder. Der Raum war fensterlos. Er trat ein, zog die Tür hinter sich zu und schaltete drinnen das Licht ein. Den Schlüssel hängte er an einen Nagel, zu einem Kalender mit handgeschriebenen Eintragungen. Er hatte noch nicht entschieden, wie er die Schlüsselrückgabe lösen sollte.

Jetzt konzentrierte er sich auf sein Vorhaben. An den Wänden reihten sich Stahlregale voller Kartons. Alle waren gleich groß, weiß und ohne Werbeaufdruck. Stattdessen gab es kleine Papieraufkleber mit einer chemischen Formel in Rot: 4-[4-(4-hydroxyphenyl)hexa-2,4-dien-3-yl]phenol - C18H18O2. Darüber, fett, das Wort „Precaución". Er war überrascht. Nicht Diäthylstilböstrol, wie er erwartet hatte.

Er fotografierte die gefüllten Regale, machte Nahaufnahmen von den Etiketten. Dann öffnete er einen der Kartons. Ein Verpackungsgitter aus Pappe hielt Glasampullen in Einzelhaft. Jede war mit einer wässrigen, leicht gelblichen Flüssigkeit gefüllt. Acht mal zwölf Stück, also knapp 100 Ampullen, kalkulierte er. Bei fünf Lagen pro Karton stand in dem Keller ein gewaltiger Vorrat. Ob der Bauer damit auch handelte?

Nur Minuten später hatte er alles dokumentiert und packte zusammen. Schneller als erwartet. Reichlich Zeit, den Schlüssel zurück ins Geheimfach zu legen. Nach dem Frühstück würde er abreisen. Den geöffneten Karton deponierte er zuunterst in einem der hinteren Stapel. Eine Ampulle war, sicher in sein

Taschentuch gewickelt, in der Hosentasche verstaut. Er war gerade dabei, die Rückwand seiner Kamera zu verschließen, hielt die Filmdose mit dem belichteten Film in der Hand, als er einen kalten Luftzug in seinem Nacken spürte. Er wirbelte herum.

Eins – Bad Karlenburg, Mittwoch, 11. Mai

Schwabach bewegte sich vorsichtig. Millimeterweise hob er den Oberkörper, versuchte alle Anspannung aus seinem Körper zu vertreiben, übte sich in Gleichgültigkeit. Doch sein unsichtbarer Peiniger ließ sich nicht so leicht übertölpeln. Erneut schoss lähmender Schmerz durch den Gesäßmuskel in den Rücken, so, als würde ihm der Folterknecht ein glühendes Stück Eisen genussvoll langsam von unten in den Leib treiben. Schwabach stöhnte auf. Weißer Schmerz blitzte bis hinter die Augen und sog ihm die Kraft aus den Muskeln.

Er wusste nicht weiter. Seit einer Stunde verharrte er vornüber gebückt auf dem Campingstuhl, die Unterarme schwer auf die Knie gedrückt, mit gekrümmtem Rücken, den Kopf zwischen den Schultern eingezogen. Wie auf dem Lokus, dachte er grimmig. Verflucht. Wie spät mochte es sein? Halb sechs vielleicht, oder später? Er wagte nicht, seinen linken Arm zu heben, um auf die Uhr zu schauen, eine Bewegung, die mit schwerem Schmerz bestraft würde. Stattdessen hob er vorsichtig den Kopf und spähte durch den schmalen Schlitz in die traumhafte Szenerie, die sich vor ihm ausbreitete.

Alles war so eingetreten, wie er es seit Wochen geplant und erhofft hatte. Noch vor Sonnenaufgang war er, den schwerbepackten Mopedanhänger im Schlepptau, die zwei Kilometer vom Parkplatz aus zu der Stelle marschiert, die er in den Tagen vorher ausgekundschaftet hatte. In der einsetzenden Dämmerung hatte er seine Ausrüstung aufgebaut und sich hinter die Kamera gehockt. Sein ganzer Stolz. Das Profigehäuse mit Vollformatsensor und einem lichtstarken 600-Millimeter-Teleobjektiv hing im ölgedämpften, in drei Achsen beweglichen Stativkopf.

Die Wartezeit hatte er genossen, wie den dampfenden Kaffee, den er in kleinen Schlucken aus dem Becher seiner Thermoskanne nahm. Schwarz und ohne Zucker. Draußen wurde es zögerlich heller. Die Vogeluhr erwachte und gab den Takt an. Ein Rotkehlchen eröffnete das Konzert in einiger Entfernung, eine Amsel stimmte ein, dann schmetterte der Zaunkönig sein konfuses Thema in den Wald. Das tarnfarbene Tuch mit dem Sehschlitz umrahmte das Leben vor ihm. Feine Nebelschwaden lagen wie eine schützende Decke über dem Bachbogen. Darunter, keine drei Meter vor ihm, floss das Wasser ruhig dahin.

Schlankes Gras, gebogen von der Last der Tautropfen, bedeckte den lehmigen Steilhang ihm gegenüber, der sich vielleicht einen Meter über der Wasseroberfläche erhob. An der Abbruchkante waren die nackten Bodenhorizonte zu sehen. Ihm fiel eine verschämte alte Jungfer dazu ein, die ihren Rock lüftet und den Blick auf zahllose Unterröcke freigibt. Gleichzeitig dachte er, dass er nicht mehr in die Zeit passte, wenn er in solchen Vergleichen dachte. Und doch, für ihn hatte das Bachufer etwas Jungfräuliches. Unter spärlicher schwarzer Erde, die den Graswurzeln und den zerzausten Büschen der Besenheide dazwischen Halt gab, war wie zur Zierde ein dünnes Band rund geschliffener Bachkiesel eingezogen. Der Lehm darunter war milchkaffeebraun. Im Bildausschnitt rechts, dort, wo der Hang zum Wasser hin abfiel, klammerte sich eine alte Erle mit mächtigem Wurzelwerk ans Ufer.

Ein toter Ast ragte fast waagerecht über den Bachlauf. Dieser schwarze Ast hatte es Schwabach angetan. Seine weiß befleckte Spitze lag in einer Linie mit dem etwa fünf Zentimeter großen Loch in der Steilwand dahinter: Es war die Ansitzwarte und der Kommunikationsplatz eines brütenden Eisvogelpaares.

Er wollte die Vögel im weichen Morgenlicht und den Schwall der glitzernden Wassertropfen über stahlblauen Flügeln. Er wollte die dunklen Vogelaugen und silbrigen Schuppen des Stichlings, der mit dem Kopf voran im Schnabel vor der rostroten Brust getragen wurde, er wollte die zum Bremsen gespreizten Flügel vor der Niströhre – Bilder, die er schon lange in sich trug und die ihm in seiner Sammlung noch fehlten.

Mit den ersten Sonnenstrahlen, die den Ast über dem Wasser in ein magisches Licht tauchten, kam der Eisvogel. Und mit der ersten Bildserie, die Schwabach auslöste, als der Vogel sich zu putzen begann, kam der Schmerz.

Schwabach überlegte, wie es weitergehen sollte. Er hatte keine Chance, aufzustehen, soviel stand fest. Das enge Tarnzelt bot keine Möglichkeiten, sich irgendwo aufzustützen. Das Fotostativ vor ihm war zwar standfest und solide, doch am beweglichen Stativkopf fände er keinen Halt. Er konnte es nicht einsetzen, ohne sich zu verrenken und damit die Schmerzen erneut heraufzubeschwören. Das Mobiltelefon hatte er wie immer zu Hause gelassen, und in der selbst gewählten Einsamkeit war die Chance, dass jemand zufällig vorbeikäme, äußerst gering. Zumal heute Mittwoch war. Keine Wochenendler unterwegs. Würde ihn jemand vermissen? Nicht wirklich. Otto würde wohl erst unruhig werden, wenn die Abfallkörbe zum Wochenende nicht geleert wären. Schwabach stöhnte, diesmal mehr aus Verzweiflung.

„Hallo? Kann ich Ihnen helfen?"

Die Worte ließen Schwabach doppelt zusammenzucken, erst vor Schreck und dann vor Schmerz.

„Ja? Ist da jemand? Gott sei Dank. Könnten Sie mir bitte aufhelfen, ich schaffe es nicht allein. Hexenschuss. Schlimm.

Ganz schlimm. Das Zelt muss weg. Es ist leicht. Einfach anheben."

Mit gepresster Stimme und von Stöhnen begleitet gab Schwabach seine Anweisungen. Kalter Schweiß stand ihm auf der Stirn, als die Zeltglocke angehoben wurde und er von der frischen Morgenluft umspült wurde.

Eine gewisse Komik war der Szenerie nicht abzusprechen. Jedenfalls musste der Fremde aufkommendes Lachen unterdrücken, als er einen dicken Hintern auf einem dagegen winzigen Campinghocker enthüllte, die Hose so weit heruntergerutscht, dass der Ansatz der Ritze sichtbar war. Klassisches Maurerdekolleté. Ein offensichtlich zu knapp bemessenes Sweatshirt gab einen Teil des dunkel behaarten Rückens frei. Am Ende des massigen Leibes, der auf den angewinkelten Beinen lag, konnte er auf einen dicken Kopf schauen, dessen fast kreisrunde Glatze von einem Ring dunkler Locken eingefasst war. Im Gesicht entdeckte er später eine breite Nase und kleine Augen. Der Mann sah aus wie ein Clown auf Urlaub. Charlie-Rivel-Verschnitt.

Statt zu lachen, konzentrierte der Fremde sich auf seine Hilfestellung. Begleitet von einem Schmerzensschrei brachte er den Dicken in eine aufrechte Sitzhaltung. Er gönnte dem Gequälten eine Verschnaufpause und stellte ihn dann mit einem geschickten Hebegriff auf die Beine.

„Können Sie stehen?", fragte er besorgt.

„Uff. Ja, danke. Stehen geht. Laufen sollte auch kein Problem sein, nur das Bücken. Ich hätte nie gedacht, so früh in diesem abgelegenen Winkel einen Menschen zu treffen. Ach, entschuldigen Sie, Hans-Peter Schwabach. Hobby-Fotograf. Wollte heute den Eisvogel abschießen. Und dann so was. Meine Güte, Sie haben mich gerettet. Und dann dieser Hebegriff. Machen Sie das häufiger?"

„Kein Problem, wirklich. Ich habe mal Krankenpfleger gelernt. War Zufall, dass ich diesen Weg genommen habe. Wir sind erst seit gestern Nacht hier. Ich wollte mich einfach mal im Wald umschauen. Ich bin Frühaufsteher. Meine Freundin schläft gern länger. Wir machen hier ein paar Tage Urlaub. Verlängertes Wochenende." Er ließ seinen Blick über die Ausrüstung gleiten. „Tatsächlich Hobby-Fotograf? Alle Achtung, allein das Objektiv muss doch ein Vermögen gekostet haben."

Schwabach musterte seinen Retter, während er selbst, die Hände ans Kreuz gedrückt, die Bauchkugel vorstreckte, einige Schritte auf und ab ging und verhaltene Dehnübungen begann. Welliges braunes Haar, eine Strähne links und rechts hinter den Ohren, hing bis über die Schultern und ließ das schmale Gesicht noch länger erscheinen. Dazu passte der bogenförmige schmale Nasenrücken. Über den hohlen Wangen mit Dreitagebart stachen die Backenknochen hervor. Dunkle Augen blickten ihn neugierig an. Der Kopf des Fremden überragte Schwabach um mindestens dreißig Zentimeter, denn er saß auf einem schlaksigen Körper, der in praktischen Outdoor-Klamotten steckte, die nicht in der Länge, wohl aber im Umfang einige Nummern zu groß erschien. Wie alt der wohl sein mag, fragte sich Schwabach, zwanzig oder schon fünfunddreißig? Nicht einzuschätzen.

Dann antwortete er auf die gestellte Frage: „Ja, tatsächlich ist Fotografie mehr als nur Hobby. Manchmal bekomme ich kleine Auftragsarbeiten. Das hilft beim Aufbessern der Rente. Für heute ist der Tag allerdings gelaufen, ich muss erst meinen Rücken wieder in den Griff bekommen, Mist. Aber, wie kann ich Ihnen danken, Herr, äh ...? Darf ich Sie vielleicht zu einem Frühstück einladen? Als Dankeschön? Ihre Freundin natürlich eingeschlossen."

„Was? Nein, nein, danke. Wir wollen nachher weiter. Ich gehe zurück. Unser Wohnmobil steht in einem Waldweg weiter oben. Aber vielleicht können Sie mir jetzt helfen. Wenn ich hier dem Bach weiter aufwärts folge, komme ich dann an die Straße?“

„Nein, da kommt ein großes Privatgrundstück. Geflügelzucht. Eine Gänsefarm. Dort mündet auch der Grenzgraben, dahinter ist Naturschutzgebiet. Das Taube Moor. Zur Straße kommen Sie in dieser Richtung.“ Schwabach zeigte mit ausgestrecktem Arm und verzog sein Gesicht vor Schmerz.

„Ich helfe Ihnen noch schnell mit den Geräten“, bot der Mann an.

Schwabach willigte dankbar ein. Unter seiner Anleitung verstaute der Retter die Gerätschaften samt Zelt in die Anhängerkiste. Schwabach bot erneut ein Essen als Dankeschön an, zog aber, nachdem auch dies abgelehnt wurde, den Anhänger an der gebogenen Deichsel langsam den flachen Hang hinauf. Netter Typ, sieht gar nicht wie ein Helfer aus, dachte er. Dann versuchte er, seine Schritte mit dem Schmerz in Einklang zu bringen.

Zwei

Nach einem Tag der Qualen in der Kurtherme mit Fango-Packung, Massage und Moorheilbad, alles von seinem Arzt verschrieben, kam Schwabach abends in seine Wohnung zurück. Jedenfalls nannte er diese Bleibe so. Tatsächlich war es ein Mobilheim, das noch aus den frühen 50-er Jahren stammte, der Zeit der großen Wohnungsnot, und seitdem auf dem hintersten Ende des Campingplatzes von Bad Karlenburg sein Dasein fristete. Ein letztes Überbleibsel des einstigen mit Stacheldraht umfassten Flüchtlingslagers für fast einhundert Familien. Der Wagen war solide aus Holz gebaut und stand aufgebockt hinter schmalen Hecken am Rande einer Weide, auf der im Sommer einige Kühe liefen. In den vergangenen fünf Jahre hatte Schwabach sich die knapp fünfundzwanzig Quadratmeter Wohnfläche so zurechtgezimmert, wie sein Leben inzwischen war: alleinstehend, bescheiden und ruhig.

Es war später Nachmittag, als er seinen Zündapp-Motorroller in den Schuppen neben den Anhänger schob, der noch immer mit der Ausrüstung beladen war. Schwabach beließ es auch dabei, denn er wollte seinem Rücken noch etwas Ruhe gönnen. Ohnehin würde niemand in dem zugigen Verschlag einen solch wertvollen Schatz vermuten.

Er öffnete die einfache Brettertür zum Wohnwagen und stand gleich inmitten seines Reiches. Küche und Wohnraum nahmen zu etwa gleichen Teilen fast zwei Drittel des Wohnwagens ein, davon abgetrennt war ein winziges Badezimmer und ein Schlafraum, in dem außer dem überbreiten Bett nur Stauraum für Klamotten blieb.

Nach seinem Zusammenbruch und dem Leben auf der Straße war dies sein Heim, die rettende Insel, ohne die er sein Leben niemals wieder in den Griff bekommen hätte.

Inzwischen stand er an der Arbeitsplatte, schälte Kartoffeln und schnitt sie in kleine Würfelchen, pellte Knoblauch und Zwiebeln, hackte frischen Schnittlauch. Er frittierte die Kartoffeln in einer tiefen Eisenpfanne in reichlich Olivenöl goldbraun, goss die kräftigt gewürzte Masse von vier aufgeschlagenen Eiern darüber und buk das Ganze bei mittlerer Hitze von beiden Seiten. Tortilla Española.

Kochen war seine Art zu meditieren. Therapie, Selbstfindung, Prävention. Und das bevorzugt bei Eintöpfen und Aufläufen, denn der Geschirrspüler, auf den er keinesfalls verzichten wollte, passte nur dann in den Kücheneinbau, wenn er sich mit einem Zweiplattenherd begnügte. Wäre Essen nicht lebensnotwendig, hätte er gerne darauf verzichtet, seine Kreationen nach dem schöpferischen Akt kauend zu vernichten. Lieber würde er sich inmitten der aromatisierten Wrasen an dem fertigen, noch Blasen schlagenden Gratin auf dem Rost des Backofens sattsehen können. Doch es blieb beim profanen

Essen, und da er ungern Reste ließ, hatte sich sein Gewicht in den letzten Jahren fast verdoppelt.

Daran dachte er allerdings nicht, als er jetzt den letzten Bissen der Tortilla auf die Gabel nahm, vielmehr kam ihm sein morgendliches Abenteuer am Eisvogelbach in den Sinn. Das wollte er Otto erzählen. Danach vielleicht eine Partie Schach spielen?

Otto, Besitzer des Campingplatzes, Begründer von Schwabachs zweitem Leben und sein ältester Freund. Und Otto, der Gefangene. Der an den Folgen eines schweren Autounfalls laborierte, unter anderem an einer zertrümmerten Hüfte, die ihn zeitweise in den Rollstuhl zwang.

„Mensch Peter, dich darf man wirklich nirgendwo alleine hingehen lassen.“ Otto Mühlenberg schüttelte ungläubig den Kopf, als er vom beinahe finalen Hexenschuss erfuhr. „Sag mir doch beim nächsten Mal wenigstens Bescheid, wo du dich herumtreibst, damit wir eine Chance haben, dich zu finden.“ Sie saßen auf Ottos verglaster Veranda mit Blick auf den See.

„Na, so schlimm war es doch auch nicht. Irgendwann hätte ich das Zelt umgerissen und wäre, falls nötig, zur Straße gerobbt“, meinte Schwabach. „Nächstes Mal nehme ich mein Telefon mit, versprochen.“

„Könnte helfen, falls denn der Akku aufgeladen ist und die Karte noch Guthaben hat. Beides zusammen ist bei dir aber relativ unwahrscheinlich. Übrigens hat heute ein Dr. Ese oder so für dich angerufen. Keine Ahnung was der wollte. Wird sich bestimmt wieder melden, falls es wichtig war. Komm, lass uns anfangen, du hast die Wahl“, sagte Otto und streckte ihm die rechte Faust geschlossen entgegen. Die linke Hand samt dreiviertel des Unterarms hatte er beiseite gelegt, weil ihn die Prothese, auch eine Unfallfolge, juckte, wenn er angestrengt nachdenken musste. Behauptete er jedenfalls. Schwabach tippte auf die abgelegte Linke, weil er wusste, dass Otto sowieso nur mit Schwarz spielen wollte. Und deshalb steckte die schwarze Figur immer in der rechten Faust. „Na, bitte“, sagte er, nachdem sich seine Vermutung bestätigt hatte, „ich habe weiß und du so gut wie verloren. Um was soll es heute gehen? Lass mich raten: Ein Essen vielleicht? Eintopf, wie immer? Okay, angenommen. Ich koche, du isst. Ohne Murren.“

„Du“, meinte Otto, „wenn dein Rücken wiederhergestellt ist, könntest du dann bitte die Beleuchtung am Eingang reparieren? Das Licht flackert die ganze Nacht und sieht doch schäbig aus. Wahrscheinlich nur ein paar Glühbirnen.“

„Nein“, antwortete Schwabach, ohne sich die Mühe einer Begründung zu machen. Er hatte sich bei Ottos Jobangebot auf dem Campingplatz trotz aller Dankbarkeit eines ausbedungen: Er würde keine Arbeiten übernehmen, die irgendwie mit Elektrik zusammenhingen. Weil Otto Handwerkerrechnungen verabscheute, versuchte er es trotzdem von Zeit zu Zeit bei ihm. Allein das Wort Elektrik löste bei Schwabach ein Grausen aus. Es erinnerte ihn an den gewaltigen Stromschlag damals, der ihn von der Aluleiter in den Glastisch seiner Schwiegereltern befördert und ihn fast das Leben gekostet hatte. „Phasen vertauscht, alle Dosen falsch verkabelt“, stellte später ein Elektriker fest.

Wortlos nahmen die beiden ihr Spiel auf. Außer dem Abendkonzert der Vögel und dem gelegentlichen Klacken der Schachuhr nach einem wohlbedachten Zug unterbrach nichts die Stille am See. Die Sonne erreichte gerade den Waldsaum auf der anderen Uferseite, als eine schrille Klingel den Frieden störte.

„Nanu, so spät noch neue Gäste“, brummelte Otto. „Was dagegen, wenn wir die Uhr stoppen? Oder willst du den Sieg auf die laue Art?“

„Erstens bin ich sowieso schon im Materialvorteil und außerdem hast du in den letzten Jahren noch kein einziges Spiel gegen mich gewonnen. Hab auch nichts weiter vor. Also, kein Problem mit der Uhr. Kümmere dich um deine Gäste. Ich trinke noch einen Kaffee. Und schnall dir die Hand an! Wie sieht das sonst aus.“

Schwabach lehnte sich vorsichtig in dem Korbstuhl zurück. Der Feind lauerte noch in der Deckung zwischen Bandscheiben und Lendenwirbeln, wusste er. Otto humpelte davon.

Zurzeit war noch relativ wenig Betrieb auf der Anlage. Der würde erst um Pfingsten beginnen und bis zur Vollbelegung mit Beginn der Sommerferien anwachsen, wenn die Freiluftfreunde den Platz wegen der Ruhe, dem schönen Badesee oder der Nähe zur Nordseeküste besuchten. In dieser Woche lagerte nur eine Rentnergang mit sechs Wohnmobilen direkt am Ufer, dort, wo auch das kleine Versorgungshaus mit dem Kiosk stand.

Ob er ohne Otto noch am Leben wäre, fragte Schwabach sich. Der hatte ihn vor fünf Jahren buchstäblich von der Straße aufgelesen. Hannover Hauptbahnhof. Zufall, vielleicht sogar Schicksal. Schwabach, in jeglicher Hinsicht am Boden, vollkommen besoffen, die Passanten um einen Euro anbettelnd. Otto, im Rollstuhl auf der Rückreise von der vorläufig letzten Reha-Maßnahme.

Otto stoppte, sie wechselten ein paar Worte. Er erkannte Schwabach, abgerissen wie er dalag, nach einem Winter und einem Frühjahr als Obdachloser auf dem besten Weg zum Alkoholiker, und nahm ihn trotzdem mit. Schwabach fragte sich, ob er selbst sich in dem verwahrlosten Zustand erkannt hätte. Otto jedenfalls hatte ihm das ausgemusterte Mobilheim überlassen, einen Therapieplatz besorgt und schließlich, mit der Unterstützung eines sehr guten Anwalts, zur Frühverrentung verholfen. Alles Schritte, die er alleine nie bewältigt hätte. Und das nur, weil sie in ihrer Jugend einige Jahre zusammen die Schulbank gedrückt hatten. Otto hatte über diese Hilfsaktion nie ein Wort verloren.

Seitdem wohnte Schwabach hier und half Otto, den Campingplatz zu pflegen und kleinere Reparaturarbeiten zu übernehmen. Meist kochte er für sie gemeinsam. Gleichzeitig bemühte er sich, sein Leben wieder in den Griff zu bekommen, wieder an eine Zukunft zu glauben, die Stimmen in seinem Kopf zu vergessen und dafür die Stille zu genießen.

Er schreckte hoch, als die Verandatür aufsprang.

„Ein Wunder, dass das Ding noch TÜV hat und fährt", brummelte Otto, als er auf die Terrasse zurückkam. „So ein altes Wohnmobil habe ich selten gesehen, wenn überhaupt. Ein schrottiger LT-Kasten, Marke Eigenbau. Mehr Moos auf dem Dach als grüner Lack auf der Karosse. Junge Leute, lange Haare, aber ordentlich. Sind in deine Richtung gefahren, kannst ja morgen mal vorbeischauen. Ich war am Zug? So." Er schob energisch den Turm auf die Grundlinie. „Gardé!"

Es lief wie immer. Otto nahm diesmal sein Damenopfer an, übersah aber, dass er fünf Züge später durch Springer und Turm matt gesetzt würde.

Alles hat sich im Alkohol aufgelöst, dachte Schwabach, als er über den Rasen zurück in sein Domizil ging, nur Schachspielen konnte ich auch noch mit vier Promille im Blut. Gedankenverloren folgte er seinem schwachen Schatten, den das Mondlicht über die frisch gemähte Rasenfläche trieb. Nur schemenhaft sah er die Umrisse des Wohnmobils nahe seiner Hecke. Kein Licht mehr an. Es würde eine ruhige Nacht.

Drei – Alsasua, spanisches Baskenland, 2006

Die Bar war schmal und lang. Ein einfacher Tresen aus dunklem Holz teilte den Raum in Längsrichtung so weit, dass hinter der Reihe von Barhockern nur noch zwei winzige Tische mit je zwei Stühlen an der Wand Platz fanden. Aus einer Ecke über dem Flaschenregal wummerten Bässe von aalglatter Popmusik zu einem Videoclip aus einem Fernseher.

Drei Männer mit verwitterten Gesichtern saßen vor kleinen Gläsern mit Rotwein am Tresen. Sie unterhielten sich in kantigem Baskisch. Alle drei drehten in synchroner Harmonie die Köpfe, als die Eingangstür aufgezogen wurde und ein schlanker junger Mann von vielleicht fünfundzwanzig Jahren eintrat. Hinter ihm schraffierte heftiger Regen die Straße.

Der neue Gast schüttelte das Wasser von der Lederjacke, strich sich mit den Händen durch das dunkelblonde Stoppelhaar über dem ebenmäßigen Gesicht. Dann ging er langsam in den Raum hinein, wobei er auf den Tonfliesen kleine Wasserlachen hinterließ.

Die Unterhaltung der Alten war verstummt. Über ihre Schultern starrten sie den Fremden unverhohlen an. Selbst im Dämmerlicht der Barbeleuchtung war zu erkennen, dass es sich bei dem neuen Gast um einen Ausländer handeln musste.

Der Barmann täuschte währenddessen, die Ärmel des weißen Hemdes hochgekrempelt, Geschäftigkeit vor, indem er mit einem schmuddeligen Lappen über die Arbeitsflächen wischte. „?Holla, como està amigo. Mal tiempo, verdad?", begrüßte er den Mann freundlich.

„Zorrito", antwortete der Neuankömmling, ohne auf die Bemerkung zum Wetter einzugehen. Er griff das rasant gezapfte Minibier, das der Barmann vor ihm auf den Tresen gestellt hatte, und setzte sich an den hintersten Tisch im Raum. Eine Gruppe Jugendlicher betrat die Bar und nahm lärmend den Billardtisch in Betrieb.

Die drei Alten am Tresen wiederholten die scheinbar einstudierte Choreografie der Köpfe ein drittes Mal, als kurz nach den Jugendlichen ein weiterer Gast, breitschultrig und deutlich kleiner als der Fremde, den Raum betrat. Er ging ohne Beanstandung als baskischer Landsmann durch.

Der Mann mit der Lederjacke hob seine Hand zum Gruß. Der Baske bestellte beim Barmann und steuerte den Tisch des Fremden an. Wortlos zog er einen Stuhl mit der Lehne zur Wand, so dass er mit ausgestreckten Beinen alles im Raum beobachten konnte.

„Es läuft", sagte er nach einer Minute des Schweigens.
„Wann und wo?", fragte der Andere.
„Morgen, sechs Uhr früh auf dem Plateau. Die Hütte des Hirten, ihr Verladestützpunkt, liegt ganz in der Nähe, vielleicht einen Kilometer oder so. Kein Begleitfahrzeug. Es sind nur zwei, Angel und der Fahrer."
„Wird langsam Zeit, einen Wagen zu besorgen", sagte der Fremde.
„In Estella gibt es eine Bar mit Restaurant und großem Parkplatz. LKW-Treff, viele Durchreisende. Keine Überwachung."
„Dann los." Beide erhoben sich. Der Baske warf ein paar Münzen zur Bezahlung auf den Tisch. Grußlos verschwanden die beiden hinter dem immer noch rauschenden Regenvorhang vor der Tür.

Der Morgen hatte die Dunkelheit bereits angekratzt. Es regnete nicht mehr, jedenfalls nicht unten im Tal, wo sie gerade von der Hauptstraße abgebogen waren. Steil und bedrohlich, wie eine gewaltige schwarze Welle, die im Moment des Übersturzes zu Stein erstarrt war, ragte die Felswand der Sierra Urbasa vor ihnen auf. Als Schaumkronen schimmerten an der Kante zum Plateau tief hängende Wolken im ersten Morgenlicht.
Wüssten sie es nicht besser, so wären sie am Ende der kleinen Ortschaft umgekehrt. Nichts deutete darauf hin, dass der Weg dahinter weiterführte. Erst direkt am Fuß der Steilwand konnten sie Abschnitte der Straße einsehen, die sich in Serpentinen durch den Buchenwald hinauf zur Hochebene der Sierra schlängelte.
Problemlos hatten sie am Vortag einen gut motorisierten Passat mit dem alten Madrider Kennzeichen beschaffen können. Aber selbst dieses Kraftpaket konnte der Fremde nur im zweiten und dritten Gang bewegen, um durch die engen Kurven und über die steilen Rampen den Hang hinaufzukommen. Unterhalb des Passes wurden sie vom Wolkennebel eingehüllt. Im Scheinwerferlicht tauchten immer dickere, knorrig ver-

wachsene, noch winterkahle Buchen auf. Die nassen Rinden waren von lindgrünen bis grauweißen Flechten überzogen, als müssten sich die Bäume vor dem grauen und ebenso gefleckten Gestein tarnen, an das sie sich krallten.

Bis hierher hatten die beiden kein Wort gewechselt.

„Nebel ist gut“, meinte der Baske schließlich. „Macht die Sache einfacher.“

„Scheiß Nässe“, kommentierte der Fahrer.

„Langsam, da vorne ist es schon. Wir stellen den Wagen dort quer.“

Der Fahrer hielt an, ohne den Motor abzustellen. Die Straße machte vor ihnen einen kleinen Bogen, hinter dem der Wald aufhörte und anscheinend offenes Weideland begann. Hin und wieder, wenn der Wind eine Lücke in die Wolkenschwaden trieb, zeichneten sich im Scheinwerferlicht schemenhaft die Umrisse eines Gemäuers mit eingefallenem Dach ab.

„Hoffentlich sind die pünktlich. Und du bist ganz sicher, dass hier kein anderer Wagen durchkommt?“

„Hier fährt nur der Milchlaster. Aber erst um halb sieben. Los, stell den Wagen quer und mach den Warnblinker an.“

Der Mann mit der Lederjacke knurrte halb überzeugt und rangierte den Passat in Position. Zusammen mit den Baumgruppen links und rechts entstand eine perfekte Barriere. Er zog die schwarze Sturmhaube über den Kopf, tastete nach der Waffe im Hosenbund und stieg aus. Der Spanier stand neben der Motorhaube und rauchte. Das Klacken des Warnblinkerrelais zerteilte die Stille in gleichmäßige Zeitabschnitte. Hin und wieder klatschte ein schwerer Wassertropfen aus den Ästen auf das Fahrzeugblech. Das Warten wurde lang.

Nach etwa zwanzig Minuten mischte sich das Motorengeräusch eines schweren Fahrzeugs in die Klangwelt. Scheinwerfer durchbrachen die Nebelwand.

„Sie kommen“, rief der Baske und bedeutete mit einer Handbewegung, in Deckung zu gehen.

Wenig später stoppte ein uralter Siebeneinhalbtonner, begleitet vom Zischen der Druckluftbremsen, vor dem Passat. Auf der Ladefläche blökten Schafe hinter einem Bretterverschlag. Der Motor tuckerte im Leerlauf. Zwei Personen wurden im Kabinenlicht sichtbar, als der Fahrer fluchend seine Tür öffnete und aus dem Führerhaus kletterte. Noch bevor er mit beiden Füßen auf dem Asphalt stand, riss ihn die Wucht einer Kugel um die eigene Achse. Wie bei einem Hindu prangte im nächsten Moment ein kreisrundes rotes Tilak mitten auf der Stirn über dem verblüfften Gesicht. Der zweite Treffer ließ den Fahrer stumm zusammensacken. Der Schütze zog sich die Sturmhaube vom Kopf, trat neben das offene Führerhaus, aus dem ihn der Beifahrer mit aufgerissenen Augen anstarrte. „Por favor", flehte er, bevor er, ebenfalls von zwei Schüssen getroffen, auf der anderen Seite aus dem Lastwagen fiel.

„Bist du wahnsinnig", schrie der Baske entsetzt, „wir wollten die beiden doch nur ruhigstellen." Er zerrte sich ebenfalls die Sturmhaube vom Kopf und kam um den LKW herum.

„Sie sind doch ruhig."

„Mann, Raub ist eine Sache, aber Mord? Was sollen wir jetzt tun? Scheiße, Mann, die werden mich finden."

„Du müsstest sowieso verschwinden. Meinst du, die lassen es einfach so durchgehen, wenn jemand sie abgezockt? Also, reg dich ab. Wir packen die beiden in den Passat und versenken ihn. Wird Zeit, wenn wir heute noch über die Grenze wollen."

Sie brauchten weniger als zehn Minuten, um den Kombi mit den Leichen in einer der zahlreichen Felsspalten am Steilhang verschwinden zu lassen. Der Baske übernahm es danach, den LKW zu steuern. Im Tal des Rio Araquil bogen sie nach Osten. Die Männer wählten die alte Landstraße Richtung Pamplona, um von dort aus über die Pyrenäen nach Frankreich zu kommen.

Xabi, der Baske, kannte jeden Pfad durch die felszerklüftete Landschaft. Sein Vater hatte sie ihm gezeigt, diese sicheren Wege über eine Grenze, die sein Volk nie akzeptiert hatte. Sein Vater, sein Bruder und später auch er selbst hatten Waffen und Menschen für die Euskadi Ta Askatasuna, die ETA, über das Gebirge transportiert. Viele Jahrzehnte des Kampfes lagen hinter der Untergrundarmee, zuerst gegen die Brutalität des Franco-Regimes und später gegen die Polizeigewalt der spanischen Zentralregierung. Doch die Geldflüsse der EU hatten auch die baskischen Provinzen mit scheinbarem Wohlstand überschwemmt und damit die Bewegung geschwächt. „Mit vollem Bauch will keiner mehr kämpfen", jammerte Xabis Vater und starb über den schleichenden Zerfall der Bewegung. Sein Bruder war in den Untergrund der bewaffneten Separatisten abgetaucht. Sie hatten ihn zum Scharfschützen ausgebildet. Xabi hörte nur wenig von ihm, wusste aber, wie er Kontakt aufnehmen konnte, das reichte. Er selbst fand kein wirkliches Interesse an der baskischen Sache, den in seinen Augen sinnlosen Anschlägen, dem Terror, den Hinrichtungen, der Gewalt. Er hatte mitgemacht, weil sein Vater es so gewollt hatte. Mehr aus Familientradition. Aber auch weil er früher immer seinem Bruder gefolgt war. Die Brüder galten als unzertrennlich. Nach dem Tod des Vaters vor zwei Jahren hatte er dann einen einträglicheren Nutzen seiner Ortskenntnisse entdeckt, als er durch Zufall diesem damals noch milchgesichtigen Jüngling begegnete, der aus Deutschland abgehauen war.

Die beiden verstanden sich sofort. Zusammen übernahmen sie dann Gelegenheitsjobs. Der Ausländer erwies sich trotz seiner Jugend als schlau und knallhart, skrupellos, wenn es darauf ankam. Xabi dagegen hatte durch sein Alter mehr Erfahrung, die Ortskenntnisse und die Verbindungen zur ETA und anderen Organisationen. Ihr Geschäft lief, bis der Junge ihm vor vier Monaten eröffnete, keine Handlangerdienste mehr machen zu wollen.

Xabi war einverstanden und hörte sich um. Irgendwann bekam er einen Tipp. Die Gelegenheit war vielversprechend gewesen – und jetzt steckte er tief in der Scheiße. Der Deutsche hatte es verbockt.

„Wir müssen den LKW loswerden", meinte Xabi mürrisch, als sie auf einer schmalen Straße mitten in den Pyrenäen die Grenze zu Frankreich hinter sich gelassen hatten und durch das Skigebiet des Iraty hinunter auf die Kleinstadt Lacarre zufuhren.

„Logisch", antwortete sein Beifahrer.

Vier – Bad Karlenburg, Donnerstag, 12. Mai

Entgegen seiner Erwartung wurde Schwabachs Nacht alles andere als ruhig. Er konnte nicht einschlafen und wälzte sich über Stunden auf seiner schmalen Matratze herum. Hin und wieder meldete sich leise der Ischiasnerv, aber das war nicht der wirkliche Grund für seine Schlaflosigkeit. Er kam aus dem Grübeln nicht heraus. Bilder und Erinnerungen schossen ungeordnet durch die Dämmerwelt des Halbschlafs. Nur wenn er, in sein Deckbett verheddert, die Augen aufriss und in das grauschwarze Nichts über ihm stierte, verblassten die Details hinter seiner Stirn. Dann blieb ein großes Unbehagen, das wie ein einsamer Semmelknödel in einer Soßenlache lag. Tatsächlich sorgte er sich zum ersten Mal seit vielen Jahren wieder um die eigene Zukunft, um das Älterwerden. Wer würde sich um ihn kümmern, wenn nichts mehr ging? Er hatte keine lebenden Angehörigen, jedenfalls keine, von denen er wusste. Der einzige Mensch, auf den er sich immer verlassen konnte, Otto, war im selben Alter und ebenso in der Lebensperiode zunehmender Fehlfunktionen angekommen – ganz abgesehen von den Unfallfolgen. Schwabachs eigene schmale Rente würde kaum zum Überleben reichen. Erst recht nicht, wenn er mehr

Geld in die Apotheke als in den bevorzugten Lebensmittelladen schleppen müsste.

Eine reiche Witwe zu heiraten könnte ein Ausweg aus dem Dilemma sein. Das wäre in Bad Karlenburg vermutlich eine relativ leichte Übung. Wimmelten doch besonders in den Sommermonaten Scharen herausgeputzter Schachteln im Kurpark am See herum. Allerdings würde er damit gegen seinen heiligsten Schwur verstoßen: sein Versprechen, Frauen aus seinem neuen Leben auf immer zu verbannen, nachdem die Erste und Einzige ihn mit seinem damaligen Chef betrogen hatte. Das allein hätte er vielleicht verkraftet. Aber als er sie daraufhin zur Rede stellte, zeigte sie weder Reue, noch gönnte sie ihm ein einziges erklärendes Wort. Sie hatte sich stattdessen umgedreht und war sofort bei dem Lackaffen eingezogen. Dass er seinen Vorgesetzten damals nach allen Regeln der Kunst verprügelt hatte, erwies sich als folgenschwere Entscheidung. Dennoch verschaffte ihm diese Tat selbst heute noch ungemeine Befriedigung. Er dachte gerne daran zurück.

Fremde Geräusche draußen, etwas, dass nicht in die gewohnte Stille passte, rissen ihn aus dem gerade wiedererlangten Dämmerzustand. Eine klappende Tür, Rascheln, Schritte, Fahrradgeräusche, vage, kaum zu identifizieren. Er schaute auf die phosphoreszierenden Zeigerstriche des Weckers. 2:20 Uhr. Dann fielen ihm die neuen Nachbarn in dem klapprigen Wohnmobil ein. Vielleicht musste da jemand pinkeln? Mit dem Fahrrad?

Schwabach wuchtete sich aus dem Bett und bückte sich, um durch das kleine Fenster im Bad auf den Campingplatz hinauszuschauen. Das Gefährt gegenüber war ganz Schatten, niemand zu entdecken. Komisch. Sollte er draußen nachschauen?

Er entschied sich dagegen und tastete sich stattdessen in den Wohnbereich, wo er die Kerze in der Holzlaterne auf dem Tisch entzündete. Sein Blick fiel auf eine Schüssel mit Zwiebeln auf dem Tisch. Morgen, nein, heute hatte er sich ein gewaltiges ungarisches Gulasch vorgenommen, in der von ihm selbst entwickelten Variante. Mit großen Rindfleischwürfeln, die bis zur zarten Faserigkeit in der tomatisierten Zwiebel-Paprikasoße gegart wurde. Viel Zwiebeln, wenig Paprika. Mit reichlich Knoblauch und der feurigen Schärfe seiner eigenen Gewürzmischung aus getrockneten Peperoni, grünem und schwarzem Pfeffer, Fenchel, Piment, Kardamom, alles im Mörser zerstoßen und, wie das Tomatenmark, in Öl leicht angeröstet. Ihm lief das Wasser im Mund zusammen. Wieso den halben Vormittag vergeuden, wenn er ohnehin wach war? Er band sich die Schürze über den Schlafanzug, suchte die Zutaten zusammen und fand seinen Frieden, als aus der ersten Zwiebel weißes Blut sickerte, nachdem er sie geköpft hatte.

Es war schon nach neun, als Schwabach die Außentür seines Heims öffnete und in die Morgensonne blinzelte. Alle Fenster waren zum Lüften weit aufgerissen. Er reckte und streckte sich, fühlte sich noch etwas benommen von zu wenig Schlaf, aber dennoch wohlig zufrieden. Der Duft aus seiner Küche mischte sich mit einem richtigen Frühlingstag. Das letzte Winteressen simmerte in dem großen gusseisernen Topf vor sich hin.

Bei Licht betrachtet sah das Wohnmobil, das zwanzig Meter weiter an der Grenzhecke des Campingplatzes nahe am Seeufer stand, noch verheerender aus, als Otto es beschrieben hatte. Der Lack des alten Kastenwagens, dessen Campingaufbauten mehr gewollt als gekonnt zusammengeschraubt schienen, war vom Rostfraß darunter blasig aufgeworfen. Eines der Seitenfenster wurde durch mehrere Streifen Klebeband zusammengehalten, die vordere Stoßstange hing schief. Während Schwabach noch darüber sinnierte, wer sich mit so einem Vehikel noch in die Öffentlichkeit traute, wurde die Tür geöffnet. Eine Frau, in ein Gewand aus buntem Tuch gewickelt, kam rückwärts aus dem Wohnmobil. Barfuss machte sie einen vorsichtigen Schritt auf den losen Tritt vor der Tür. In den Händen balancierte sie eine altmodische Emailleschüssel. Sie machte ein paar Schritte durch das nasse Gras und schüttete mit beidhändigem Schwung Wasser aus dem Gefäß in hohem Bogen Richtung Hecke. Als sie sich umdrehte, sah sie Schwabach und hob die Hand zum Gruß.

„Guten Morgen", sagte sie mit einem angenehm weichen Unterton in der Stimme. „Hoffentlich haben wir Sie gestern Nacht nicht gestört. Sind Sie hier Dauercamper?" Sie nickte mit dem Kinn in Richtung seines Mobilheims.

„Moin, moin! Herzlich willkommen. Nein, Sie haben mich nicht gestört und ja, ich wohne hier tatsächlich dauerhaft. Hans-Peter Schwachbach, Rentner und Campingwart", antwortete Schwabach.

Er war über den eigenen Redefluss erstaunt. So viele Worte vor dem Mittag hatte er in den letzten zwei Jahren nicht mal zusammengerechnet herausgebracht. Die Frau schien von einer seltsamen Gravitation umgeben, die ihn in den Bann zog. Dabei war sie nicht schön im üblichen Sinn. Sie strahlte Ruhe und Kraft aus, so, als könnte kein Ereignis sie aus der Bahn werfen. Ihr Alter konnte er kaum einschätzen, vierzig oder älter. Auf jeden Fall für eine Frau zu groß, vielleicht 1,80, schätzte Schwabach, wenig Figur, ein eher maskuliner Typ, trotz dieser exotischen Kleidung. Das Tuch in bunten Frühlingsfarben hatte sie wie einen Sari um den Körper geschlungen. Ihre Weiblichkeit wurde ganz eindeutig von den langen Haaren geprägt. Zu einem leuchtenden Hennarot gefärbt, so vermutete er, war die Pracht am Hinterkopf zu einem großen Knoten zusammengerafft, der irgendwie von einer hölzernen Nadel zusammenhalten wurde. Wie machen die das bloß, dass das hält, fragte Schwabach sich und betatschte mit seiner Linken unbewusst die eigene Tonsur.

„Freut mich. Ich bin Mona. Schön ruhig hier, am See. Mein Freund ist schon unterwegs auf Entdeckertour. Der ist bestimmt im Wald. Für mich viel zu früh. Ich werde lieber in Ruhe den Ort erkunden. Es scheint hübsch hier zu sein."

Schwabach kam ein Gedanke. „Ihr Freund, ist das so ein großer, schlanker Typ, schulterlanges Haar, schmales Gesicht?", fragte er und ging auf sie zu, denn bisher führten sie ihr Gespräch noch über einige Entfernung.

„Ja, wieso?"

„Ach", sagte Schwabach, „dann ist ihr Mann also mein Lebensretter. Glücklicherweise ein Frühaufsteher, sonst hätte er mich gestern nicht gefunden. Das wäre übel geworden. Vielleicht habe ich ihn vorhin wegfahren gehört."

„Ah, dann sind Sie der Di... äh, der Fotograf mit dem Hexenschuss? Thomas hat mir davon erzählt. Wie geht es Ihrem Rücken? Thomas meinte, es hätte Sie schwer erwischt. Ich könnte Ihnen da ein wunderbares Mittel anbieten. Selbst hergestellt aus Johanniskrautblüten, Rosmarinöl und Kampfer. Den Rücken damit zur Nacht einreiben, wirkt wahre Wunder. Wenn Sie möchten, suche ich das Fläschchen heraus", bot Mona an.

„Danke, aber es geht schon wieder." Rosmarinöl, dachte er belustigt, könnte ich vielleicht für den Lammeintopf am Freitag gebrauchen. Das feine Aroma ist doch für den Rücken viel zu schade.

Er hatte nie viel Gedanken an Medizin oder Arznei verschwendet. Wenn etwas war, ging er zum Arzt und schluckte das, was in der Apotheke über den Tresen geschoben wurde. Selbstgemachte Heilmittel aus Kräutern waren ihm mehr als suspekt.

Jetzt, wo er sich der Exotin auf wenige Meter genähert hatte, musterte er ihr Gesicht. Makellose natürlich gebräunte Haut spannte sich über eine schmale Nase und gerundete Wangen. Zwei wache grüne Augen, an deren Außenwinkeln sich zahlreiche Lachfältchen eingegraben hatten, beobachteten ihn unter schmalgezupften Brauen aufmerksam. Schwabach suchte unbewusst nach einem Makel, so etwas wie eine behaarte Warze auf dem Kinn, damit er sie in die bereits aufgezogene Schublade „Kräuterhexe" schließen konnte. Es gelang ihm nicht. Allerdings prangte ein stilisiertes dreiblättriges Kleeblatt auf ihrem rechten Unterarm. Hexen und Tattoos, das passte in sein Weltbild.

„Hatte gestern das volle Kurprogramm", ergänzte er. „Schön, doch noch auf meinen Retter zu treffen. Gestern hat er jeden Dank abgelehnt. Aber so? Wollen Sie nicht beide zusammen heute zu mir zum Essen kommen? Da steht ein wundervoller Topf Gulasch auf dem Herd. Mein Geheimrezept. Dazu ein Fläschchen Rotwein? Wie wäre es, so um sechs herum? Was halten Sie davon?"

Mona blieb einen Moment lang still, dann sagte sie: „Vielen Dank für die Einladung, wirklich sehr nett gemeint, aber ...." Sie zögerte einen Moment. „Ich möchte nicht unhöflich sein. Also, wir sind beide Vegetarier und würden deshalb Ihr Gulasch nicht anrühren."

„Wie, Sie essen gar kein Fleisch? Aber wovon leben Sie denn? Ich meine, was essen Sie denn, wenn Sie essen", stammelte er leicht konsterniert. „Vielleicht, äh ..., dann mache ich ein Gemüse zum Gulasch. Blumenkohl oder Rotkohl? Sie nehmen nur Kartoffeln und von der leckeren Soße, aus Paprika, Zwiebeln, Knoblauch."

„Nein wirklich, herzlichen Dank. Thomas ist Veganer, der isst nur, was er selber eingekauft und zubereitet hat. Als Ovo-lacto-Veggi bin da etwas weniger streng. Aber Gulasch ist auch für mich absolut tabu. Vielleicht können wir uns auf ein Gläschen Wein verständigen, wenn Thomas sein eigenes Getränk mitbringen darf? Der trinkt keinen Alkohol."

Schwabach verstand kein Wort von dem, das heißt, er verstand die Worte, aber der Sinn ging vollständig an seinem Weltverständnis vorbei. Dennoch bemühte er sich um Offenheit, als er die beiden zum abendlichen Treffen beim Wein einlud. Er verabschiedete sich von ihr und ging, bis ins Mark erschüttert, zurück ins Haus. Was war das für eine Sekte? Veganer? Und was, zum Teufel, waren dann Ovo-lacto-Veggis? Kein zartes Lamm, kein tiefrotes Rinderfilet, kein Schweinespeck zum Verfeinern, kein Huhn für die wundervolle Brühe, was bliebe da zu kochen? Irgendwas habe ich in den letzten Jahren verpasst, dachte er bei sich. Er würde sie fragen, was es damit auf sich hatte.

Fünf – Roquefort, Nordwest-Frankreich 2006

Jean Marie Dejean fühlte sich zerschlagen und müde, nachdem er vor fünf Uhr aufgestanden war, um die Tiere zu versorgen. Weder die Schale Milchkaffee, die ihm Madeleine zu sieben Uhr bereitet hatte, noch das ins Gesicht gespritzte kalte Pumpenwasser vor der Fahrt zum Viehmarkt in Roquefort hatten ihn wirklich wach gemacht. Er sollte weniger Wein trinken und die Landwirtschaft aufgeben, dachte er frustriert, während er seinen klapprigen Peugeot-Kastenwagen auf der Bezirksstraße durch das Département Landes steuerte. Kiefernwälder auf Sand, nichts als Kiefernwälder. Jetzt machte ihm zu allem Übel auch noch die Blase zu schaffen. Ständig musste er pinkeln, und immer kamen nur wenige Tropfen. Wenn er schon in der Stadt war, sollte er Dr. Peyroux besuchen, nahm er sich fest vor. Er war jetzt schon darauf gespannt, ob er es schaffen würde, an der Bar von Auguste vorbei zur Praxis zu kommen, ohne sich vorher einen Roten zu genehmigen. Merde, nun begann es unterhalb des Gürtels zu schmerzen.

Er nahm den Fuß vom Gas und parkte den Wagen am Rande einer Lichtung inmitten der Kiefern. Bevor er sich am erstbesten Stamm seinem Geschäft widmete, wunderte er sich über den alten Lastwagen, der weitab von der Straße entfernt abgestellt stand. Hinter der Fahrerkabine sah er einen Verschlag für Tiertransporte aufragen.

Sekunden später forderte brennender Schmerz, den ein dünner, in der Sonne funkelnder Urinstrahl in seinem Schwanz auslöste, alle Konzentration. Immerhin Erleichterung. Als er sich beim Hosezuknöpfen umdrehte, registrierte er, dass Türen und Ladeklappen des Transporters geöffnet waren. Komisch, kein Mensch zu sehen. Vielleicht brauchte jemand Hilfe. Dejean zuckte mit den Schultern, bevor er durch sparriges graubraunes Gras über die Lichtung stapfte. Sein Hallo verhallte ohne Antwort. Keine Spur von Menschen. Nur durchdringender Schafgeruch hing in der Luft. Anscheinend hatte jemand den Lastwagen leergeräumt und hier entsorgt. Mit spanischem Kennzeichen? Der Schafkot auf den beiden Ladeflächen war eindeutig frisch, nur wenige Stunden alt. Dejean stand unschlüssig herum. Erst jetzt fiel ihm die Totenstille auf. Nur die offene Fahrertür knarrte leise im Wind. Er ging noch einmal hinüber zu dem leeren Verschlag. Hufabdrücke führten direkt in den angrenzenden Wald, der am Rande einer flachen Verwallung begann. Er folgte der Schafsspur. Je näher er dem Waldrand kam, um so lauter hörte er vielstimmiges Insektensummen. Im Blau des Himmels kreisten mehrere Schmutzgeier. Mit wachsendem Unbehagen stieg er die sandige Anhöhe hinauf und starrte zwischen den ersten Kiefern in eine baumfreie Senke hinunter.

Eine gute Stunde später stand Jean Marie Dejean, umringt von einigen Bekannten aus der Umgebung, an fast der gleichen Stelle. Blau-weißes Flatterband umschloss jetzt den Laster und sperrte einen Korridor bis zur Senke hin ab. Auf der Lichtung parkten ohne erkennbare Ordnung Fahrzeuge. Bei einigen dunkelblauen Einsatzfahrzeugen der Polizei blinkte sinnlos das Blaulicht auf dem Dach.

Wie Dejean waren die Männer am Rande der Absperrung in abgetragenes Drillichzeug gekleidet. Die meisten trugen dazu ausgeblichene Bérets auf den Köpfen. Wie er waren es Kleinbauern auf dem Weg zum Markt. Sein Magen hatte sich inzwischen ein wenig beruhigt. Nachdem er sich mehrfach hatte übergeben müssen, fühlte er sich nur noch flau. „Wer macht so etwas?", murmelte einer neben ihm, ohne eine Antwort zu erwarten.

„Was für eine Schande!", sagte ein anderer und spuckte aus.

Alle schüttelten verständnislos die Köpfe. Vom Gestank angewidert, wendeten sich die ersten Betrachter ab und gingen stumm zu ihren Fahrzeugen zurück.

Unten in der Senke arbeitete eine Gruppe von uniformierten Gendarmen. Alle hatten Tücher vor Mund und Nase gebunden. Die meisten trugen lange Gummihandschuhe und Gummistiefel. Zwei führten etwas abseits Protokoll. Still verrichteten sie ihre Aufgaben inmitten von Schwärmen metallisch schillernder Fliegen, die bei jeder Bewegung in Wolken aufstiegen, um sich sofort wieder an anderer Stelle auf dem Berg toter Schafe niederzulassen, deren Blut am Grund der Senke zu einer schwarzen Fläche geronnen war.

Jetzt packten zwei Polizisten wieder einen Kadaver, schleppten ihn die Anhöhe hinauf und legten ihn zu den anderen auf der Lichtung. Auf den Rücken. Ordentlich, immer zehn Tiere in einer Reihe. Eine geometrische Pflanzung aus krummen Schafbeinen entstand. Offensichtlich war allen Tieren der Schädel eingeschlagen worden, jedenfalls war bei einer ganzen Zahl das Schädeldach am Hinterkopf zu einer blutigen Delle eingedrückt. Viel grauenvoller für die Beamten war jedoch der Anblick der Bauchseite. Dort klaffte jeweils in Längsrichtung eine blutige Wunde. Bei einigen Exemplaren ging der Schnitt nur durch die subkutane Fettschicht bis auf das Unterhautgewebe. Bei anderen Schafen waren das Bindegewebe darunter, die Bauchmuskulatur und das Bauchfell durchtrennt, so dass die Eingeweide daraus hervorquollen.

Von der Sinnlosigkeit dieses Massakers einmal abgesehen, bereitete dem Chef der Police Municipale aus Roquefort, der den Einsatz leitete, vor allem eines Unbehagen: Bei allen Schafen, alles ausgewachsene weibliche Tiere, hatten seine Gendarmen Reste von chirurgischem Nahtmaterial gefunden. Offensichtlich waren die Tiere schon einmal aufgeschnitten und die Wunde danach vernäht worden. Er würde den Bürgermeister informieren und dann die Police Judiciaire in Mont-de-Marsan um Unterstützung bitten. Sollten die sich doch mit diesem Elend herumschlagen, dachte er.

Sechs

Lieutenant Aloysius Kock war ein Mann mit vielen Fähigkeiten. Nur mit Menschen umzugehen war ihm verhasst. Deshalb saß er nach über dreißig Dienstjahren in einer Art Abstellkammer direkt neben den Toiletten der Police Nationale in Mont-de-Marsan, obwohl seine Aufklärungsrate bei fast einhundert Prozent lag. Die fehlenden Streifen auf seinen Schulterklappen ließen sich verkraften, trug er doch nie Uniform im Dienst, sondern beschränkte sich auf zivile Kleidung, die, durchgängig in grau und braun gehalten, so wenig auffiel wie Kieferzapfen in einem Kiefernwald.

Äußerlichkeiten waren ihm gleichgültig. Auch dass er bei Beförderungen geflissentlich übersehen wurde, störte ihn wenig. Er protzte nicht mit seinen Erfolgen und buhlte nie um Anerkennung bei den höheren Dienstgraden. Er wollte die ihm gestellten Aufgaben zu einem Abschluss bringen. Systematisch, stur und unauffällig arbeitete er seine Fälle ab. Teamarbeit war ihm ein Graus und Kooperation, manchmal leider unumgänglich, beschränkte sich darauf, die Fakten der anderen zu sichten und zu sammeln, falls diese ihm irgendetwas Neues boten, was selten der Fall war. Inhaltsloses Geschwafel war ihm zuwider. Wobei nach seiner Definition inhaltslos blieb, was sich nicht auf seine Fälle bezog.

Auch jetzt klopfte er genervt mit dem Bleistift gegen die Kante seines Schreibtischs, den irgendein Spaßvogel einmal angefangen hatte, himmelblau zu lackieren. Das Vorhaben war seinerzeit unvollendet geblieben und das halbfertige Objekt wahrscheinlich wieder aus dem Sperrmüll gezerrt worden, als er seinen Dienst in der Provinz antrat. Sein Chef, Commissaire Principal Ludovic Gargarde, stand in der Tür und dozierte seit bestimmt zehn Minuten über die „besondere Wichtigkeit“ eines „unerhörten Vorfalls“, der ihm heute aus Roquefort gemeldet worden war.

Lieutenant Kock deutete bisweilen Kopfnicken an und schielte auf die zusammengerollte Mappe, mit der sein Chef jeden Satz unterstrich, als würde er seine Ansprache mit einem Taktstock dirigieren. Auf dem sonoren Teppich aus Worten wanderten Kocks Gedanken zurück zu der Frage, die ihm durch den Kopf gegangen war, bevor er gestört wurde. Was hatte ihn weg von seiner elsässischen Heimat in diese trostlose Gegend verschlagen?

Es waren die freundschaftlichen Ratschläge seiner jeweiligen Vorgesetzten, doch besser an anderen Orten seine Fähigkeiten unter Beweis zu stellen. Ungefragt bemühten sie ihre guten Kontakte. Man hatte ihn weggelobt, abgeschoben, untergejubelt wie einen Schwarzen Peter. Von Schoenenbourg nach Wissenbourg, von dort nach Dijon, dann nach Clermont-Ferrant und schließlich hierher.

Sein Chef war verstummt und sah erwartungsvoll auf ihn herab, als würde er Beifall erwarten. Gib schon her und lass mich machen, dachte Kock und wusste sehr wohl, dass es wieder einmal eine undankbare und wenig Ruhm versprechende Aufgabe sein würde, die auf seinem Schreibtisch landete. Kommentarlos streckte er seine Hand nach der Mappe aus. Sein Chef verschwand.

Kock las die wenigen Informationen, die er auf den Vordrucken zwischen den Aktendeckeln fand. 104 aufgeschlitzte Schafe mit eingeschlagenem Schädel? Ein verlassener spanischer Tiertransporter? Chirurgisches Garn? Das war mehr, als er erwartet hatte. Kock stand auf, stellte sich auf die Zehenspitzen und schaute durch das winzige Fenster hinter seinem Schreibtisch. Über der Brandmauer mit der abblätternden Farbe konnte er einen Streifen des Himmels sehen. Gutgelaunt rieb er sich die Hände.

Nur ein Fakt trübte den vielversprechenden Tagesbeginn. Die letzten Sätze der Ansprache von Commissaire Gargarde waren trotz seiner mangelnden Aufmerksamkeit bei ihm angekommen: „Lieutenant Kock, ich weiß, ich kann mich auch in dieser Sache auf Sie verlassen. Übrigens, ich hatte vorhin einen Blick in Ihre Personalakte geworfen. Sie werden im September siebenundfünfzig. In sieben Monaten geht ihre Dienstzeit zu Ende, dann kommt der wohlverdiente Ruhestand. Also wird dies möglicherweise Ihr letzter Fall sein. Vielleicht ein zusätzlicher Ansporn für Sie."

Ruhestand, erschauderte Kock. Welch Schreckgespenst, was für eine Drohung. Klang nach Abstellgleis, Gnadenhof, Froststarre. Nutzlosigkeit. Er hatte den Zeitpunkt seiner Pensionierung überhaupt nicht mehr parat gehabt, sondern höchst erfolgreich aus seinem Bewusstsein verdrängt. Immerhin, sieben Monate blieben ihm. Zeit, die er nutzen wollte.

Sieben

Kock fühlte sich schlecht. Sein Weib, wie er Eugenie nannte, wenn er im Gespräch einmal gezwungen war, sein Privatleben zu erwähnen, hatte ihm zum Abendessen wieder ihre grässliche Fischsuppe aufgetragen. Natürlich ohne ein Fitzelchen Filet, nur Karkassen und Köpfe. Das stinkende Zeug schwatzte sie der Fischverkäuferin als angebliches Katzenfutter ab. Auf den Tisch kam dann eine gräuliche, wässrig-trübe Plörre, in der beim Löffeln undefinierbare Einlagen an der Oberfläche auftauchten. Glibberige Jacobsmuscheln, Trümmer von Krebsen oder auch Fischgräten. Allein die Erinnerung daran ließ ihn sauer aufstoßen.

Die alte Hexe betrog ihn damit ums Haushaltsgeld, dass er ihr jeden Monatsanfang wohl abgezählt auf den Tisch warf. Davon war er überzeugt. Wahrscheinlich, um im Cafe, im Kreise ihrer tratschenden Freundinnen, die große Dame zu spielen. Bald würde er diesem Treiben ein Ende machen, dachte er grimmig. Die Pensionierung war inzwischen zwei Monate näher gerückt.

Er war auf dem Weg zu seiner Mördergrube, genauer gesagt, ganz in die Nähe davon. Dorthin, wo ein Liebespaar vor zwei Wochen eine menschliche Leiche entdeckt hatte. Am Ufer eines Feuerlöschteichs mitten im Wald. Dieser Fall wurde natürlich von seinen Kollegen bearbeitet und er erfuhr erst jetzt von den näheren Umständen, weil es anscheinend eine Verbindung zu der Schafschlachtung gab.

Wäre er ganz ehrlich mit sich selbst gewesen, hätte er zugeben müssen, dass er die Fischsuppe nur vorschob, um von seiner eigenen Nachlässigkeit abzulenken. Kock hatte in den vergangenen Wochen seine Untersuchungen am Schaftransport akribisch durchgeführt und viel Licht in das Gemetzel gebracht. Schon damals war ihm der Feuerlöschteich aufgefallen, allerdings hatte er in einem Moment ungekannter Bequemlichkeit entschieden, auf die Untersuchung des Gewässers zu verzichten. Wäre er seiner gewohnten Gründlichkeit gefolgt, hätte er den Leichenfund jetzt auf seinem Schreibtisch und damit einen wirklich würdigen Fall zum Ende seiner Dienstzeit.

Immerhin war der Kollege, ein junger Kriminalbeamter namens Barteaux, aufmerksam genug, sich bei den Dienstbesprechungen an Kocks Ermittlungen zu erinnern, die inzwischen zwei pralle Ordner füllten. Barteaux fand Zusammenhänge, zog seine Schlüsse daraus und hatte ihn danach tatsächlich informiert. Diesem Kollegen bot Kock nach mehreren Gesprächen sogar das „Du“ an. Er blieb der Einzige in seiner gesamten Dienstzeit.

Kock glaubte nicht daran, am Fundort des unbekannten männlichen Opfers neue Hinweise zu finden. Das Gebiet war gleich nach dem Fund intensiv von der Spurensicherung abgesucht worden. Er besuchte einerseits den Löschteich, um sein Versäumnis nachzuholen und um sich dafür abzustrafen. Andererseits brauchte er den Ort zur Inspiration. Tatsächlich wollte er die neuen Erkenntnisse in authentischer Umgebung nachempfinden. Er musste die Informationen atmen, sie über die Haut aufnehmen, sie mit den Augen drehen und wenden, sie riechen, um sie dann über die Zunge zu rollen wie bei einer Weinprobe. Er brauchte den pilzigen Geruch des Teppichs aus Kiefernnadeln, den Gestank der Moderschwaden über dem Löschteich, das Schattenspiel dürrer Kiefernkronen, den warmen Windzug auf der Haut, um die Tat und deren Umstände nachzuempfinden. Das war seine Art der Archivierung.

Zwar verfasste er brav Berichte und fügte, wie vom Commissaire verlangt, alle Laborberichte, Analysen, Fotografien, Aussagen an. Aber ohne seine Sinneseindrücke, die die Fakten erst zu einem Ganzen verschmolzen, waren die Akten für ihn nutzloser Papiermüll. Er brauchte nie darauf zurückzugreifen, denn er hatte alle Daten dauerhaft in sich absorbiert.

Wie er zugeben musste, erwies sich die Datenmenge inzwischen deutlich umfangreicher als bei allen Fällen der letzten Jahre. Und die Zahl der offenen Fragen wuchs ständig an. Musste er sich Sorgen machen? Nein, er würde es auch diesmal schaffen, alles Aufgenommene zu durchspeicheln, zu kauen, um Antworten wie lästige Kerne auszuspucken.

Zum Selbstbeweis spulte er die Liste der inzwischen ermittelten Tatumstände herunter.

Solange die Schafe in der veterinärmedizinischen Abteilung der Kollegen in Bordeaux untersucht worden waren, hatte er sich den Transporter vorgenommen. Das spanische

Nummernschild stammte aus der Provinz Navarra und eine Anfrage bei der spanischen Policía Autonómica de Navarra ergab einen Fahrzeugstandort in Estella, einem kleineren Provinzstädtchen im Nordosten. Weitere Informationen von dort kamen zunächst nicht. Auffällig war, dass die Oberflächen der Fahrzeugkabine und Türen offensichtlich sorgfältig abgewischt worden waren. Nur auf der Rückseite des Außenspiegels fanden die Techniker zwei halbe Fingerabdrücke. Das restliche Fahrzeug wimmelte dagegen von Fingerspuren. Kock interessierten nur die am Spiegel. Die nationalen und europäischen Fingerabdruckdateien, auf die er Zugriff erhielt, lieferten allerdings keine Treffer. Seine einzige Chance bestand darin, ins Nachbarland zu reisen und im verwirrenden System des spanischen Polizeiwesens nach lokalen Fingerabdrucksammlungen zu forschen. Er hatte die Dienstreise sofort beantragt, die jedoch nicht bewilligt worden war. Aus Kostengründen, wie sein Vorgesetzter verlauten ließ.

Das Innere der Fahrzeugkabine erwies sich frei von weiteren Spuren, abgesehen von zwei schwarzen Strickmasken, die im Fußraum gefunden wurden. Aus einer der Masken konnten drei kurze hellbraune Haare isoliert werden, die zur DNA-Analyse taugten, weil Haarwurzeln mit ausgerissen waren. Die DNA-Spur erwies sich bisher als Sackgasse, denn es konnte keine Vergleichsprobe ermittelt werden. Kock bestand darauf, die Daten in den Fahndungscomputer von Interpol aufnehmen zu lassen. Schon wegen der Pleite mit den Fingerabdrücken hatte er wenig Hoffnung auf Erfolg, aber es war seine Art, jeden gangbaren Weg auch zu gehen. Inzwischen hatte er sämtliche Beulen und Schrammen des alten Lasters betastet, kannte ihre Lage und Form und vermutliche Ursache, ohne jedoch weitere Anhaltspunkte auf den Tatzusammenhang zu gewinnen.

Da erwiesen sich die Spuren an den Opfern des Massakers eindeutig als vielversprechender. Alle 104 Schafe entpuppten sich als ältere weibliche Tiere, Auen genannt, wie er lernen musste. Caloyos hieß die Schafrasse, die vor allem in Südamerika gezüchtet wurde, um hochwertige Lammfelle zu ernten. Nach den Ohrmarken handelte es sich um Tiere aus Bolivien. Der Export solcher Schafe aus dem Andenstaat war selten, kam aber vor. Die Schafe waren nach Aussage des Veterinärs zum Zeitpunkt der Tötung bei guter Gesundheit, trotz des chirurgischen Eingriffs, der an allen Tieren vollzogen worden war. Damals hatte jemand die Tiere, vermutlich nach fachgerechter Betäubung, bauchseitig mit einem gut zwanzig Zentimeter langen Schnitt geöffnet, die Haut auf beiden Seiten vom Bauchfell gelöst und die so gebildeten Taschen gefüllt. Anschließend wurde die Wunde sorgsam mit resorbierbarem chirurgischen Material vernäht. Anhand des Zersetzungsgrades der Fäden, es handelte sich um Glyconat, konnte der Zeitpunkt der Operation relativ präzise auf maximal acht Wochen zurückliegend datiert werden. Der Heilungsprozess der Wunden war weit fortgeschritten, nur in sechs Fällen wurden eitrige Entzündungen nachgewiesen. In allen Schafen wurden Spuren von Benzoylmethylecgonin nachgewiesen. Kokain. Und das in ungewöhnlich reiner Form. Mit einem Wirkstoffgehalt von über 92 Prozent. Die Tiere waren demnach als lebendige Drogentransporter missbraucht, der Stoff einfach unter die Haut geschoben worden. Die Menge des Kokains konnte nur annähernd über das Volumen der Hauttaschen bestimmt werden. Die Ermittler gingen von 230 bis 280 Kilo aus. Marktwert im Großhandel: etwa siebeneinhalb Millionen Euro, vielleicht auch mehr. Auf jeden Fall war diese Form des Schmuggels sehr viel effektiver als der Transport in den Gedärmen der armen Schlucker, die regelmäßig an den internationalen Flughäfen aufgegriffen wurden.

Mit der Kokainspur hatte er tatsächlich die Aufmerksamkeit seines Chefs zurückgewonnen, dessen ursprüngliche Absicht es gewesen war, ihn mit den spektakulären, aber belanglosen Schafmorden sanft aus dem Polizeidienst hinausgleiten zu lassen. Und jetzt kam noch eine menschliche Leiche dazu. Männlich, etwa 45 Jahre alt. Bei „kaukasisch“ war der Pathologe anscheinend unsicher gewesen und hatte den Hinweis „Baske?“ in Klammern angemerkt. Trümmerfraktur am linken Schädeldach und Einschusswunde am Hinterkopf, keine Abwehrverletzungen. Das Projektil steckte noch im Schädel. Der entscheidende Hinweis kam gestern in einem Bericht aus dem kriminaltechnischen Labor. Gefunden wurden Spuren hochreinen Kokains unter den Fingernägeln des Opfers. Sein Kokain. Der Vergleich der Fingerabdrücke brachte Klarheit, der „Baske“, so die interne Fallbezeichnung, hatte den Außenspiegel des Schaflasters angefasst, aber nicht seine Haare in der Mütze hinterlassen. Möglicherweise war er der Fahrer des Schaflasters gewesen. Sein Fahrer.

Lieutenant Kock kam zu einer Hypothese. Durchgeschwitzt, mit zerzaustem Haar und grasfleckigen Knien setzte er sich in den Dienstwagen, um zu verschnaufen. Wie ein geistig umnachteter Waldkobold war er zwischen den Tatorten, dem Feuerlöschteich und der Grube am Parkplatz, hin und her gewechselt, hatte laute Dispute mit sich selbst geführt, geflucht und dabei sprichwörtlich jeden Stein gewendet, den seine Blicke erfassten. Übrig blieb nur ein plausibler Tathergang. Alles passte zusammen. Jetzt galt es lediglich, die oder den Tatverantwortlichen zu identifizieren und zu ergreifen. Dazu musste er nach Spanien. Die Liste der Argumente, mit denen er die Reise begründen würde, war lang.

Wochen später durfte er endlich reisen, im Gepäck sämtliche Unterlagen der Fälle, die ihm nun beide übertragen worden waren. Zehn Tage später kam er entnervt zurück. Er hatte die zahlreichen Fallstricke des spanischen Polizeiwesens, die Zuständigkeiten, Eitelkeiten, Befangenheiten, Interessen und internen Auseinandersetzungen komplett unterschätzt. Er hatte sich im Gerangel der zivilen Nationalpolizei und der immer noch mächtigen, militärisch organisierten Guardia Civil verloren. Viele seiner Fragen verschluckte ein tiefer Graben von Misstrauen und Hass, der die lokalen baskischen Behörden von den Madrider Polizeiorganisationen trennte und dessen Ursprung in der gewaltsamen Unterdrückung baskischer Autonomiebestrebungen während der Ära Franko begründet lag. In dieser Gemengelage waren Kocks Anliegen allen Beteiligten lästig wie Stubenfliegen bei der mittäglichen Siesta gewesen. Er war mit seiner Mission komplett gescheitert, auch wenn ihm beim Abschied die spanischen Kollegen hoch und heilig versicherten, seine Fragen und Spuren intensiv zu bearbeiten.

Es sollte seine letzte Dienstreise sein. Kock arbeitete zwar den Rest des Jahres beständig weiter, recherchierte, telefonierte, korrespondierte, aber es ergaben sich keine neuen Aspekte, keine weiterführenden Hinweise – weder zu den Morden an einhundertvier Schafen plus einem Basken noch zum Verbleib des Kokains.

Irgendwann fühlte er sich genötigt, seine Kollegen zu einem kleinen Umtrunk einzuladen. Und dann war er draußen. Pensioniert. Nur noch Monsieur Kock.

Hat auch was Gutes, dachte er. Nun bräuchte er niemanden mehr um eine Dienstreise anzubetteln. Im Gegenteil, mit so einem Weibsstück zu Hause gab es beste Gründe, alleine auf Reisen zu gehen. Die spanische Grenze war nicht weit. Er hatte alle Daten und Fakten, Namen und Nummern in den unergründlichen Windungen seines Gehirns gespeichert. Und auch Monsieur Kock hasste ungelöste Fälle.

Acht – Bad Karlenburg, Freitag, 13. Mai

Ein Tag voller Merkwürdigkeiten, fand Schwabach, der gerade das Glas in den Geschirrspüler räumte, aus dem sein Retter Thomas vorhin getrunken hatte. Komischer weißgrauer

Schleim war darin zurückgeblieben. Was hatte er dazu gesagt, ein Lassi aus wässrigem Sojajoghurt, Kreuzkümmel und Minze, gesalzen und gepfeffert? Der hat doch einen an der Vollwertwaffel, dachte er, konnte aber seine Neugier nicht bezwingen und wischte mit dem Finger einen Rest aus dem Glas. Schmeckte würzig frisch, besser jedenfalls, als es aussah, fand er. Was war das für ein verdrehter Kerl, dieser Thomas. Schwabach setzte sich auf ein letztes Glas Wein in sein winziges Wohnzimmer und dachte über den Abend nach. Die neuen Nachbarn hatten tatsächlich, wie verabredet, um Punkt sechs vor seiner Tür gestanden. Mona mit einer Flasche Rotwein unter dem Arm, Thomas mit seinem Yoghurtsaft in einem Glaskrug.

Schwabach selbst hatte die Einladung tatsächlich vergessen. Hauptsächlich, weil am späten Nachmittag etwas komplett Unerwartetes geschehen war: sein Mobiltelefon hatte geklingelt, was an sich schon ausgesprochen selten vorkam, und hatte die Kette der Merkwürdigkeiten nach dem Zusammentreffen mit der Kräuterhexe am Vormittag fortgesetzt. Schwabach musste suchen, um das Gerät zu finden. Nach der gefühlt zwanzigsten Tonfolge konnte er endlich die grüne Taste drücken und sagte in Erwartung von Ottos Stimme: „Ja?"

Ein Dr. Ese, so verstand er den Namen, meldete sich und fragte, ob er mit Hans-Peter Schwabach spreche, Landschaftswart für das Taube Moor bei Bad Karlenburg? Er sei Professor an der Faculty of Engineering, Mathematics and Science des Trinity College in Dublin, Schwerpunkt Biodiversitätsforschung. Er lege dieses Jahr ein Forschungssemester ein und widme sich nach langen Jahren der Lehrtätigkeit wieder seinem Kernthema, der Moorforschung. Das Taube Moor sei ja in der Fachwelt bekannt für seine fast ungestörte Hochmoorvegetation und seine nahezu intakte Fauna. Dieser letzte Rest eines kontinentalen Regenmoors des atlantischen Typs könnte seine Forschungen über Veränderungen der Arthropodenzönosen und Hochmoorvegetation durch den Klimawandel in irischen und schottischen Deckenmooren bestens ergänzen. Er würde übermorgen, also Sonntag, mit Air Lingus über Düsseldorf und Hamburg anreisen und mit einem Leihwagen nach Bad Karlenburg fahren. Ob er, Schwabach, ihn bei seiner Arbeit unterstützen könne, sein Name sei ihm von Herrn Wähmann von der Naturschutzbehörde des Landkreises genannt worden. Die Untersuchungen würden etwa zwei Monate andauern. Er würde sich freuen, wenn Schwabach am Sonntag einen Termin freihätte für ein erstes Gespräch, vielleicht gegen 17 Uhr im Cafe am Kurpark.

So in etwa rekonstruierte Schwabach den Anruf mit Hilfe seiner auf Zeitschriftenrand gekritzelten Notizen. Er hatte nicht die geringste Chance erhalten, den Redefluss des Professors zu unterbrechen. Da er ohnehin keinen Schimmer von den wissenschaftlichen Ausführungen hatte, die noch eine ganze Weile andauerten, hielt er brav den Hörer ans Ohr und fragte sich im Stillen, warum der Mann aus Dublin so perfekt Deutsch sprach und so gut mit den Örtlichkeiten vertraut schien. Das vorgeschlagene Café war eindeutig die gehobene Klasse in Bad Karlenburg. Natürlich hatte Schwabach einen Termin frei und sagte zu, schon aus Neugier über die ihm zugedachte Hilfestellung.

Dem Doktor war allerdings bestimmt nicht klar, dass er erst vor wenigen Monaten zum Landschaftswart berufen worden war und seine Aufgaben sich darauf beschränkten, im Moorgebiet „nach dem Rechten zu sehen“, wie Herr Wähmann es bei seiner wenig feierlichen Ernennung formuliert hatte. Neben dem amtlichen Schreiben, das ihn zum handlungsbevollmächtigten Mitarbeiter des Landkreises für das Gebiet erhob, überreichte der Leiter des Naturschutzamtes ihm noch ein Fläschchen Mückenspray. „Das Beste, was es derzeit gibt“, wie Wähmann betonte, er beziehe es aus polnischen Armeebeständen. Wie Schwabach später erfuhr, bekam es jeder Naturschutzwart, unter anderem, um die Fluktuationsrate der Freiwilligen einigermaßen geringzuhalten. Vor dieser Maßnahme hatten einige der Ehrenamtlichen schnell der Ehre genug sein lassen, nachdem sie den Besuch wasserreicher Lebensräume zur falschen Zeit mit reichlich Blutzoll hatten bezahlen müssen. Mücken konnten eben lästig sein. Jedenfalls ging es bei seinem Job hauptsächlich darum, unerlaubtes Betreten und illegale Müllentsorgung zu unterbinden oder die Kontrolle über die Einhaltung der landschaftspflegerischen Aufgaben, die Landwirte mit der Pacht von kreiseigenen Flächen übernahmen, zu kontrollieren. Schwabach war also ein besserer Blockwart. Dennoch freute er sich über diese Aufgabe. Sie war ein weiterer Stein, der seiner neuen Lebensmauer Halt gab.

So brachte ihn der Besuch vor der Tür etwas aus der Fassung, nicht nur, weil er die Einladung vergessen hatte. Sehr viel peinlicher war ihm, dass er nicht mehr wusste, was als Gastgeber von ihm erwartet wurde. Zu seiner Freude waren die beiden Nachbarn aber absolut unkompliziert, räumten selber den Tisch frei, suchten Gläser zusammen, fanden den Korkenzieher, und wenige Minuten später hatten sie zu dritt auf eine gute Zeit zusammen angestoßen. Mit seinem besten Pfälzer Ökowein. St. Martin, Weinstraße. Der erste Schluck des trockenen, vollmundigen Merlot brachte Schwabach einigermaßen zurück ins Gleichgewicht.

Haute ihn der Besuch an sich beinahe aus den Socken, so gaben ihm Monas Haare den Rest. Ungebändigt floss die Haarpracht wie ein glühender Magmastrom am Hang eines Vulkankegels über ihre Schultern. Schwabach konnte den Blick nicht davon lassen. Immer wieder fing das lebhafte Feuer ihn ein, bis er merkte, dass seine Blicke Mona anscheinend unangenehm waren. Er gab sich einen Ruck und fragte: „Ihre Haare, Mona, sind die echt? Ich meine natürlich die Farbe und so.“ Er strich sich den Schweißfilm von der haarfreien Zone des eigenen Schädels.

Mona musste lachen. „Ja, die sind echt. Wahrscheinlich das einzig Wahre und Wirkliche an mir und mein wichtigstes Erbe."

„Was meinst du mit Erbe?", mischte sich Thomas ins Gespräch.

„Na ja, das Erbe meiner irischen Mutter. Hier denken natürlich alle, die Haare seien mit Henna gefärbt. Manchmal ist das ein sehr unangenehmes Gefühl, so ... so anders zu sein, ausgeschlossen aus der Welt der Blonden, Braunen, Schwarzhaarigen und Kahlköpfigen. Oh, Entschuldigung", wandte sie sich zu Schwabach, wobei sie die Hand vor den Mund hob.

„Kein Problem damit", erwiderte dieser. „Ich habe ja diesen unübersehbaren lockigen Saum. Damit sehe ich mich weit entfernt von den echten Glatzen."

Wie von einer Last befreit plauderte er dann weiter, erzählte seine Version der Tagesereignisse und kam schließlich zu seinem großen Hobby, dem Kochen. Dabei kam ihm wieder in den Sinn, dass seine beiden Gäste dem Fleischlichen ja entsagten. Was für ihn noch unverständlicher wurde, da ihm das Gulasch ausgesprochen gut gelungen war und er mittags zusammen mit Otto eine Riesenportion davon verdrückt hatte. Rindfleisch, mürbe und faserig, aber trotzdem saftig und voller Geschmack. Noch immer fühlte er sich satt und zufrieden.

Dieses Terrain hätte er besser meiden sollen. Auf seine Frage, warum sie sich denn vegetarisch ernährten, antwortete keiner der beiden. Stattdessen sahen sie sich zögerlich an, bis Mona hörbar Luft durch die Nase zog. „Wissen Sie, Herr Schwabach, das werden wir ständig gefragt. Es ist ein bisschen lästig, sich ständig rechtfertigen zu müssen. Meine Eltern haben mich bereits damit genervt."

„Oh, das war mir nicht klar. Ich würde nur gerne verstehen ...", antwortete Schwabach.

„Ich bin als Vegetarier aufgewachsen", sagte Thomas. „Ich habe mit meinen Eltern lange Zeit in Indien gelebt. Für mich ist Fleischverzicht normal und Fleischessen pervers. Ich habe keine Probleme damit.“

„Aber hier in der Schule haben sie dich doch als Grasfresser und Schwächling gehänselt. Keiner wollte dich zum Freund, hast du mir erzählt. Selbst die Lehrer haben dich runtergemacht und ständig benachteiligt“, warf Mona ein.

„Ja, schon. Die meinten, ich gehöre irgendeiner Religion oder Sekte an, was weiß ich. Vielleicht haben sie sich nur unterlegen gefühlt, weil sie selber keine Ahnung von Ernährung hatten. Irgendwann hatten sie es geschluckt. Dann war Ruhe. Und bei dir? Kannst du doch erzählen?“

Schwachbach wurde langsam bewusst, was er mit seiner Frage angerichtet hatte. „Sie müssen das nicht, wirklich. Für mich ist das Thema Vegetarismus nur absolutes Neuland. Mir ist Essen wichtig. Nicht zu übersehen, oder? Und tatsächlich steht Fleisch dabei im Mittelpunkt. Gemüse sind Beilagen. So kenne ich das. Damit soll's genug sein. Noch etwas Wein?“

Mona lehnte ab. „Ich esse kein Fleisch, weil ich keine Tiere töten kann. Schon als Kind wurde mir schlecht, wenn ich nur daran dachte, dass ein verstorbenes Tier gebraten auf meinem Teller liegen könnte. Dass Tiere extra geschlachtet würden, damit ich sie essen könnte. Zuhause hatte ich echt etwas auszustehen. Das habe ich bis heute nicht vergessen. Dabei will ich niemanden bekehren. Wir sind auch keine Weltverbesserer. Wir ernähren uns nur anders.“

Schwabach leerte sein Glas mit einem einzigen tiefen Schluck. Irgendwie schien es, als läge ihm das Gulasch jetzt schwerer im Magen. Ein Rind musste dafür geschlachtet werden. Ein Aspekt, der ihn noch nie berührt, den er noch nie bedacht hatte. Statt der sauberen Auslage in der Fleischtheke assoziierte er nun ungewollt das blutige Gemetzel einer Großschlachterei. Ekelhafte Bilder zu den jüngsten Gammelfleischskandalen drängten sich aus den Tiefen seines Gedächtnisses in das Bewusstsein.

Er akzeptierte die Beendigung des Themas, hakte jedoch noch einmal nach, um wenigstens die Unterschiede zwischen den Ernährungsweisen von Mona und Thomas zu erfahren. Das mit dem Ovo-lacto-Veggi war einfach. Mona aß Eier und Milchprodukte, jedoch kein Fleisch oder Fisch. Beim Veganer Thomas war das schon komplizierter. Der verzichtete auf jegliche tierische Produkte, selbst auf Honig. In seiner Kleidung gab es weder Leder noch Wollprodukte aus Tierhaaren.

Ich könnte das mit dem vegetarischen Essen doch einmal versuchen, dachte Schwabach bei sich. Wäre eine neue Herausforderung. Der Gedanke lockte ihn tatsächlich. Er machte mit sich ab, erst einmal auf Fleisch zu verzichten, wollte es aber auf keinen Fall vegan versuchen, das erschien ihm bei aller Konsequenz der Lebensgestaltung zu abgehoben. Was Otto wohl dazu sagen wird, wenn es nur noch Gemüse gibt, fragte er sich im Stillen. Vielleicht bemerkt er es gar nicht.

Nach ihrem Exkurs lenkte Mona das Gespräch geschickt in eine andere Richtung. Sie brachte ihn dazu, von sich zu erzählen. Besonders die Umstände, die ihn zum Leben im Mobilheim gebracht hatten, interessierten sie offenbar.

Zunächst fiel es ihm schwer, seine Vergangenheit vor Fremden auszubreiten, aber Monas direkte Art, der Wein und die angenehme Stimmung lösten seine Zunge. Er erzählte aus seinem Leben als Bahnpolizist, von seiner Scheidung und seinem mehr oder weniger freiwilligen Ausstieg aus dem Beamtentum. Nur die harte Zeit auf der Straße, den Tiefpunkt seines Lebens, sparte er aus.

Am intensivsten wurde das Gespräch, als es um seine Naturfotografie ging. Voller Stolz konnte er den beiden einen Artikel über die Faszination der Kraniche in der Geo zeigen, der mit seinen Bildern illustriert war. So ging der Abend schnell vorbei und bei der Verabschiedung hatte er das Gefühl, seine Kurzzeitnachbarn schon eine Ewigkeit zu kennen, auch wenn er von ihnen kaum etwas Privates wusste. Er war Student der

Tiermedizin in Hannover, und sie, ja, sie war scheinbar nur Kräuterhexe. Aber sehr nett.

Neun

Hunger bohrte in seinen Eingeweiden, seit Tagen hatte er nichts mehr erbeutet. Von der höchsten Astspitze einer toten Eiche aus suchte er die Umgebung ab. Nur sein Kopf mit den starren braunen Augen unter den wulstigen Federbrauen drehte sich langsam. Sonst blieb er regungslos.

Der lange Winter hatte ihn in diese Gegend verschlagen. Er war von der Küste aus den großen Gänseschwärmen nach Westen gefolgt, die vor dem Frost davonflogen. Trotz seiner Jugend und der mangelnden Jagderfahrung konnte er aus den rastenden Trupps immer wieder geschwächte Tiere greifen. Er scheuchte die äsenden müden Tiere im Tiefflug solange, bis das erste erschöpft am Boden blieb. Einmal in seinen scharfen Fängen, gab es dann kein Entrinnen mehr.

Mit dem großen Schnee waren die Gänse verschwunden. Er blieb, weil sich mit Schnee und Frost reichlich andere Futterquellen auftaten. Er fand Aas vom Rehwild, das bei der harten Witterung auf der Strecke blieb, griff geschwächte Hasen oder fing Karpfen, die an eisfreien Löchern nach Luft schnappten. Bequeme Kost. Schließlich wurden die Tage milder, der Schnee verschwand und damit auch das verendete Wild. Die großen Vogelschwärme zogen auf dem Weg zu ihren Brutgebieten vorbei, ohne zu rasten. Die Zeit des Hungerns begann.

Er suchte nach Bewegung. Vor ihm breitete sich die Weite der Moorniederung aus. Weiter links, etwa zwei Kilometer entfernt, strahlten die Gefieder einer verlockenden Schar weißer Gänse in der Morgensonne. Doch die waren von schützenden Netzen überspannt, wusste er nach zahlreichen vergeblichen Versuchen. Unerreichbar. Während er ein Objekt in etwa tausend Meter Entfernung fokussierte, das am Boden lag, sah er in der rechten Sehgrube den großen See mit den Häusern entlang des Ufers. Dort am See war es ihm vor einer Woche noch gelungen, ein Blässhuhn aus einem Schwarm zu isolieren und unter Wasser zu drücken, bis es ertrank. Wenigstens einen Teil dieser Beute konnte er anschließend verschlingen, bevor die Angriffe der Krähen zu heftig wurden und er ihnen die Beute überließ. Er könnte es erneut bei den Blässhühnern versuchen, doch das Stück Aas, was er entdeckt hatte, bedeutete geringeren Kräfteverschleiß.

Mit wenigen kräftigen Flügelschlägen gewann er an Höhe und ging dann in den Gleitflug über, der ihn auf direktem Weg zu der ausgemachten Futterstelle brachte. Dort fand er über der braunen Torfheide thermische Aufwinde, die ihn in die Höhe trugen. Aus hundert Metern Höhe musterte der junge Seeadler misstrauisch den Kadaver und die Stelle unter sich. Der Hunger überwog. Er landete dicht neben der Beute und begann Federn von einem Stück Geflügel zu rupfen.

Gierig verschlang er die ersten herausgerissenen Fleischbrocken. Die Krämpfe setzten fast unverzüglich ein. Der Adler ließ von der Beute ab, schlug unkoordiniert mit den Flügeln. Wenige Minuten später lag er tot, mit verkrampften Krallen auf dem Rücken.

Zehn – Samstag, 14. Mai

Thomas musste diesmal sehr viel zeitiger aufstehen. Es waren einige Kilometer mit dem Fahrrad zu bewältigen und er wollte in tiefster Dunkelheit ankommen. Er plante, sich von der Waldseite dem Anwesen zu nähern, dass schien ihm am sichersten. Hauptsache, die Gänse würden nicht anfangen zu zetern.

Thomas hatte das Gelände inzwischen zwei Tage lang aus einer sicheren Deckung heraus mit dem Fernglas beobachtet.

Er hatte eine Skizze von der Lage der Gebäude angefertigt und darauf mögliche Zugänge markiert. Die Nummerierung auf den hohen, blau lackierten Futtersilos diente ihm zur Orientierung.

Es würde nicht so einfach wie in Schleswig-Holstein sein, dies war ein anderer Brocken. Überall Zäune, selbst da, wo keine Viecher liefen. Der Hof mit diesen Blechplatten umschlossen, oben mit Stacheldraht. Wie ein KZ. War es ja auch irgendwie, zumindest für die Tiere. Und die waren auch nicht ohne. Gänse. Die würden bereits loszetern, wenn er sich auf zwanzig Meter näherte, egal in welchem Zustand sie sich selbst befanden. Er konnte nur von der Waldseite kommen. Soviel war klar.

Schließlich hatte er den optimalen Punkt entdeckt. Zwischen zwei lang gestreckten Mastställen bei Silo fünf konnte er leicht von außen an die Blechwand gelangen. Die hölzernen Zaunpfosten dort hatten schräge Seitenstützen. Am frühen Morgen würden selbst die letzten Arbeitssklaven, die er hin und wieder durch das Lochblech beobachten konnte, im Rausch liegen, dann wäre er vor Überraschungen sicher. Er hoffte auf Stallgebäude ohne aufwändige Schließsysteme, dann könnte er seinen ersten Einsatz hier in zehn Minuten erledigen.

Jetzt näherte er sich der Stelle. Wie am Vortag war das Wetter optimal. In einer guten Stunde würde die Sonne aufgehen, noch war er in weicher Dunkelheit verborgen. Er musste auf seine Schritte achten, denn der Waldboden war uneben und wurzeldurchsetzt. Die Umfriedung war tatsächlich leicht zu übersteigen, ganz so, wie er es sich vorgestellt hatte. Den Stacheldraht oben kniff er mit einer Drahtzange durch. Er würde ihn auf dem Rückweg wieder mit einem dünnen Draht zusammenflicken, so dass sein Einbruch nur auffiel, wenn jemand ganz genau hinschaute. Drinnen vergewisserte er sich, dass er auch zurück den Weg über das Blech nehmen konnte. Ging. Ein kraftvoller Klimmzug genügte.

Thomas stand jetzt hinter der Ecke des ersten Maststalls, bemüht, seine Anspannung durch konzentriertes Atmen zu mindern. Jedes Mal erging es ihm so, immer wieder neue Situationen. Es gab keine Routine. Er hatte seinen Rucksack auf der anderen Seite des Zauns im Wald zurückgelassen und nur die Kamera mit dem lichtstarken Objektiv dabei. Zum letzten Mal atmete er tief durch und schob sich dann an der Wand aus Trapezblech entlang zur Vorderseite, denn die doppelflügelige Seitentür, die er zuerst angesteuert hatte, war mit einem Vorhängeschloss gesichert. Durch das dünne Blech konnte er das gedämpfte Zetern und Scharren tausender Tiere hören. Geduckt lief er weiter, überprüfte dabei ständig seine Umgebung. Keine Hunde, keine Bewegungsmelder. Gut. Die Vorderseite des Stalls war gemauert. Er prüfte die erste der beiden Stahlblechtüren. Verschlossen. Genau wie die nächste Tür. Mist. Er wechselte zu dem Stallgebäude nebenan. Nur Fehlversuche.

Erst beim am weitesten abgelegenen Stall, gleich vor dem Weideauslauf, auf dem zu seinem Glück keine Gänse standen, hatte er Erfolg. Eine Tür ließ sich öffnen. Thomas startete die Videoaufzeichnung an seiner Kamera, drückte sich durch den Türspalt und erstarrte. Anders als erhofft stand er nicht im Gewimmel tausender gequälter Gänse unter Kunstlicht, sondern in der Dunkelheit irgendeines Vorraums. Das war kein Drama, der eigentliche Stall lag hinter der Trennwand, vermutete er. Was ihm Angst machte, war die rote Leuchtdiode in der Ecke gegenüber der Tür. Kurzentschlossen lief er zu der Überwachungskamera, die dort hing, und riss das Ding aus der Verankerung. Anscheinend zu spät, denn Sekunden später hörte er Laufschritte auf dem Betonpflaster draußen und sah durch die angelehnte Tür, wie Bogenlampen auf dem Hofplatz zuckend zum Leben erwachten.

Wie hatten sie ihn nur so schnell entdecken können, da musste ja ständig jemand an den Überwachungsbildschirmen sitzen? Egal, abhauen war angesagt. Die Flucht quer über den

Hof schloss er sofort aus. Spätestens am Zaun würden sie ihn aufgreifen. Bloß keine Panik aufkommen lassen.

Er sah sich um, soweit das Dämmerlicht es zuließ. In der Ecke schräg gegenüber der Überwachungskamera ertastete er ein Metallgeländer, hinter dem Treppenstufen nach unten führten. Ein Keller unter einem Maststall? Er musste es versuchen, leuchtete aber vorsichtshalber mit der gedimmten Taschenlampe in den Raum vor sich. Tatsächlich. Stufen aus verzinktem Lochblech führten in Tiefe. Eine Wendeltreppe. Begleitet vom metallischen Hall seiner eigenen Schritte stieg er die Stufen hinunter und leuchtete seine Umgebung aus. Am Ende eines kurzen Gangs entdeckte er eine Stahltür. Natürlich abgeschlossen. Blieb nur noch der enge Raum hinter der Treppe. Er quetschte seinen drahtigen Körper zwischen Wand und Stufen hindurch in die Raumecke, in der er einigermaßen stehen konnte und wahrscheinlich nur entdeckt würde, wenn man ihn durch die Zwischenräume der Stufen direkt anleuchtete.

Oben wurde die Tür aufgerissen, Neonröhren begannen zu summen und flackernd erhellte sich das Treppenloch über ihm, nur die Treppenstufen über seinem Kopf boten ihm noch Schutz. Jetzt kam jemand die Treppe herunter. Thomas hielt den Atem an und drückte sich in den Mauerwinkel. Die Hacken von geschnürten schwarzen Kampfstiefeln blieben auf der Stufe so dicht vor seiner Nasenspitze stehen, dass er das auf Hochglanz polierte Leder riechen konnte. Professioneller Wachdienst? Ein breiter Lichtstrahl glitt entnervend langsam durch den Raum. Die Stiefel drehten sich und stiegen über seinen Kopf hinweg nach oben. Das Licht ging aus. Thomas atmete tief durch. Noch einmal Schwein gehabt, dachte er. Dann hörte er Hundegebell.

Elf

„Zack!“, schallte es dem Mann entgegen, der gerade zur Tür der Polizeidienststelle in Bad Karlenburg hereingekommen war. Vor Schreck wäre dem Besucher fast das Bündel aus der Hand gefallen, das er aus einer löchrigen Kunststofffolie zusammengeknotet hatte.

„Hauptwachtmeister Zack am Apparat, weshalb rufen Sie an“, bellte ein kleiner Mann an einem der beiden Schreibtische in den Telefonhörer. „Ja ... ja ... für Katzen sind wir nicht zuständig. Wenden Sie sich an den Tierschutzverein oder die Feuerwehr. Danke.“ Mit diesen Worten knallte der Polizist den Hörer auf den Apparat und wendete sich einem Vordruck zu, ohne den Besucher eines Blickes zu würdigen.

Dem Mann, in grünes Loden und erdfarbene Cordhosen gekleidet, mit breitkrempigem Filzhut und in kniehohen verschmierten Gummistiefeln, unzweifelhaft ein Jäger, stieg die Zornesröte ins Gesicht. Mit drei Schritten durchquerte er den Raum und knallte das Bündel auf den Tresen.

„Horst, so geht das hier nicht weiter“, schimpfte er, „schon wieder ein toter Adler in meinem Revier. Das ist schon der zweite in diesem Jahr. Uns Jägern wird das wieder angekreidet. Da musst du mal was unternehmen. Ich hab gleich neben dem Kadaver noch einen angefressenen Köder gefunden, wahrscheinlich vergiftet. Also was ist nun?“

Der Angesprochene wedelte mit seinem rechten Arm durch die Luft, anscheinend um die unerwünschten Nebengeräusche zu vertreiben, die seine Konzentration gefährdeten.

Er war ein Ordnungshüter im ursprünglichsten Sinne des Wortes. Alles musste nach peniblen Abläufen und Regeln geschehen. Deshalb nahm er seufzend einen uralten Locher, richtete das Blatt akribisch aus, perforierte es unter quietschendem Protest des Geräts und heftete das Papier in einen Order, den er aus einem Regalschrank gezogen hatte. Er vergewisserte sich noch einmal, dass der Schreibtisch, bis auf das wieder sorgfältig zurechtgerückte Arbeitsgerät darauf, auch wirklich leer war. Dann stand er auf und stellte sich dem Grünrock gegenüber.

„Ihr Name?"

„Horst, Mann, hallo? Wir haben zwanzig Jahre lang in der gleichen Mannschaft gekegelt."

Hauptwachtmeister Horst Zack wiederholte seine abwehrende Armbewegung. „Dies ist eine Dienststelle und hier geht es nach den Vorschriften. Also: Name und Ausweis!"

Der Jägersmann schnaufte, griff in die Hosentasche, zerrte einen Personalausweis aus der Brieftasche und knallte ihn auf das Brett. „Komm du mir demnächst in die Quere! Dann werde ich dir aber den Marsch blasen, außerhalb der Dienstzeit versteht sich, darauf kannst du dich verlassen."

„Wollen Sie mir drohen?"

„Nein!"

„Gut."

Zack nahm ein Formular aus einer Schublade, füllte ein paar Felder aus, hob dann den Kopf und sagte: „Worum geht es, Herr Schön?"

„Ich helfe dir gleich mit deinem Herrn Schön!", brüllte der Jäger. „Pass auf, dass ich dich nicht hinter deinem Tresen vorhole und dein vorzeitiges Dienstende einläute. Ich mache hier eine Anzeige. Das Zeug kommt garantiert vom Gänse-Borsig. Das ist der Einzige hier in der Gegend, der Füchse oder anderes Raubzeug mit Gift bekämpfen würde. Und das ist ja auch nicht der erste Kadaver. Alle Todfunde wurden rund um den Borsighof aufgesammelt, Mann. Also Anzeige wegen Verstoß gegen das Jagdgesetz, Wilderei, illegales Ausbringen von Giftködern, Gefährdung der Öffentlichkeit und was weiß ich noch. Und jetzt sieh zu, dass das Tier hier auf die Todesursache untersucht wird, diese Ködergifte zerfallen nach kurzer Zeit und sind schwer nachweisbar. So stand es jedenfalls in ‚Jagd und

Hund'. Und dann statte doch diesem Hühnerbaron mal einen Besuch ab, muss doch herauszubekommen sein, ob der da wieder seine Finger im Spiel hat. Nun mach deine Polizeiarbeit, aber diesmal richtig!"

„Was ist das da?" Mit angewiderter Miene zeigte der Polizist auf das verschmutzte Plastikbündel.

„Mensch Zack, das ist das Corpus Delicti oder wie ihr das nennt. Ein verendeter junger Seeadler, keinen Tag tot. Ich war gestern an der gleichen Stelle, hab ihn heute früh gefunden, als ich vom Ansitz kam. Ihr müsst das Tier einschicken und veterinärmedizinisch untersuchen lassen, damit die Todesursache festgestellt wird. Den gefressenen Köder habe ich auch beigelegt. Und nun Schluss. Ich muss duschen und ins Bett. Wenn du mehr wissen willst, ruf mich an. Du hast ja meine Nummer. Tschüss." Mit diesen Worten drehte er sich um und verließ das Büro.

„Sie müssen die Anzeige noch unterschreiben", rief Polizeihauptwachtmeister Zack dem Besucher hinterher. Dann stemmte er die Hände in die Hüften und betrachtete das Paket vor ihm ausdauernd, wohl in der Hoffnung, sein Blick bringe es zum Verdampfen.

Zwölf

Die tief stehende Morgensonne entzündete ein Feuerwerk von Funken auf den Wellen der Bucht, die Schwabach beim Rasieren aus dem Badezimmerfenster überschaute. Am gegenüberliegenden Seeufer dümpelten Stockenten, Blässhühner und ein Trupp Graugänse auf silbrigem Wasser vor dem Schilf, dazwischen Reiherenten und Haubentaucher. Die übliche Schar nach dem Frühjahrszug.

Ob die Rohrweihe drüben wieder brütet?, fragte er sich. Auch ein lohnenswertes Objekt für ein Fotoshooting. Auf jeden Fall würde es heute ein prächtiger Frühlingstag. Zeit, den Campingplatz in Schuss zu bekommen, sagte seine Aufgabenliste. In gut drei Wochen, zu Pfingsten, erwartete Otto reichlich Gäste. Ein Treffen von Wohnmobilisten war angekündigt.

Schwabach zupfte mit einer Bürste die Locken im Haarkranz zurecht, schlüpfte in die riesige grüne Latzhose und krempelte die Ärmel seines rotkarierten Baumwollhemds bis über die Ellbogen auf. Unvorteilhaft, diese Latzhose, dachte er. Das Monster im Spiegel ist eindeutig zu fett. Zeit für eine ausgiebige Frühjahrskur.

Als sei der bloße Anblick als Begründung nicht ausreichend, kam er heftig ins Schnaufen, als er sich ungelenk vom Tritt vor dem Wohnwagen aufrappelte, wo er sitzend seine Arbeitsschuhe zugeschnürt hatte. Mann, Mann, Mann, er sollte seinen Essensplan für die kommende Woche überdenken. Etwa eine Fastenzeit einlegen? Nee, dafür machte Kochen zu viel Spaß. Er erinnerte sich an seinen Entschluss, auf Fleisch zu verzichten. Weniger Kohlehydrate, mehr Gemüse? Er war in Versuchung, an das grüne Mobilwrack zu klopfen, um seine freundlichen Campingnachbarn nach brauchbaren Rezepten zu fragen. Da aber von dort kein Zeichen von Aktivität zu vernehmen war, ging er lustlos zu seinem Werkstattschuppen hinüber. Gut 150 Meter Ligusterhecken, wehrhaft durchsetzt mit Weißdorn, Schlehen, Holunder und Wildpflaume, warteten auf ihn und seine Heckenschere. Der erste Schweißausbruch kam, als der Motor nach zahlreichen Versuchen am Zugstarter endlich ansprang.

Erst am späten Nachmittag hatte er sein selbst gestecktes Tagespensum abgearbeitet. Ausgestreckt im alten Gartenstuhl, die Arme hinter dem Kopf verschränkt, dampfte er ab, geschafft, aber zufrieden. Sein Ruheplatz befand sich inmitten einer Sonneninsel im Meer bedrohlich länger werdender Schatten von Weiden und Pappeln am Seeufer. Über dem Moor jenseits des Wassers würde jetzt Nebel aufsteigen, dachte er.

Der gleiche Nebel, der seine Fotografien startender Kraniche verzaubert und den Geo-Bildredakteur überzeugt hatte. Was morgen wohl das Treffen mit diesem Professor bringen würde, kam ihm noch in den Sinn, bevor ihm die Augen zufielen.

„Wie, was? Was ist los?", Schwabach schreckte hoch, nachdem sich der Ruf seines Namens wie ein Dieb in einen wilden Traum geschlichen hatte. Er wollte große Vögel fotografieren, Kraniche oder Rohrweihen, ständig versackte er mit der schweren Kamera im schwarzen kalten Schlamm, der sich als frostige Kompresse um seinen Körper legte. Fröstelnd und noch benommen fand er sich im kühlen Schatten wieder. Die Sonne stand mittlerweile tief am Horizont. Mona, diesmal in weit geschnittener rostroter Leinenhose und Webjacke gewandet, stand vor seinem Liegestuhl.

„Entschuldigung, habe ich Sie geweckt? Herr Schwabach, haben Sie Thomas gesehen? Er ist irgendwie verschwunden und ... langsam mache ich mir Sorgen", sagte sie.

Schwabach gähnte und rieb sich die Augen. „Oh, Mann! Ich bin wohl das Arbeiten nicht mehr gewöhnt." Er drückte sich aus seinem Stuhl. „Thomas habe ich seit gestern nicht mehr gesehen. Was treibt der denn immer so? Keine Idee, wo er sein könnte? Kommen Sie, ich hole noch eine Sitzgelegenheit, Moment."

„Nicht nötig, wirklich. Ich will noch einmal los und ihn suchen. Ist ja noch hell", antwortete Mona. „Keine Ahnung, was er macht, so gut kenne ich ihn auch nicht. Aber sonst war er immer spätestens nach ein paar Stunden zurück." Sie dachte nach und zupfte am Stoff ihrer Jacke. „Können Sie mir vielleicht beschreiben, wo Sie ihn im Wald getroffen haben? Als Sie den Hexenschuss hatten. Dort könnte ich ja hinfahren. Vielleicht hatte er einen Unfall. Mit dem Fahrrad gestürzt oder so." Mona schien ziemlich besorgt.

Schwabach beschrieb ihr den Weg zum Parkplatz an der

Landstraße nach Moordorf, von wo aus sie durchs Seeholz an die kleine Brücke über den Waldbach kommen konnte.

„Mit dem Fahrrad bis zur Brücke, dahinter links. Der Weg ist ziemlich matschig. Am Besten zu Fuß weiter. Etwa achthundert Meter, ist schon ein Stück. Dort etwa ist der Eisvogelbau am Waldbach, wo Thomas mir geholfen hatte. Wollen Sie da jetzt wirklich noch hin? Das dauert bestimmt eine Stunde bis zum Eisvogel. Ich würde ja mitkommen, aber mir ist kalt. Ich müsste erst duschen und mich umziehen. Wenn Sie warten ... Zu zweit sucht es sich besser."

„Jetzt warten möchte ich lieber nicht. Es wird zu schnell dunkel. Ich komme schon zurecht", sagte Mona und grüßte im Weggehen mit einer Handbewegung.

„Melden Sie sich, wenn Sie zurück sind", rief er ihr hinterher. Komischer Typ, dieser Thomas, dachte er noch, wobei ein winziger Nebensatz Monas ihm nicht mehr aus dem Kopf ging: „So gut kenne ich Ihn auch nicht."

Geröstetes Tomatenmark war das Geheimnis und natürlich die selbst gemachte Gemüsebrühe. Dazu Sellerie, Lauch, Möhren, Blumenkohl, ein paar Kartoffelwürfel und grüne Bohnen. Der Duft seiner Minestrone ließ ihm das Wasser im Mund zusammenlaufen. Schwabach hatte die Reste des Gulaschs für Sonntag im Kühlschrank gelassen und sich in Erinnerung seines Spiegelbilds für die Gemüsesuppe entschieden. Er verspürte einen Mordshunger, denn außer einer Flasche Mineralwasser hatte er den Tag über nichts zu sich genommen.

Er führte gerade den ersten Löffel an den Mund, als es klopfte. Mist.

„Otto? Komm rein", rief er zur Tür. Er hatte tatsächlich vergessen, seinem Freund eine Portion zu bringen, dachte er reumütig. Nun musste Otto den für ihn beschwerlichen Weg über den Rasen humpeln.

„Herr Schwabach?", fragte Mona zögerlich, als wäre sie sich

nicht sicher gewesen, überhaupt an seine Tür zu klopfen. Nur ihr verschwitztes Gesicht war im Türspalt zu sehen, eingerahmt von zerzausten Haaren. Sie wirkte erschöpft und traurig.

„Meine Güte, Mona, was ist passiert? Kommen Sie, Sie sehen ja reichlich mitgenommen aus." Schwabach erhob sich schwerfällig vom Tisch. Mona stieg die zwei Stufen herauf und trat ein. Ihre Leinenhose war bis zu den Knien durchnässt und mit Schlamm bespritzt, die leichten Schuhe komplett durchweicht. Schwabach fasste sie am linken Ellenbogen, führte sie zu seiner Wohnecke und drückte sie auf das Eckpolster. Sie ließ es mit sich geschehen.

„Erzählen Sie. Haben Sie Thomas gefunden? Irgendwelche Nachrichten von ihm? Oder möchten Sie lieber erst etwas trinken?" Schwabach platzte mit seinen Fragen heraus, bevor er ihr gegenüber wieder Platz nahm. Die Minestrone dampfte auf dem Teller, doch ihm war der Sinn nach Essen vergangen.

„Ich bin den Weg bis zur Brücke über den Waldbach abgefahren. Genau wie Sie mir beschrieben haben", begann Mona und sah dankbar auf das Glas Mineralwasser, das Schwabach ihr einschenkte. „Dort stand sein Fahrrad. Angekettet", fuhr sie fort. „Ich bin dann diesem Matschpfad gefolgt. Bis es nicht mehr weiter ging. Nichts. Ich habe gerufen und gerufen. Keine Spur von ihm. Als es zu dunkel wurde, bin ich zurück. Dem Thomas muss etwas passiert sein. Der würde nie sein Fahrrad längere Zeit so stehen lassen. Das Stück ist doch sein Ein und Alles. Was soll ich denn jetzt machen? Irgendwie muss ich ihn doch finden. Wenn er nur nicht immer so geheimnisvoll getan hätte, dann gäbe es wenigstens einen Hinweis", klagte sie. Ihre Ruhe und Gelassenheit schien sie verloren zu haben.

„Jetzt holen Sie erst einmal tief Luft. Trinken Sie. Und dann erzählen Sie mir das, was Sie über Thomas Aktivitäten wissen. Vielleicht finden wir irgendeinen Anhaltspunkt. Heute können wir ohnehin nichts mehr tun. Aber ich verspreche, morgen gleich in der Frühe mache ich mich auf die Suche. Ich kenne mich recht gut in dieser Gegend aus. So, und jetzt sollten Sie etwas essen. Möchten Sie einen Teller Minestrone? Selbst gemacht und garantiert ohne Fleisch."

„Haben Sie die Suppe mit Brühe angesetzt", fragte sie ihn etwas verschämt.

„Aber hallo! Beste Gemüsebrühe aus eigener Produktion. Hatte ich schon erwähnt, dass Kochen meine Leidenschaft ist?"

Mona nickte stumm. Einige Minuten lang war nur das Klappern von Löffeln in den Tellern und leises Schlürfen zu hören. Schwabach fühlte sich in ihrer Gesellschaft so wohl wie schon lange nicht mehr. Ein Gefühl der Vertrautheit. Als würde Mona zu seinem Leben gehören.

Schließlich legte sie den Löffel beiseite und begann zu erzählen: „Ich kenne Thomas schon eine Ewigkeit. Bestimmt fünfzehn Jahre. Aber wir sind kein Paar, verstehen Sie? Wir sind sehr gute Freunde. Er hatte mich vorige Woche gefragt, ob er mein Wohnmobil leihen könnte. Im Gegenzug bot er mir seine Wohnung in Hannover an. Er plante, ein paar Tage im Norden zu verbringen. In Schleswig-Holstein und hier in dieser Gegend. Diesen Tausch wollte ich aber auf keinen Fall: mein vertrautes kleines Heim, meine ganzen Sachen jemand anderem zu überlassen. Außerdem hat mein Moppelmobil so viele Macken, mit denen kommt ein Fremder gar nicht klar. Den dritten Gang bekommt man nur rein, wenn Zwischengas gegeben wird, das ist vielleicht Übungssache. Aber die Elektrik braucht geheime Beschwörungsformeln und manchmal auch nur einen Tritt gegen die richtige Stelle, so in der Art jedenfalls."

„Wohnen Sie denn ständig in diesem Mobil?"

„Ja, wieso? Nicht viel anders als Sie hier. Ich habe allerdings einen Dauerstellplatz in meinem eigenen großen Garten in Hannover. Mit allem Komfort. Ich meine, dort steht auch ein kleines Holzhaus mit eingebauter Küche und Badezimmer.

Schlafen könnte ich da auch. Aber mein Moppel gibt mir das Gefühl von Unabhängigkeit. Ich kann mich jederzeit absetzen, brauche auf nichts und niemand Rücksicht zu nehmen ... Jedenfalls hab ich Thomas dann angeboten, ihn zu begleiten, ich hatte gerade nichts anderes vor. Gleich am nächsten Tag sind wir los. Er hat mich in die Gegend von Kiel gelotst. Irgendwo auf dem Land. Ganz hübsch dort, aber kein Platz für mich, um Urlaub zu machen. Thomas wollte, dass wir bleiben. Wir standen auf einem kleinen Rastplatz an einer Bundesstraße. Immerhin im Wald. Wir haben einige Radtouren unternommen. Manchmal ist Thomas für ein paar Stunden verschwunden, mal morgens, mal in der Nacht. Er hatte immer seinen Rucksack dabei. Einmal habe ich nachgebohrt. Wollte wissen, was er da treibt. Ehrlich gesagt, er ging mir auf den Geist mit diesem geheimnisvollen Gehabe."

„Und?", fragte Schwachach.

„Recherchen für seine Diplomarbeit. Hat er gesagt. Irgendetwas mit Landwirtschaft und Tierhaltung. Fünf Tage ging das so, dann meinte er, wir sollten jetzt nach Bad Karlenburg wechseln. Da würde er einen tollen Campingplatz kennen. Als wenn mich Campingplätze interessierten. Ich stehe möglichst dort, wo es mir gefällt. Die erste Nacht haben wir auch tatsächlich in einem Waldweg gestanden. Irgendwo dort, wo ich ihn vorhin gesucht habe. Aber abends ging uns das Wasser aus und die alte Batterie machte schlapp, da sind wir dann doch in das geregelte Leben zurückgekehrt."

„Klingt schon ein bisschen seltsam, oder nicht? Thomas Verhalten?"

„Normalerweise ist Thomas ... ein total netter Mensch. Rücksichtsvoll. Hilfsbereit. Klug. Kann zuhören. Kennt sich sogar in der anthroposophischen Lehre aus. Ohne dabei abgehoben zu sein, wissen Sie. Außerdem kann er gut kochen, genau wie Sie." Mona blickte zu Schwabach hinüber, als erwarte sie von ihm eine Erklärung.

„Mir kam es am Mittwoch so vor, als hätte er ein ganz konkretes Ziel. Ich kann mich aber auch täuschen“, sagte Schwabach nachdenklich. „Jedenfalls fahre ich morgen ins Seeholz und werde noch einmal gründlich suchen, versprochen. Falls ich ihn nicht finde, sollten wir wohl die Polizei informieren, die haben mehr Möglichkeiten. Möchten Sie noch etwas Suppe?“

„Nein, danke. Ich will lieber rüber, um meine Klamotten zu wechseln, jetzt wird mir kalt. An die Polizei habe ich auch schon gedacht. Aber ist das nicht etwas übertrieben? Nach so ein paar Stunden?“ Dann raffte sie sich auf und bot Schwabach die Hand mit den Worten: „Übrigens können Sie mich duzen. Mona reicht wirklich.“

„Äh, gut, ich bin Hans-Peter“, antwortete er etwas überrascht, „meine Bekannten nennen mich Hänsel, schon seit dem Kindergarten. Den musste ich einmal spielen. Bei Hänsel und Gretel. Theateraufführung.“

Beim Hinausgehen entschied sie: „Ich komme morgen mit auf die Suche. Zu zweit sind die Chancen besser. Wann soll es losgehen? Um sieben? Ich kann früh aufstehen ... wenn es denn unbedingt sein muss.“ Sie lächelte zum ersten Mal an diesem Abend.

„Von mir aus um sieben. Ich klopfe bei Ihnen ... äh, bei dir an die Tür.“

Dreizehn – Sonntag, 15. Mai

Im leichten Schwung der Kurven, die dem Lauf eines Baches folgten, glitt die Landschaft vorüber wie in einem Film. Der Langhuber blubberte mit sattem, beruhigendem Sound, und der Rhythmus von Kolben und Ventilen durchdrang jede Faser seines Körpers. Die Vibrationen vertrieben die Benommenheit nach der gestrigen Sauferei. Frische Luft half, die Schwere aus seinem Hirn zu waschen. Für Heiner Entelmann gab es nichts

Schöneres, als sonntags mit seiner Maschine durch die Gegend zu tuckern. Selbst der Nieselregen, der ihm wie ein feuchter Lappen durchs Gesicht fuhr, als er das Haus verließ, hatte ihn nicht abhalten können. Wozu gab es eine Lederkombi und eine Dusche nach der Tour? Er hing wie ein gewaltiger Sack auf dem Motorrad, dessen Abmessungen für seine Körpermaße irgendwie zu klein erschienen. Als hätte er sich beim Kauf im Konfektionsmaß vergriffen. Entelmann brauchte mindestens Größe sechzig, XXL, sein fahrbarer Hocker war höchstens auf Größe vierundfünfzig zugeschnitten. Schnurz. Der Hobel war sein ganzer Stolz.

Dieses neue Glück verdankte er seiner Mutter, deren Pflege er nach dem Tod des Vaters übernommen hatte. Dafür hatte er die Kutte an den Nagel gehängt und einem seiner Kumpel die Harley und den Job als Türsteher im El Dorado überlassen. Nach seinen wilden Jahren spürte er endlich wieder die Essenz des Motorradfahrens, den Kern, das Reale. Er hatte zu sich selbst gefunden: keine Gang, keine Gewalt, keine Deals. In seinem neuen Leben kam der ultimative Kick von dem Gerät zwischen seinen Beinen.

Er drehte am Gasgriff, als das Ende einer langgezogenen Rechtskurve in Sicht kam. Die Maschine zog an, doch urplötzlich unterbrach ein unerwartetes Ruckeln die Beschleunigung. Sekunden später knallte es gewaltig, und sein Gefährt hinterließ eine stinkende blaue Wolke aus verbranntem Öl. Im Leerlauf rollte das Motorrad aus, bis er schließlich absteigen musste und nur noch das unregelmäßige Knacken abkühlenden Metalls zu hören war.

Ende. Stille. Scheiße.

Entelmann besah sich den Schaden. Aus einem fast zehn Zentimeter großen, scharfkantigen Loch wies eine ölverschmierte metallene Stange, der abgerissene Pleuel, in die dunkelgrauen Wolken über ihm. Der Bock zeigte ihm den Stinkefinger. Verfluchter Mist. Motorblock im Eimer, das würde echt teuer.

Heiner schlurfte einige Schritte zu einem bemoosten Kilometerstein und setzte sich frustriert auf das nasse Polster. Er hatte kein Handy dabei, und natürlich war um diese Zeit am Sonntag kaum Verkehr unterwegs.

Er war gerade dabei, am Gurt seines Halbschalenhelms herumzunesteln und sich auf den langen Marsch nach Hause einzustimmen, als ein Auto neben ihm stoppte. Schwarzer Polo. Heiner rappelte sich unbeholfen von seinem Stein auf. Die Seitenscheibe wurde heruntergelassen. Aus dem Wageninneren kam eine freundliche Stimme, untermalt von leiser Musik. „Oh, wow, eine Norton Dominater, etwa eine sieben? Baujahr fünfzig, schätze ich, absolute Klasse. Irgendwas passiert? Panne? Es riecht nach verbranntem Öl. Das war was Heftigeres, oder?“

„Ja, Mann. Der Hocker ist mir stumpf verreckt. Einfach so. Mist. Hat ein Bein rausgestreckt, Ende. Voll im Eimer, hier, am Kurbelgehäuse, faustgroßes Loch.“ Entelmann hatte den Helm inzwischen abgenommen und zeigte auf sein Motorrad. „Mann, was für ein Knall, ich hätte mich fast langgelegt mit der Schüssel, echt erschrocken“, sagte er und bückte sich dann zu seinem Gesprächspartner herunter. Er schrak sichtbar zurück, als er begriff, was er sah. „Äi, ein Neger“, entfuhr es ihm.

Ohne den „Neger“ zu beachten, sagte der Fahrer: „Bein rausgestreckt meint Kolbenstange gerissen, oder? Das ist bitter, Kurbelgehäuse, Welle und alles zerlegt. Hat wahrscheinlich zu viel Öl geschmissen, die Maschine. Alte Krankheit der Engländer. Viel zu unsauber gearbeitet in den Passungen und Dichtungen. Super Ingenieure auf der Insel, aber grottenschlechte Handwerker. Wer diese Art Klassiker genießen will, muss höllisch auf den Ölstand achten. Ich habe selbst schon eine sauer gefahren. Und wer keine Lust zum Basteln hat, sollte auf diese Prachtstücke sowieso lieber gleich verzichten. Kommen Sie, ich nehme Sie mit zur nächsten Werkstatt oder gleich nach Bad Karlenburg. Das sind doch nur noch ein paar Kilometer, oder?“

„Mann, kennst du dich aus mit alten Böcken?“, fragte Heiner Entelmann, nachdem er sich schwerfällig in den Sitz gewuchtet hatte. „Und wie kommt ein Neger in diese Gegend, ich mein, hab noch nie einen gesehen, hier in Karlenburg. Brauchst Arbeit, richtig? Nix zu futtern da drüben, in Afrika?“

Professor Dr. Walter Obinna Eze amüsierte sich prächtig über den Gestaltsriesen, der den Raum neben ihm komplett ausfüllte. Der kleine Mietwagen bekam gleich eine andere Straßenlage, deutlich rechtslastig. „Ich bin Walter Eze und komme gerade aus Dublin. Das Dublin in Irland“, erklärte er vorsichtshalber. „Wenn alles gut läuft, werde ich mehrere Wochen in Bad Karlenburg verbringen. Davor habe ich ein paar Jahre in England gelebt, in Cambridge. Dort konnte ich mir auch meine erste Norton kaufen. Eine Dominater aus dem Jahr neunundvierzig, die allererste Serie. Ein sehr alter Herr hatte das gute Stück in seiner Scheune stehen, sah aus wie aus dem Laden. Zwei Wochen habe ich gebraucht, um alles auseinanderzunehmen und wieder zusammenzusetzen. Die Maschine lief gleich nach dem ersten Kick. Absolut zuverlässig. Bis auf den Ölverlust.“

„Äi, ein Neger mit ’ner Norton, der Ahnung davon hat, das is’n Ding, oder, das muss ich meinen Kumpels erzählen. Glaubt ja keiner. Aus Dublin, he? Und du kannst richtig schrauben an so einer Maschine? Na, dabei habt ihr jedenfalls einen echten Vorteil, schwarze Hände sind euch ja wohl egal, oder was? Kannst mich übrigens da drüben rauslassen, hinter der Kreuzung, vor dem Blumenladen. Vielen Dank, Mann, fürs Mitnehmen und so. Geb ich einen für aus, hundert Prozent. Musst du nur in Tommys Kneipe kommen, da bin ich meistens so ab sechs. Ich bin Heiner. Brauchst du nur zu sagen, die kennen mich da. Sieh zu, Alter.“

Die Lederkluft spannte und knirschte in allen Nähten, als Heiner Entelmann sich aus dem Sitz befreite und sich, an den Türrahmen geklammert, in den Stand zog. Er hob die

Hand mit dem Halbschalenhelm noch einmal zum Gruß und stampfte davon, indem er der Tür noch einen für ihn sanften Stoß gab. Es knallte heftig, als sie ins Schloss fiel.

Dr. Eze hatte sich einmal mehr bewiesen, dass er mit Freundlichkeit und positiver Lebenseinstellung den scheinbaren Makel der Hautfarbe locker wettmachen konnte. Ein Lachen im Gesicht eines Schwarzen war genauso ansteckend wie das eines Weißen. Wenn nicht sogar besser! Seine Zähne jedenfalls leuchteten im Kontrast zur Haut wie Elfenbein neben Ebenholz.

Mit was für einer degenerierten Sprache allerdings sich viele Menschen durchs Leben schlugen, erschreckte ihn immer wieder aufs Neue. Nicht nur in Deutschland, wo er aufgewachsen war, sondern auch in den anderen Ländern, in die es ihn während des Studiums oder später im Beruf verschlagen hatte. Unglaublich. Die Sprache, das wertvollste Gut der Menschheit, hatte Millionen von Jahren gebraucht, um sich von den gutturalen Grunzlauten der ersten affenartigen Anthropoiden zu den Hochsprachen der Welt zu entwickeln. Jetzt schien es ihm, als kehrte sich dieser Prozess um. Und diesmal nach seinem Eindruck in rasantem Tempo. Worte verschwanden, Begrifflichkeiten wurden verdreht, Sprachen durchmischt, grammatikalische Regeln missachtet. Die Sprachen, in denen er sich verständigen konnte, wurden, so schien es ihm, immer dünner, weniger differenziert. Wortärmer.

Während er sinnierend durch den Nieselregen fuhr, achtete er dennoch aufmerksam auf die grünen Hinweisschilder der Hotelroute, bis er den Schriftzug der Pension Seeblick an einer efeuüberrankten Hauswand entdeckte. Er reckte sich nach der fast zweistündigen Fahrt ausgiebig, um sich dann zu schlanken Einszweiundneunzig aufzurichten. Ich hätte die nächstgrößere Fahrzeugkategorie ausleihen sollen, bedauerte er, die Fäuste in das Hohlkreuz gestemmt. Dann schlüpfte er in seinen Trenchcoat, zog die schwarze Kangolkappe über die Stirn, schnappte sich die flache Ledertasche mit dem Laptop sowie den kleinen Hartschalenkoffer und ging die wenigen Schritte zum Eingang der Pension. Bevor er ins Haus eintrat, schaute er über die Straße zum Park, hinter dem der See im Regengrau lag.

„Herzlich willkommen in der Pension Seeblick. Herr Dr. Eze? Ich hoffe, Sie hatten eine gute Anreise. Scheußliches Wetter heute, leider. Dabei war es die Tage über so frühlingshaft schön, wirklich wundervoll. Aber es soll die nächsten Tage wieder besser werden“, wurde er von einer älteren Dame mit silbergrauen Haaren begrüßt, die, flankiert von zwei prächtigen Tiffany-Tischleuchtern, hinter dem Empfangstresen stand.

Vierzehn

Der Beginn des Tages war scheußlich. Er fluchte im Stillen vor sich hin. Sein Regenumhang flatterte schwer vor Nässe im Fahrtwind. Das Ding hielt zwar den Regen ab, aber darunter schwitzte er vor Anstrengung und wurde genauso nass, als würde er ohne Schutz im Regen stehen. Höflich wie er war, hatte er sich für die Suche im Wald Ottos Fahrrad geliehen, anstatt seinen Motorroller zu nehmen. Schwabach atmete bereits schwer, als sie den Ortsrand erreicht hatten, nach den zwei sanften Steigungen bis zum Parkplatz hinauf schnaufte er wie eine Kleinlok im Hochgebirge. Jetzt noch den unbefestigten Waldweg bis zur Bücke.

Mona hatte nach der morgendlichen Begrüßung geschwiegen. Sie blieb gedankenverloren, wirkte angespannt, besorgt. Es schien, als hätte sie ihre positive Ausstrahlung unter dem altmodischen Regenmantel, den sie zugeknöpft trug, eingeschlossen. Ihr feuriger Haarschopf war bis auf wenige Strähnen unter einen passenden übergroßen Regenhut gestopft. Ohne die Löwenmähne und im grauen Licht des Morgens schimmerte ihr Gesicht blass, fast opak. Ihre Wangenknochen zeichneten sich deutlich unter der Haut ab. Wahrscheinlich hatte sie Angst vor dem, was sie finden könnten, vermutete er. Immerhin war Thomas mittlerweile über vierundzwanzig Stunden verschwunden. Schwabach verzichtete deshalb auf jeden Versuch einer Unterhaltung. Er hatte ohnehin reichlich Mühe, die eigene Körpermitte zu finden. Dem Willen stellten sich ganz profane Widrigkeiten entgegen: Der Kampf mit dem Fahrrad, der Regenumhang und eine verfluchte scheuernde Unterhose.

So erreichten sie nach einer guten dreiviertel Stunde die Brücke über den Waldbach. Thomas' Fahrrad stand unverändert, mit einer Panzerkette gesichert, am Brückengeländer. Schwabach untersuchte es gründlich. Kein platter Reifen, keine gerissene Kette, der Ledersattel sorgfältig mit einer Regenhaube geschützt. Dann überlegte er, wie die Suche systematisch angegangen werden könnte. Sie verabredeten, dass er ein weiteres Mal den Weg Richtung Eisvogel absuchen würde, während Mona sich die Strecke flussabwärts vornehmen sollte. Sie gaben sich dafür eine Stunde.

Schwabach stiefelte durchs tiefe Laub, um dem matschigen Teil des Weges zu entgehen. Er konnte es nicht unterlassen, einen kurzen Abstecher zum Brutplatz zu unternehmen. Den Ort der verpassten Chancen. Es vergingen keine drei Minuten, bis ein kleiner blauer Blitz im Tiefflug über dem Bach angerauscht kam und sich auf den Ast vor der Bruthöhle setzte. Eisvogel mit Beute. Zum Glück war kein Fotolicht, sonst hätte er sich so bunt geärgert, wie das Gefieder schillerte. Morgen ist Vollmond, vielleicht wird das Wetter wieder besser, hoffte er und nahm sich vor, gleich in der Frühe einen weiteren Anlauf auf sein Vorhaben zu nehmen. Er beobachtete die Futterübergabe an der Niströhre und zog sich dann diskret zurück, ohne wirklich zu wissen, wie und wonach er jetzt suchen sollte. Nach Thomas zu rufen, erschien ihm kindisch. Mit Ausnahme des Fahrrads gab es nicht den winzigsten Anhaltspunkt, wo zu suchen sei. Also folgte er zierlichen Fußabdrücken, die vermutlich von Monas gestriger Suche stammten. Er kam sich vor wie bei einem gewöhnlichen Waldspaziergang. Irgendwo trommelte ein Schwarzspecht, doch er konnte den Vogel zwischen den Stämmen der dicken Buchen und Eichen nicht ausmachen. Neben Monas Spur entdeckte er frische Trittsiegel eines Kleinsäugers auf dem regennassen Waldweg. Ein Marder?

Der Pfad, den er eingeschlagen hatte, wurde schmaler und verlor sich schließlich unter dem Laubaufwuchs des letzten Jahres. Er behielt die Richtung bei, die ihn bis zum Waldrand führte, den ein sanfter Wall mit einem jetzt trockenen Graben umgab. Wall und Graben bildeten eine historische Gemarkungsgrenze, hatte er irgendwo gelesen. Dahinter begann das Land von Gänse-Borsig. Stacheldrahtzaun. Vier Züge. Beste Ware. Darunter wahrscheinlich ein Elektrozaun gegen Füchse. Bisschen übertrieben für die Gänsehaltung, fand er, aber das war ja nicht sein Problem. Er folgte dem Grenzverlauf auf dem Wall Richtung Straße. Darüber hatte er mit Thomas gesprochen, erinnerte er sich. Er selbst war auch nur wenige Male hier entlanggekommen und wunderte sich, wie unzugänglich diese Ecke inzwischen geworden war. Immer wieder stolperte er über Baumwurzeln. Dann die Gebüsche. Junge Buchen hatten hier genügend Licht gefunden, um den Altbäumen neben ihnen zu trotzen. Sie bildeten dicht bewachsene grüne Inseln zwischen den großen Stämmen. Schwer zu durchqueren.

Regentropfen perlten auf jungen Blättern. Zweige kratzten, hakelten nach seinem Umhang, nasses Laub wischte durch sein Gesicht, wenn es ihm nicht gelang, alle Zweige, die sich ihm entgegenstellten, auseinanderzudrücken. Er rang mit sich, die Sucherei aufzugeben.

Dann sah er an einer offenen Stelle die langgestreckten Stallgebäude mit den riesigen Futtersilos daneben. Anstelle des Zauns war das Hofgelände in diesem Abschnitt mit gelochten grauen Blechplatten umgeben, die alle drei Meter zwischen zwei dicken Holzpfosten eingespannt waren. Die freie Kante oben war wie ein Sägeblatt gezackt. Fürchterliche Konstruktion. Wo hatte er so etwas schon einmal gesehen? Gefängnis? Nee, DDR-Grenzbefestigung, genau. Sogar zusätzlich mit Stacheldraht gesichert. Wie kann sich jemand nur solch eine hässliche Lebensumgebung schaffen, fragte er sich konsterniert.

Er ging weiter. Nach etwa dreißig Metern entdeckte er auf einer kleinen Lichtung auf einem der schrägen Balken, die die Zaunkonstruktion versteiften, Schuhabdrücke. Zumindest erinnerten die nassschwarzen Reste von Walderde auf dem Holz daran. Schwabach trat nahe an das Lochblech und versuchte, hindurchzuspähen.

Eine mit Pfützen übersäte Pflasterfläche umgeben von zahlreichen Gebäuden. Kein Mensch zu entdecken. Sonntag früh, dachte er, die liegen noch alle in Sauer. Er kämpfte sich weitere hundert Meter durch den Wald, immer parallel zum Hofgelände, bis die Straße in Sicht kam. Keine Spur von Thomas. Es wurde Zeit, umzukehren.

Der feine Regen hatte aufgehört, als er zu der gebüschfreien Stelle mit den Spuren am Zaun zurückkam. Er prüfte noch einmal den Balken mit dem Schuhabdruck, dann bemerkte er noch was: der Stacheldraht über dem Blech fehlte.

War Thomas etwa illegal in das Borsig-Anwesen eingedrungen? Er schaute in den Wald. Etwas Braunes lugte hinter dem Fuß einer Buche hervor und erregte seine Aufmerksamkeit. Nichts Gewachsenes, Natürliches. Ein Fremdkörper.

Erst einmal die Dunsthaube loswerden, dachte er und zerrte sich das Regencape über den Kopf. Nass bin ich sowieso. So befreit ging er zu dem Baum hinüber. In der Höhlung zwischen zwei mächtigen Wurzelrücken fand er einen Rucksack. Schwerer dunkelbrauner Kanvasstoff, Metallnieten an den Ecken und mit einer Leinenschnur zugeschnürt, die durch Ösen lief. Kein Leder, keine Industrieware. Gesehen hatte er nur den nassen Tragegurt. Der Rest war gut getarnt in die Wurzelhöhle gestopft und hatte kaum Regen abbekommen. Ein Versteck. Und: Dieses Gepäck gehörte Thomas. Schwabach erinnerte sich an das Stück, weil er sich schon am Mittwoch darüber gewundert hatte. Über die Machart und warum jemand zu einem Frühspaziergang so ein vollgestopftes Teil mit sich herumschleppte. Er schnappte sich den Rucksack und machte sich mit sehr gemischten Gefühlen auf den Rückweg.

Er sah Mona an der Brücke warten und hob, als sie zu ihm herüberschaute, das Fundstück in die Höhe. Mona schlug eine Hand vor den Mund. Dann sackte sie zusammen. Schwabach begann zu laufen.

Fünfzehn

Jede Pore auf der Stirn wurde von einem Tröpfchen gekrönt. Im Licht der Mittagssonne, die vor dem Panoramafenster Position bezogen hatte, funkelte der Schweiß, als sei die Haut unter dem Haaransatz von winzigen Diamanten überzogen. Mit jeder Bewegung kollidierten einzelne Perlen, vereinten sich und verschmolzen schließlich zu Tropfen, die über die linke Schläfe hinabliefen, bis sie an der ersten Halsfalte Halt fanden.

Davon unbeeindruckt säbelte Frank Borsig am Fleisch auf seinem Teller herum. Fett quoll unter dem Messerdruck aus dem Schnitt und sammelte sich auf der schlappen Panade.

Adele Borsig betrat mit einer Mappe unter dem Arm den Essbereich, die Haare zu einem einfachen Zopf gebunden. Dazu trug sie Nadelstreifenhose, Bluse, kirschroten Lippenstift. Die fast siebzig Lebensjahre waren ihr nicht anzusehen. „Frank, was war das für ein Lärm heute Nacht? Warum hat der Wachhund angeschlagen?"

„Der Wachdienst hat so einen verdammten Fotografen aufgegriffen, der bei uns auf dem Hof herumgeschlichen ist."

Frank redete mit noch vollen Backen, die Gabel auf halben Weg zum Mund innehaltend.

„Was meinst du mit aufgegriffen?“ Adele baute sich gegenüber ihrem Sohn auf, die Hände auf die Tischplatte gestützt. Zeige- und Mittelfinger trommelten. „Was für ein Fotograf? Was wollte er auf dem Hof?“

Frank seufzte und legte das Besteck beiseite. „Na, die Wachleute haben Milos geholt. Nur ’ne Bagatelle. Sie wollten uns damit nicht belästigen.“

„Und was ist für dich eine Bagatelle, bitte?“

Frank seufzte. „Milos hat nicht lange gefackelt, sondern dem Spinner eingebläut, was er mit ihm macht, wenn er noch einmal erwischt wird. Klar? Er hat die Kamera von dem Typen mit dem Hammer zerlegt, mehr nicht. Na, und einmal hat Milos wohl auch zugelangt. Vielmehr konnte ich auch nicht aus seinem Kauderwelsch begreifen. Ich mag diesen Bulgaren nicht, aber prügeln kann er richtig.“ Er zog ein Grinsen auf. „Der Fotograf kommt garantiert nicht wieder.“

„Und das nennst du eine Bagatelle? Einen Menschen verletzen, egal ob Einbrecher oder nicht? Du weißt doch, wie ich Gewalt verabscheue. Wir bemühen uns in einer schwierigen Branche um ein positives Images. Das solltest selbst du nun endlich begriffen haben, sonst schreibe es dir auf: Dieser Fotograf hat gegen das Gesetz verstoßen. Das ist Hausfriedensbruch. Da rufen wir die Polizei, die dürfen sich damit beschäftigen.“ Sie löste sich von der Tischplatte und begann vor dem Tisch auf und ab zu gehen. „Wenn der Fotograf uns nun anzeigt oder an die Presse geht? Diese Katastrophe, nicht auszudenken. Polizei auf dem Hof.“

„Aber ...“, setzte Frank an.

„Nein, kein Aber!“, fauchte sie. „Es muss Schluss damit sein. Du gehst zu Milos und seinen Leuten und bringst denen das bei. Keine Gewalt. Wer künftig dagegen verstößt, fliegt raus. Das gilt übrigens auch für dich.“

Adele spürte, wie die Aufregung sie schwächte. Mit zitternden Beinen setzte sie sich auf einen der Stühle, um sich zu beruhigen. Fast jedes Gespräch mit ihrem Sohn brachte sie auf die Palme. Gern hätte sie sich jetzt wieder zurückgezogen, doch sie wollte Frank nicht das Feld überlassen. Nach einer Pause, die nur von Franks Besteckgeklapper gefüllt wurde, öffnete sie die mitgebrachte Mappe, entnahm ihr ein Blatt und schob es neben seinen Teller. „Hast du nun endlich genug Schnitzel in dich reingestopft? Hier, das ist meine Wochenübersicht. Können wir die noch besprechen? Wie steht es mit der Produktion? Sind Foie gras, Pâté und die anderen Terrinen schon abgefüllt und etikettiert? Spedition Grogel wird sie am Mittwoch abholen. Am Donnerstag spät geht die Lieferung nach Frankfurt raus. Herr Tenner reist schon heute an. Er wird wie immer die Qualitätskontrolle bei der Produktion seiner Waren persönlich vornehmen. Und Ende der Woche kommt das Veterinäramt. Wenn die Kontrolleure da sind, teilst du nur Arbeiter mit gültigen Papieren für die Schlachterei ein, ja? Die anderen schickst du bitte ins Feld. Die Zäune am Moormannsgraben müssen repariert werden. Bitte denk daran, dass spätestens Freitag die Schlachterei und der Hof pikobello sauber sind. Lass die Schlachter während der Kontrolle nur filettieren und abpacken. Der Besuch des Veterinäramtes liegt in deiner Verantwortung und du wirst dich nicht mit Milos herausreden, wenn etwas beanstandet wird."

Frank saß am Tisch und runzelte die Stirn, während er zuhörte. Um seine Opposition zu beweisen, spießte Borsig ein Stück Fleisch eines weiteren Schnitzels auf die Gabel, tauchte es in die Sauce mit schleimig-gräulichen Pilzscheiben und schob den Bissen in den Mund. Nicht einmal sonntags konnte er in Ruhe mittagessen. Wichtigtuerin, dachte er. Als wenn er nicht alles im Griff hätte. Polizei nein, Polizei ja, so ein Quatsch. Bisher hatten sie doch alles auf die eigene Art regeln können. Irgendwann würde er ihr einen Dämpfer verpassen.

Mutter hin oder her, ständig mischte sich in seine Aufgaben. Irgendwann würde er richtig ausrasten. Missmutig schüttelte er seinen Kopf, als könne er so die Fortsetzung böser Gedanken vertreiben. Noch hängende Schweißtropfen lösten sich bei der Bewegung und zerplatzten auf die Tischplatte. Einige versanken in der zähen Sauce seines Essens einer traf das Blatt neben dem Teller. Frank wischte ihn mit dem Daumen ab und tippte mit dem Zeigefinger auf den Schmierfleck.

„Die Termine stehen schon in meinem Kalender. Alles wird rechtzeitig fertig, versprochen." Er würgte den letzten Brocken herunter. „Noch einmal zu dem Einbrecher. Vater selbst hat mir damals gesagt, wir Borsigs müssen unser Eigentum schützen, egal mit welchen Mitteln. Ich finde er hatte recht. So ein paar Schläge helfen oft mehr als Polizei und Strafe." Mit einer unwirschen Bewegung rückte er den Teller weit in die Tischmitte.

„Dein Vater, Gott hab ihn selig, hat den Betrieb genau auf diese Weise in die Pleite geritten. Weil er stur und geldgierig war und den Hals nicht voll genug bekommen konnte." Adele fühlte das unangenehme Pochen einer Ader an der Schläfe. Nichts wollte sie weniger, als an ihren verstorbenen Gatten erinnert zu werden.

„Dieser Pressefritze hat höchstens ein paar blaue Flecke abbekommen. Was regst du dich deshalb so auf? Der Mann kann doch behaupten, was er will. Die Wachdienstleute können doch bezeugen, wie harmlos alles war." Frank bekam ob seiner eigenen Argumente wieder Haltung. Er zog die Pralinenschachtel über das Tischtuch näher zu sich heran und schob sich einen Trüffel in den Mund. Beste Qualität. Er ließ sie sich extra aus Belgien kommen. Die Erste glitt kaum durch den Schlund, da kaute er schon auf der Nächsten.

Ganz anders als sein Habitus vermuten ließ, der massig und schwer zwischen die Armlehnen des Stuhls gestopft schien, sprach Frank mit einer hohen, fast piepsigen Stimme. Er war überall rund und weich. Selbst der früher einmal kantige Schädel war von Rundungen entschärft. Von seinen zurückgekämmten Haaren hatten sich beim Essen einige Strähnen gelöst und hingen vor der Brille, die auf einer breiten Nase Halt fand. Seine Augen glitzerten angriffslustig. „Das ist mein Hof. Ich bin hier der Bauer“, sagte er.

Adele schüttelte den Kopf. „Junge, ohne mich wärst auch du schon lange pleite. Nur zur Erinnerung: Dein Vater hat dir den alten Betrieb zwar vererbt, die Stallungen und das Land dafür sind aber nur aus dem Familienbesitz gepachtet. So lange ich lebe, gehören mir der Hof und die Schlachterei. Wer weiß, vielleicht verkaufe ich ja alles. Herr Tenner wäre bestimmt interessiert. Dann kannst du sehen, wo du bleibst.“ Sie bemühte sich beim Aufstehen, das Stöhnen zu unterdrücken, um ihre Schwäche zu verbergen. Als sie das geschafft hatte, lächelte sie, wischte sich ein unsichtbares Staubkörnchen vom Blusenärmel und durchquerte den Raum. Die Absätze ihrer Pumps klackerten auf dem Parkett. Bevor sie die Tür erreicht hatte, drehte sie sich noch einmal um. „Denk dran, dass wir heute den Empfang geben. Ein paar Leute aus dem Dorf, der Bürgermeister und diese Leute. Um die wirst du dich bitte kümmern. Ich werde mich mit Herrn Tenner zurückziehen, wenn er aus Frankfurt eingetroffen ist.“ Im Hinausgehen rief sie: „Punkt sieben. Anzug und Krawatte.“

Sechzehn

Der Nachmittag war sommerlich warm geworden, als Dr. Eze im Kurpark-Café einen Tisch am Fenster suchte, sich einen Milchkaffee bestellte und auf seine Verabredung wartete. Deutschland hatte sich seit seinem letzten Besuch gewaltig verändert, fand er, zumindest die Menschen. Was ihm da draußen geboten wurde, war erschreckend. So viele dicke Menschen.

Frauen präsentierten ihre Oberschenkel und gewaltigen Hinterteile in hautengen Leggings.

Er sah Männer in Shorts, die Hemden so prall gefüllt, dass die Knöpfe jeden Moment abzuplatzen drohten. Bei anderen überwallten Bauchspeckfalten den Hosenbund. Arme, dick wie Beine, konnten nicht frei hängen, sondern standen seitlich ab. Und alle bewegten sich in gleicher Weise. Sie brachten ihre Körpermassen seitlich ins Pendeln, bevor sie das weniger belastete Bein ein Stück nach vorne schoben.

Was war mit den Deutschen geschehen, fragte er sich. Sie schienen nur mit einem beschäftigt: etwas in sich hineinzustopfen. Irritiert hatte er das Treiben auf der Promenade vor den großen Glasfenstern verfolgt, war so gebannt, dass er sogar vergaß, seinen Kaffee zu trinken, den ihm die Bedienung schon vor einer Weile gebracht hatte. Eine schlanke, junge Frau mit einem freundlichen Lächeln, wie er positiv vermerkte. Dennoch, die anderen waren in der Überzahl. Sie schleckten Eis, tranken Cola aus Pappbechern, aßen Pizza aus dem aufgeklappten Karton. Jetzt kam schon wieder so eine Kanonenkugel durch den Park gerollt. Gerollt war unfair. Tatsächlich bewegte sich dieser Mann merklich durchtrainierter als die anderen, musste Eze sich eingestehen. Hinter der Goldschrift an der Glastür verschwand der Kopf des Mannes. Der steuert bestimmt das Tortenbuffet an, dachte Eze, als der Beobachtete eingetreten war und suchend im Eingangsbereich stand. Nach kürzerem Zögern kam der Mann an seinen Tisch und fragte: „Entschuldigung, sind Sie Dr. Eze?“

Schwabach saß die Aufregung vom Vormittag um Mona noch in den Knochen. Als er sie nach ihrem Zusammenbruch auf der Waldbrücke schnaufend erreichte, hatte sie die Augen bereits geöffnet. „Das ist Thomas’ Rucksack. Ich habe ihn sofort erkannt. Ist er tot?“ Er half ihr, sich aufzurichten. Nachdem sie einen Schluck heißen Tee aus der Thermoskanne getrunken und er ihr die Fundumstände beschrieben hatte, rappelte Mona sich auf. Sie beschlossen, die Polizei einzuschalten. Schwabach begleitete sie zum Revier und gemeinschaftlich konnten sie den Diensthabenden überzeugen, eine Vermisstenmeldung aufzunehmen.

Nach dem Mittag zog er sich um und lief kurz vor der verabredeten Zeit durch den Kurpark zum Café. Zunächst konnte er unter den Gästen in ihren Nischen niemanden entdecken, der auf eine Verabredung wartete, bis sein Blick an einem hochgewachsenen, etwa vierzigjährigen Mann in einem flaschengrünen Rollkragenpullover hängenblieb, der, das Kinn auf drei Finger der rechten Hand aufgestützt, zu ihm herüberblickte. Wahrscheinlich Kaschmir, dachte Schwabach, als er den Pullover musterte. Zusammen mit der feinen Goldrandbrille das Outfit eines Akademikers, assoziierte er, auch wenn er in den letzten Jahren keinen Kontakt in diese Schichten der Gesellschaft gehabt hatte. Nur dass dieser Mann schwarz war, irritierte.

„Herr Schwabach! Ich freue mich außerordentlich, Ihre Bekanntschaft zu machen. Bitte, setzen Sie sich doch. Etwas zu trinken?“ Dr. Eze sprach mit angenehmer tiefer Stimme, während Schwabach sich einen der Polsterstühle zurechtrückte. „Wie ich bereits am Telefon erwähnte, möchte ich das Taube Moor besuchen“, fuhr der Schwarze dann fort. „Ich bin sehr gespannt darauf, was mich dort erwartet. Wissen Sie, dieses Moor ist unter Moorforschern Legende – und für mich ist es so ziemlich der letzte vermoorte Flecken diesseits des Atlantiks, den ich noch nie zu Gesicht bekommen habe.“

Nach Schwabachs etwas unsicher vorgetragener Frage, welche Art von Hilfe denn von ihm erwartet würde, schließlich sei er kein Fachmann, sondern nur als Landschaftswart bestellt, erläuterte Dr. Eze sein Vorhaben und seine Erwartungen in allen Einzelheiten. Holte dazu weit aus und schien in den sprachlichen Rhythmus und Stoff einer Vorlesung zu verfallen, womit er wohl üblicherweise versuchte, jungen Studenten die Faszination der Moore und der Forschung in diesen fast verschollenen Lebensräumen nahezubringen. Er sprach von oligotrophen Regenmooren, von Armmooren, deren natürlicher torfbildender Vegetation, den Zwergstrauch-Wollgras-Torfmoosrasen im norddeutschen Raum, den Bult-Schlenken-Komplexen, der Mineralbodenwasserzeigergrenze, von Rüllen, Kolken und Flarken, der Azidität und dem Akrotelm. Der ganze Redefluss wurde gespickt von lateinischen Namen, von denen Sphagnum, Andromeda und Eriophorum einigermaßen im Ohr hängenblieben.

Schwabach versuchte gar nicht erst, den Inhalt dieses Vortrags in sich aufzunehmen oder gar zu begreifen. Er blickte stattdessen aufmerksam in das glatte Gesicht seines Gegenübers, das durch sein Lächeln und die Augen, die hinter den Brillengläsern funkelten, eine Begeisterung ausstrahlte, die sich auf ihn zu übertragen schien. Dieser Dr. Eze hatte – mit Ausnahme seiner braunschwarzen Haut – nur wenig negroide Züge. Ein ovaler Kopf, mit dunklen Augen und schmaler Nase, unter der sich die Andeutung eines Oberlippenbartes bis zu zwei tief eingeschnittenen Wangenfalten zog. Ein schmaler Mund wurde von breiten Lippen gesäumt, die bei jeder Gelegenheit blitzweiße Zähne freigaben. Er war nicht glatzköpfig im eigentlichen Sinne des Wortes. Ein kurzer Flaum dunkler gekräuselter Stoppeln überzog den Schädel wie ein Schatten. Er unterstützte jeden Satz seines Vortrags mit Gesten seiner langfingrigen Hände.

Als Eze schließlich verstummte, hatte Schwabach verstanden, dass er den Doktor gleich morgen früh ins Moor begleiten und bei einigen ersten Erkundungen helfen sollte, die die Pflanzenwelt des Tauben Moores betrafen.

„Ja gern", antwortete er. „Wenn Sie ein Fahrzeug zur Verfügung haben, komme ich morgen so gegen acht Uhr zu Ihrem Hotel. Wir müssen einige Kilometer die Straße hinauf am nächsten Dorf vorbei. Von dort führt ein Feldweg direkt zum Schutzgebiet. Sie brauchen allerdings Gummistiefel." Er wunderte sich zunächst über das kehlige Lachen seines Gesprächspartners, bis bei ihm der Groschen fiel. Der Doktor hatte wahrscheinlich bereits sein halbes Leben in Gummistiefeln verbracht.

„Möchten Sie noch etwas trinken?", fragte Dr. Eze. Als Schwabach verneinte, fuhr er mit leicht abgesenkter Stimme fort: „Ich möchte nicht aufdringlich erscheinen oder Ihnen zu nahe treten, aber ich muss das einfach fragen. Seit ich hier im Café sitze, sehe ich fast ausschließlich übergewichtige Menschen. Ich war nun vielleicht neun, zehn Jahre nicht mehr in Deutschland, schon eine lange Zeit – aber haben sich die Menschen hier tatsächlich so sehr verändert? Wird noch fetter als damals gegessen?" Dr. Eze wies mit dem Kinn Richtung Fenster, wo gerade ein dickes Paar einen Kinderwagen vorbeischob.

„Ah, Sie meinen die Leute dort auf der Promenade? Und sicherlich auch meine Wampe?" Erleichtert stieg Schwabach aus der Moorfachthematik aus, die ihm die eigene tiefste Unkenntnis offenbart hatte. „Nun, die Menschen dort gehören sicher in die Forinth-Klinik. Es ist eine Kurklinik für Essstörungen. Spezialisiert auf krankhaft adipöse Patienten. Die machen dort Magenverkleinerungen, Fettabsaugung, Bewegungstherapie und so weiter. Auch viel Psychokram. Sonntagnachmittags ist Freigang, da wird natürlich ein bisschen Ausgleich zur Diät in der Woche betrieben. Die Deutschen werden zwar dicker, wie ich irgendwo gelesen habe, aber nicht so extrem, wie das Bild dort draußen nahelegt. Und für mich selbst gilt der Wahlspruch: ‚Man soll dem Leib etwas Gutes bieten, damit die Seele Lust hat, darin zu wohnen!'" Mit Stolz streckte er seinen Kugelbauch vor.

„Ah, Winston Churchill, kluger Mann und ein Schlitzohr!", antwortete Dr. Eze lächelnd. „Klug, weil er den wichtigen Zusammenhang von leiblichem Wohlbefinden und Psyche auf nette Art in Beziehung setzt, und schlitzohrig, weil er mit keiner Silbe darauf hinweist, was denn tatsächlich das ‚Gute für den Leib' sei, das die Seele für ihr Wohlsein benötigt!"

Schwachbach war perplex, denn mit dieser Reaktion hatte er nicht gerechnet. Wie ein Blitz schlug die Replik seines Gegenübers mitten in sein Selbstverständnis. Immer war es ihm bisher gelungen, mit dem Churchill-Spruch die Leibesfülle vor sich selbst zu rechtfertigen. Irgendwie scheint mein Ernährungs- und Lebensmotto nicht mehr zeitgemäß, dachte er, nachdem er sich von Dr. Eze verabschiedet hatte.

Siebzehn

„Schwabach führt den Mohr ins Moor, na denn man to!", dröhnte Otto. „Dann pass mal auf, dass der sich nicht schwarzärgert, wenn er die Maiswüsten und Gänseäcker am Moorrand zu Gesicht bekommt."

„Du hast auch schon mal bessere Kalauer produziert", entgegnete Schwachbach, leicht angesäuert. „Viel bemerkenswerter ist das Verschwinden von diesem Thomas. Da kann ich mir gar keinen Reim drauf machen, weißt du. Der ist einfach weg, wie vom Erdboden verschluckt. Nur seine Klamotten im Rucksack liegen da rum und das Fahrrad. Mona sagt, sein Fahrrad sei sein Heiligtum, das nimmt er sogar mit in seine Wohnung. In den dritten Stock! Ohne Aufzug!" Er trommelte mit den Fingern. „Du, ich fürchte wirklich, dem ist etwas passiert. Da muss Bereitschaftspolizei kommen. Suchtrupps, Hubschrauber, was weiß ich, das komplette Programm. Mona geht morgen noch einmal zur Polizei und fährt dann nach Hannover. Falls er aus irgendeinem Grund dort wieder aufgetaucht ist. Wenn nicht, kommt sie übermorgen zurück. Was denkst du darüber?"

„Über Mona, deine neue Flamme? Wann will sie aus Hannover zurückkommen, am Mittwoch? Wenn sie wieder bei deinem Wagen stehen sollte, werde ich die Laternen dort ausschalten. Strom sparen. Na, Spaß beiseite. Also das Verschwinden von Thomas. So, wie du mir das erzählt hast, hört sich die Geschichte wirklich nicht gut an. Und du hast diesen Rucksack direkt am Zaun hinter dem Hof von Gänse-Borsig gefunden? Und auch noch Fußabdrücke auf den Balken, einen durchschnittenen Stacheldraht? Komisch.“ Otto verstummte und strich sich mit abwesendem Blick mit seiner rechten Hand über das Kinn.

Schwabach nickte zwar zu den Fragen, blieb aber stumm.

„Borsig. Der Hof hat ja eine dunkle Geschichte“, meinte Otto dann, „aber die liegt schon so lange zurück, da kann es keinen Zusammenhang geben.“ Er schüttelte den Kopf. „Der alte Borsig ist doch auch schon viele Jahre tot, und wie ich hörte, scheint der Sohn den Hof gut in Schuss zu haben. Frank heißt der, meine ich. Sag mal, was genau hat dieser Fahrradtreppenträger gemacht, dieser Thomas? Ich meine beruflich. Habt ihr in den Rucksack geschaut? Was war da drin?“

„Er studiert Tiermedizin in Hannover, das ist wohl sicher, und er schreibt an seiner Examensarbeit. Oder will damit beginnen. Mona sagt, Thomas sei schon immer sehr verschlossen gewesen und auf diesem Ausflug ganz besonders. Hätte viel mit seiner Kamera hantiert, ohne ihr die Bilder zu zeigen. Hat wohl auch Aufzeichnungen gemacht, auf seinem Laptop, das ist so’n kleiner Computer, weißt du? Der Laptop steht im Wohnmobil, ist aber mit einem Passwort geschützt. Und in dem Rucksack waren nur Ersatzklamotten, Teile der Kamera und etwas zu essen.“

„Ich weiß, was ein Laptop ist, Mann. Ich lebe auf einem Campingplatz, nicht hinter dem Mond!“, ereiferte sich Otto, der vor dem kleinen Schachtisch saß und auf der Uhr herumdrückte, was jedes Mal von einem lauten Klacken begleitet wurde.

„Ist ja gut. Erzähl mir lieber von diesem Gänse-Borsig. Was ist das für eine dunkle Geschichte? Vielleicht hat die ja doch mit dem Verschwinden zu tun. Und hör auf, mich mit der Uhr zu nerven. Ich bin heute nicht zum Spielen aufgelegt. Ich hole uns ein Bier aus der Küche und du erzählst mir, was du weißt." Schwachbach wuchtete sich aus seinem Sessel.

„Viel gibt es da nicht zu erzählen", begann Otto und wischte sich den Bierschaum von der Oberlippe. „Das muss so Anfang der achtziger Jahre gewesen sein, vielleicht zweiundachtzig, nee, jetzt weiß ich wieder, im Frühjahr dreiundachtzig. Ich hatte das neue Sanitärhaus für den Platz gerade fertig. Die ganze Geschichte kam seinerzeit groß in die Zeitung, Fernsehen war auch da, mächtig Trubel auf dem Hof vom Borsig. Der Alte war damals ein ganz Großer im Geschäft mit der Kälbermast und muss richtig Kohle gemacht haben. Bis ihm die Polizei oder das Veterinäramt, was weiß ich, auf die Schliche kam. War doch die Geschichte mit dem Hormonskandal, die haben die Viecher damals vollgestopft, damit sie schneller wachsen und möglichst weißes Fleisch liefern. Nur, dass diese Hormone krebserregend und deshalb verboten waren. Das ging über viele Jahre. Stand oft im Spiegel und war ständig Thema in den Nachrichten, wenn sie wieder jemanden erwischt hatten. Der Borsig hat immer rumgetönt, dass er dabei nicht mitmachen würde, seine Tiere seien sauber und die Kontrollen auf seinem Hof immer ohne Befund. Bis sie schließlich herausfanden, dass er ein anderes Medikament einsetzte, das durch die üblichen Analyseverfahren nicht nachweisbar war. Moment." Otto drückte sich ächzend aus dem Stuhl und begann im Nebenraum, seinem Büro, zu kramen, bis er mit triumphierender Geste wieder erschien, in der gesunden Hand eine Zeitung schwenkte und sich damit zurück auf seinen Sitzplatz fallen ließ. Behindert durch die Armprothese, begann er umständlich zu blättern. „Hier ist es", sagte der dann, „der Artikel über den Selbstmord von Anton Borsig und den mutmaßlichen Hintergrund. Das war an dem Wochenende, an dem ich vier

Sonderseiten zum fünfjährigen Bestehen des Platzes in der Zeitung hatte. Sechster August 1983. Lies selbst!“

Schwabach nahm die Zeitung und rückte ins Licht der alten Stehlampe hinter ihm. Der Artikel nahm eine ganze Seite ein, groß in der Mitte das Portrait eines wohlgenährten, älteren Mannes mit Stirnglatze. Alles Mögliche aus dem Leben des Anton Borsig: Landvolkvorsitzender, Vorsitz im Hegering, Mitglied der Jagdgenossenschaft, langjähriger Stadtrat und Ehrenmitglied im Heimatverein, schließlich eine Zusammenfassung über die Aufdeckung des Mastskandals auf dem Hof, deren Konsequenzen wohl zum Selbstmord geführt hatten, so die Vermutung des Verfassers. Dienoestrol, so hieß das eingesetzte synthetische Hormon – ein Zeug, das Borsig wohl illegal aus dem Ausland bezogen hatte. Das entnahm Schwabach der eingefügten Infobox.

„Wie gesagt, das ist lange her“, begann Otto, als Schwabach den Artikel zusammenfaltete und neben die Schachfiguren legte. „Der Hof ging an den Sohn, Frank, der die Kälbermast einstellte und sich auf Geflügelzucht und -mast verlegte, hauptsächlich Gänse. Die Mutter ist anscheinend auch noch im Geschäft, eine sehr ansehnliche Dame, etwas hochnäsig vielleicht, aber für ihr Alter ausgesprochen hübsch. Kalle, mein Postbote, hat erzählt, dass jetzt viel Post an eine neue Produktionsgesellschaft auf dem Hof ginge und bei offiziellen Dingen die Mutter unterschreiben würde. Tatsächlich soll ja die Mutter die Geschäfte auf dem Borsig-Hof lenken, denn der dicke Frank soll ziemlich, äh ... einfach strukturiert sein. Jedenfalls wurde vor einigen Jahren auf dem Hofgelände eine Schlachterei gebaut und ein Versandhandel eröffnet. Die produzieren da Gänsestopfleber mit Trüffeln, Pasteten, geräucherte Gänsebrüste und solch Zeugs für die Schickimicki-Szene. Das Geschäft muss sehr gut laufen. Die Gänse vom eigenen Hof scheinen jedenfalls nicht zu reichen, da kommen regelmäßig auch Gänselieferungen per LKW aus Polen, Rumänien und

Frankreich. Na, ich kenne mich mit diesem Bauernvolk und deren Geschäften nicht aus. Ist das, was ich so aufgeschnappt habe. Na, zufrieden?“

Schwabach nickte nur und trank sein Bier aus.

Den Rest des Abends, sogar bis in den Dämmerzustand vor dem Einschlafen hinein, gingen ihm Worte und Assoziationen nicht mehr aus dem Kopf. Gänsestopfleber. Foie gras. Fettleber. Tierquälerei.

Achtzehn

„Schlachterei Brünnings, Partyservice. Nur vom Feinsten!“, prangte in großen Lettern auf dem weißen Lieferwagen vor der Steintreppe am Hintereingang des Wohnhauses. Alle Fenster waren hell erleuchtet. Einmal wehten einige Akkorde klassischer Musik von Geige und Klavier zu ihm herüber, als eines der Fenster kurz geöffnet wurde. Eine Reihe von Limousinen stand ordentlich geparkt zur Straße hin neben dem Haupthaus. Die Stallgebäude auf der Hofseite erschienen im Licht weniger Lampen nur als graue Silhouetten.

Es war bereits stockfinster, als ein weiteres Fahrzeug eintraf, den Hof und die Wohnunterkunft der Bulgaren in Schrittgeschwindigkeit passierte und im Gebäudeschatten neben der Schlachterei stoppte.

Die Bremslichter verloschen. Frankfurter Kennzeichen. Sportwagen.

„Hijo de la puta“, murmelte der Beobachter, der in gut einhundert Metern auf einer Astgabel lag. Würde er heute für seine Ausdauer belohnt werden? Sehr viel länger konnte er nicht mehr an dieser Stelle verbringen, irgendwann würden sie ihn entdecken. Einmal musste er schon handeln, um sich zu schützen. Bedauerlich, aber nicht zu ändern.

Er konzentrierte sich wieder auf das Geschehen.

Innenraumleuchten zündeten, die Fahrertür wurde geöffnet, ein Mann stieg aus, wandte sich dem Hauptgebäude zu. Im grüngrau eingefärbten Bild des Restlichtverstärkers wurde die Gestalt durch das Fadenkreuz in Viertel geteilt. Die Haarfarbe war nicht abzuschätzen, auf jeden Fall hell. Auch das Alter könnte passen. Er musste es versuchen.

Eigentlich hatte er die Suche schon vor Jahren aufgegeben. Bis die Polizei am vergangenen Donnerstag urplötzlich in seinem Dorf auftauchte. Sie suchten nach Verwandten von Xabi und fragten nach zwei weiteren Männern, jetzt, nach so langer Zeit. Irgendetwas mussten sie gefunden haben, es schien eine neue Spur zu geben. Aber sie suchten Angehörige, nicht Xabi selbst.

Xabi war tot, das wurde ihm an diesem Tag klar. Die Polizisten zogen nach einiger Zeit wieder ab, ohne in den Häusern, an die sie klopften, wirklich Antworten erhalten zu haben. Die Menschen hier hatten das Schweigen noch nicht verlernt. Er selbst blieb aufgewühlt und grübelnd zurück, hinter Vorhängen verborgen. In was für eine Geschichte war sein Bruder da hineingeraten? Er beschloss am gleichen Tag, seine eigene Untersuchung wieder aufzunehmen.

Xabis Spur hatte sich vor Jahren in Frankreich verloren. Noch bevor er bei Baseo unterschlüpfen konnte, dem sicheren Versteck, das er selbst Xabi vermittelt hatte. Das hatte er nach dessen Verschwinden damals gründlich überprüft. Sein erneuter Kontakt mit Baseo vor einigen Tagen offenbarte etwas Neues. Der am Telefon überraschte Mann beschwor Stein und Bein, dass weder Xabi noch der Andere damals aufgetaucht seien. Der Andere? Wen meinte Baeso damit, er selbst hatte damals doch nur Xabi angekündigt? Eine kleine Unstimmigkeit, ein winziger Hinweis nur, aber wichtig genug für ihn, seinen jetzigen Rückzugsort zu verlassen und das Risiko einer Reise einzugehen. So fuhr er nach Frankreich, wo er einem aus dem Schlaf gerissenen Gänsemäster und ETA-Sympathisanten namens Baseo drei Finger abschneiden musste, um vielleicht nicht die Wahrheit, dafür aber einen Namen und eine Lieferadresse zu erfahren. Neu entfachte Rachegedanken trieben ihn ohne Rast weiter.

Seit mehreren Tagen und Nächten beobachtete er nun das Treiben auf dem Hof hinter den gelochten Blechplatten, und je mehr er sah, desto unsicherer wurde er. Nichts schien hier verdächtig. Nur ein unbestimmtes Gefühl ließ ihn noch ausharren. Er hatte sich eine einigermaßen bequeme Astgabel, den dicken Hauptast einer schräg gewachsenen Buche, ausgesucht. Der Platz bot guten Einblick auf das geschützte Hofgelände, er konnte angelehnt sitzen und, wenn nötig, sogar ausgestreckt liegen. Manchmal schlief er in seinem Kombi, den er am Waldrand versteckt hatte, oder ging spazieren, um die steifen Gelenke und tauben Muskeln zu lockern. Unter ihm baumelte der Proviantbeutel und die nicht benötigte Ausrüstung. Heute schien seine Ausdauer belohnt zu werden.

Mit dem Fadenkreuz folgte er der Gestalt, entsicherte die Waffe ohne aufzublicken. Er hörte, wie die Hintertür zum Wohngebäude geöffnet wurde. Er schwenkte den Sucher in Richtung des Geräuschs und sah eine elegant gekleidete Frau, die in einem schwarzen, mit Pailletten besetzten Abendkleid auf den Treppenabsatz getreten war. Um den Hals trug sie eine schimmernde Perlenkette. Jetzt rief sie dem Ankömmling etwas Freundliches entgegen, was er an der Gesichtsmimik der Frau ablesen konnte. Er glitt mit dem Sucher zurück zu dem Angesprochenen. Der grinste, bevor er nach unten aus dem Lichtkreis seiner Zieloptik glitt. Den Knall seiner Blaser-Magnum-Jagdbüchse verschluckte der Schalldämpfer vollständig. Jedenfalls für die Menschen auf dem Hof.

Er selbst war wieder einmal überrascht vom heftigen Rückstoß des Gewehrs. Er musste neu ansetzen, um das Ergebnis des Schusses zu überprüfen. Sein Opfer lag ausgestreckt auf dem Pflaster vor dem großen Stallgebäude. Als es sich zuckend bewegte, war er zufrieden. Ein Schuss ins Blaue. Zum Aufscheuchen der Gänse.

Mit der Gelassenheit eines Profis ließ er sich am Stamm seines Ansitzbaumes herabgleiten, zerlegte die Waffe sorgfältig und verstaute die Einzelteile samt der abgeschossenen Patronenhülse in einem mit Samt ausgeschlagenen Koffer. Die kleine Stabtaschenlampe hielt er dabei zwischen den Zähnen. Zeit für eine ausgiebige Ruhepause. Die Lunte hatte gezündet, dachte er zufrieden.

Neunzehn – Montag, 16. Mai

Polizeihauptwachtmeister Horst Zack fühlte sich nicht wohl in seiner Haut. Seine Uniform, die ihn als machtvollen Vertreter der Obrigkeit auswies, versagte in der Erzeugung von Selbstbewusstsein zumindest bei dieser speziellen Mission. Wenn er Eines nicht mochte, dann war es der Dienst außerhalb der gewohnten Umgebung, also außerhalb der Revierdienststelle. Aber heute blieb ihm keine andere Wahl, er musste der Sache nachgehen, das verlangte das Recht und das stand nun einmal über persönlichen Befindlichkeiten. Polizeianwärterin Braunhuber war einer solchen Herausforderung noch nicht gewachsen, wie er entschieden hatte. Nur das Beweisstück hatte Anwärterin Braunhuber vorhin zur Untersuchung der näheren Todesumstände verpacken dürfen, bevor ein Streifenwagen das Bündel zur Tierärztlichen Hochschule nach Hannover gebracht hatte. Nun schob sie Telefondienst in der Wache, während er durch die Anzeige des Bürgers Schön genötigt war, dessen Vorwürfen nachzugehen und die Beschuldigten in dieser Sache zu vernehmen.

Zum ungeliebten Außendienst kam in diesem Fall erschwerend hinzu, dass er bei Familie Borsig vorsprechen musste. Hochangesehene Bürger in Bad Karlenburg. Wohlhabend und einflussreich. Als wenn dies nicht respekteinflößend genug wäre, drückten Erinnerungen an den Zwischenfall im März auf sein Gemüt, als die Braunhuber unbedingt eine praktische Einweisung in die neue Radar-Laserpistole bekommen wollte. Zack selbst hätte angesichts des allseits bekannten schwarzen Landrovers einen Hustenanfall vorgetäuscht und sich selbst damit im entscheidenden Moment für dienstunfähig erklärt. Die Braunhuber in ihrer jugendlichen Unbedarftheit jedoch schoss Adele Borsig ab, mit dreiunddreißig Stundenkilometern über der erlaubten Geschwindigkeit. Innerhalb der geschlossenen Ortschaft. Den Toleranzabzug bereits berücksichtigt. Dreiunddreißig! Drei Punkte, einen Monat Führerscheinentzug plus Geldstrafe. Polizeihauptwachtmeister Horst Zack war angesichts dieses groben Vergehens natürlich gezwungen gewesen, seine Kelle zu zücken und musste die unangenehme Botschaft durch das gnädigerweise heruntergelassene Seitenfenster überbringen. Die Erinnerung an den eisigen Blick der Dame ließ ihn noch heute erschaudern.

Wenigstens das Wochenende hatte er für sich retten können, versuchte er seine düstere Stimmung aufzubessern. Der gestrige Sonntag war für ihn zum schönsten Tag des Jahres geworden. Welch ein Triumph! Stolz dachte er an seine Berta, die sich gegen einundzwanzig Rote Neuseeländer durchgesetzt hatte. Erster Platz. Dreihundertsechsundachtzigeinhalb Punkte. Und bei den Blauen Wienern holte Puschel den dritten. Zacks bislang größter Erfolg bei der Kreisschau der Rassekaninchen. Zwei neue Pokale prangten auf dem Regalbrett über dem Fernseher.

Jetzt war leider Montag und er hatte eine Aufgabe zu bewältigten. Bevor er den Zeigefinger auf den Klingelknopf der Gegensprechanlage setzte, holte er noch einmal tief Luft.

„Ja?“

„Polizei, Zack!“, rief er in den grauen Kasten, der an der Türleibung angebracht war.

„Was wollen Sie?“, tönte es verzerrt zurück.

„Ich müsste Sie in ... in einer Angelegenheit sprechen“, formulierte er vorsichtig.

„Was für eine Angelegenheit?“

Für den Polizeihauptwachtmeister kam es zum Schlimmsten. Wie sollte er diese unangenehme Geschichte einer emotionslosen Kiste an der Wand erläutern? Er konnte nicht einmal mit Sicherheit sagen, ob die Person auf der anderen Seite männlich oder weiblich war, wusste also nicht, ob ihn wieder diese eiskalte Blicke erwarteten. Er sah den Kasten bittend an, doch dieser verharrte in grauer Gleichgültigkeit. Zack räusperte sich. „Es ist wegen des ... äh ... Anschlags. Ich meine wegen dieser Anzeige.“

Weiter kam er nicht, denn im selben Moment wurde die Haustür aufgerissen. „Anschlag? Woher wissen Sie etwas darüber?“ Adele Borsig packte ihn am Arm und zog ihn ins Haus.

Zack war perplex und ließ diese Zwangseinladung ohne Gegenwehr über sich ergehen. Dann bemühte er sich, seine einmal begonnene Mission wieder in den Griff zu bekommen: „Na ja, den Anschlag auf diesen Vogel meine ich. Diesen vergifteten Adler, der hinter Ihren Weiden tot aufgefunden wurde. Drüben, nahe am Grenzgraben. Vom Jagdpächter Schön. Ein Giftköder, wie dieser Jagdpächter bei seiner Anzeige behauptete, den Sie, äh ... natürlich nicht Sie persönlich.“ Fast hätte er „gnädige Frau“ angefügt. „Ich meine Ihr Betrieb, vielleicht ein Mitarbeiter, entgegen Ihren ausdrücklichen Anweisungen ...“

„Was reden Sie da von Giftködern. Davon weiß ich nichts. Gehen Sie, ich habe für diesen Unfug keine Zeit.“

„Aber ich muss doch ermitteln, für den Bericht, Sie wissen doch ...“

Zack ließ den Satz bedeutungsvoll offen. Irgendwie wirkte die Frau heute so verletzlich auf ihn. Das kam ihm zwar merkwürdig vor, gab ihm aber ein wenig Selbstvertrauen zurück.

„Gab es denn einen weiteren Vorfall, einen Anschlag, etwas, was Sie bedrückt?“

„Was? Nein, wie kommen Sie darauf.“ Adele Borsig dementierte eindeutig zu laut. „Hier gab es keinen Anschlag, es war ein Unfall.“ Sie riss die Haustür auf. „Ein unbedenklicher Vorfall. Wenn Sie dann bitte …“

„Was ist denn das für ein Lärm im Haus?“

Zack sah hinauf auf die Galerie, wo ein mittelalter Mann am Geländer lehnte. Den linken Arm trug er in einer breiten Armbinde vor der Brust.

„Martin! Ich hatte dir doch gesagt, du sollst auf Deinem Zimmer bleiben“, rief Adele nach oben. Sie klang besorgt. „Das ist Herr Tenner, ein Geschäftspartner unseres Hauses, der ein paar Tage unser Gast sein wird“, erklärte sie dann, an Polizeihauptwachtmeister Zack gewandt.

„Ah, Sie sind das Unfallopfer? Ich wünsche gute Besserung, Herr Tenner“, rief Zack, obwohl der Mann sich sofort zurückgezogen hatte, als er die Polizeiuniform erblickt hatte. „Ihnen einen schönen Tag noch, Frau Borsig, und nichts für ungut, aber einer Anzeige müssen wir nun einmal nachgehen. Das ist eine polizeiliche Pflicht. Ich komme zu passender Gelegenheit wieder, um mit Ihren Mitarbeitern zu sprechen. Um diese unselige Giftködergeschichte aus der Welt zu räumen.“ Er war stolz, diese heikle Mission zu einem einigermaßen verträglichen Ende gebracht zu haben.

„Wir wissen hier nichts über Giftköder, sagte ich bereits. Ich wünsche nicht, dass Sie uns noch einmal belästigen, ich werde mich sonst beim Bürgermeister beschweren.“ Adele warf die Haustür zu, dass es knallte.

Diese letzte Drohung raubte Polizeihauptwachtmeister Zack wieder ein gutes Maß des soeben zurückgewonnenen Selbstvertrauens. Dass er jetzt an den Bürgermeister erinnert wurde, traf Zack wie ein Dolchstoß – obwohl er, wie immer, nach Recht und Gesetz gehandelt hatte. Der Bürgermeister gehörte, wie viele der ehemaligen Schulkameraden, zum Kegelclub „Gut Holz“. Beim Neujahrskegeln vor gut zwei Jahren wurde mehr als üblich gezecht. Soviel, dass es das Maß der Ordnung, die er, Polizeihauptwachtmeister Zack, zu vertreten hatte, eindeutig überschritten hatte. Er hatte verdeckt eine Strichliste des individuellen Bierkonsums geführt und die gesellige Runde noch vor der Auszählung des Leistungsstärksten verlassen, war in seine Wohnung gefahren und hatte in die Uniform gewechselt.

Im Revier trug er sich zum Spätdienst ein. Wenig später parkte er sein Dienstfahrzeug an der Hauptstraße, unweit der Vereinsgaststätte. Sein Instinkt hatte ihn nicht getäuscht, denn nach kurzer Wartezeit konnte er die ersten Kegelbrüder aus dem spärlichen Verkehr herauswinken. „Polizeikontrolle. Ihren Führerschein und die Fahrzeugpapiere bitte! Haben Sie heute Alkohol getrunken?" Sechs Mal wiederholte er das Ritual und sechs Mal verfärbte sich das Teströhrchen des Alkomats rot. Verstärkung war notwendig, um die Betroffenen zum Bluttest zu transportieren. Ausgerechnet der Bürgermeister war an diesem Abend zweifacher Tagessieger. Zweihundertsechsundneunzig Holz und eins Komma neun Promille. Aufgrund späterer Fehlleistungen bei der MPU, der medizinisch-psychologischen Untersuchung, war der oberste Ratsherr immer noch auf sein Fahrrad angewiesen.

Dass Zack damals auf weitere Anzeigen wegen Beleidigung und Widerstands gegen die Staatsgewalt verzichtet hatte, wurde von keinem der Betroffenen auch nur zur Kenntnis genommen. Im Gegenteil! Man warf ihn mit sofortiger Wirkung aus dem Verein, dem er über zweiundzwanzig Jahre angehört hatte. Obwohl er doch nur im Zuge der Gefahrenabwehr seiner vornehmsten Polizistenpflicht nachgekommen war, fand er sich Wochen nach dieser Begebenheit eines Morgens mit Blutergüssen, Abschürfungen und einem fehlenden Schneidezahn im Straßengraben wieder. Natürlich wurde die Körperverletzung verfolgt, jedoch hatten alle infrage kommenden Tatverdächtigen ein wasserdichtes Alibi – sie waren zusammen Kegeln gewesen.

Die schmerzhaften Erinnerungen an diese erniedrigende Zeit konnte Zack erst verdrängen, als ihn zärtliche Gedanken zurück zu seiner prächtigen Berta führten. Die, die ihm das letzte Wochenende vergoldet hatte.

Nachdem die Haustür den Kristallleuchter des Vestibüls zum Klirren gebracht hatte, hastete Adele die Treppe hinauf. Frank saß im Büro gleich neben der Haustür und brütete über dem lästigen Formularkram zur Abforderung der Flächenprämien. Er hatte den Wortwechsel seiner Mutter mit dem Polizisten mit halbem Ohr verfolgt.

Er selbst hatte sich über die Schulterverletzung Tenners gewundert, jedoch nicht weiter nachgefragt, als der sehr verspätet, den Arm in einer Schlinge, auf dem gestrigen Empfang auftauchte. Frank naschte eine weitere Praline aus der zur Neige gehenden Schachtel. Tenner war der erste und wichtigste Abnehmer für die Gänseprodukte des Hofes. Er hatte ihn und seine Mutter beim Aufbau der Schlachterei und des Verarbeitungsbetriebes intensiv beraten. Das heißt, er, Frank, hatte alle Pläne dieses Schnösels von vorneherein abgelehnt. Seine Mutter war es, die Tenners Plänen damals zustimmte. Tatsächlich hatte der Mann sehr günstige Kredite zur Finanzierung des Projektes besorgt.

Ein einziges Wort seiner Mutter, eher die Betonung, ließ ihn gerade aufhorchen. Martin, hatte sie gerufen. Das war nicht ungewöhnlich, denn der Mann hieß ja Martin Tenner. Aber da war der besorgte Klang ihrer Stimme.

Hatte Mama sich mit diesem Tenner einen jugendlichen Liebhaber zugelegt und die gut laufenden Geschäfte mit dem Frankfurter in den Kissen ihres Bettes vorangebracht? Würde sie ihre Drohung wahrmachen und diesen Schnösel zum Partner machen? Oder ihm den Betrieb ganz überlassen? Den eigenen Sohn tatsächlich rausschmeißen? Das würde Vieles erklären. Die übertrieben häufigen Besuche Tenners, dessen

Verhältnis zu seiner Mutter, aber auch zu den Bulgaren. Tenner hatte die Leiharbeiter im Schlachtbetrieb vermittelt. Sie hörten bedingungslos auf seine Anweisungen.

So ging es nicht weiter. Frank fasste einen Entschluss: Er wollte den Frankfurter besser beobachten und rechtzeitig handeln.

Zwanzig

„Bitte, warten Sie, nur einen Moment, Herr Schwabach. Schauen Sie sich dieses zauberhafte Bild an, lassen Sie uns den Anblick genießen.“ Dr. Obinna Eze breitete vor Entzücken seine Arme aus und strahlte, als er den ersten Blick auf das Taube Moor werfen konnte. Er war am Ziel seiner Reise angekommen.

Dieser kleine, dicke Schwabach hatte ihn pünktlich um acht Uhr vor seinem Hotel erwartet. Ein merkwürdiger Mensch, dachte Dr. Eze, nachdem er seinen Begleiter freudig begrüßt hatte. Er wirkte irgendwie verschlossen, in sich gekehrt. Oder eher schüchtern? Beschränkte alle seine Äußerungen auf das Allernotwendigste, so, als seien die verfügbaren Worte in seinem Leben abgezählt, ein knappes Gut. Dabei war er aber nicht unfreundlich, und ungemein aufmerksam. Das war ihm schon am Vortag im Café aufgefallen. Sein Gegenüber hatte ihm förmlich an seinen Lippen gehangen, war konzentriert jedem Satz gefolgt, hatte versucht, Ezes Moorvortrag in sich aufzusaugen, in einer Art, wie er es selbst bei seinen besten Studenten noch nie hatte beobachten können. Wahrscheinlich ein eher typischer Vertreter aus der Grundgesamtheit der als stur verschrienen Norddeutschen, vermutete der Doktor. Zum Glück allerdings von der angenehmen Hälfte der Normalverteilung. Ihm war diese sachliche norddeutsche Art sympathisch, sie entsprach seinem eigenen Naturell, jedenfalls mehr, als der geschnatterte Brei, der ihn während Kindheit und Jugend in seiner hessischen Heimat bei Frankfurt ständig begleitet hatte. Noch heute lag die Mundart ihm unangenehm in den Ohren. Sie erinnerte ihn an vordergründig freundliche Menschen, die ihn und seine Eltern ein ums andere Mal durch Hinterhältigkeit, Tratsch und Verleumdung enttäuscht hatten.

Dass dieser Schwabach zu den erfahrenen Outdoor-Menschen zählte, erkannte Dr. Eze sofort. Jacke und Hose in unscheinbarer Farbe, stumpf-grün, aber robust. Ein augenscheinlich hochwertiges Fernglas vor der Brust, der prall gefüllte Rucksack, dessen häufiger Gebrauch von zahlreichen Flecken und Flickstellen dokumentiert wurde. Hohe schwarze Gummistiefeln in einer Plastiktüte lehnten an seinem Bein.

Auch während der Fahrt blieb sein Begleiter wortkarg. Außer dem Hinweis, dass sie das Moor am besten von Westen aus anfahren sollten, über Lüttorf, um den Grenzgraben auf der entgegengesetzten Seite zu vermeiden, beschränkten sich die Fahranweisungen auf „jetzt links“ oder „an der Abzweigung rechts.“ Sie verließen also den Kurort auf der Landesstraße Richtung Norden. Dabei konzentrierte Eze sich darauf, sich die Fahrstrecke einzuprägen und etwas von der Landschaft mitzubekommen.

Sanfte Geesthügel bestimmten die Topografie, die vor nicht allzu langer Zeit einmal ausgesprochen reizvoll gewesen sein musste. Daran erinnerten jedenfalls vereinzelte Feldraine mit noch schlehenweißen Heckenresten und wenige verbliebene gelbblütige Wiesen. Schatten des Nachthimmels, sinnierte er, sattgrün mit eingetupften Löwenzahnsternen. Sonst gab es nur gräulich-braunes Ackerland. Frisch ausgedrillte Maisschläge soweit das Auge reichte. Was für eine grauenhafte Entwicklung, dachte Dr. Eze traurig, als sie schließlich am Ortseingang von Lüttorf die vier großen Kuppeln der Biogasanlage passierten, die ihn unweigerlich an Atommeiler in Miniaturformat erinnerten.

Einige Kilometer hinter der Ortschaft dirigierte Schwabach ihn links in einen unbefestigten Feldweg, der nach wenigen hundert Metern vor einem Acker endete. Kilometer vierzehn Komma drei, merkte er sich.

„Von hier aus müssen wir laufen“, erklärte sein Begleiter, „ist aber nicht weit. Hinter dem Ackerhügel dort beginnt schon das Naturschutzgebiet.“

Jetzt standen sie auf der leicht erhabenen Geländekante. Zu ihren Füßen breitete sich die baumlose Weite des Moores aus. Vom langen Frühjahrsregen noch vollgesogenes Land. Wasser blitzte zwischen Torfmoospolstern, Seggen, Heiden und Wollgrasbulten. Die Moorfläche glich einer vielbenutzten Palette, bei der dem Künstler nur Grüntöne zur Verfügung standen. Stille lag über dem Land, in Abständen durchsetzt vom Gesang aufsteigender Feldlerchen und einiger balzender Kiebitze. Über ihren Köpfen ging eine Bekassine zum Sturzflug über. Die Himmelsziege meckerte. In der Ferne erklang das melancholische Flöten eines Großen Brachvogels.

„Spüren Sie diese Erhabenheit und Ruhe! Lassen Sie die Stimmung auf sich wirken, solche Momente sind selten und kostbar. Lebendige Moore strahlen eine unvergleichliche Ruhe und Gelassenheit aus. Eine Mischung aus Sattheit, Frieden und Gleichmut wie bei keinem anderen Lebensraum“, schwärmte Dr. Eze. „Jungfräulich unberührt. Ein Moor in heiler Haut. Es begeistert mich jedes Mal, wenn ich ein solches Fleckchen Erde betrachten darf.“

„Heile Haut? Was bedeutet das?“, fragte Schwabach nach einem Moment des Nachdenkens und In-sich-Hineinfühlens. Jetzt, wo sie angesprochen war, konnte er die Stimmung tatsächlich nachvollziehen.

„Oh, entschuldigen Sie, die ‚heile Haut‘ ist eine recht ursprüngliche Bezeichnung für ein wachsendes, unberührtes Regenwassermoor. Weber hat sie wieder in den Sprachgebrauch eingeführt. Heile Haut, das ist die dünne lebendige

Schicht der Torfmoose und der wenigen anderen Moorpflanzen, die den wassergesättigten torfigen Untergrund überzieht. Ich finde, eine sehr zutreffende Beschreibung der Verhältnisse. Wird diese Haut zerstört, stirbt das Moor. Genau wie es jedem Lebewesen ergehen würde, gleich ob Einzeller oder Mensch. Vielleicht etwas zu sehr vereinfacht, aber es bleibt ein schönes und eingängiges Bild, finden Sie nicht? – Kommen Sie, zeigen Sie mir die berühmten Kolke und die Rülle im Tauben Moor. Ich brenne schon darauf, die letzten Überbleibsel der norddeutschen Regenmoore zu sehen."

„Die Rülle liegt aber ganz im Norden. Um dorthin zu gelangen, müssten wir über Klosterthal und Moordorf zu einem anderen Zugangsweg fahren. Zu den Kolken habe ich mich von hier aus schon einmal vorgewagt. Sie liegen fast gegenüber, auf der Seite des Grenzgrabens." Schwabach zeigte die Richtung. „Ich schätze, das sind etwas mehr als eineinhalb Kilometer, wenn man über die zentrale Moorfläche geht. Besser ist, erst ein Stück dieser Geestkante zu folgen. Von dahinten ist es weniger als ein Kilometer bis zum ersten Kolk."

„Nehmen wir den Weg am Rand entlang, wir müssen ja nichts unnötig zertrampeln", entschied Dr. Eze. „Sie haben doch etwas Zeit mitgebracht?"

„Ich bin Rentner", antwortete Schwabach trocken und wandte sich nach links.

Einundzwanzig – Dienstag, 17. Mai

Edmund und Käthe Grother sahen voller Anspannung und Vorfreude der Verwirklichung ihres Lebenstraums entgegen. Über vierzig Jahre hatten sie zusammen in der kleinen Dreizimmerwohnung in Bremen-Gröpelingen zur Miete gewohnt und auf den Tag gespart, an dem Edmund in Rente gehen würde. Gute Dreißigtausend hatten sie auf der hohen Kante. Damit wollten sie sich ein schönes Grundstück in der Natur zulegen, so im Wald, weit weg vom städtischen Treiben, der Straßenbahn und dem ständig zunehmenden Verkehr. Jede Woche studierten sie, gemeinsam über die Zeitung gebeugt, die Immobilienangebote, riefen bei Grundbesitzern oder bei Maklern an. Heute war es so weit. Das erste Objekt sollte besichtigt werden, gar nicht weit von Bremen. „Großes Waldgrundstück in idyllischer Lage, Ortsnähe von Bad Karlenburg", hieß es in der Anzeige, Verkauf von privat. Sie würden die Maklergebühren sparen. Früh am Morgen hatten sie es in der Samstagsausgabe gelesen und nach dem Marmeladenbrötchen zum Hörer gegriffen. Alles klang wundervoll. Der Verkäufer hatte ihnen am Telefon von der Lage und Beschaffenheit des Grundstücks vorgeschwärmt und ihnen den Weg ganz genau beschrieben. Von Bad Karlenburg über die Kreisstraße Richtung Moorend und Weidenbach. Auf dem ersten Sandweg am Waldrand parken, rechts läge dann das Objekt. Sie könnten es gar nicht verfehlen.

Edmund schwärmte, während er den betagten Opel durch eine Ortschaft lenkte: „Sand, hat der Herr Kruse gesagt. Das sei ein Sandgrundstück. Du, das ist kein feuchter Waldboden, herrlich."

Er musste Überzeugungsarbeit leisten, weil in Käthe leider erste Vorbehalte keimten, die sie gerade vorsichtig formuliert hatte: „So im Wald, da haben wir doch das ganze Jahr über Schatten. Und feucht ist das, die Walderde und dann das ganze Laub. Ich weiß nicht Eddie, ob das so gut ist. Und dann das viele Geld? Acht Euro der Quadratmeter? Dazu noch die Nebenkosten?"

Edmund ließ sich in seiner Begeisterung wenig stören: „Och, wir können doch noch versuchen zu handeln. Acht Euro, das muss doch nicht das letzte Wort sein. Und dann, du, das Grundstück bringen wir uns tipptopp in Ordnung. Wenn da Laub ist, kehren wir das in den Wald nebenan. Das geht nicht auf die Deponie, ist doch die reine Natur. Wir können die Bäume auf unserem Land ja auch wegnehmen, reicht doch, wenn drum herum der Wald ist. In einer geschützten Ecke bauen wir uns dann eine kleine Laube, mit Terrasse davor, die wolltest du doch immer so gerne. Das kann ich alles selber zimmern. Da pflanzen wir dann den Baum aus der Gärtnerei, den mit den großen Blättern und diesen langen weißen Blüten, den du so gerne mochtest. Damit auch Schatten da ist, wenn es im Sommer heiß wird. Man gut, dass ich die ganzen alten Waschbetonplatten von Jannigs noch im Keller zu liegen habe, die können wir jetzt bestens brauchen. Wenn die Bäume weg sind, pflanzen wir noch Rhododendron. Eine ganze Hecke davon und ein paar Blautannen, für Weihnachten. Denk mal, wir züchten unsere eigenen Weihnachtsbäume. Thuja noch, helle und dunkle abwechselnd. Und einen Zaun drum herum, hat ja niemand was zu suchen auf unserem Grundstück. Weißt du, diesen schönen grünen Maschendraht mit den tollen Pfosten. Mit den blanken Kugeln. Den gönnen wir uns. Dreißig Euro der Meter. Fünfzig auf siebzig Meter, war es nicht so? Das sind, äh, zweihundertvierzig Meter Zaun äh ... na ja, wir müssen ja nicht alles auf einmal machen. Jetzt haben wir ja jede Menge Zeit."

Die Wegbeschreibung des Verkäufers war perfekt. Nur von den Schlaglöchern hatte er nichts gesagt. Unter knarzendem Protest der Achsaufhängung lenkte Edmund den Opel vorsichtig in den holperigen Sandweg.

„Ja, das muss es sein", sagte Edmund mit leicht enttäuschtem Unterton, nachdem er ausgestiegen und alle Angaben noch einmal durchgegangen war, die er am Telefon fein säuberlich auf einem Zettel mitgeschrieben hatte. Sie standen umgeben von Fichtenschonungen vor einem Karree mit Kiefern, die wilden Birkenaufwuchs überragten. Brombeergebüsch wucherte am Wegesrand. Die Größe der Parzelle passte.

Käthe war bemüht, ihrem Mann nicht die Freude zu nehmen. „Ich weiß nicht, Eddie, das hatte ich mir aber doch idyllischer vorgestellt. Das Grundstück liegt ja direkt an der Straße, fast wie in Gröpelingen. Da ist doch immer Verkehr und dann so einsam, kein Haus und nichts umzu? Vielleicht sollten wir doch einen Makler fragen. So ein Häuschen in einer Wochenendsiedlung kann doch auch schön sein. Außerdem stinkt das hier."

„Ach Schnickschnack, was du immer hast mit deinem Gestank. Ich rieche nur gesunde Waldluft. Und du weißt ganz genau, wie schwierig es ist, solche Naturgrundstücke zu bekommen. Wochenendsiedlungen sind doch wie Campingplätze. Und ein Makler, der will nur Geld. Kuck mal, da hinten ist ein kleiner Hügel, da wo dieses dichte Gebüsch steht. Wenn wir da die Hütte aufstellen, die Rhododendren die Straße längs, da die Terrasse, nach Süden. Das wäre ein lauschiges Plätzchen, was meinst du? Stell dir das einmal ohne die Bäume vor. Komm, wir gehen da mal rüber, dann sieht das bestimmt gleich ganz anders aus." Er setzte die ersten vorsichtigen Schritte in den Wald.

Käthe folgte ihm, wenn auch widerwillig. Brombeerranken rissen Fäden aus ihrer neuen Sommerhose und die Absätze ihrer guten cremefarbenen Schuhe versanken tief in Laub und Moos. „Ih, Eddie, hier stinkt es fürchterlich. Riechst du das denn nicht? Das wird ja mit jedem Schritt schlimmer. Wie die tote Ratte, die ewig hinter dem Kellerregal gelegen hatte", rief sie, jetzt schon energischer.

Edmund stapfte weiter. „Vielleicht ist hier ja ein Reh verendet", sagte er, nachdem der Gestank beim besten Willen nicht mehr zu leugnen war. „Angefahren, dort auf der Straße und dann hier verendet. Das ist reine Natur. Hier gibt es noch viel Wild, hat der Herr Kruse erzählt, alles, weißt du? Füchse und Dachse, Rehe, Hasen und dann die Vögel. Hör doch nur!" Er hob den Zeigefinger und machte Halt vor dem angesteuerten Gebüsch. „Den Gesang kenne ich! Eine Meise? Oder ein Fink."

Der Ausflug und alle Pläne für den Grundstückskauf endeten, als Edmund das Birkengebüsch auseinander schob und in ein dreckverschmiertes Gesicht starrte, dessen tote Augen halbgeöffnet ein letztes Mal den Himmel zu suchen schienen.

„Eddy, was ist mit dir", rief Käthe alarmiert, als sich ihr Mann käsebleich umdrehte und wie in Trance ein Birkenstämmchen griff, um ein wenig Halt zu finden.

„Mir ist schlecht", antwortete er, „komm, wir fahren heim".

Zweiundzwanzig - Mittwoch, 18. Mai

Schwabach hatte sich für diesen den heutigen Mittwoch erneut mit dem Professor verabredet, nachdem dieser am Vortag einen befreundeten Kollegen hatte treffen wollen. Der freie Dienstag hatte Schwabach geholfen, den alten Rhythmus wiederzufinden und die Arbeiten auf dem Campingplatz voranzubringen. Zum Glück hielt die stabile Wetterlage über die Wochenmitte hin an, zumindest sollte es heute keinen Regen geben. Nur gewaltige Wolkenberge trieben über das baumfreie Moor.

Cumulonimbus calvus, sagte Eze, würde dieser Wolkentyp genannt.

Sie hatten den Ausgangspunkt am Ostrand des Tauben Moores erreicht. Auf der Fahrt dahin war Dr. Eze erneut in die Dozentenrolle geschlüpft. Ohne Schwabach die geringste Chance zu lassen, eine Zwischenfrage zu platzieren, jedenfalls nicht, ohne dabei unhöflich zu werden. Der Professor hatte ihm, seiner neuen Hilfskraft, Sinn und Hintergrund der Einrichtung von Dauerquadraten für Vegetationsaufnahmen erklärt und Techniken vorgestellt, um das Moorwachstum und weitere damit verbundene Parameter zu ermitteln. Auch wenn Schwabach nur die Hälfte des Gesagten verstand, gewann er zumindest eine vage Vorstellung davon, wie sein Forschungsbeitrag aussehen würde. Er sollte fünf mal fünf Meter große quadratische Areale in einem geradlinigen Transekt anlegen, also in einer Linie vom Moorrand bis in den zentralen Teil, dort, wo sich die Kolke befanden. Schlicht gesagt, er sollte vier Pfosten pro Quadrat in den Torf stecken. Der Abstand der Quadrate untereinander sollte jeweils etwa fünfzig Meter betragen. Geschätzte Strecke knapp ein Kilometer, also rund zwanzig Stück, überschlug er im Stillen.

Soweit hatte er begriffen. Was sein Herr und Meister derweil treiben würden, war ihm nicht so klar, bis er den für seine Arbeiten vorgesehenen schweren Tragesack anhob. Gedämpftes Scheppern von Metallstangen. Teufel auch, Herr und Sklave mit vertauschter Hautfarbe, dachte er bei sich, als der Herr Doktor mit einem leichten Protokollbrett am Trageriemen um den Hals neben ihm auftauchte. Der überreichte ihm noch ein handliches Sprechfunkgerät „um im Ernstfall Kontakt aufzunehmen“ und ließ Schwabach, durch die unausgesprochene Gefahr etwas verunsichert, hinter sich.

Wie am Montag wurde Schwabach bei der Durchquerung der Moorrandzone wieder eine artistische Leistung abgefordert. Sein Auftritt glich dem eines plumpen Clowns, der, mit allerlei Utensilien behangen, ungeschickt einen Seiltänzer in der Manege nachahmt. Dabei ruderte er zur Stabilisierung des Gleichgewichts wild mit den Armen und schwankte so auf seinem unsichtbaren Seil durch das Meer kleiner turmartig aufgewachsener Seggenhorste, Gagelsträucher und dichter Pfeifengrasbüschel, in deren Gewusel er ständig beintief versank.

Auf der offenen Moorfläche angekommen, hatten sie das erste Untersuchungsquadrat gemeinschaftlich angelegt. Schwabach sollte anschließend zum Endpunkt des Transektes laufen und von dort aus mit der Flächenkennzeichnung beginnen. Also von den Kolken aus immer in gerader Richtung auf einen Baum zuarbeiten, der als weit sichtbare Landmarke dienen sollte. Das erschien ihm machbar und plausibel.

„Bitte auf keinen Fall in die abgesteckten Flächen treten“, hatte der Professor Schwabach nachgerufen. Die Ermahnung klang ihm noch im Ohr, als er den beschwerlichen Weg nach einer knappen halben Stunde hinter sich gebracht hatte. Beschwerlich deshalb, weil er gezwungen war, den Blick immer auf den nächsten Schritt zu richten, um möglichst nur auf die festeren Bulten zu treten, auf die kleinen Erhöhungen zwischen den nassen Stellen. Mit der Zeit hatte er sich an diese merkwürdige Fortbewegungsart gewöhnt: große und kleine Schritte, mal weiter links, dann weiter rechts. Auch das saugende Quatschen der Gummistiefel, die er dabei aus wassergesättigten Torfmoospolstern zog, gehörte jetzt zu seiner Welt. Die bestand zusätzlich aus aufgeplusterten Wolkentürmen, zwischen denen das kalte Blau des Firmaments leuchtete. Dies alles über der baumfreien Ebene.

Vor ihm lag der ausgedehnte Schwingrasen, eine dicke Pflanzenschicht, die auf Wasser schwamm. Werdendes Land. In einigem Abstand dahinter blitzten die schwarzen offenen Wasserflächen. Bis hierher hatte er sich schon bei seinen wenigen Erkundungstouren vorgewagt. Dem schwimmenden Teppich aus Torfmoospolstern, Wollgras und wenigen andern Gefäßpflanzen um die Kolke herum hatte er damals allerdings nicht getraut.

Erst einmal eine Verschnaufpause. Er legte sein durchgeschwitztes Hemd über niedriges Heidegesträuch, um auf der Alumatte sitzend abzudampfen. Viel mehr brauchte es tatsächlich nicht, um eins mit der Natur zu werden, dachte er, mit sich und seiner Marschleistung zufrieden.

Obwohl ihm von mehreren Moorkundigen, zuletzt von seinem dunkelhäutigen Professor, versichert worden war, dass es ohne Probleme möglich sei, auf der Schwingdecke bis zum offenen Wasser zu gehen, solange die richtige Schritttechnik angewendet würde, war ihm unwohl bei dem Gedanken, sich auf den trügerischen Grund zu begeben. Egal, machte er sich Mut, mein Ableben wird der Wissenschaft dienen, also auf.

Er packte die nötigen Stangen und die vorgefertigte Maßschnur, nahm einen tiefen Atemzug und stakte danach los wie ein Storch. Verhalten. Vor jedem Schritt peilte er sorgfältig den nächsten Standpunkt an. Es waren weniger als hundert Meter zum Ufer des Kolks zu bewältigen. Bei jedem Schritt versackte er knöcheltief in zartweichen, leuchtend grünen, manchmal rostrotbraunen Moospolstern. Mit scheinbarer Leichtigkeit trugen die seine 125 Kilo Lebendgewicht. Auf diese Art war Jesus wahrscheinlich über das Wasser gelaufen, dachte er munter. Tatsächlich kein Problem. Er blieb einen Moment stehen, um die bereits zurückgelegte Strecke abzuschätzen. Der Stopp hatte kaum eine Minute gedauert, da waren seine Stiefel bereits halb im weichen Substrat versunken. Und das Wasser stieg unaufhaltsam, das hieß, er versank. Leichte Panik kam in ihm auf. „Das Schlimmste ist, wenn Sie durch die Rhizomschicht durchbrechen", erinnerte er sich an die warnenden Worte Bergmanns von der Naturschutzbehörde. „Dann bloß nicht hektisch werden, sondern sich flach auf den Rücken legen und die Beine freibekommen. Die Stiefel bleiben dann wahrscheinlich späteren Generationen von Moorarchäologen erhalten!"

Tatsächlich fand Schwabach es nicht wirklich schwierig, wieder freizukommen, aber er entschied, jetzt besser in Bewegung zu bleiben.

Als er sich gefühlt nahe genug am Wasser des ersten Kolkes befand, begann er sorgfältig die Fläche auszumessen und deren Eckpunkte durch leuchtend orange Metallstäbe zu markieren. Äußerst dünnhäutig, dieser Lebensraum, schoss es ihm in den Sinn, denn immer, wenn er ohne großen Kraftaufwand die Stangen einsteckte, versank er selbst tief im Gewusel der Moose. Das Rausdrehen der Gummistiefel geriet dabei jedes Mal zum Balanceakt. Bei Pfosten vier schlug er lang hin. Seine Flüche verhallten ungehört im Gleichmut der Mooreinsamkeit. Die Kälte der Moose und des Wassers erschreckten ihn allerdings mächtig.

Halbseitig torfschlammverschmiert und wütend über die eigene Ungelenkigkeit schwankte er seiner nächsten Einsatzstelle entgegen. Erneut schweißdurchnässt kämpfte er sich schließlich bis zu einer trockeneren Stelle auf der anderen Seite des Schwingrasens durch, um schließlich ein viertes Quadrat anzulegen. Schon beim Näherkommen sah er dort mit geschätzten zwanzig Zentimetern Höhe eine wirkliche Erhebung aus der nassen Wüste herausragen. Ein paar Büschel Besenheide, einige Stängel Pfeifengras. Wie das Witzbild einer winzigen Karibikinsel mit nur einer einzigen Palme, an der ein Schiffbrüchiger lehnt, wurde seine Moorinsel von einer kleinen, gut einen Meter fünfzig hohen Birke markiert. Höchste Zeit für eine Tasse Tee und das frische Vollkornbrot mit dieser kräftigen groben Mettwurst und der selbstgemachten Butter von Opa Hinrichs, dachte er. Allein der Gedanke an das kommende Geschmackserlebnis und die Erinnerung an den Duft, den die Wurst beim Aufschneiden verströmt hatte, ließen ihm dabei das Wasser im Mund zusammenlaufen. Vegetarismus hin oder her. Die Wurst war einfach zu lecker, um sie nicht aufzuessen.

Ob dieser flache Hümpel genügte, ihm einen trockenen Hintern auf der Alumatte zu bewahren? Es wäre von hier auch nicht besonders aufwendig, den festeren Torf der eigentlichen Moorfläche zu erreichen. Doch der Abenteuer-Inselurlaub lockte.

So saß er in halbseitig nassen Klamotten auf der Alumatte und mampfte genussvoll auf der Mettwurst herum, die Birke im Rücken. Die verdeckte Sonne brachte die Wolkengebilde vor ihm indirekt zum Leuchten. Auch ohne Sonnenstrahlen war es nicht wirklich kalt. Kein Wind, keine Bewegung. Es schien, als säße er in einem dreidimensionalen Gemälde. Beim Kauen musterte er die eigene Spur, die sich, tief in den Schwingrasen eingeprägt, zu seinem Sitzplatz schlängelte. Die heile Haut ist verletzt, fiel ihm ein. Ob die Tritte wohl verheilten und später eine Narbe zu sehen wäre, grübelte er, und es wurde ihm klar, wie verletzlich das lebende Moor tatsächlich war.

Nach einer Weile begann er doch zu frösteln. Der Schweiß im Gesicht war getrocknet, aber seine rechte Körperhälfte kühlte in dem klammen Zeug schnell aus. Ersatzklamotten standen auf dem geistigen Merkzettel für den nächsten Einsatz.

Er spürte Müdigkeit und Anstrengung, die ihm bereits in den Knochen steckten. Ungelenk und dabei unaufmerksam richtete er sich auf. Dabei peitschte ihm ein Ast der Birke schmerzhaft durchs Gesicht. „Von wegen Inselromantik und überhaupt, was hast du Scheiß-Birke hier zu suchen? Du gehörst nicht in ein wachsendes Moor, rausgerupft gehörst du, du Folterzwerg", fluchte er in sich hinein und beschloss umgehend Rache. Birken ziehen! Rache kombiniert mit Naturschutz, dachte er befriedigt. Er umfasste das Stämmchen beidhändig und zerrte es in die Höhe. Schwabach, der Riese. Elend lange Wurzelenden tauchten nach und nach aus dem torfschlammigen Wasser auf. Bewundernd betrachtete er das Bäumchen. Eine kräftige Pfahlwurzel in der Mitte und über drei Meter lange, weißliche Seitentriebe, alle Achtung. Und da? Irgendetwas glänzte an der Stelle, an der die Birke gestanden hatte. Er ging in die Hocke und begann die buschigen Verästelungen einiger Heidesträucher beiseite zu drücken. Zunächst wunderte er sich über die hellgraue Scheibe, die ihm aus der Lücke entgegenschimmerte. Das Ding selbst kannte er allerdings zur Genüge. Der Deckel einer Rollfilmdose. Hier? Seine ausgestreckten Finger berührten bereits das eiskalte Objekt, als er, in der von ihm aus dem Moos gerissenen Wunde, zwei faltige bräunliche Objekte in seinem Bewusstsein zu dem machte, was sie waren: Finger? Plötzlich erkannte er auch einen Fingernagel. Daumen und Zeigefinger umschlossen die Dose unter dem Deckel. Torfbraune Haut.

Schwabach schreckte zurück und setzte sich, diesmal ohne schützende Unterlage, schwer ins Heidekraut, dass es quatschte.

In einer rasenden Gedankenkette blitzten Fragen und Assoziationen auf. Uralte Moorleiche? Und wieder nicht. Filmdosen, seit wann gab es die eigentlich? Nur zwei Finger oder lag da eine Hand? Oder vielleicht noch mehr? Diese braune Haut, wie bei Dr. Eze. Gab es da eine Verbindung? Erschrocken raffte er sich dann auf, als ihm klar wurde, wo er sich möglicherweise befand. Stand er etwa auf einer Leiche? Unwillkürlich erinnerte er sich an den Duft der Wurst und ihm wurde mulmig zumute. Leichenschmaus, fiel ihm ein. Was für eine Vorstellung: Da hockte jemand auf einer Leiche und futterte genüsslich sein Mettwurstbrot zum Tee. Nur mit Mühe unterdrückte er die Übelkeit.

Dann besann er sich und zwang sich, logisch zu denken. Wie jetzt vorgehen? Müsste er seinem Begleiter, Dr. Eze, von der Entdeckung erzählen? Was, wenn der tatsächlich irgendwie damit zu tun hätte? Auf der anderen Seite wusste der Moorfachmann bestimmt alles über Moorleichen. Vielleicht lag hier ein ganz besonderer Fund vor. Polizei? Aber wen dort informieren? Sicher nicht die Knalltüte aus der örtlichen Polizeidienststelle, die dort normalerweise die Staatsmacht vertrat. Wen kannte er noch aus seiner eigenen aktiven Zeit bei der Polizei? Sie hatten bei der Bahn nie viel mit der Kripo zu tun gehabt, aber hin und wieder war das vorgekommen.

Er entschied sich zunächst für den Professor. Zu sympathisch für das Böse, sagte sein Gefühl. Schwabach, der jetzt am Rande seiner Bultinsel wieder tief eingesunken war, war gerade im Begriff, das kleine Sprechfunkgerät in Betrieb zu nehmen, als er erneut innehielt. Eine Regung, ein Gefühl, eine Erinnerung durchzuckte ihn, als sei ein lange tot geglaubtes Wesen zu neuem Leben erwacht. Ein stillgelegter Abschnitt in den verloren geglaubten Windungen seines Frontallappens meldete sich. Neugier gepaart mit Kombinationsgabe. Fakten speichern, analytisch verarbeiten und strategisch vorgehen. Wie beim Schachspiel.

Das war es, was ihm an der Polizeiarbeit so gefallen hatte. Zu ermitteln. Einem geklauten Gepäckstück nachzuforschen, Graffitisprayer zu überführen, einen Einbruch in einen Bahnhofskiosk aufzuklären. Er war der Spürhund seiner Dienststelle gewesen. Und erfolgreich.

Sein Blick blieb an der Filmdose hängen. Sollte er? Vorsätzlich gegen das Gesetz verstoßen? Ein Schauder lief ihm über den Rücken, als er das eiskalte Objekt in seiner Hosentasche verschwinden ließ. Dann drückte er auf die Sprechtaste und rief den Professor.

Nachdem Doktor Eze den Weg hinter sich gebracht hatte, begann er sofort mit irgendwelchen Untersuchungen und ließ sich auch nicht durch zaghafte Anmerkungen Schwabachs davon abhalten. Der stand derweil verloren auf sinkendem Grund und zeigte noch immer leicht verzweifelt auf den großen Bult.

„Wirklich interessant, bemerkenswert, Ihre Entdeckung. Deshalb hätten Sie mich aber nicht extra zu rufen brauchen! Aber dennoch, alle Achtung! Es ist Ihnen natürlich sofort die unterschiedlich ausgeprägte Wüchsigkeit aufgefallen." Gebückt nahm Dr. Eze verschiedene Pflanzen über dem Fundort prüfend in die Hand. „Ja, hieran ist die xeromorphe Ausprägung an Extremstandorten besonders gut vermittelbar. Das Paradoxon schlechthin. Die Pflanzen leiden unter Wassermangel, inmitten dieser Wasserwüste. Reagieren mit Kümmerwuchs. Sehen Sie dort, bei der Andromeda, der Rosmarienheide? Ganz deutlich: die Exemplare in der Schlenke insgesamt kleinwüchsiger, auch die Blätter eindeutig kleiner, mit verdickter Epidermis. Dort, auf der Störstelle, hochwüchsige schlanke Exemplare, große Blätter. Sichtbar wüchsiger. Das gleiche Phänomen bei den Moosbeeren, hier, und beim Scheidigen Wollgras, da drüben! Selbst die Glockenheide ist gegenüber den anderen Bulten kräftiger aufgewachsen. Ausgezeichnet: Ich würde sagen, die Ursache für diesen Bult ist eindeutig eine artifizielle Stickstoffquelle. Vermutlich ein größerer Kadaver. Es lässt sich anhand des Bewuchses sogar auf die Ursache schließen, sehen Sie, was ich meine, dieser gestreckte Verlauf? Vielleicht ein Reh oder Wildschwein, was meinen Sie?“ Dr. Eze hatte sich aufgerichtet und umständlich begonnen, eine Kamera aus den Tiefen seiner Tragetasche hervorzubefördern.

„Es ist ein Mensch“, antwortete Schwabach schlicht und war doch erstaunt, wie dieser Professor allein durch Beobachtung, Wissen und Erfahrung zu einem Befund kam, der extrem nahe an der Wirklichkeit war.

Dr. Eze stoppte die Suche nach einem noch fehlenden Kamerateil. In einer merkwürdig verrenkten Haltung blickte er ihn an.

Schwabach teilte mit beiden Händen den Heidevorhang.

„Das ist ja ...“ Der Wortfluss des Professors stockte zum allerersten Mal. Er wandte sich der freigelegten Stelle zu und verharrte so. Es schien, als ob er jedes Detail mit seinen Augen abtastete und speicherte. „... unglaublich!“, vollendete er schließlich den Satz. „Auf keinen Fall frühgeschichtlich, nein, aber könnte durchaus schon einhundert Jahre hier liegen, vielleicht auch weniger, das ist so nicht zu ermitteln. Die Mumifizierung hat jedenfalls eingesetzt. Das besagt wenig über die Liegezeit. Die Verfärbung der Haut beginnt oft bereits nach weniger als zehn Jahren. Es handelt sich dabei um die so genannte Maillard-Reaktion. Die aus dem Sphagnan der Torfmoose entstehenden Huminsäuren gerben die Haut wie bei der Lederherstellung und sie binden Calcium und Stickstoff. Der so erzeugte Stickstoffmangel verhindert das Wachstum von Bakterien, die den Zersetzungsprozess sonst weiterführten. Sehr interessant. Das ist ein Fall für den Landesarchäologen und höchstwahrscheinlich auch für die Polizei. Vielleicht ein Vermisster, wer weiß?“

Dreiundzwanzig

„Hallo? Sie da drüben! Hans-Peter Schwabach?“

Die irgendwie vertraute Stimme drang durch den Verkehrlärm der Hauptstraße zum ihm herüber. Er drehte sich um und bemerkte einen Anzugträger, der neben einem dunkelblauen Mercedes stand und mit beiden Armen gestikulierte. Das Gesicht war zwar aufgedunsener, als er es in Erinnerung hatte, dennoch erkannte er das immer noch dick und dicht stehende strohgelbe Haar, die kleinen Schweinsäuglein, die jetzt schief stehende Nase und fleischige, aufgewölbte Lippen. Diese Lippen hatte er einmal so zum Platzen gebracht, dass das Blut eine schneeweiße Hemdbrust durchtränkte und die Platzwunde später mit zwei Stichen genäht werden musste. Auch die Nase, die er mit einem Kopfstoß gebrochen hatte, konnte er auf der Habenseite verbuchen. Im Soll stand dagegen seine Entlassung aus dem Polizeidienst. Das Konto Gerold Stollberg. Genau der suchte gerade einen Weg durch die abendliche Pendlerkolonne.

„Du bist also tatsächlich bei den Pennern gelandet! Ich wollte es nicht glauben, als ein Kollege mir das vor ein paar Jahren gesteckt hat.“ Missbilligend musterte Stollberg ihn von Kopf bis Fuß und schüttelte angewidert den Kopf.

„Es war schon immer dein Problem, dass du alles glaubst, was man dir erzählt“, antwortete Schwabach mürrisch. Dennoch konnte er Stollbergs Einschätzung seiner sozialen Rangstufe gut nachvollziehen, stand er doch in seiner aufgetragenen Outdoorkluft, torfverschmiert und noch immer stellenweise durchnässt, vor ihm. „Du siehst übrigens auch nicht gut aus, da hilft dir auch kein schnieker Anzug. Was treibt dich nach Bad Karlenburg? Eine Entziehungskur? Oder säufst du nicht mehr soviel im Dienst wie damals?“, stichelte er.

Der Angesprochene drückte die Brust durch, hob das Kinn, so dass Schwabach die Goldkette blitzen sah, und schob lässig die Rechte in die Hosentasche.

„Warum so aggressiv, Hänsel? Wir waren doch mal Freunde. Oder bist du immer noch nachtragend wegen der Sache mit Carola? Da kann ich dich beruhigen. Ich gehöre jetzt in die Reihe ihrer Ex, genau wie du. Carola hat mich schon nach vierzehn Monaten wieder verlassen. Mit einem Vertreter für Hundefutter! Kannst du das glauben? Ich schenke ihr einen Hund und sie haut zum Dank mit so einer Vertreter-Null ab. Auf jeden Fall war die Scheidung günstig. Keine Alimente, keine Kosten. Guter Anwalt. Kann ich dir empfehlen, falls mal wieder eine Trennung ansteht."

Schwabach kochte. „Die Sache mit Carola" hatte sein Leben zerstört. Stollberg, sein ehemaliger Vorgesetzter, hatte sein Leben zerstört. Schwabach hörte dem Gelaber über Carola und die gemeinsamen alten Zeiten kaum zu, sondern versuchte sich wegzudenken. Er dachte an die Dusche, sein geplantes Abendessen, die neue Wokpfanne, alles, um dem Typen nicht noch einmal an den Hals zu gehen. Doch dann kam ein Stichwort, das ihn aufmerksam werden ließ.

„... wurde uns ein Leichenfund gemeldet. Ach, das kannst du ja nicht wissen. Ich habe inzwischen den Job gewechselt. Gleich nach der Scheidung. Interne Ausschreibung für einen Hauptkommissar beim LKA in Hannover. Das hat aber nicht geklappt. Sie haben leider einen jüngeren Kollegen vorgezogen, trotz meiner Qualifikationen, schade. Ich muss aber Eindruck bei denen hinterlassen haben. Einen Monat später kam das Angebot, zur Polizeiinspektion nach Rotenburg zu wechseln. Schwerpunkt Gewaltverbrechen. Das ist ein richtiger Polizeijob, nicht die Handtaschendiebstahlscheiße wie damals bei der Bahn. Ich ..."

Leichenfund? Leichenfund? Wie konnte das sein, dass sie schon von der Leiche erfahren hatten? Ob Dr. Eze den Fund doch gemeldet hatte? Sie waren übereingekommen, das weitere Vorgehen erst morgen zu entscheiden, der eine Tag mehr oder weniger würde nicht schaden. Deshalb hatte Schwabach vorhin die Wunde über dem Grab im Moor mit Laubmoos zugestopft, bevor sie schweigend zum Auto zurückmarschiert waren. Die Polizei konnte noch nichts von der Moorleiche wissen, oder?

„Eine Leiche in Bad Karlenburg? Wisst ihr schon, wer es war?“, platzte Schwabach seinem egozentrischen Gegenüber ins Wort.

Stollberg zog ein schiefes Grinsen auf und antwortete bedeutsam: „Wir wissen alles!“ Er schien nichts von Schwabachs Unruhe bemerkt zu haben. „Nee, ich weiß nicht, wer es war. Warum willst du das wissen?“

„Nur so, interessiert mich. Kenne ja einige Leute hier. Und wer hat die Leiche gefunden?“

Stollberg musterte Schwabach abschätzend.

„Immer noch neugierig, was? Steht doch morgen alles in der Zeitung. Oder kannst du dir das Zeitungslesen nicht mehr leisten? Na, ja, ich will man nicht so sein. Wir wurden heute früh angerufen. Ein älteres Ehepaar aus Bremen. War gestern in der Gegend unterwegs, um sich ein Wochenendgrundstück anzuschauen. Dabei haben sie die Leiche entdeckt. Sind dann einfach stumpf zurück nach Bremen gefahren, statt sich sofort bei der Polizei zu melden. Kannst du das glauben? Ihrem Mann sei es nicht gut gegangen, sagte die Frau am Telefon. Die beiden konnten wahrscheinlich vor schlechtem Gewissen nicht schlafen und machten Meldung. Per Notruf. Heute, vier Uhr früh. Um Viertel nach vier klingelte schon mein Handy. Hätte die blöde Kuh nicht warten können, bis ich ausgeschlafen hatte? Aber immerhin, dies ist mein erster Fall. Ich meine, der erste Fall, den ich verantwortlich leite! In Vertretung des Dienststellenleiters. Der hat sich für drei Monate zur Fortbildung in die USA verdrückt, auch nicht schlecht, was?“

Stollberg warf einen Blick auf seine Armbanduhr. Rolex-Imitat, dachte Schwabach, wahrscheinlich von einem Straßenhändler in der Türkei gekauft. Oder aus der Asservatenkammer entwendet. Dem Stollberg traute er alles zu.

„So, du, ich muss jetzt aber los. Wir müssen noch unser Büro in der Dienststelle hier in Betrieb nehmen. Und dann der Bericht. Ich muss auch noch zwei weitere Kollegen zur Verstärkung anfordern, ist eine böse Sache das. Schwer zugerichtet, das Opfer. Darf ich Außenstehenden natürlich nicht erzählen, selbst wenn sie mal zur Truppe gehörten. Die KTU ist noch draußen und wartet auf mich und von meinem Hotel habe ich noch nicht einmal das Eingangsschild gesehen. Also, der ganze Stress, du kennst das ja. Aber nett, dass wir uns hier wieder getroffen haben. Halt die Ohren steif." Stollberg hielt ihm die Hand hin.

Schwabach zögerte, sie zu ergreifen.

„Ach, so", brummelte Stollberg. Er fingerte nach seiner Geldbörse und zog einen Schein daraus hervor, den er zusammenrollte und Schwabach hinhielt. „Hier, kauf dir 'n ordentliches Essen und eine Eintrittskarte fürs Schwimmbad."

Schwabach musste sich zusammenreißen, um die erneut aufkommende Aggression in ruhigere Wasser zu kanalisieren. Er fühlte die Filmdose in seiner Hosentasche und eine Idee ploppte in sein Bewusstsein: Nimm es, als Anzahlung für zu leistende Ermittlungsarbeit. Er schnappte sich den Schein, bedankte sich und nahm den kurzen Weg durch den Kurpark zum Campingplatz.

Dort angekommen war er enttäuscht, als er Monas Wohnmobil nirgendwo entdecken konnte. Nach dem Duschen und einer einfachen Brotmahlzeit überkam ihn Müdigkeit. Er beschloss, Otto erst am kommenden Tag in die sensationellen Entdeckungen dieses Tages einzuweihen. Er deponierte die Filmdose im Gefrierfach des Kühlschranks, wühlte sich gleich darauf in die Decken und versank Minuten später in traumlosen Schlaf.

Vierundzwanzig

Die Schulter schmerzte höllisch, als er mit dem schmalen scharfen Schlachtermesser den ersten Schnitt unterhalb des Brustbeins setzte. Ihm fielen einige Typen in seinem Umfeld ein, denen er mit gleichem Schnitt Gutes antun könnte, als er rund um den After schneiden musste. Dicker gelblicher Flomen, das Unterhautfett, quoll aus der Öffnung. Tenner verzog angewidert das Gesicht. Dies war der unangenehmste Teil der Operation. Früher hatte er die Tiere sogar eigenhändig schlachten und die Überreste dann mit großem Aufwand entsorgen müssen. Da waren es allerdings auch nur kleine Mengen gewesen. Inzwischen war die Prozedur sehr viel eleganter und, mit Hilfe von Milos, seinem Vertrauensmann auf dem Hof in Bad Karlenburg, auch sicherer. Behutsam durchtrennte er das Fettgewebe und das darunterliegende Bauchfell, bemüht, keinesfalls die Gallenblase zu verletzen. Er hatte zum Ausnehmen der Tiere dünne chirurgische Handschuhe übergestreift. Nun griff er mit der Rechten tief in die Bauchhöhle, führte seine Finger um das Gedärm herum und zog sämtliche Eingeweide vorsichtig heraus. Er trennte den prall gefüllten Magen von der Speiseröhre, schnitt die Fettleber frei und warf die Reste in den Abfalleimer. Noch neunzehn weitere Gänse hatte er vor sich in den vier Transportkisten stehen.

Es hatte sehr lange gedauert, bis er sich von Adele und ihrem korpulenten Sohn absetzen konnte. Erst weit nach Mitternacht schienen alle zu schlafen. Leise war er dann aus dem Haus geschlichen und hatte die Tür zur Schlachterei aufgeschlossen. Milos hatte am Ende des Produktionstages die markierten Schlachttiere aus den hinteren Regalen hervorgeholt. Sie standen für Tenner im Kühlraum bereit.

Alles liefe ganz nach Plan, wäre nicht dieser Schuss und seine Verletzung gewesen. Als ihn am Sonntag auf dem kalten Pflaster des Hofs heftiger Schmerz in die Wirklichkeit zurückholte, befiel ihn Panik, seine Tarnung sei aufgeflogen. Im ersten Moment dachte er, ein Profi wäre auf ihn angesetzt worden. Erst später beruhigte er sich. Wenn es so wäre, hätten die mit Sicherheit einen zuverlässigeren Schützen angeworben.

Niemand, nicht einmal Adele, wusste von seinem Nebenerwerb, den er über die Jahre konsequent aufgebaut hatte. Adele hatte ihm von dem nächtlichen Eindringling erzählt und sie waren, nachdem sie Milos noch einmal befragt hatten, zu dem Schluss gekommen, dass es sich, beim Einbrecher wie beim Attentäter, um einen Tierschutzaktivisten gehandelt haben musste. Tenner sah in dem Schuss einen Vergeltungsschlag für die Prügel und den Verlust der Kamera. Er war zufällig das Opfer dieses halbherzigen Angriffs geworden.

Nur wenn er an die vermutliche Waffe dachte, regte sich Unbehagen. Er hatte beim Schuss keinen Knall gehört. Gab es einen Schalldämpfer? Und die Kugel hatte den Deltamuskel der linken Schulter glatt durchschlagen, ohne allerdings Knochen zu treffen. Könnte ein Jagdgewehr gewesen sein, mutmaßte er. Passte so etwas zu einem Tierschützer? Es könnte auch ein waffengeiler Jäger gewesen sein, der auf Hochleistungsgeschosse stand. Im Handel gab es Munition, die ein anvisiertes Reh durchschlug und noch zweihundert Meter weiter soviel Energie besaß, dass sie einen Menschen böse verletzen oder sogar töten konnte, wusste er.

Egal wie und warum, er musste von der Bildfläche verschwinden, endgültig. Sein französisches Depot ging ohnehin zur Neige und für diese Saison stand die letzte Lieferung bevor. Die Gänseimporte wurden eingestellt, denn die zu magere Sommerleber eignete sich einfach nicht für die begehrten Parfaits und Terrinen. Zu wenig Geschmack. Erst zu Johanni würde das Gänsegeschäft wieder richtig Fahrt aufnehmen. Dann musste er über alle Berge sein, nahm er sich vor. Er müsste Batiste anrufen.

Tenner griff die nächste Gans. Mit der Zeit kamen Routine

und Rhythmus in die Arbeitsabläufe. Er summte leise vor sich hin, als das letzte nackte Schlachttier vor ihm lag. Anschließend säuberte er Arbeitsfläche und Messer, verstaute die ausgenommenen Tiere und die Fettleber zur Weiterverarbeitung im Kühlhaus. Er prüfte noch einmal den Arbeitsplatz. Dann verließ er das Schlachthaus mit dem Kühlbehälter in der Hand, in dem er die separierten Mägen zuvor sorgfältig in Trockeneis gebettet hatte. Er wäre weniger zufrieden gewesen, wenn er gewusst hätte, dass ihn jemand beobachtete.

Fünfundzwanzig – Donnerstag, 19. Mai

Korianderblätter, Kreuzkümmelsamen, rote und schwarze Pfefferkörner, Kurkuma, Kardamom. Kardamom? Wo, verflixt, hatte er die Samen gelassen? Schwabach durchwühlte seine Gewürzbestände.

Da! Vier davon in den Mörser. Dann frischen Ingwer, zwei Zentimeter einer dicken Knolle fein würfeln. Knoblauch, fünf Zehen. Zusammen mit heller Sojasauce, etwas Essig, Limone und seiner Geheimwaffe: drei dicken Löffeln Honig. Alles fein pürieren. Salzen. Jetzt das Wokgemüse stifteln. Zwiebeln, Grundlage des Seins und Mutter allen Geschmacks, dazu Möhren, Zucchini, Paprika, Blumenkohlröschen, leicht vorgekocht, sowie Schotenerbsen. Schwabach ließ sich von der Küchenarbeit entführen, er ließ sich treiben. Erst als ihm die Zwiebeln Tränen in die Augen trieben, kamen Bruchstücke des am Ende deprimierenden Tagesverlaufs zurück ins Bewusstsein

Im Grunde hatte der Tag vielversprechend begonnen. In der Frühe war er zu Otto gegangen und hatte ihn in die Ereignisse des Vortages eingeweiht. Otto war Feuer und Flamme bei dem Gedanken gewesen, seine alte Dunkelkammer wieder in Betrieb zu nehmen, um das Geheimnis der Filmdose zu lüften. Otto, selber einmal Pressefotograf, bis ihn das Schicksal über

Umwege zum Campingplatzbetreiber werden ließ, war sofort losgehumpelt und im Keller verschwunden. Schwabach hörte aus der Tiefe Gescharre von Kartons, die über Beton gezogen wurden, Gerumpel und Geschepper, untermalt von Ottos Flüchen. Er konnte sich vorstellen, wie Fotoschalen, Entwicklerdosen, Vergrößerungsgerät, Rotlichter, Zangen und andere Gerätschaften aus den Tiefen uralter Umzugskartons befreit wurden.

Dann war er zu Dr. Eze gelaufen, mit dem er sich zum Frühstück verabredet hatte. Die Nachricht vom Leichenfund im Wald hatte die beiden in ihrer Meinung bestärkt, die Meldung ihrer Moorleiche bis auf Weiteres zu verschieben. Dr. Eze wollte sich zunächst der eigenen Forschungsarbeit widmen, bevor eine Horde von Kriminalbeamten bei der Leichenbergung die Moorvegetation verwüsteten. Zudem versprach er Schwabach, durch eigene Nachforschungen am Fundort Hinweise auf die Liegezeit des Körpers im Moor zu gewinnen.

„Es reicht möglicherweise, die Jahresringe der kleinen Birke zu zählen, um einen guten Schätzwert zu bekommen", versicherte er Schwachbach. „Es ist immer wieder erstaunlich, wie viele Jahre selbst dünnste Bäume im Moor bereits auf dem Puckel haben. Der Hungerwuchs täuscht über das Alter hinweg." Krümel flogen bis zur Tischmitte, als er sein drittes Krustenbrötchen aufschnitt. „An Vieles habe ich mich in England und Irland gewöhnen können, aber das deutsche Frühstück fehlt mir sehr", erklärte er, als er Schwabachs Blick über das Tischtuch deutete. „Und was haben Sie heute geplant? Kann ich Sie dazu überreden, mich wieder ins Moor zu begleiten, um die restlichen Probeflächen zu markieren?" Er klang nicht sehr optimistisch.

Genauso lahm brachte Schwabach dringende Arbeiten auf dem Campingplatz ins Spiel. Wenig später verabschiedete er sich, nicht ohne den Moorforscher zu einem Besuch einzuladen.

Zurück im Bungalow ging er Otto zur Hand. Der hatte inzwischen begonnen, die beiden Fenster im Waschmaschinenraum des Kellers lichtdicht zu verkleben. Es musste für ihn mit seiner Prothese und der kaputten Hüfte eine ungeheure Energieleistung gewesen sein, vermutete Schwabach.

„Nimm uu ir ie Tür vor. Ssscharzer Vorhan", nuschelte Otto, ein Messer zwischen den Zähnen, und nickte mit dem Kopf in Richtung Tisch.

Sie werkelten und räumten gute zwei Stunden, dann standen sie im Rotlicht einer komplett ausgerüsteten Dunkelkammer. Entgegen seiner an Geiz grenzenden Sparprinzipien hatte Otto sogar die bereits für den Sommer abgeschaltete Heizung wieder in Betrieb genommen, um den Kellerraum auf Zimmertemperatur zu bringen.

„So!" Er rieb sich Hand und Prothese. „Jetzt müssen wir nur noch die Entwicklerchemikalien auftreiben, dann können wir loslegen."

„Ich werde sie besorgen", antwortete Schwabach, „wenn du mir verrätst, was ich einkaufen soll und wo ich das Zeugs bekomme. Ich kenne mich nur mit Dateien, Pixeln und Bits aus, Rollfilme stammen aus der Steinzeit."

„Ich weiß. Du gehörst zu den Digitalknipsern, die keine Ahnung vom wahren Geist der Fotografie haben. Schreiben mit Licht, mein Freund! Das Bild im Kopf im Silber einer Emulsion bannen. Das ist Handwerk, das ist Kunst. Das geht weit über das Drücken des Auslösers hinaus, mein Lieber. Licht und Schatten gehören zusammen wie Aufnahme und Dunkelkammer. Wenn du damals wirklich gute Fotos wolltest, warst du gezwungen, deine Filme selbst zu entwickeln und abzuziehen. Alle großen Fotografen waren auch Meister der Entwicklungsprozesse und der Arbeit mit dem Vergrößerungsgerät, ganz gleich ob bei den Anfängen der Schwarzweißfotografie oder den späteren Farbfilmen. Apropos: Was für einen Film soll ich eigentlich entwickeln? Schwarzweiß? C-41 oder E-6?"

Schwabach zuckte die Schultern.

Otto hob die Augenbrauen. „Das sind Farbnegativ- oder Diafilme. Das ist natürlich von höchster Bedeutung für die Herangehensweise, nicht nur bei der Wahl der Chemikalien. Hoffentlich gibt es nicht allzu große Schäden am Material. Komplex aufgebaute Farbfilme und dann wohlmöglich mit aufgequollener und verklebter Gelatineschicht, da ist die Chance auf verwertbare Ergebnisse ohnehin gering. Über die Einwirkung von Huminsäuren, die ja wohl in deinem Moorwasser sind, auf die Silber-Ionen in der Emulsion will ich jetzt gar nicht nachdenken. Ich sehe da in mehrfacher Hinsicht schwarz."

„Bevor du mir eine Vorlesung über die Geschichte der Fotochemie im Besonderen hältst, werde ich die Dose jetzt holen, was meinst du?", unterbrach Schwabach seinen Freund. „Du kannst deine Künste ja derweil an der Chemie des Kaffeeaufgusses testen, es wird Zeit für eine Pause."

„Kodak TriX 18", murmelte Otto, nachdem er das Fundstück im Schein der Rotlichtlampe geöffnet hatte. „Deine Leiche war vermutlich ein Profi! Dies ist einer der besten Schwarzweißfilme, äh, beziehungsweise war es, damals. Wenn ich mich richtig erinnere, hat sogar Henri Cartier-Bresson diesen Kodakfilm in seine Leica eingelegt. Kann mich aber auch irren." Otto drehte die Blechpatrone vor seiner Lesebrille.

„Was meinst du mit damals? Vor dem Krieg oder wann?", fragte Schwabach.

„Nein, Mann, dieser Film wird seit den siebziger Jahren hergestellt, etwa, genau weiß ich das auch nicht mehr. Hier auf der Patrone steht die Seriennummer. Falls die letzten Zahlen die Jahresangabe bedeuten sollten, was ich vermute, ist dies Ding von 1982. Könnte also seit schlappen dreißig Jahren im Torf liegen. Das Gute ist, dass kaum Feuchtigkeit in die Dose eingedrungen ist. Trotzdem dürfen wir bei den weiteren Schritten keine Fehler machen. Wohlüberlegt und behutsam müssen wir vorgehen." Er setzte die Filmpratone übertrieben vorsichtig auf dem Tisch ab und beäugte das Objekt mit vor der Brust verschränkten Armen.

„Wenn wir nicht bald in die Pötte kommen, hätten wir die Dunkelkammer gar nicht einzurichten brauchen. Wird ohnehin bald dunkel. Was ist denn nun mit dem Entwickler und dem Fixierbad, hast du noch was davon? Und außerdem knurrt mein Magen." Genau wie beim Schach, dachte Schwabach dabei missvergnügt. Unter Druck wurde Otto zur Perfektionsschnecke, und dann machte er die entscheidenden Fehler. Hoffentlich nicht bei der Filmentwicklung.

Otto legte den Film in die Dose und drückte den Deckel fest. „Heute wird das nichts mehr, das ist sicher. Die Entwicklerflüssigkeiten halten sich nur ein paar Monate, dann werden sie unbrauchbar. Außerdem, wo willst du hier so etwas kaufen? Der Fotoladen Gieseke hat nur noch dies Digitalzeugs. Aber mein Freund Diddi von den Fotofreunden Karlenburg, der könnte so was haben. Diddi Oster, genannt das Segelohr. Alter Kollege aus meinen Pressezeiten, den rufe ich an. Wir können hier eh nichts mehr tun. Geh du zu deinen Suppentöpfen, ich melde mich. Der Film kommt in den Gefrierschrank." Mit diesen Worten erhob er sich, verstaute die Filmpatrone und schaltete auf Weißlicht um. Als Schwabach schon auf dem Weg war, fragte er noch: „Was gibt es zu essen? Bin ich eingeladen?"

Schlagartig grauenhaft wurde der Tag für Schwabach, als er auf dem Weg zum Mobilheim von zwei Anzugträgern angesprochen wurde. Sie wiesen sich als Kriminalbeamte aus und hielten ihm ein Foto unter die Nase. Die Sonnenwärme verschwand und ein frostkalter Hauch kroch ihm den Rücken hinunter, als er Thomas' schmales Gesicht auf Anhieb erkannte. Trotz der Blutspuren und bläulichen Verfärbungen auf der Haut.

Ungläubig und verwirrt bemühte er sich, die Fragen der Beamten zu beantworten. Seine Informationen blieben allerdings wenig ergiebig. Er wusste weder den vollständigen Namen des Opfers noch die Adresse oder den Beruf. Er raffte das Wenige, dass er von Thomas erfahren hatte, zusammen und verwies auf die Vermisstenanzeige, die Mona aufgegeben hatte. Er erzählte den Beamten auch, dass Mona noch heute nach Bad Karlenburg zurückkehren wollte.

Zu Hause überkam ihn eine bleierne Schwere, nachdem ihm Stück für Stück bewusst wurde, dass jetzt Thomas, ein ihm bekannter Mensch, einer abstrakten Leiche vom Vortag das Gesicht gab. Er fühlte sich antriebslos und leer. Erst Hunger, der in Übelkeit überzugehen drohte, trieb ihn schließlich dazu, sein Kochvorhaben zu beginnen.

Als er die Schnippelarbeit an den beißenden Zwiebeln und den restlichen Zutaten weitestgehend hinter sich gebracht hatte, zog ihn der Duft von Gemüse und Gewürzen wieder in seinen Bann. Jetzt lächelten nur noch zwei schmale, leuchtend rote Lippen auf dem Schneidebrett. Sie erinnerten ihn an Mona, die inzwischen vielleicht auf der Polizeiwache saß. Wie würde sie die Nachricht aufnehmen? Was würde sie tun? Schwabach seufzte. Es war zuviel geschehen heute. Monas rote Lippen. Gnadenlos presste er die roten Schönlinge mit der Linken zusammen und begann mit dem schweren Kochmesser im Wiegeschnitt feine Scheiben davon abzuschneiden.

Vier Zentimeter lange, schlanke geschwungene Schoten, beißend scharf. Mindestens fünfzigtausend Scoville-Einheiten. Frische Thaichili. Er hatte Glück, dass sein Lieblingsgemüsehändler auf dem Markt heute einige davon im Angebot hatte.

Sechsundzwanzig

Die Dämmerung kam und saugte sämtliche Farben aus der bunten Welt. Wie eine riesige Spinne, die das versaftete Innere ihrer Beute ausschlürfte. Und so, wie die leere dunkle Hülle des Spinnenopfers im Netz zurück blieb, blieben ihm nur flache graue Schatten.

Er mochte Spinnen. Über seiner Pritsche lebten welche. Dort hatte er den Beutefang in den zahllosen Nächten, in denen Bilder zuckender Gänseleiber, stinkender Innereien und blutiger Federn ihn wieder einmal nicht schlafen ließen, häufig beobachten können. Gnadenlos und eiskalt bewegten sich die Achtbeiner in ihren Netzen, gnadenlos und eiskalt wie er selbst gerne war.

Es war jetzt dunkel genug. Er prüfte erneut seine Umgebung. Kein Licht, keine Bewegung, nur das Gegröle einer Saufrunde weitab, am Ufer des Sees.

Der Mann, nun selber Schatten, hatte annähernd zwei Stunden vom Waldrand aus den Campingplatz beobachtet. Nun machte er sich auf. Gebückt, den schweren Kanister in der Linken, den Schraubenzieher rechts, näherte er sich dem Zaun hinter der lückigen Hecke. Das schrottige Mobil stand etwas abseits, nahe der Grundstücksgrenze. Er hatte beobachtet, wie es ankam. Die Rothaarige hatte das Ding kaum abgestellt, da rollte schon ein Bullenwagen an und hatte sie mitgenommen. Das war vor über einer Stunde gewesen. Egal, was die Bullen mit ihr vorhatten, wahrscheinlich retteten sie gerade ihr Leben.

Sein Auftrag war schlicht: alle Beweismittel vernichten. Zwei Scheine extra für wenige Minuten Arbeit, hatte der Chef gesagt, da hatte er an die Spinnen gedacht und nur genickt.

Er erreichte den Tritt vor dem Seiteneingang. Ein einfaches Wohnmobilschloss. Die Stufe knarrte, als er sie bestieg, um den Schraubenzieher in Schlosshöhe zwischen Tür und Rahmen zu rammen. Er schaute sich um und prüfte, ob die Geräusche Aufmerksamkeit erregten. Nichts. Er hebelte. Holz und Kunststoff knirschten mehrtönig. Noch einmal ansetzen. Krack. Die Tür schwang auf. Ohne zu zögern, griff er den Kanister und begann hinten in der Schlafecke. In Sekunden füllte sich das Innere des Wagens mit beißendem Benzingestank. Er warf den fast leeren Kanister achtlos unter den Tisch und zog die Zündschnur-Rolle aus der Hosentasche. Acht Meter. Sie sollten etwa anderthalb Minuten brennen und ihm genügend Zeit geben, über die Wiese zu verschwinden. Sorgfältig legte er die Schnur aus, damit sie abbrennen konnte, ohne zu früh zu zünden. Er fing im Führerhaus an. Das Ende führte er in ein Knäuel aus benzindurchtränktem Papier unter dem Bett. Hoffentlich war die Schnur noch nicht zu alt. Er zündete sein Feuerzeug und hielt die Flamme an die Lunte. Schwarzpulver zischte auf.

Der Mann wollte das Mobil gerade verlassen, als er eine Männerstimme hörte.

„Mona, bist du schon zurück?"

Er schaute in die Richtung, aus der der Ruf gekommen war, und sah die Umrisse des Dicken sich nähern, den er vorhin an einer Wohnwagenhütte gesehen hatte. Jetzt stand dieser Mensch etwa fünf Meter entfernt. Er blickte zur Zündschnur, die vor sich hinzischte.

„Hallo, wer ist denn da?"

Los. Der Mann stieß die Tür auf und stürmte auf den Dicken zu. Der erste Schlag ging ins Leere, aber durch seinen Schwung prallte er auf sein Opfer und beide gingen zu Boden. Sie rangen miteinander. Der Angreifer war überrascht von der Wendigkeit des Dicken. Aber dann konnte er mit beiden Händen dessen Kehle packen und legte alle Kraft in den Würgegriff. Er hörte ihn unter sich röcheln. Plötzlich hob der Dicke einen Arm und drückte ihm einen Finger ins rechte Auge. Sekunden später explodierte dort gnadenlos brennender, fürchterlicher Schmerz, der ihn aufbrüllen ließ. Er riss die Hände vor das Gesicht und taumelte Richtung Zaun.

Hinter ihm ging das Wohnmobil mit einem dumpfen Rums in Flammen auf.

Im Schein des Feuers lag Schwabach benommen auf dem Rücken im Gras und rang nach Luft.

Als Feuerwehr und Polizei mit Blaulicht und Sirene die Campingplatzeinfahrt passierten, setzte leichter Nieselregen ein.

Siebenundzwanzig

Warum schlich der Kerl nachts auf dem Hof herum, und was hatte er in dieser ominösen Kiste bei sich? Frank Borsig schaute Tenners Sportwagen nach, der mit durchdrehenden Reifen auf der Straße vor dem Haus beschleunigte. Als er letzte Nacht aufstehen musste, um zu pinkeln, hatte Frank in alter Gewohnheit einen Blick aus dem Fenster geworfen. Stallungen und Wirtschaftsgebäude warfen das gelbe Licht der Laternen zurück. Er wollte gerade zurück ins Bett, als er eine Bewegung zwischen Schlachthaus und Arbeiterunterkunft bemerkte. Im ersten Moment dachte er, erneut einen dieser Tierschutzspinner entdeckt zu haben, aber dann erkannte er Martin Tenner, der, den Arm in der Schlinge, mit einer Transportbox zu seinem Auto lief. Frank hatte das Gefühl, als sei Tenner aus dem Schlachthaus gekommen, doch er war sich nicht sicher.

Klaute der jetzt aus dem Lager Gänseleberpastete, obwohl er das teure Zeugs im Jahr zentnerweise kaufte? Oder stöberte er heimlich in Geschäftsunterlagen? Frank nahm sich vor, zum Arbeitsbeginn, gleich nach der Einweisung der Bulgaren, die Bestände im Kühllager und im Schlachthaus zu überprüfen. Außerdem wollte er das Büro und seinen Schreibtisch drüben kontrollieren. Vielleicht hatte Tenner gerade dort herumgeschnüffelt. Er musste eh ein wenig aufräumen, weil morgen die Veterinäramtspfeifen auf der Matte standen.

Er wuchtete sich von dem Küchenstuhl hoch, wo er soeben vier gebratene Spiegeleier mit Speck auf einer doppelten Lage Bauernbrot verschlungen hatte. Der Weg durch die Diele zum Schlachthaus, vor dem die Bulgaren bereits versammelt waren, brachte ihn dermaßen ins Schwitzen, dass er sich zunächst schnaufend mit dem Taschentuch durchs Gesicht fuhr, bevor er begann. Vier Mann teilte er für Zerlegearbeiten ein, zwei schickte er zu den Zäunen und die anderen in die Federn.

„Seht zu, dass ihr sie trocken in den Bunker bekommt, ich brauche beste Qualität. Und wo, zum Teufel, steckt denn Milos. Hat der wieder verpennt?"

„Nein, Chef, Milos ist Sachen suchen, kommen gleich", antwortete einer.

„Was für Sachen suchen? Der soll hier arbeiten."

„Weiß nicht, Chef, was er suchen, Herr Tenner hat gesagt."

Bei Frank Borsig klingelte die Alarmglocke, aber er gab sich mit der Antwort zufrieden. Mehr hätte er sowieso nicht von diesen Bulgaren erfahren. Hielten alle zusammen wie Pech und Schwefel, wenn es darauf ankam, dieses Gesocks. Und für Tenner taten sie alles. Er wollte mit Deutschen arbeiten, aber nein, seine Mutter bestand auf der Truppe, die Tenner ihnen verschafft hatte. Er musste allerdings zugeben, dass die Leute zuverlässig arbeiteten und dabei unglaublich billig waren. Trotzdem blöde Knoblauchfresser. Alles musste man dreimal sagen, bevor sie es begriffen hatten.

In seinem Pendelgang durchquerte er den Zerlegeraum, wo vor jedem der vier Schlachter drei rote Stapelboxen standen. In jeder Kiste lagen fünf ausgenommene Gänse, fünfhundert davon sollten bis zum Liefertermin zerlegt werden. Er schaute den Arbeitern einige Minuten zu, dann rief er: „Ihr zerlegt heute nur die Hälfte, dann geht ihr an die Pastete, klar? Morgen Vormittag könnt ihr euch den Rest vornehmen. Wenn die Inspekteure da sind. Holt aber immer nur eine Kiste aus dem Kühllager. Und schweißt die Brüste und Keulen noch heute ein. Wiegen und etikettieren. Morgen geht eine große Partie raus." Die Schlachter nickten nur und arbeiten wortlos weiter.

Frank schlurfte zum Kühllager. Im vordersten Regal rechts standen die Kisten der aktuellen Produktion, eine Wand roter

Normbehälter aus Kunststoff. Er zählte die Boxen. Vierundachtzig. Draußen hatten die Leute zwölf, machte zusammen sechsundneunzig. Verdammt, wo waren die restlichen vier Kisten? Er kontrollierte den Inhalt. Immer fünf Stück, das stimmte. Dann schaute er nach links, wo normalerweise die Leber, die Mägen und das Fett nach der Schlachtung weggestapelt wurden. Im untersten Regal standen vier rote Kisten etwas separat. Da waren die fehlenden zwanzig Schlachttiere. Verfluchte Schlamperei, dachte er, dem Milos werde ich Bescheid stoßen. Gut, dass er kontrollierte, sonst ginge es hier drunter und drüber. Alle Gänse waren korrekt gerupft und ausgenommen. Er trug die erste Box rüber zu den anderen. Dabei fiel ihm etwas auf. Die Gänse waren beringt. Ihr Lieferant verwendete derzeit grüne Fußringe aus Kunststoff mit einer schwarzen Prägung. Bei der Kiste vom separaten Stapel waren die Beinringe dagegen schwarz und aus Aluminium mit weißer Kennnummer. Er überprüfte seinen Fund beim Inhalt weiterer Boxen, indem er umstapelte. Tatsächlich, alle Gänse des Stapels links trugen einen schwarzen Ring, die anderen Tiere waren grün markiert. Ihm wurde kalt. Normalerweise brauchte er im Kühlhaus nie eine Jacke, im Hemd war ihm immer warm genug. Jetzt fühlte er eiskalten Schweiß im Nacken.

Er watschelte zu den Schlachtern, die die ersten Stapel inzwischen bereits fast abgearbeitet hatten, und warf einen Blick in die Schale mit den Kennringen, die bei der Zerlegung gesammelt wurden. Grüne Plastikringe. Frank schnappte sich einen aus der Schale. Hier stimmte etwas ganz und gar nicht.

Achtundzwanzig – Freitag, 20. Mai

Diese Woche würde er nicht so schnell vergessen, dachte Hauptwachtmeister Horst Zack, als er sich auf den durchgesessenen Fahrersitz seines zwölfjährigen Dienstpassats fallen ließ. Er seufzte schwer, denn nach kurzer Fahrtzeit stand ihm bei der Vernehmung der Mitarbeiter auf dem Borsig-Hof eine weitere Prüfung seiner polizeilichen Fähigkeiten bevor.

Und das nach der Aufregung mit Berta. Schon Dienstag kam sie ihm verdächtig ruhig vor, und am Mittwoch hatte er die Ursache entdeckt: Berta, seine Goldberta, hatte Durchfall. Schmierig-flüssiger Kot auf der Streu ihres Käfigs. Nicht der lebenswichtige Blinddarmkot, den die Tiere nachts ausscheiden und gleich wieder aufnehmen: nein, statt der kichererbsengroßen trockenen Bällchen sah er matschige Häufchen. Zum Verzweifeln. Der umgehend konsultierte Tierarzt vermutete Stress durch die Kaninchenschau als Auslöser und verordnete eine dreitägige Wasser-Heu-Diät. Berta tat ihm leid, wenn sie mit traurigen Augen sehnsüchtig zum Eimer mit dem Kraftfutter und den Möhren hinüberblickte, doch Zack befolgte streng die ärztliche Weisung. Die Therapie schlug an, schon gestern kurz vor Mitternacht sah er die ersten festen Kötel liegen.

Als sei er mit der Sorge um seine Berta nicht genug belastet, wurde er am Mittwoch in aller Frühe aus dem Tiefschlaf gerissen. Ein Alarmruf der Polizeiinspektion Rotenburg, ein Leichenfund in seinem Zuständigkeitsbereich. Er war von diesem Weckruf so benommen, dass er verdattert den Beamten fragte, ob seiner Berta etwas zugestoßen sei. Mehrfach musste er sich den Fundort an der Kreisstraße Richtung Moorend und Weidenbach erklären lassen. Er traf vor den zur Unterstützung gerufenen Kollegen Klosterthal ein, musste aber lange mit sich ringen, bevor er sich dem Platz im Wald näherte. Sein Zögern war begründet. Das grässlich entstellte Gesicht dieses Opfers hätte er lieber nicht gesehen. Jetzt verfolgte ihn das Bild, wenn er nur die Augen schloss. Natürlich wurde er in die weiteren Ermittlungen der stetig wachsenden Kriminalkommission eingebunden. Das hieß: Laufdienste musste er für diesen eingebildeten Schnösel von Hauptkommissar erledigen. Büroräume organisieren, für Unterkünfte und für Kaffeenachschub sorgen. Erst jetzt, am späten Freitagnachmittag, konnte er die Ermittlungen wegen des verendeten Adlers wieder aufnehmen.

Ein Sonnenstrahl fand eine Lücke zwischen den tiefhängenden Wolken und beleuchtete den grauen Sprechkasten im Eingang des Wohnhauses gerade in dem Moment, als Hauptwachtmeister Zack auf den Borsig-Hofes einbog. Er ignorierte das heimtückische Gerät und fuhr gleich weiter zu den Wirtschaftsgebäuden dahinter. Dort gab es ein Büro, wusste er, und dort hoffte er auf die Mitarbeiter zu treffen, die er wegen der Giftköder befragen wollte.

Drei Männer in Weiß, in Laborkittel, Kappe und Gummistiefel kamen ihm aus dem ersten Gebäude entgegen. Zwei waren schlank und trugen je ein Klemmbrett unter dem Arm, der ausgesprochen korpulente Dritte mit Brille hielt einen Moment inne, als er Zack neben dem Einsatzfahrzeug sah.

„Nanu, meine Herren, ich dachte, Ihre Überprüfung hätte keine Beanstandungen ergeben? Trotzdem haben Sie die Polizei gerufen?“, frotzelte der, den Zack als Frank Borsig erkannte.

„Aber Herr Borsig, wir würden doch nicht ...“, entgegnete einer der weißen Begleiter.

„Ah, Entschuldigung, kleiner Scherz von mir. Muss auch mal sein. Wir wären dann durch für heute, Herr Graureuter, Herr Wolters? Fein. Wie Sie sehen, auf mich wartet gleich weitere Beschäftigung. Nichts für ungut, normalerweise hätte ich Sie gerne auf einen Kaffee oder ein kleines Schnäpschen zum Wochenende eingeladen, aber Sie sind ja nicht zum letzten Mal hier. Aufgeschoben ist nicht aufgehoben.“ Er schüttelte den beiden die Hände und wandte sich an Zack. „Polizei bei uns? Ist etwas passiert? Wie kann ich Ihnen helfen? Ich bin Frank Borsig, der Hofbesitzer.“

„Zack, Hauptwachtmeister Zack. Herr Borsig, es gab da eine Anzeige, der ich, äh, nachzugehen von Gesetzes wegen verpflichtet bin, sozusagen. Genannt wurde dabei ihr Hof. Also der, äh, Jagdpächter Schön verbrachte uns einen toten Adler und vermutete den unerlaubten Einsatz von Giftködern bei Ihnen. Können Sie dazu etwas aussagen?"

„So, so, der Schön, schon wieder, na, den werde ich mir zur Brust nehmen. Der soll lieber dafür sorgen, dass die Wildschweine nicht ständig unsere Zäune ramponieren und unseren Tieren das Futter von den Wiesen fressen, klar? Und das andere Raubzeug in Schach halten, das meine Gänse wegfrisst. An die dreißig Tiere habe ich alleine in den letzten vier Monaten verloren, durch Füchse. Das sind Kosten! Vielleicht sollte ich den Schön anzeigen, wegen nicht ordnungsgemäßer Bejagung. Für die Wildschweinschäden muss er sowieso noch blechen." Borsig schnaufte vor Aufregung. „Und von einem toten Adler weiß ich nichts, mir nicht bekannt", fügte er knapp hinzu.

„Ja, aber setzen Sie überhaupt Giftköder ein, ich meine, wäre denn eine Vergiftung möglich?"

„Von wegen, Giftköder! Der Schön hat den Vogel bestimmt selber abgeknallt und will das mir in die Schuhe schieben, der kann doch keine Krähe von einer Meise unterscheiden."

„Herr, äh, Borsig. Ich habe doch mal in den Akten nachgeschaut. Vor zwei Jahren gab es bereits eine ähnliche Anzeige gegen Sie, und damals wurden die Kollegen fündig. Ich würde doch gerne einmal mit Ihren Mitarbeitern sprechen. Können Sie das für mich arrangieren?" Zack war stolz auf seine vorbereitete Trumpfkarte. Ihm entging nicht, dass sein Gegenüber die Stirn in Falten legte.

„Das sind doch alte Geschichten. Diese sogenannten Beweise wurden uns damals doch untergeschoben, nur dass wir nicht das Gegenteil beweisen konnten. Und unsere Mitarbeiter haben jetzt Wochenende." Dann lenkte Borsig ein. „Na schön, wenn's der Wahrheitsfindung dient. Ich rufe Ihnen meinen Vorarbeiter, Herrn Ferenc, Milos Ferenc. Das ist der Einzige, der einigermaßen deutsch spricht. Oder wollen Sie wegen so einer Lappalie noch einmal mit einem Dolmetscher kommen?"

„Für die erste Befragung reicht mir der Vorarbeiter."

„Milos!", rief Frank daraufhin über die Schulter. „Milos, komm mal rüber, hier ist jemand für dich! Milos? Wo steckt denn dieser Faulsack schon wieder". Borsig wandte sich dem Gebäude zu, öffnete die Stahltür, die in ein großes Ladetor eingelassen war, und brüllte erneut hinein.

Wenig später schlenderte ein mittelgroßer Mann aus dem Gebäude, der ebenso wie sein Chef weiß gekleidet war. Zusätzlich trug er eine gummierte, etwas fleckige Schürze. Kaum hatte er das Gebäude verlassen, riss er sich die Schutzkappe vom Kopf, stopfte sie in eine Seitentasche seines Kittels, holte aus der anderen Tasche eine Schachtel Zigaretten heraus und zündete sich eine davon an. Er nahm einen Zug und ließ die Zigarette im rechten Mundwinkel hängen. Dann folgte er zögernd Frank Borsig, der sich wieder Zack zugewandt hatte.

Der Vorarbeiter war nicht sonderlich groß, aber von sehr kräftiger Statur, bemerkte Zack, als er auf die prall ausgefüllten Ärmel des Kittels schaute. Er schätzte ihn auf knapp über dreißig, obwohl sich im kurz gehaltenen Haar die Geheimratsecken schon auf den Oberkopf ausdehnten. Von den Nasenflügeln bis zu den Mundwinkeln hatten sich Falten in die gebräunte Haut eingegraben, die wie Kinn und Backen von Bartstoppeln überdeckt waren. Zack wurde mulmig zumute, als er dem Mann direkt in die dunklen Augen schaute, die ihn unter den zusammengekniffenen Lidern anblitzten.

„Es geht um Giftköder. Ob du welche ausgelegt hast, will der Polizist wissen", sagte Borsig.

Der Gesichtsausdruck des Bulgaren wandelte sich in Bruchteilen von Sekunden in Gleichgültigkeit.

„Ihr vollständiger Name lautet?" Hauptwachtmeister Zack hatte einen kleinen Schreibblock hervorgezogen und wartete mit gezücktem Bleistift.

„Milos“, knurrte der Befragte mit rauer Stimme. „Milos Ferenc.“

„Ich brauche natürlich Ihren Ausweis, aber das können wir gleich machen. Sie sind hier Vorarbeiter auf dem Borsig-Hof und arbeiten jetzt wie lange hier?“

„Weiß nich, isse sechs Jahre hier, Chef?“

„Herr Ferenc wurde gleich nach dem Ausbau des Maststalls zur Schlachterei und Geflügelverarbeitung von uns eingestellt. 2007. Seitdem ist er hier beschäftigt. Die meisten anderen Mitarbeiter sind nur in der Saison oder kurzzeitig bei uns angestellt“, antwortete Frank Borsig.

„Für was genau sind Sie hier zuständig, Herr Ferenc?“

„Was zuständig? Mach alles, was gesagt von Chef. In Schlachterei, in diese Ställe, Futter vor die Gänse, diese Zäune, alles.“ Ferenc, zufrieden mit seiner Auskunft, zog eine neue Zigarette aus der Packung und zündete sie an der ersten an.

„Und Sie sind Vorarbeiter für die anderen Beschäftigten“, ergänzte Zack und traute sich nach längerer Zeit, dem Befragten wieder in die Augen zu schauen. Dabei irritierte ihn etwas, so dass er genauer hinsah und entdeckte, dass der rechte Augapfel gerötet und der Tränensack darunter leicht geschwollen war. Irgendetwas war doch mit Augen gewesen, erinnerte er sich, er wusste nur nicht mehr, was.

„Also, Herr Ferenc, kommen wir zur Sache“, setzte Zack erneut an, „haben Sie, auf Anordnung Ihres Chefs oder aus eigenem Antrieb, in, sagen wir, den letzten zwei Wochen mit Gift präparierte Köder auf dem Geländes des Betriebs oder in dessen Umgebung ausgelegt oder von Ihren Kollegen auslegen lassen?“

„Nee, nix Giftköder von mir, hab ich nix gemacht!“

„Also ich habe hier in den Aufzeichnungen des Vorfalls von vor zwei Jahren Ihren Namen gefunden, Herr Ferenc. Sie waren damals derjenige, der Giftköder ausgelegt hatte. Was sagen Sie dazu? Die Sache wurde seinerzeit ja als Ordnungswidrigkeit mit einem Bußgeld beendet, weil nur ein Hund zu Schaden kam und der Besitzer seine Anzeige zurückzog. Aber Sie sollten mir jetzt die Wahrheit sagen, sonst werde ich Sie zur weiteren Befragung aufs Revier kommen lassen."

Borsig platzte der Kragen. „Sagen Sie, hat die Polizei nichts Besseres zu tun? Wie ich der Zeitung entnehmen konnte, gab es im Ort ein Mordopfer und einen Brandanschlag auf dem Campingplatz. Und Sie kommen hier mit diesen Kinkerlitzchen an und behindern unsere Arbeit, das ist wirklich unglaublich."

„Herr Borsig, wir müssen allen angezeigten Vorfällen nachgehen, egal ob es ein Gewaltverbrechen oder wie im vorliegenden Fall nur ein Anzeigedelikt ist. Also, Herr Ferenc, Sie sind mir eine Antwort schuldig geblieben."

„Ich nix weiß von diese Giftköder", sagte der und warf die halb aufgerauchte Zigarette aufs Pflaster, wo sie vor Zacks Füßen weiterqualmte. Der Bulgare zertrat die Glut mit dem Hacken seines Gummistiefels, als würde er damit seinen bösesten Feind erledigen, dann wandte er sich ab. „Musse zurück zu de Arbeit mit de Pastete, LKW kommen bald."

Zack sah ein, dass er weiter nichts erreichen konnte. Er verabschiedete sich von Borsig und fuhr in die Dienststelle zurück.

Erst am nächsten Tag, als er während seines Frühdienstes die Berichte über die laufenden Ermittlungen las, erinnerte er sich an das gerötete Auge des Bulgaren. Er schrieb eine Notiz für den Chef der Ermittlungen in der Brandsache Camping, also ebenfalls den Schnösel Stollberg, da Brand und Mord nach bisherigen Erkenntnissen in Zusammenhang standen.

Neunundzwanzig

Der Gestank von verbranntem Gummi, Kunststoff und Diesel war beinahe greifbar. Er lag wie eine schmutzige Decke über den Resten des Wohnmobils, dessen Aufbauten bis auf ein Gerippe verbogener Metallträger hinter der Fahrerkabine zerstört waren. Die verkohlten Trümmer ragten aus einem Viereck aus Absperrband, das Polizeihauptwachtmeister Horst Zack nach den Löscharbeiten ausgebracht hatte.

Mona stand mit Tränen in den Augen neben Schwabach und Otto, die sich mühten, passende Worte zu finden.

„Wer macht so etwas?“, fragte Schwabach schließlich, um die Stille zu brechen. Er hatte sich ein Baumwolltuch um den Hals gewunden. Seine Stimme klang nach dem Würgegriff noch immer etwas rau.

„Mit Sicherheit ein Profi“, brummelte Otto. „Ortsbrandmeister Kurt Kniepweg hat mir so im Vertrauen gesagt, das sie Brandspuren von einer Lunte gefunden hätten. Er vermutet Benzin als Brandbeschleuniger. Kurt meint, der Täter war ein echter Profi. Ich glaube, das hängt alles mit Thomas zusammen. Frau ... äh, Mona, wenn ich Sie duzen darf? Thomas Sachen. War da etwas dabei, das, wie soll ich sagen ... irgendwie brisant gewesen sein könnte?“

Mona sah Otto an und schüttelte den Kopf. Der Tränenstrom wurde heftiger, sie zog die Hände vors Gesicht. „Weiß nicht“, flüsterte sie.

„Otto, lass doch“, mahnte Schwabach und wandte sich dann zu Mona. „Komm, wir gehen erst einmal zu mir und ich koche uns einen guten Kaffee, was meinst du?“ Er legte leicht den Arm um ihre Schultern und führte sie von der Brandstelle weg. Sie ließ es mit sich geschehen.

„Du, Hänsel, ich komme nicht mit, muss mich um die Versicherungsfragen kümmern und habe noch ein paar andere Dinge auf dem Zettel. Frau Mona, machen Sie sich keine Gedanken um den materiellen Schaden. Das bringen wir zügig auf die Reise. Ich besorge Ihnen eine gute Unterkunft für die nächsten Tage. Natürlich auf Kosten des Campingplatzes. Falls Sie Sachen zum Anziehen brauchen, Kulturzeugs, Zahnbürste und so, ich helfe gerne mit Geld aus, falls Sie welches benötigen."

Mona dankte ihm leise, dann sagte sie, mehr zu sich selbst: „Gegenstände sind ersetzbar, aber nicht mein Moppel. Ein Teil meines Lebens ist mir geraubt worden, einfach zu stinkenden Resten verbrannt."

Später hatte sie sich soweit gefangen, dass sie Pläne für den Tag machte. Sie nahm Ottos Angebot an, sich zumindest für die Zeit, die sie in Bad Karlenburg noch verbringen wollte oder musste, auszustatten und ein Zimmer in der Pension Seeblick zu beziehen. Schwachbach begleitete sie bei den Einkäufen. In der Pension trafen sie auf Dr. Eze, der seine neue Zimmernachbarin herzlich begrüßte, nachdem Schwabach sie vorgestellt hatte. Für den Abend lud Schwabach beide zum Abendessen ein. Otto sollte auch kommen.

„Aaah!"

Ein greller Aufschrei durchbrach die gerade eingetretene Gesprächspause, deren einzige Untermalung das leise Schaben und Gekratze von Bestecken auf Tellern war. Ottos Gesicht lief puterrot an, Tränen schossen ihm in die Augen, eine Hand hatte er vor den aufgerissenen Mund gehoben. „Wasser", röchelte er und wedelte mit der Armprothese, „schnell!"

„Otto, was ist los?", rief Schwabach. „Hast du dich verschluckt?"

„Scharf", krächzte Otto.

„Oh, Mann. Hast du zuviel Chili erwischt? Sorry. Hier, kau Brot, das hilft am schnellsten. Die guten Thaichili. Muss ich wohl ein Schnipsel übersehen haben, als ich gestern das Essen vorbereitet habe." Schwabach versorgte Otto mit einem Stück

Baguette. „Dass Chilis gut für die Gesundheit sind, steht ja allenthalben in den bunten Magazinen. Durchblutung, Stoffwechsel, Fettabbau und so. Aber mir haben diese kleinen Schoten gestern im wahrsten Sinne das Leben gerettet.“ Schwabach blickte triumphierend in die Runde. „Otto, stell dir die Schärfe mal im Auge vor, dann kannst du dir die Qualen dieses verdammten Brandstifters gut vorstellen. Geschieht ihm recht. Auge um Auge. Feuer mit Chili vergelten, was?“

Damit waren sie bei dem Thema, das im Grunde alle vermeiden wollten. Bisher war ihnen das gut gelungen. Besonders die Einladung von Dr. Eze erwies sich als absolute Bereicherung der kleinen Gesellschaft.

Otto hatte ihn gefragt, wie er als Afrikaner zu solch perfekten Deutschkenntnissen und zu seiner Stelle als Universitätsprofessor gekommen sei. Daraufhin erzählte der Gast seine Geschichte: Er war in einem Dorf am Rande des Niger-Deltas geboren worden, im Süden Nigerias, Ende der sechziger Jahre. Seine Familie gehörte zum Stamm der Igbo, einem sich zum Christentum zählenden Volk unter den über dreihundert weiteren Ethnien in dem noch jungen Staat. Der war erst 1960 aus dem britischen Kolonialreich in die Unabhängigkeit entlassen worden. Früher, so erzählte Dr. Eze, wäre sein Volk von Sklavenjägern fast ausgerottet worden. Nach der Unabhängigkeit kämpften die Igbo gegen die Machtansprüche der Hausa-Fulani und der Yoruba um die Vorherrschaft im Land, denn sie besaßen einen hohen Bildungsstandard. Sein Vater war am Putsch ranghoher Offiziere um Major Nzeogwu beteiligt, die im Januar 1966 für ein paar Monate die Staatsgewalt übernahmen. Nach dem Gegenputsch entbrannte ein Krieg, der in Deutschland unter dem Stichwort „Biafra“ eine Zeit lang die Nachrichten beherrschte, aufgrund der Gräueltaten, der Gewalt und dem unsäglichen Leid der Zivilbevölkerung.

Dr. Eze erzählte, wie die Armee der unabhängigen Provinz Biafra mit Sportflugzeugen gegen die nationalen nigerianischen Truppen kämpfte, die dagegen über MiG-Jagdflugzeuge verfügte. Sein Vater war Pilot eines dieser Flugzeuge und im Krieg freundete er sich mit einem der zahlreichen deutschen Söldner an, die von der provisorischen Regierung Biafras angeheuert wurden.

Obinna Eze wusste noch, wie er als kleiner Junge zusammen mit seinen Freunden aus dem Dorf über Schlachtfelder lief, um Waffen und Proviant der Gefallenen einzusammeln. Bei der Erinnerung an seinen besten Freund, den bei einem dieser Einsätze eine Landmine in Stücke riss, konnte er die Tränen nur mit Mühe unterdrücken. Eindrücklich schilderte der Professor den Hunger, die von Mangelernährung aufgequollenen Bäuchen der Kinder. Er sprach von Verwundeten und Kranken, die von Fliegen befallen und von Maden gequält wurden. Die kleine Gemeinschaft im Mobilheim erfuhr von einem Krieg, den die Igbo von Anfang an verloren hatten, weil es um eine ölreiche Region am Nigerdelta ging und weil das Öl die Begehrlichkeiten der Weltmächte weckten. Was dazu führte, dass Großbritannien, die Sowjetunion und verschiedene Konzerne die Regierungstruppen unterstützten, mit Hilfe von Waffenhändlern.

Schließlich kam Eze auf die abenteuerliche Flucht seiner Familie in einem notdürftig zusammengeflickten Leichtflugzeug der Malmö Flygindustri Typ MFI-9B zu sprechen. Das war 1969, nachdem die Regierungstruppen den Widerstand gebrochen hatten und grausame Rache an den Besiegten nahmen. Die Flucht der Familie führte über Mali und Mauretanien nach Marokko. Dort mussten sie das Flugzeug nach einer Bruchlandung aufgeben. Sein Bruder und seine kleine Schwester waren bei dem Absturz am Rande der Wüste tödlich verunglückt. Zu dritt, nur seine Eltern und er, kamen sie ein halbes Jahr nach ihrem Aufbruch in Frankfurt an, wo ihnen der Kriegskamerad des Vaters zur Anerkennung als politisch Verfolgte und damit zur Einbürgerung verhalf.

„Dass ich jetzt in Irland lebe, einem Land, das von einem Bürgerkrieg ebenso zerrissen und gequält ist wie meine ursprüngliche Heimat, ist wohl mein Karma. Zumindest meine ich, einige der Ursachen von Hass und Gewalt dort besser zu verstehen, weil ich etwas Ähnliches selbst erleben musste. Den Schrei nach Gerechtigkeit und Vergeltung, der niemals auf kriegerische Weise gelöst werden kann." Mit diesen Worten beendete er seine Geschichte.

Eine nachdenkliche Stille trat ein. Mona wischte sich mit dem Handrücken eine Träne aus dem Auge.

Otto starrte vor sich hin. „Was für ein Schicksal", murmelte er.

Erst beim Essen, sehr pikantem Wokgemüse mit Reis, das Schwabach kurze Zeit später auf dem Tisch stellte, lockerte sich die Stimmung wieder. Dr. Eze nahm seinen Erzählfaden wieder auf, diesmal mit Geschichten aus seiner Jugend zwischen Äppelwoi, GI's und Studentenleben. Vor allem seine Erfahrungen mit den Hürden der deutschen Sprache sorgten für Unterhaltung.

Nach Ottos Chilierlebnis und Schwabachs Steilvorlage zum Thema Brandstiftung war es Mona, die das Wort ergriff, nachdem sie sich den ganzen Abend über zurückgehalten hatte. „Ich habe herausbekommen, womit Thomas sich beschäftigt hat", begann sie zögernd. „In Schleswig-Holstein und hier in Bad Karlenburg. Ich hab's auf seinem Laptop gefunden, vorhin, in der Pension."

„Du hast den Laptop?", fragte Schwabach ungläubig.

Mona nickte. „Ja, der war bei mir im Wohnmobil, aber ich konnte nichts damit anfangen, weil ein Passwort abgefragt wurde. Deshalb habe ich das Ding gestern mit zur Polizei genommen, um es denen zur Auswertung zu geben. Aber irgendwie waren die Beamten bei ihrer Befragung so unfreundlich und aggressiv, da habe ich den Laptop in meiner Tasche gelassen und einfach wieder mitgenommen."

„Unfreundlich und aggressiv, das kann nur mein Erzfeind Stollberg gewesen sein. Und was hast du darauf gefunden? Ich meine, auf dem Computer?", fragte Schwabach. „Und wie bist du an das Passwort gekommen?"

„Das war einfach, nachdem ich eine Weile darüber nachgedacht hatte. Thomas hat einen Kater, Fidel heißt er. Seine wahre und einzige Liebe neben dem Fahrrad."

„Wieso denn Fidel?", unterbrach Dr. Eze.

„Na, von Fidel Castro! Thomas hat ihn erst Fidel genannt und nachdem er kastriert wurde, kam der Nachname dazu. Das war auch das Passwort ‚fidelcastro'. Auf dem Rechner gab es einen Ordner ‚Animal Knights'. Was ich so herauslesen konnte, ist das eine Tierschutzorganisation, die im Untergrund arbeitet. Deckt Missstände bei der industriellen Tierhaltung auf, Tierquälerei und so weiter. Die fotografieren und filmen heimlich in den Ställen und stellen das Material dann den Medien zur Verfügung. Alles sehr geheim. Wegen der Agrarmafia, so stand es da. Deshalb hat Thomas nie ein Wort darüber verloren, was er so treibt. Er war ein Kundschafter für Animal Knights, und er hatte ein Ziel hier in Bad Karlenburg."

„Gänse-Borsig!", sagten Otto und Schwabach fast gleichzeitig. „Kann das sein?", fügte Schwabach ungläubig an.

„Keine Ahnung", meinte Otto mit noch immer angerauter Stimme, „die Gänsehaltung auf dem Hof soll ja vorbildlich sein, habe ich gehört. Die arbeiten doch im Premiumsektor mit ihrem Zeugs. Ich weiß nicht, ob das mit der Gänsestopferei noch so gemacht wird wie früher. Da gab es doch einen Skandal oder zumindest eine öffentliche Diskussion um Tierquälerei, aber war das nicht in Frankreich? – Konntest du noch mehr herausfinden?", fragte er Mona.

„Nee, ich hatte doch nur eine halbe Stunde Zeit, dann war Einkaufen angesagt und jetzt das Essen. Soll ich den Laptop denn nun der Polizei geben?"

„Natürlich", antwortete Schwabach sofort, „die Polizei muss

die Hintergründe und Umstände wissen, wenn der Fall schnell aufgeklärt werden soll. Auch wenn es mir schwerfällt, den Stollberg damit zu unterstützen. Allerdings würde ich mir das ganze Material zu gerne selbst einmal anschauen. Könntest du mir nicht die Dateien kopieren, bevor du das Gerät abgibst? Das interessiert mich doch brennend. Vielleicht könnte ich selber einmal den Spuren nachgehen. Der Stollberg war als Ermittler doch ein Totalausfall. Der konnte sich immer nur gut verkaufen, besonders, wenn er ein paar Blöde hatte, deren Ergebnisse er klauen konnte. Warte, ich hole einen Stick." Schwabach stand auf und verschwand im vorderen Teil seines Wohnheims.

Mona nahm den Speicherstift und rückte aus der Polsterbank. „So", sagte sie, streckte sich und strich ihre rote Mähne zurück. „Ich bin echt erschlagen. Vielen Dank für das Essen und die nette Gesellschaft. Dr. Eze, bleiben Sie noch oder kommen Sie mit? Ich wäre ganz froh, wenn ich nicht alleine gehen müsste."

„Selbstverständlich werde ich Sie begleiten, Fräulein Mona. Auch ich möchte mich für die freundliche Einladung bedanken. Ich werde mich zu gegebener Zeit einmal revanchieren, Herr Schwabach." Der Professor kämpfte sich ebenfalls aus der Sitzecke.

Otto blieb sitzen, nachdem die beiden gegangen waren. „Rot und schwarz, passen gut zusammen, ein hübsches Paar, findest du nicht?", meinte er. „Hast du gesehen, wie sie mit ihm mitgefühlt hat, als er von seinen Erfahrungen aus Biafra berichtete?"

„Weiß nicht, hab nicht drauf geachtet", meinte Schwabach, auch wenn genau das Gegenteil zutraf. Natürlich hatte er Monas Interesse bemerkt. Er beneidete den Professor um sein Charisma und seine Welterfahrung.

„Sie wäre sowieso nichts für dich, ihr seid zu verschieden", versuchte Otto zu trösten. „Schau her, ich habe dir etwas ganz

Besonderes mitgebracht. Während du mit deinem Flammenmädel mein Geld unter die Leute gebracht hast, habe ich die Zeit in der Dunkelkammer verbracht. Du, ich habe es geschafft unter den gegebenen Umständen das Optimum aus dem Film herauszuholen. Nach einigen Tests mit kleineren Filmschnipseln hatte ich die korrekte Entwicklungszeit raus. Das war wirklich wichtig, denn der Fotograf hat das Material bis an die Grenzen gepuscht, also die Filmempfindlichkeit gnadenlos erhöht. Das muss ein echter Profi gewesen sein, die Bilder wurden bei schlechtem Licht und ohne Blitz gemacht. Hätte ich das nicht gemerkt, wäre auf dem Negativ nichts zu erkennen gewesen. So gab es sieben belichtete Negative, das Erste ist etwas angeschnitten. Hier sind die Abzüge. Vergrößerungen. “ Stolz schob er einen Packen Schwarzweißfotografien über den Tisch.

„Aber ich wollte doch bei der Entwicklung dabei sein“, maulte Schwabach, ohne die Bilder auch nur eines Blickes zu würdigen.

„Mensch, Hänsel, du wärest gestern fast erwürgt worden und außerdem gegrillt, wenn ich dich nicht gleich nach dem Brandausbruch aufgesammelt hätte. Du wärst mir sowieso keine Hilfe in der Dunkelkammer gewesen. Wahrscheinlich hättest du mich nur nervös gemacht. Also, schau dir die Bilder an und mache was draus. Ich kann damit nicht viel anfangen. Und gib mir noch ein Glas von diesem fantastischen Rotwein. Muss ich ja ausnutzen, wenn du für Fremde deine Schatzkammer öffnest.“

Schwabach nahm sich die Bilder vor, nachdem er Otto mit Wein versorgt hatte. Die neun mal dreizehn Zentimeter großen Abzüge waren kontrastreich und scharf, nur eine leichte Körnung deutete darauf hin, dass sie an der Grenze des Machbaren entstanden waren. Auf drei Fotos war ein Raum mit Stahlregalen zu sehen, in denen vom Bodenbrett bis zur obersten Etage Kartons gestapelt standen. Die nächsten beiden Aufnahmen zeigten einen der Kartons in der Totalen. Im Zentrum prangte ein Etikett. „Precaución" konnte Schwabach lesen, darunter war eine lange Zahlen- und Buchstabenreihe. Schwabach holte sein Vergrößerungsglas. „4-[4-(4-hydroxy-phenyl)hexa-2,4-dien-3-yl]phenol-C18H18O2", entzifferte er laut, „was auch immer das ist." Die letzten Bilder zeigten einen geöffneten Karton, in dem Glasampullen zu erkennen waren. Acht mal zwölf Stück.

„Auf den ersten Blick nicht gerade sensationell, oder?", meinte Otto, der genussvoll an seinem Glas nippte.

„Jedenfalls nichts, um dafür im Moor zu verrecken, es sei denn, der Stoff ist wirklich etwas Heißes, eine synthetische Droge vielleicht", antwortete Schwabach. „Ich habe jetzt keine Lust mehr, meinen Rechner hochzufahren, morgen ist auch noch ein Tag. Otto, ich hau mich hin. Schließ die Tür leise, der Wein sei dein!" Damit stand er auf und zog sich in seinen Schlafraum zurück. Otto blieb noch auf ein letztes Glas.

Dreißig – Wissenbourg, Frankreich, Mittwoch, 11. Mai

Das Telefon klingelte. Klingeln war übertrieben, das Ding krächzte ein Stakkato unangenehmer Geräusche, die einem krähenden Hahn mit schwerem Asthma näher kamen als einem läutenden Telefon. Dieses hässliche, in grün-goldenen Brokatsamt eingeschlagene Kommunikationsmöbel aus Bakelit, das immer auf der Anrichte aus Rosenholz stand, musste den Ersten Weltkrieg überstanden haben. Trotzdem wollte sein Weib sich um nichts in der Welt davon trennen. Sie wollte sich von überhaupt gar nichts trennen, geschweige denn etwas verändern in dieser riesigen dunklen Villa, in der sie als Kind behütet aufgewachsen war und die sie vor einigen Jahren geerbt hatte. Und in die er einzuziehen einwilligte, nachdem er in den Ruhestand verabschiedet worden war. Privatier Aloysius Kock seufzte schwer und erhob sich aus dem Ohrensessel, den wahrscheinlich schon der Großvater seiner Frau von dessen Vater geerbt hatte. Jedenfalls waren die Sprungfedern derart durchgesessen, dass die Knie des Sitzenden fast das Niveau seiner Ohren erreichten.

„Oui“, sagte er vorsichtig in den Hörer, der schwer in seiner Hand lag und aus dessen Hörteil es unangenehm rauschte und knackte.

„Spreche ich mit Lieutenant Aloysius Kock? Jean-Jaques Barteaux spricht, hallo, wie geht es Ihnen, Monsieur?“

Kock war dermaßen erstaunt, die Stimme des ehemaligen Kollegen zu hören, dass ihm nicht einfiel, was er sagen sollte. „Es geht“, antwortete er schließlich und fasste in der Tonlage die gesamte Tristesse des Seins und seiner aktuellen Gemütslage zusammen, die unter dem morbiden Prunk des Salons noch um einige Stufen zugenommen hatte.

„Monsieur Kock, wir hatten seinerzeit bei der Bearbeitung eines Mordfalls hier in Mont-de-Marsan zusammengearbeitet. Sie erinnern sich sicher, 2006 war das. Und Sie hatten mich gebeten, Ihnen Nachricht zu geben, falls irgendeine Ihrer damaligen Spuren ein Ergebnis brächte. Jetzt kann ich meine Schuld begleichen, ich weiß allerdings nicht, ob das Ergebnis Sie zufriedenstellen wird.“

Einhundertvier aufgeschlitzte Schafe und ein Menschenmord. Der letzte und einzig ungelöste Fall seiner Karriere lag wie ein Schatten auf seinem Dasein. Fast zwei Jahre hatte er nach seiner Verabschiedung ohne polizeilichen Rückhalt die wenigen Spuren verfolgt, die ihm nachzugehen sinnvoll erschienen. Ohne Erfolg. Dann gestand er sich die Niederlage ein und war schließlich bereit, mit seiner Frau ins Elsass, nach Wissenbourg, in die alte Heimat zurückzukehren. Grausige Jahre folgten, in denen er zum Nichtstun oder, noch schlimmer, zur Gartenarbeit verdammt war. Er spielte schon mit dem Gedanken, das exzessive Trinken anzufangen, um diesem

Martyrium wenigstens im Rausch zu entfliehen, doch bisher hatte er noch nicht das Getränk dafür gefunden. Er blieb bei Wein, und den trank er mit Genuss.

Wie ein aufgescheuchtes Wespenvolk schwirrten Gedanken und Erinnerungen aus ihrem gestörten Nest, öffneten längst verschlossene Gehirnregionen ihr archiviertes Wissen, als die Nachricht des Kollegen Barteaux sein Bewusstsein erreichte.

„Letzte Woche hat sich die spanische Polizei an uns gewendet, weil sie ein Autowrack mit zwei völlig verwesten männlichen Leichen darin gefunden hat. In einer Schlucht der Sierra Urbasa, die liegt irgendwo zwischen Vittoria und Pamplona im baskischen Navarra. Die Männer wurden ermordet, und zwar, wie wir jetzt wissen, mit der gleichen Waffe wie unsere baskische Leiche am Feuerlöschteich. Der Zustand der Leichen in Spanien ließ keine exakte Feststellung des Todeszeitpunktes zu. Nach der 14C-Methode müssten die Männer wohl um das Jahr 2006 herum getötet worden sein. Das ist aber unsicher, wie Sie sicherlich wissen. Allerdings spricht einiges dafür. Das Fahrzeug war im Frühjahr 2006 als gestohlen gemeldet worden. Und die Spanier waren in der Lage, die Toten zu identifizieren. Es handelt sich um kleine Ganoven, die im Drogenmilieu steckten, aber nach 2006 sind sie nie wieder in Erscheinung getreten. Na, was sagen Sie dazu?“

„Eine wunderbare Nachricht. Erzählen Sie weiter, mein Freund.“

„Wir haben natürlich unsere Ermittlungen von damals wieder aufgenommen, bisher allerdings absolut erfolglos. Und unser neuer Chef bremst uns aus. Er will, dass wir uns um die aktuellen Fälle kümmern und den ‚Ausländerkram‘ liegenlassen. Immerhin, für den toten Basken wurde eine hohe Belohnung zur Ergreifung des Täters ausgesetzt. Weil keiner der Offiziellen damit rechnet, dass ein solcher Hinweis kommt und sie sich nicht vorwerfen lassen wollen, nichts unternommen zu haben. – Sie haben doch immer behauptet, der Fall sei nur in Spanien zu lösen. Mit diesen neuen Ergebnissen haben Sie doch einen konkreten Anknüpfungspunkt. Ich meine, falls Sie überhaupt noch an dieser alten Geschichte interessiert sind."

Natürlich war er das! Er hatte seit der Pensionierung sehnsüchtig einen solchen Wink herbeibeschworen. Aller Frust, der sich in dieser Zeit aufgehäuft hatte, wurde ihm von der Seele genommen wie Sand, der in der Staubsaugerbürste verschwand. Kock bedankte sich überschwänglich und lief, nachdem er den Telefonhörer in die Gabel gehängt hatte, im Eiltempo in sein Schlafgemach im Obergeschoss, um den Reisekoffer zu packen. Er fühlte sich so voller Elan und Energie, dass er fast vergaß, seiner Frau, die wie jeden Montag bei einer ihrer Tratschrunden weilte, eine Notiz auf dem Küchentisch zu hinterlassen. „Die Rosen sind beschnitten. Bin kurz in Spanien. Melde mich. Au revoir!"

Einunddreißig – Sonntag, 22. Mai

Feucht-kalter Nieselregen hatte die Welt um ihn herum durchtränkt und durchweicht, nicht der leiseste Windstoß war zu spüren, der Hoffnung darauf machen konnte, dass die tiefgrauen Wolken bald vom Himmel geschoben würden. Der Rasen quatschte unter seinen Schuhen, als Schwabach, eingehüllt in sein großes Regencape, zu Ottos Bungalow stiefelte. Der Tag schien so düster und trübe wie die Informationen, die er auf Thomas' Rechner gefunden hatte.

„Otto, ich brauch einen Schnaps", begrüßte er seinen Freund, der im Wohn- und Arbeitszimmer über seiner Buchhaltung saß. Otto trug alle Buchungsvorgänge noch in ein amerikanisches Journal ein, ein Buch, das aufgeschlagen die gesamte Breite seines Schreibtisches einnahm.

„Warum bettelst du um Sinnesbetäubung, schau mich arme Kreatur an, wie mich Kontenspalten und Zahlen quälen, die am Ende rot geschrieben werden müssen“, antwortete Otto, ohne auch nur den Kopf zu heben. „Steh da nicht so nutzlos ’rum. Du kannst mir ein Gläschen vorbeibringen, dann ginge es dir auch gleich viel besser, weil du ein gutes Werk vollbracht hättest. Die Flasche mit dem gebändigten Geist steht in der Küche.“

„Ich hab dir schon so oft angeboten, deine Buchführung auf EDV umzustellen, aber du willst ja nicht“, sagte Schwabach, das Glas in der Hand.

„Ich trau dem Computer nicht, das Ding ist ohne Gefühle und Charakter. Beste Voraussetzung, unehrlich zu sein. Außerdem, selbst wenn das Gerät korrekt funktionieren würde, wären meine Zahlen am Monatsende immer noch rot. Und schließlich, wenn du endlich diesen ganzen Elektrokram übernehmen würdest, bräuchte ich nicht die horrenden Rechnungen an Brandmeyer zu bezahlen. Allein für die Instandsetzung der Eingangsbeleuchtung will er laut Angebot vierhundert Mäuse. Plus Mehrwert. Prost.“

„Deine Zahlen sind rot, weil die Saison noch gar nicht begonnen hat. Spätestens in einem Monat hast du die Verluste des ersten Quartals wieder ausgeglichen und nach der Saison kannst du vor Schotter gar nicht mehr geradeaus laufen. Prost.“

Schwabach nahm auf einem Polstersessel Platz. „Du, ich habe jetzt einiges über die Fotografien herausgefunden und eine Menge aus den Aufzeichnungen von Thomas gelernt. Du musst mir bei der Entscheidung helfen, wie es jetzt weitergehen soll. Also bei der chemischen Formel auf den Kartonetiketten habe ich es auf gut Glück mit diesem Dienoestrol versucht und sofort einen Treffer gelandet. Das fotografierte Zeugs in den Ampullen scheint tatsächlich das gleiche Hormonpräparat zu sein, das damals auf dem Borsig-Hof eingesetzt wurde. Gehört in die Verwandtschaft der weiblichen Sexualhormone. Genau wie das bekanntere Diästhylstilböstrol.“

„Ah, ja", meinte Otto.

„Na, dies Zeugs wurde damals hauptsächlich als Masthilfe bei der Kälberaufzucht eingesetzt. Beide stehen im Verdacht, krebserregend zu sein. Deshalb wurden diese Hormonanwendungen auch geächtet. Hat aber nichts genutzt. Nach dem Verbot haben es alle, die es haben wollten, aus Fremdstaaten wie zum Beispiel Spanien bezogen. Ich vermute, unsere Moorleiche hatte genau diesen Missbrauch mit Dienoestrol auf dem Borsig-Hof entdeckt und musste deshalb sterben. Anders kann ich mir den Zusammenhang nicht vorstellen."

Otto hatte seine Buchhaltung beiseite geschoben und hörte aufmerksam zu.

„Und jetzt kommt der Hammer", fuhr Schwabach fort. „Dass es bei Thomas' Dateien um Tierschutz geht, wussten wir ja schon. Ich habe übrigens noch nie so viel über die Leiden von Masttieren erfahren wie in den paar Stunden, in denen ich dieses Material studiert habe. Ich habe mir einige Notizen gemacht."

Er zog umständlich einen zusammengefalteten Zettel aus der hinteren Hosentasche. „Hier." Er hob den Zeigefinger. „Wusstest du, dass bei der Geflügelzucht die Tiere in nur zwanzig bis dreißig Tagen auf ihr Schlachtgewicht gemästet werden? Kurzes Leben, und qualvoll. Dabei wächst vor allem die Brustmuskulatur so gewaltig, dass ihre jungen Skelette das eigene Gewicht nicht mehr tragen können. Die Viecher brechen tatsächlich unter ihrer eigenen Last zusammen. Um zigtausende Tiere in einem Stall einpferchen zu können, werden dem Geflügel die Schnabelspitzen abgebrannt, damit sie sich nicht gegenseitig verletzen. Natürlich ohne Betäubung. Und dann die Antibiotika! Die werden in riesigen Mengen dem Futter zugeschlagen. Nicht nur um Krankheiten vorzubeugen, nein, das Zeug dient auch als Appetitanreger. Mit dem Geflügelfleisch futtern wir lustig Medikamente und wundern uns dann, warum sie nicht mehr helfen, wenn du dir eine Infektion eingefangen hast. Und das ist längst nicht alles. Neben dieser Tierquälerei an sich gibt es durch die Massentierhaltung noch gewaltige Umweltbelastungen, bis hin zu einer Gefährdung der Menschen, die in der Umgebung wohnen. Da wird das Grundwasser mit Nitrat belastet und Ammoniak in die Luft freigesetzt. Allein die Ammoniakbelastung überschreitet in einigen Gebieten die Emissionshöchstwerte um ein Vielfaches."

„Aber ...", versuchte Otto anzumerken. Schwabach winkte ab.

„Moment, ich bin noch nicht fertig. Hier, noch so ein Fakt zur Luftbelastung durch die industrielle Mast. Die freigesetzten Bioaerosole. Feine Partikel, die als Staub von Futtermitteln, Mist und Federresten nach draußen geblasen werden, zusammen mit Mikroorganismen und Keimen. Bei den ausgestoßenen Bakterien hat man in bis zu einem Kilometer Umkreis antibiotikaresistente Keime nachgewiesen, Darmkeime, die auch auf den Menschen übertragbar sind und gegen die es keine wirklichen Medikamente gibt. Dann hier: Endotoxine, das sind hochgiftige Bakterienreste. Die werden auch einfach so in die Umwelt geblasen. Kannst du dir vorstellen, dass bei uns pro Jahr locker achthundert Millionen Stück Geflügel geschlachtet werden? Und jetzt will ein neugebauter Schlachthof in Niedersachsen 135 Millionen Tiere im Jahr verarbeiten, das sind fast eine halbe Millionen pro Werktag."

„Aber was hat das Eine mit dem Anderen zu tun? Die Fotos von der Moorleiche mit dem Laptop von diesem Thomas? Ich meine, diese industrielle Massentierhaltung ist schlimm, keine Frage. Aber wenn einer Tiermedizin studiert, kann er sich doch ruhig damit auseinandersetzen. Macht doch Sinn."

„Klar", stimmte Schwabach zu. „Auffällig ist nur, dass es bei Thomas ausschließlich Texte, Bilder und Filme von der Geflügelmast gab. Und die jüngsten Dateien, die er zusammengestellt hatte, beschäftigten sich nur mit der Gänsehaltung. Verstehst du? Gänse! Es ist schon Quälerei, diese hochintelligenten und sozialen Tiere in Ställen zu halten. In einem Artikel stand, dass erwachsene Gänse eigentlich nur Grünfutter zu sich nehmen und in Sozialverbänden leben, die brauchen Grünland. Bei der Mast werden sie künstlich zusammengepfercht und leben in permanentem Stress. Ganz extrem ist das ja bei der Zwangsmast für die Fettlebergewinnung. Da wird den Tieren mit einem Trichter bis zu zwei Kilo Maisbrei pro Tag in den Magen gestopft. Das ist zum Glück bei uns verboten. Aber auch hier werden sie mit Kunstfutter innerhalb kürzester Zeit auf ihr Maximalgewicht gemästet, was Gewichtsprobleme, Gelenkentzündungen, Atemnot und Herzanfälle zur Folge hat. Bei Störungen werden schwache Tiere in der Enge der Ställe oft totgetrampelt. Aber das wollte ich gar nicht erzählen, es regt mich nur so auf, ehrlich. Thomas war nämlich einer ganz anderen Sache auf der Spur: den illegalen Praktiken bei der Gewinnung von Gänsedaunen. Hatte noch nie gehört, dass das ein Problem ist."

„Ich auch nicht. Willst du mir nach dem Fleisch nun auch noch mein schönes Daunenbett vermiesen?"

„Nee", winkte Schwabach ab und wendete seinen Notizzettel, „aber lass mich erzählen. Bei dieser Federgeschichte ist er wohl durch einen Tipp eines Mitstreiters auf die Höfe in Schleswig-Holstein und hier bei uns gestoßen. Die Gänsehalter scheinen durch die Daunenproduktion einen lukrativen Nebenerwerb gefunden zu haben. Irgend etwas muss daran illegal sein. Was genau, konnte ich nicht herausfinden. Eine Reihe von E-Mails waren verschlüsselt. Mensch, Otto: zweimal der Borsig-Hof. Vor dreißig Jahren und heute. Damals Kälber, heute Gänse. Das ist doch kein Zufall, oder?" Schwabach verstummte und sah seinen Freund erwartungsvoll an.

Der griff zur Flasche und schenkte beide Gläser voll. „Das muss ich erst einmal verdauen", sagte er schließlich. Er dachte eine Weile nach. „Du meinst also tatsächlich, die Todesfälle stehen in Zusammenhang? Und jemand vom Borsig-Hof war beide Male der Täter?"

„Na, ja, ich glaube nicht, dass es eine direkte Verbindung zwischen den Fällen gibt. Dazu liegen sie zeitlich zu weit auseinander und betreffen doch verschiedene Umstände. Möglich wäre, dass bei den Betreibern ein krimineller Geist herrscht, dem geltende Gesetze oder Moral ziemlich wurscht sind. Die Verstöße müssten jedoch gravierend sein, wenn ein Mord zur Vertuschung in Frage kommt. Wir wissen ja auch gar nicht, ob Thomas überhaupt ermordet wurde. Es könnte sich ja theoretisch auch um einen Verkehrsunfall handeln. Der Fahrer sieht, dass er jemanden totgefahren hat, will keinen Ärger und versucht ihn im Wald zu verstecken. Basta. Alles schon vorgekommen. Eines scheint mir aber sicher: Es stinkt gewaltig aus Richtung Gänse-Borsig, was meinst du?“

„Möglich. Und was gedenkst du zu tun? Willst du da hinmarschieren und Nachforschungen anstellen? Dich wie ein Privatschnüffler heimlich nachts dort einschleichen? Oder willst du deinen Freund, wie heißt der, Stollmann, informieren und ihm die Geschichte von der Filmdose erzählen?“

„Nee, der Stollberg soll sich schön selber abmühen. Aber ich bin jetzt der Meinung, wir müssen den Toten im Moor sofort melden.“

„Und die Filmdose mit dem entwickelten Negativstreifen legst du einfach zurück, was? Möglichst mit meinen Fingerabdrücken darauf“, moserte Otto.

„Weiß ich noch nicht. Das ist nicht das Wichtigste, da fällt uns schon etwas ein. Vielleicht gibt es ja noch einen ganz anderen Hinweis bei der Leiche, der zum Borsig-Hof führt. Ich gehe nachher zum Professor und werde mit ihm absprechen, wie wir vorgehen. Und in Sachen Gänsequälerei ... keine Ahnung. Ich müsste irgendwie gut getarnt eine Weile auf dem Hof verbringen können, dann hätte ich vielleicht die Gelegenheit, etwas herauszufinden. Vielleicht suchen sie ja Mitarbeiter.“

„Ja, möglicherweise brauchen sie einen Tierfotografen. Das wäre doch der Job für dich.“

Mit Dr. Eze verabredete Schwabach, die Moorleiche als eigenen, gerade erfolgten Fund auszugeben. So bliebe er außen vor und wäre nicht genötigt, Stollberg Rede und Antwort zu stehen.

„Gleich morgen in der Frühe gehe ich aufs Revier. Ich kann Fräulein Mona begleiten, wenn sie den Computer hinbringt. Das steht meines Wissens noch aus", sagte der Wissenschaftler. „Wie ist es, wollen Sie mich nächste Woche noch einmal bei der Moorforschung unterstützen? Das wäre eine gute Gelegenheit, die Bergung der Leiche zu beobachten. Oder gar fachlichen Rat zu geben. Ich habe mir dazu schon ein paar Gedanken gemacht. Übrigens, ihr Stollberg ist ebenfalls Gast in dieser Pension. Plus weitere Polizisten, die mit dem Fall des unglücklichen Thomas betraut sind. Beim Frühstück durfte ich schon die Besprechungen der Ermittler mit anhören – natürlich absolut ungewollt. Sind Sie an solchen Informationen interessiert? Mona hatte mir gestern vertraulich über Ihren Werdegang und Ihre Tätigkeit bei der Polizei ein wenig erzählt."

Schwabach wunderte sich, was wohl noch so ganz im Vertrauen die Ohren gewechselt hatte. Doch dann, dachte er, musste er sich an die eigene Nase fassen. Er ging auch nicht immer diskret mit Informationen über andere Mitbürger um. Im Gegenteil, manchmal verstand er den Hinweis auf Vertraulichkeit als direkte Aufforderung, das Gesagte umgehend weiterzuleiten. So funktionierte informelle Kommunikation.

„Also, was mich interessiert, ist die genaue Todesursache von Thomas", sagte er deshalb zu Dr. Eze. „War es ein Unfall, Totschlag oder gar ein Mord?"

„So detailliert wurde das nicht angesprochen. Was ich mithören konnte, war, dass Thomas wohl ziemlich brutal zusammengeschlagen wurde, bevor er an einem Genickbruch starb. Jedenfalls fiel dieses Wort. Und dass der Fundort der Leiche auf keinen Fall der Tatort war."

Zweiunddreißig

Trotz des unübersehbaren Rauchen-verboten-Symbols, das auf Folie gedruckt am Türglas klebte, stank der Raum, ein spärlich eingerichtetes Büro mit billigen Kunststoffmöbeln, nach Zigarettenqualm. Milos stand, eine unangezündete Zigarette im Mundwinkel, die Daumen in die Taschen seines Kittels gehängt, im Licht einer Neonröhre vor dem Schreibtisch. Dahinter hockte Frank Borsig auf einem für seine Körperfülle viel zu zierlichen Bürostuhl, dessen Lehne und Armstütze unter der Last bei jeder Bewegung gefährlich knackte. Borsig verabscheute diesen Bulgaren. Wie der mit Überheblichkeit auf ihn herabschaute. Und diese undurchschaubare Miene. Stank wie ein drei Tage ungeleerter Aschenbecher und spuckte sein „Ja ... Chef" heraus, als sei er, Frank Borsig, der Vollpfosten im Betrieb und hätte hier gar nichts zu melden.

„Also, noch einmal", setzte Borsig sein Verhör fort, während er einen seiner Trüffel zerkaute. „Du hast vor drei Wochen Giftköder ausgelegt, obwohl ich dies ausdrücklich untersagt hatte, ist das richtig?"

„Ja ... Chef."

„Wer hat dir gesagt, dass du das machen sollst und vor allen Dingen, woher kommt das Gift? Ich hatte doch unseren gesamten Bestand damals vernichten lassen."

„Chef, Herr Tenne, hat gesagt, ich solle Fuchs totmachen, hat er mir gegeben kleine Flasche."

„Herr Tenner, du meinst unseren Herrn Tenner? Wie kommt der dazu, dir Anweisungen zu geben und dann auch noch Gift mitzubringen?" Frank konnte es nicht fassen, schon wieder der Feinkosthändler aus Frankfurt.

„Aber ... Chef, Herr Tenne mich gefragt nach diese Gänse von Frankreich. Wollte sehen, wo geblieben. Ich habe gezeigt Gänse auf Wiese am Wald." Milos zeigte unbestimmt in eine Richtung und nahm gleich seine lässige Haltung wieder ein.

„Habe ihm auch gezeigt diese tote Tiere von Fuchs. Herr Tenne war sehr wütend, hatte gesagt, Gänse kostbar. Hatte gefragt, warum Wiese, nicht Stall. Ich sagen, ist gut für diese Fleisch, wenn Gänse auf Wiese. Keine Stress ... Chef. Er sagen, ich sollen Fuchs toten. Ich gefragt, wie soll ich machen, habe ich keine Gift. Er gesagt, ich sollen Köder machen aus tote Gänse, er bringt Mittel dafür. War dies Flasche mit Zeug wie Öl. Habe davon nur vier Stuck gelegt zu Fuchs."

Frank war sprachlos. Und dies nicht nur wegen der längsten Ansprache, die er je von Milos gehört hatte, noch viel verblüffender war die Erkenntnis, was hinter seinem Rücken alles auf dem Hof geschah.

„Wo ist diese Flasche jetzt?"

„Habe versteckt in Schrank sicher."

„Also, du bringst mir diese Flasche. Sofort! Und wenn ich noch einmal mitbekomme, dass du hinter meinem Rücken irgendwelche Dinger drehst, egal was, oder dass du Anweisungen von Herrn Tenner entgegennimmst, dann fliegst du. Ist das klar?"

„Ja ... Chef."

„Wäre nicht so viel Arbeit, würde ich dich sofort rausschmeißen. Jetzt sieh zu, dass die Flasche herkommt. Dann bringst du die Ställe in Ordnung. Der von der Genossenschaft hat die Futterlieferung für heute angekündigt, Silo vier und fünf sind leer. Morgen kommt der Nachschub mit Lebergänsen aus Frankreich. Lass die Zäune kontrollieren. Oder noch besser, mach es selbst und ... finde die restlichen ausgelegten Scheißköder und vernichte sie. Ich will nicht noch einmal die Polizei hier auf dem Hof sehen." Borsigs Stimme überschlug sich fast und sein Gesicht war vor Wut puterrot angelaufen.

„Ja ... Chef."

„Und schick mir Drago ins Büro, sofort!"

„Ja ... Chef."

Milos zeigte sich unbeeindruckt von dem Wutgeschrei.

Gleichgültig drehte er sich um und verließ das Büro durch die Außentür. Noch auf der Schwelle zündete er sich die Zigarette an.

Frank Borsig war wütend. Was lief hier, fragte er sich, was steckte hinter diesem Tenner, mit dem er bisher doch recht gut ausgekommen war. Der Umsatz mit dem Großhändler stieg von Jahr zu Jahr. Der machte inzwischen eine dreiviertel Millionen Umsatz aus, mehr als die Hälfte der gesamten Produktion seines Hofs. Dessen Laden schien zu brummen. Da war eine Vorzugsbehandlung selbstverständlich. So bestand Tenner darauf, persönlich anwesend zu sein, wenn die Lieferungen aus Frankreich kamen und verarbeitet wurden. Er begründete dies mit Qualitätskontrolle und -sicherung. Frank sah darin nur einen Vorwand, denn tatsächlich verbrachte Tenner einen Großteil der Zeit mit Adele.

Borsig dachte an den Streit mit seiner Mutter, an die Nachtaktion mit der ominösen Kühlbox und an die Geschichte mit Milos. Besorgte dieser Tenner einfach Ködergift!

Wie zur Beruhigung langte er zwischen die Bögen aus Seidenpapier, doch die Pralinenschachtel war leer. Er bückte sich zur untersten Schublade, seine einzige Gymnastikübung, und zog unter dem Protest des Bürostuhls einen neuen Karton Nervennahrung hervor.

Mittlerweile lag die Giftflasche, die der Bulgare kommentarlos gebracht hatte, vor ihm auf den Tisch. Frank wusste aus eigener Erfahrung, wie schwer es war, an geeignete Mittel heranzukommen, die lange genug stabil waren und trotzdem wirksam das Raubzeug töteten. Ihm hatte seinerzeit ein befreundeter Jäger genau dieses Carbofuran empfohlen, weil es sich leichter besorgen ließ als das seit Jahren verbotene Mevinphos. Der Freund gab ihm eine Bezugsquelle in Österreich. Beide Mittel waren eigentlich hochwirksame Insektengifte, wusste er. Die Nebenwirkungen waren das Interessante. Als

Nervengifte waren sie auch für alle anderen Organismen tödlich.

Ihm war das nur recht, denn nicht nur Füchse, sondern auch Raubvögel holten gerne Gänse von der Wiese, besonders, wenn die Tiere vom Transport geschwächt waren. Wäre dieser Rentner mit seinem toten Dackel nicht so hartnäckig gewesen, hätte er weitergemacht mit den Ködern. Er war bei diesem Vorfall mit einem blauen Auge davon gekommen und konnte Milos und einen anderen Bulgaren, den er ohnehin loswerden wollte, als eigenmächtig handelnde Bösewichte vorschieben. Ein wenig Schadensersatz hatte er dem alten Herrn unter der Hand zukommen lassen, damit der endlich Ruhe gab. Die Geschichte war ihm aber eine Lehre gewesen. Seitdem setzte er auf Elektrozäune und Greifvogelnetze, leider die deutlich teurere Variante. Und nicht überall einsetzbar.

Er seufzte. Egal, alte Geschichten. Viel wichtiger war jetzt, dieses Komplott aufzudecken. Irgendetwas stimmte nicht mit den Lieferungen aus Frankreich. Er hatte sich letzte Woche noch einmal versichern lassen, dass die Beinmarken seines Lieferanten in diesem Jahr grün und aus Kunststoff waren, dass keine schwarzen Aluringe darunter waren. Umsatz hin oder her, er musste Gewissheit haben.

Es klopfte zaghaft an der Tür. Auf Borsigs Aufforderung hin trat ein schmächtiger älterer Arbeiter ein, der, wie alle in der Schlachterei, weiße Kleidung, Haarkappe und Gummischürze trug. Schürze und Kittel hingen fast bis auf den Boden, denn die Sachen waren für dieses Männchen eindeutig zu groß.

„Soll kommen, Milos rufen“, sagte der Kleine mit sichtlichem Unbehagen.

„Ah, Drago.“ Borsig bemühte sich um einen freundlichen Ton. „Wie lange bist du schon bei uns?“

„Weiß nich, arbeiten drei Jahr hier?“

„Du bist doch nicht gerade ein Freund von Milos, nicht, ihr habt doch immer wieder Streit? Habe ich gehört. Man sagt auch, du sollst ein helles Köpfchen sein. Ein guter Schlachter, was?“

Der Arbeiter trat von einem Fuß auf den anderen, unschlüssig, wie er sich verhalten sollte, denn diese Art von Unterhaltung mit dem Chef erlebte er zum ersten Mal.

„Milos böser Mann“, setzte er schließlich an, „schlagen, wenn Fehler, schlagen, wenn haben will Essen extra. Immer. Ich gelernt Elektrik, meine Heimat machen Elektrik. Schlachten auch. Aber zu Hause, haben Schwein und Huhn. Jetzt hier, Geld für eigene Firma Elektrik.“

„Ja, bei uns gibt’s gutes Geld. Vielleicht willst du noch ein paar Euro nebenher verdienen, wie wäre das? Ich gebe dir hundert Euro, wenn du mir bei einer Sache hilfst. Interesse?“

„Hundert Euro gut. Was musse tun dafür?“ Drago blieb misstrauisch.

„Morgen kommt eine neue Lieferung aus Frankreich. Wahrscheinlich die letzte vor dem Herbst. Die Tiere bekommen Auslauf auf der hinteren Wiese bis Donnerstag, dann wird geschlachtet. Nach der Arbeit gehst du zu den Gänsen und schaust dir die Beinmarken an, klar? Da sind grüne und schwarze. Du schnappst dir eine Gans mit schwarzer Beinmarke und bringst sie zu mir. Aber nur zu mir! Und kein anderer aus eurer Truppe darf davon wissen. Auf keinen Fall darf Milos davon erfahren. Verstehst du? Willst du das machen?“

„Wasse Beinmark?“, fragte der Bulgare.

„Na, die Ringe aus Plastik. Hier, am Bein“, antwortete Frank genervt. Er versuchte, mit der Hand um den eigenen Knöchel zu greifen, was ihm allerdings nicht gelang. Schnaufend warf er sich zurück in die Lehne. Das Knacken im Stuhl war alarmierend.

„Ah, Ring Plastik. Ich kenne. Diese mit Nummer. Ich suche schwarze Ring. Bringe Gans wohin, Haus? Wenn leben, laut. Gans schreien, alle Gans schreien. Milos kann hören. Tote Gans auch gut?“

„Ah, ich merke, du hast begriffen. Ja, die Gans darf tot sein. Und du bringst sie mir hier ins Büro. Ich lasse die Außentür dann über Nacht unverschlossen. Du packst die Gans, nä ..." Frank Borsig sah sich im Büro um, dann zeigte er unter den Schreibtisch. „Hier, hier in den Papiereimer. Und dann legst du die Zeitung oben drauf. Du darfst auf keinen Fall gesehen werden, klar? Der Wachdienst fängt erst um Mitternacht an, aber Milos rennt hier ständig rum, um zu rauchen. Wenn es morgen nicht klappt, dann Mittwoch. Da bin ich bis um zehn Uhr abends hier im Büro. Dann kannst du mir die Gans auch direkt bringen. Sind wir uns einig?"

„Hab verstanden. Suchen Gans, brechen Hals, stopfen in Mülleimer mit Zeitung auf. Wenn nicht, kommen diese Mittwoch mitte Gans zu Chef. Drago schlau. Klein, aber flink, keiner sehen."

„Gut, ich verlass mich auf dich. Dann kannst du jetzt wieder an die Arbeit gehen. Sag den anderen, falls sie neugierig sind, ich hätte dich wegen der Giftköder befragt." Frank beugte sich über die Frachtpapiere der jüngsten Lieferung.

Drago blieb wie angewurzelt stehen.

„Ist noch was?", schnauzte Frank.

„Wasse Gifteköder?"

„Vergiss es, geh an die Arbeit." Frank schüttelte den Kopf. Er war sich unsicher, ob er für diesen Job den richtigen Mann hatte, aber den Versuch war es wert. Wenn die Sache schiefging, würde er sich auf andere Art eine dieser Gänse besorgen. Schließlich war er der Chef des Ganzen. Aber vorerst brauchte keiner zu wissen, dass er einen Verdacht hatte. Und er besaß eine ganz neue Option. Nachdenklich, aber einigermaßen positiv gestimmt, drehte er das kleine braune Fläschchen, das Milos ihm gebracht hatte, zwischen den Fingern. Dann verstaute er es zusammen mit seinem restlichen Vorrat an Trüffelpralinen in der unteren Schublade und schloss ab.

Dreiunddreißig – Montag, 23. Mai

Polizeihauptwachtmeister Horst Zack hasste Unruhe am Morgen. Besonders dann, wenn er den gedanklichen Sprung von der Sorge um seine kuscheligen Schützlinge daheim zu den fallbezogenen Herausforderungen der Polizeiarbeit vollziehen musste. Und es war unruhig, weil die inzwischen auf acht Ermittler angewachsene „Kommission Seidel" im hinteren Büro seiner Wache eine Lagebesprechung und die Aufgabenverteilung für den Tag vornahm. Genervt hob Zack mit dem Daumen die Aktendeckel auf dem Stapel an, um sich eine Übersicht über die neuen Berichte zu verschaffen. Dabei stieß er auf seine eigene Notiz über das gerötete Auge dieses Bulgaren auf dem Borsig-Hof. Er war gerade im Begriff, diese wichtige Information an den Kollegen Stollberg weiterzureichen, als die Tür geöffnet wurde und ein Schwarzer in Begleitung des Brandopfers vom Campingplatz hereinkam. Die Frau mit den roten Haaren hielt eine Tasche eng unter den Arm geklemmt. Beide bauten sich vor dem Tresen auf und erwarteten sein Kommen. Er legte seine Notiz sorgfältig auf den Stapel zurück und trat den beiden entgegen.

„Ja, bitte?"

„Guten Morgen, wir möchten zu Kommissar Stollberg", sagte der Schwarze mit freundlicher Bassstimme.

„In welcher Angelegenheit?"

„Ich möchte ihm etwas zum Fall Thomas Seidel bringen", antwortete jetzt die Rothaarige.

„Ihren Namen, bitte?"

„Mona, Monika Reuther."

„Moment."

Zack wandte sich ab und ging in den durch eine Glaswand abgetrennten hinteren Raumteil, wo die Kommissare noch beieinander saßen, jeder mit einem Pott Kaffee in der Hand. Zack meldete Monas Ankunft und Stollberg winkte ihr durch die Scheibe, zu kommen. Zack lief zum Tresen zurück.

„Sie können zum Kommissar gehen, Frau Reuther."

Als Dr. Eze ansetzte, ebenfalls einen Schritt in Richtung Besprechungszimmer zu machen, hob Zack die Hand zum Stoppzeichen.

„Moment. Nur Frau Reuther. Oder haben Sie auch etwas zu dem Fall beizutragen?"

„Ich möchte einen anderen Hinweis geben, der, wie ich meine, sehr wichtig ist", sagte Dr. Eze bescheiden.

„Was wichtig ist und was nicht, entscheide ich", antwortete Zack barsch. Wo kämen wir hin, wenn jeder Asylant hier die Polizei belagern würde, dachte er, obwohl es ihn ein wenig wunderte, dass der Schwarze sich so ruhig und gewählt ausdrückte.

„Erst einmal Ihren Namen und Ihre Anschrift!" Zack zückte zur Verstärkung seiner Anweisung einen Bleistift und den Schreibblock.

„Professor Dr. Walter Obinna Eze. Meine Adresse lautet 29 Saint Stephen's Green, Dublin 2. Haben Sie das?"

Zack krakelte das, was er verstanden hatte, auf seinen Zettel und sah dann auf. „Was möchten Sie nun melden, Herr, äh ... Professor Eze?"

„Nun, ich habe bei meinen Untersuchungen im Tauben Moor die Reste einer menschlichen Leiche entdeckt. Wie würden Sie das einschätzen, als wichtig oder weniger wichtig?", fragte Dr. Eze liebenswürdig. „Und ganz nebenbei, ‚Eze' schreibe ich gerne mit ‚z', ‚Saint' schreiben wir mit ‚ai' und ‚Stephen's Green' buchstabiere ich Ihnen gerne."

„Was? Ja, Moment." Zack musste sich sammeln. Ruhe bewahren und Gesprächskontrolle behalten, ermahnte er sich.

„Sie sind sich ganz sicher, es handelt sich um menschliche Überreste?"

„Nun, ich bin zwar kein Humanmediziner, aber Biologe, und als solcher denke ich über genügend Kompetenz darüber zu verfügen, einen Primatenknochen zu erkennen. Genauer gesagt handelt es sich um die Reste einer Hand, die im Torf konserviert beziehungsweise teilweise mumifiziert wurden. In Anbetracht der Tatsache, dass in Europa unter den Primaten außer den Berberaffen der Gattung Macaca auf Gibraltar nur ein Vertreter aus der Gattung Homo natürlicherweise vorkommt, finde ich meinen Schluss jedenfalls sehr wahrscheinlich."

„Äh ... ja, also: Wann und wo genau haben Sie diesen Fund gemacht, waren Sie allein oder hat Sie jemand begleitet, wie haben Sie diese, äh ... Reste gefunden, warum waren Sie überhaupt im Moor?" Zack hoffte, alle notwendigen W's aufgelistet zu haben. „Bitte der Reihe nach."

Dr. Eze berichtete, wie mit Schwabach abgesprochen, die etwas vom tatsächlichen Verlauf abweichende Geschichte des Zufallsfundes nahe der Moorkolke. Zack hatte nicht die leiseste Ahnung, wo genau die Kolke im Tauben Moor zu finden wären. Für ihn war dieses Taube Moor nur ein lästiges Unland, das er auf den Straßen weitläufig umfahren musste, wenn er zur Polizeiinspektion musste oder in Bremen zu tun hatte. Der Doktor begnügte sich nicht mit dem Bericht, er diktierte Zack noch die exakten GPS-Koordinaten in die Feder, beschrieb den Weg ins Moor sehr genau, legte mehrere Ausdrucke seiner Digitalkamera auf das Tresenbrett und bot schließlich seinen fachlichen Rat für die Untersuchung und Bergung der Leiche an.

„Nach den Jahresringen der kleinen Birke, mit deren Wurzel ich wahrscheinlich die Finger aus ihrer ursprünglichen Lage gerissen habe, könnte der Körper dort etwa zwanzig bis dreißig Jahre liegen. Achtundzwanzig Jahre genau, wenn die Birke sofort nach dem Ablegen der Leiche gekeimt hätte."

Zack wollte darlegen, was er von der Einbindung von Zivilisten in die Polizeiarbeit hielt, verzichtete jedoch auf den Kommentar und bat den Professor um einen Moment Geduld. Mona hatte Stollberg inzwischen den Laptop übergeben und setzte sich zu Dr. Eze auf eine hölzerne Bank, dem einzigen Möbelstück diesseits des Tresens.

„Fühlen Sie sich auch wie ein Schwerverbrecher?“, fragte sie ihn nach kurzer Pause. „Es ist mir unbegreiflich, wie unfreundlich und aggressiv diese Polizisten hier agieren, anstatt sich zu freuen, wenn jemand Sie bei Ihrer Arbeit unterstützen möchte.“

„Mir ist es ähnlich ergangen. Der kleine Giftzwerg dort hat anscheinend nicht nur deutliche Vorbehalte gegen meine Hautfarbe, sondern scheint der Meinung zu sein, dass Barschheit Kompetenz ersetzen würde“, antwortete Dr. Eze. „Ich muss allerdings gestehen, bei früheren Begegnungen mit Polizeikräften, zum Glück waren es nicht allzu viele, ist es mir ähnlich ergangen. Scheint wohl eine Art Berufskrankheit zu sein. Vielleicht sind Sie auch nur so unfreundlich, weil wir Ihnen zusätzliche Arbeit aufhalsen, wer weiß?“

Wenige Minuten später trat Hauptkommissar Stollberg zu den Wartenden, Wachtmeister Zack einen Schritt hinter ihm. Stollberg ließ sich erneut die wesentlichen Details erzählen und bat dann Dr. Eze, den Polizisten Zack zum Fundort zu führen, damit der sich ein Lagebild verschaffen und den Fundort sichern könnte. Dr. Eze verzichtete auf einen Kommentar à la „Wenn dieser Ort nicht sicher ist, welcher ist es dann?“. Stattdessen bat er sich aus, dass Mona sie begleiten durfte, denn das hatte er vorher mit ihr abgesprochen. Unwillig zwar, von Schulterzucken begleitet, stimmte Stollberg dem zu.

Zack wollte sofort zur Fundstelle aufbrechen.

„Sie sollten sich besser erst geeignetes Schuhwerk beschaffen“, riet Dr. Eze. Nach kurzem Disput einigten sich die Parteien darauf, in fünfzehn Minuten vom Polizeirevier aus zu starten.

Durchgeschwitzt, die Uniform mit Torfspritzern bekleckert und mit klatschnassen Flecken in der Knieregion, kam Hauptwachtmeister Zack am frühen Nachmittag zurück aufs

Revier. Mücken hatten ihn gepiesackt, Brombeeren gekratzt und Birkenäste gepeitscht. Vollkommen geschafft ließ er sich auf seinen Bürostuhl fallen. Der Kontrollblick über seine Arbeitsplatte blieb an der Notiz zum Bulgaren hängen. Zack atmete schwer durch, er musste ohnehin Bericht erstatten. Zwei schlechte Nachrichten waren nicht schlimmer als eine, dachte er. Nachdem er frischen Kaffee aufgesetzt hatte, ging er, in der einen Hand die Kanne, in der anderen den Zettel, zu Stollberg.

Eine gute Stunde später, das Geschimpfe des Hauptkommissars über den verzögerten Informationsfluss, die Behinderung seiner Arbeit an sich und anscheinend ein drittes schweres Verbrechen, für das er jetzt zuständig sein würde, war verebbt, rückten zwei Polizeitrupps aus. Das angeforderte Spurensicherungsteam aus der Kreisstadt fuhr zusammen mit einem ebenfalls herbeigerufenen Gerichtsmediziner ins Moor – unter Leitung des geplagten Zack und unterstützt von Dr. Eze, der sich zu einem weiteren Einsatz bereit erklärt hatte. Stollberg dagegen machte sich zusammen mit sechs Kollegen zum Borsig-Hof auf. In der Tasche trug er einen von der Staatsanwaltschaft erwirkten Durchsuchungsbeschluss. Stollberg nahm sich vor, den Bulgaren mächtig unter Druck zu setzen, um vielleicht einen seiner Fälle schnell abschließen zu können.

Vierunddreißig

Die Dämmerung setzte an diesem Abend früher ein als für die Jahreszeit üblich. Der Regen hatte aufgehört, doch die Wolkendecke hatte sich über den Tag nicht gelichtet. Martin Tenner saß seit knapp fünf Stunden in seinem Sportwagen, als er sich auf der neu asphaltierten Kreisstraße dem Borsig-Hof näherte. Die gesamte Fahrt über hatte ihn Unruhe getrieben. Seine Schussverletzung heilte zwar und schmerzte nur wenig, doch schien der Treffer tatsächlich eine sehr viel tiefere Wunde in sein Lebensgefüge gerissen zu haben, als er sich zunächst eingestehen wollte. Die Selbstbeschwichtigungsversuche liefen ins Leere. Der Gedanke machte sich breit, dass sein Vorhaben entdeckt und er enttarnt sei.

Er hatte mit dem Gedanken gespielt, jetzt gleich von der Bildfläche zu verschwinden. Seine Organisation war schlank und effizient, dafür hatte er von Beginn an gesorgt. Internetversandhandel für Gourmets. Der genialste Einfall, den er je gehabt hatte. Und er war stolz darauf, nicht sein eigener Kunde zu sein. Nur in allergrößter Not griff er zum Stoff, was wirklich selten vorkam. Drei kleine Briefchen trug er immer bei sich. Knapp hundert Milligramm. Notration. Zählte als Eigenbedarf, falls es einmal entdeckt würde.

Sein Handel lief einfach. Über den Vertrieb seiner Lebensmittel gelangte er an eine wohlhabende Klientel, die später ganz diskret von seinen Außendienstlern auf weitere Produkte angesprochen wurden. Produkte, die unter der elektronischen Ladentheke gehandelt wurden. Exklusive „Gewürzmischungen" war das Stichwort. Ein perfekter Service für die Frankfurter Schickeria und weitere Kreise. Kein Verkäufer kam, mit Ausnahme einer winzigen Kostprobe für Neukunden, mit der Ware in Berührung. Die Verkäufer kassierten Bargeld und die Kunden erhielten ihre „Gewürze" per Lieferschnelldienst. Der Franzose hatte sich in der gesamten Organisation über die Jahre als zuverlässiger Verwalter des Depots erwiesen, das inzwischen deutlich zusammengeschmolzen war. Tenner kontrollierte den gesamten Handel und den Warennachschub. Dieses Prinzip hatte sich bewährt und schaffte größtmögliche Sicherheit. In die Tarnung hatte er einen guten Teil seiner Gewinne investiert. Der Schuss stellte alles infrage.

Natürlich hatte er seine Organisation sofort gecheckt, als er vergangene Woche zurück nach Frankfurt kam. Ergebnislos. Keine Anhaltspunkte für Verrat. Blieben die Italiener, die ihn und seine Leute vor den Nigerianern und Kosovo-Albanern beschützten. Die Italiener warteten auf ihr Geld. Er hatte sie nicht zum ersten Mal um Zahlungsaufschub gebeten. Dass er nun untertauchen wollte, ohne diese Schulden zu begleichen, war ein Risiko, dass er bewusst in Kauf nahm. Er brauchte alles Geld, um so vollständig von der Bildfläche zu verschwinden, dass auch sie ihn später nicht aufspüren konnten. Doch diese Leute waren misstrauisch. Der Schuss konnte eine deutliche Aufforderung gewesen sein, am Ball zu bleiben. Deshalb hatte er nachgefragt, ob sich an den Abmachungen irgendetwas geändert hätte. Ohne konkrete Antwort. Sein Ansprechpartner fertigte ihn ab, ohne eine Miene zu verziehen. Von italienischer Seite schien es keine Bedrohung zu geben.

Was beunruhigte ihn also derart, dass er im Rückspiegel nach Verfolgern Ausschau hielt? Warum hatte er sich wie ein Besessener durch den Feierabendverkehr gedrängelt? Wieso nahm er riskanteste Überholmanöver in Kauf, bei denen sich die Finger um das Lenkrad krampften, dass die Knöchel weiß wurden?

Reine Panik, dachte er und hoffte, bei Adele wieder zu seiner gewohnten Gelassenheit zurückzufinden. Die Herausforderungen der letzten und größten Lieferung überhaupt sollten genügend Adrenalin und Energie erzeugen, um seinen Verfolgungswahn zu vertreiben. Hoffentlich war mit Milos alles glattgelaufen. Tenner hatte von dem Brand aus der Karlenburger Zeitung erfahren, die er sich nach Frankfurt schicken ließ. Nach der Berichterstattung tappte die Polizei im Dunkeln, das war gleichermaßen normal wie beruhigend, dennoch sollte er vorsichtig bleiben.

Nachdem er den Wald passiert hatte, schaute Martin ein letztes Mal in den Rückspiegel, dann verlangsamte er die Geschwindigkeit, um auf den Hof einzubiegen, dessen markante Futtersilos sich gerade in düsteren Konturen vor dem Dämmerungshimmel abhoben. Martin Tenner bremste scharf, als er hinter dem Wohnhaus die geparkten Fahrzeuge entdeckte.

Polizei. Verdammter Mist, was war da los? Weg hier. Ohne zu zögern gab er Vollgas. Sein Porsche machte einen Satz, schleuderte zwei-, dreimal, dann schnürte er in hohem Tempo davon. Er traute sich nicht, zu wenden, sondern fuhr stattdessen den großen Bogen über Moorend und Lüttorf.

Dreißig Minuten später war er wieder im Zentrum von Bad Karlenburg, wo er diesmal das Kurhotel ansteuerte. Im Zimmer warf er sein Gepäck auf das Doppelbett. Er fingerte ein dünnes Briefchen aus dem Jackett und faltete es auseinander. Mit dem befeuchteten Zeigefinger nahm er das freigelegte weiße Pulver auf und massierte es ins Zahnfleisch. Wenig später tippte er eine Kurzwahltaste auf dem Handy.

„Adele, was ist los bei euch? Warum ist die Polizei da?", fragte er, kaum dass sie abgenommen hatte.

„Martin? Wo bist du? Ich habe mir Sorgen gemacht. Ist alles in Ordnung?"

„Ich bin in der Nähe, mir geht es gut, kein Problem. Sag mir lieber, was die Polizisten auf dem Hof machen."

„Ich weiß nicht genau. Sie scheinen Milos zu verdächtigen, diesen Wohnwagen angezündet zu haben. Erst Giftköder, jetzt Brandstiftung. Steckt Frank etwa dahinter? Sag es mir, wenn du auch nur einen Verdacht hast. Ich schmeiße ihn raus, auch wenn es mein Sohn ist. Ich bin so wütend! Jedenfalls hat die Polizei Milos vorhin abgeholt. In Handschellen, wie einen Schwerverbrecher! Na, ich konnte diesen schmierigen Bulgaren noch nie leiden. Du kennst ja meine Meinung dazu."

„Adele, nun beruhige dich doch. Sag mir, was los ist."

Sie holte tief Luft. „Überall schnüffeln die Polizisten herum. Schrecklich. Wie oft habe ich Frank gepredigt, diese illegalen Sachen zu unterlassen. Der Milos hat sich das doch nicht selber ausgedacht. Dieses Gift einzusetzen oder irgendwelche Menschen zu verprügeln. Bestimmt hängt die Polizeiaktion auch mit diesem Toten zusammen, den sie im Wald an der Straße gefunden haben. Vielleicht steckt da der Milos auch dahinter. Zutrauen würde ich ihm das, so brutal, wie der mit den anderen Arbeitern umgeht. Aber warum sollte er diesen Wohnwagen auf dem Campingplatz anzünden? Ich kann das alles nicht glauben. Martin, du musst kommen, ich schaffe das nicht allein."

„Im Moment ist das keine so gute Idee. Wenn meine Kunden erfahren, dass die Polizei im Unternehmen herumschnüffelt, kann ich einpacken. Diese Menschen haben Geld, sehr viel Geld. Sie sind an einem Skandal nicht interessiert. Auch nicht an polizeilichen Ermittlungen. Immerhin geht es auch um Luxus und Lebensmittel, die leider in der Kritik stehen."

„Und was ist mit dir?"

„Mir geht es gut. Aber ich will auf gar keinen Fall, dass sie mich wegen dieser blöden Verletzung befragen. Es war schon ein Glück, dass dieser uniformierte Holzkopf letztens nicht nachgebohrt hat."

„Was ist mit diesem Milos? Hat der dir etwas erzählt? Ich muss das wissen."

„Milos als Brandstifter? Keine Ahnung. Vielleicht brauchen sie einen Täter. Aber mit dem Toten hat Milos nichts zu tun. Er hat mir hoch und heilig geschworen, dass der Einbrecher an dem Morgen auf eigenen Beinen vom Hof gegangen ist. Ich hatte ihn extra deswegen befragt. Und es gibt Zeugen. Die beiden Wachmänner. Außer ein paar Schrammen und blauen Flecken war da nichts."

Es trat eine kurze Pause ein, in der keiner etwas sagte. Martin suchte nach einem Ausweg. Er spürte, wie positive Energie seine Gedanken lenkte. Ihm kam eine vage Idee.

„Adele, ich brauche deine Hilfe", begann er. „Kannst du mir bis spätestens Mittwoch zwanzig weiße, schlachtreife Gänse besorgen? Besser schon zu morgen? Fette Exemplare, wie die gemästeten Franzosen. Oder mir wenigstens einen Lieferanten hier in der Nähe nennen, bei denen ich solche Tiere bekomme? Es ist wichtig."

„Was hast du vor? Martin, wozu brauchst du die Gänse, wir haben doch wirklich reichlich davon hier. Bist du in irgendetwas Illegales hineingeraten? Du kannst es mir sagen, wirklich."

„Quatsch, Illegales. Vertrau mir einfach. Es ist alles in Ordnung, mach dir keine Sorgen. Ich brauch zwanzig Tiere zusätzlich, verstehst du? Es ist sehr wichtig für mich. Ich erkläre dir alles später." Martin bereute bereits, sie gefragt zu haben.

„In Lüttorf züchtet Friedhelm Grimmig ein paar Gänse", sagte Adele leise. „Ich werde ihn anrufen und sagen, dass wir bei einer eiligen Lieferung nicht auskommen und dass ein Mitarbeiter die Tiere abholen wird. Er hat uns auch früher schon ein paar Mal ausgeholfen. Wenn du von Bad Karlenburg kommst, ist es die vierte Einfahrt auf der linken Seite. Martin, was immer du auch vor hast, bitte sei vorsichtig!"

Adele, dachte er, als er geduscht hatte und sich mit noch nassen Haaren auf dem Bett ausstreckte. In der Hand hielt er ein Bier aus der Minibar. Was war das für ein merkwürdiges Verhältnis zwischen ihnen. Seit fünf Jahren arbeitete er mit ihr zusammen. Nie hätte er mit dieser Frau etwas anfangen wollen, dafür war sie ihm definitiv zu alt. Obwohl sie immer noch schön war und er sich sogar zu ihr hingezogen fühlte, ihre Nähe suchte. Ohne intim zu werden. Sie war ihm auf merkwürdige Art eine Vertraute, und dennoch blieb eine unüberwindbare Distanz zwischen ihnen.

Schon bei ihrem ersten Treffen spürte er ihre Anziehungskraft. Solche Nähe und Präsenz hatte er lange nicht mehr erfahren. Und anscheinend galt das Gleiche für sie. Sie hatte ihn damals empfangen, reagierte im ersten Moment überrascht und behandelte ihn gleich darauf wie einen alten Freund. Er war damals auf der Suche nach einem zuverlässigen Partner, einem landwirtschaftlichen Betrieb möglichst weit von Frankfurt entfernt. Er wählte Bad Karlenburg, weil seine

Stiefmutter aus diesem Ort stammte und ihm als Kind davon vorgeschwärmt hatte. Bevor er zu den Bauern ging, hatte er Erkundigungen eingeholt, am Tresen einer Dorfkneipe, beim Kaufmann und beim Bürgermeister, wo er den forschen Investor spielte. Tatsächlich suchte er einen Landwirt, dem das Wasser bis zum Hals stand, der aber einen entwicklungsfähigen Hof hatte. So war er auf den Borsig-Hof gestoßen.

Trotz der massiven Vorbehalte, die der dicke Frank Borsig gegen sein Angebot entwickelte, ging Adele, die anscheinend das Sagen auf dem Hof hatte, auf jeden von Tenners Plänen ein. Sie wies ihren eigenen Sohn in die Schranken, war später bereit, einen Kredit von ihm zu akzeptieren, um die Schlachterei zu bauen, sie unterstützte seine Vertriebspläne und die Umstellung des Betriebs zu einer Produktionsstätte für exklusive Geflügelprodukte. Klein, aber sehr fein. Später willigte sie auch in die Beschäftigung seiner Leute aus Bulgarien ein. Ihr fetter Sohn hatte ihn schließlich auch anerkannt, nachdem er gesehen hatte, wie schnell das Geschäft florierte.

Der Hof war die perfekte Tarnung, sein sicherer Hafen. Gäbe es nicht den blöden Zwischenfall mit diesem Tierschützer. Er konnte sich noch immer keinen Grund vorstellen, warum dieser Typ gerade auf ihrem Hof herumschnüffeln wollte. Er, Martin, hatte immer streng darauf geachtet, dass es optimale Haltungsbedingungen für die Gänse gab und auch im Schlachtbetrieb alles vorbildlich lief. Qualitätszertifikate und Produktauszeichnungen pflasterten eine ganze Wand im Büro. Einzige Ausnahme waren ein paar nicht angemeldete bulgarische Hilfskräfte. Irgendwie mussten ja auch die Gewinne stimmen, und außerdem machte Milos damit seinen Schnitt. Er kassierte, damit die anderen arbeiten durften. So war ihre Abmachung. Für Tenner selbst war es gut, in Milos einen verlässlichen Controller zu haben, der jeden Befehl ausführte.

Nur dass er diesmal so dämlich war, Spuren zu hinterlassen. Milos sollte die Sachen dieses Tierschützers im Wohnmobil filzen, den Computer finden, Papiere, irgendetwas, woraus sich ermitteln ließ, was der Typ auf dem Hof gewollt hatte. Und dann das Zeug und die Spuren des Einbruchs vernichten. Nicht gleich das ganze Gefährt abfackeln. Egal. Wie hieß dieser Schwarzenegger-Streifen? Kollateralschaden? Sollte Milos wegen Brandstiftung in den Bau gehen, es tangierte ihn nicht mehr.

Martin ging noch einmal den Stand seines Notplans durch. Am Morgen würde er einen unauffälligen Mietwagen für den Transport besorgen, die Gänse unauffällig durchtauschen und verschwinden. Die Zeit saß ihm im Nacken. Morgen Nacht, allerspätestens am Mittwoch müsste er gehandelt haben, sonst säße er in der Klemme. Mit den allerschlimmsten Konsequenzen. Und noch eine Hürde hatte er zu bewältigen. Falls Milos nicht wieder freigelassen würde, wer sollte dann die richtigen Gänse aussortieren, seine vier Kisten packen? Vielleicht könnte er Drago dafür gewinnen. Der war scharf auf jeden Euro. Milos mochte diesen Hänfling zwar nicht, aber Drago hatte Köpfchen und für einige Extrascheine würde er zuverlässig arbeiten. Auf jeden Fall könnte er, Tenner, diesmal nicht das Schlachthaus benutzen, sondern musste die Tiere mitnehmen. Es würde sich ergeben.

Fünfunddreißig – Dienstag, 24. Mai

Schwabach traute seinen Augen kaum, als er, noch im Bett liegend, ein Stückchen Vorhang lüftete. Sonnenstrahlen blitzten durch Wolkenlücken. Voller Schwung rollte er unter der Decke hervor und legte sich, während er seinen ersten Pott Kaffee trank, den Arbeitsplan für den Tag zurecht. Er brauchte diese Struktur, er brauchte klare Regeln, sonst würde er sich in kürzester Zeit wieder in Trübsal verlieren. Er schrieb die anstehenden Arbeiten zunächst in eine ungeordnete Liste, dann vergab er nach Gefühl Dringlichkeitspunkte, um die Abfolge festzulegen. Wenig begeistert musste er feststellen, dass seine nebenpolizeilichen Recherchen rund um die Todesfälle ganz weit unten rangierten. Andererseits standen sie noch vor der Aufgabe „Besuch bei Mona“.

Tagessieger mit fünf Punkten war die Inbetriebnahme des großen Sanitärhauses. Damit hätte er zwei, wenn nicht drei ganze Tage zu tun. Heute könnte er mit dem Technikcheck beginnen, Heizung, Wasseranlage, und die Schadensliste aufstellen, damit wäre schon der halbe Tag gefüllt. Mit Sicherheit war wieder einiges Porzellan zu erneuern. Waschtische, Klobecken, dann die ständig defekten Lokusdeckel. Was veranstalteten die Leute bloß mit diesen harmlosen Teilen, fragte er sich unwirsch. Dann erinnerte er sich zudem an eine defekte Duschtür und eine nasse Stelle an der Decke unter dem Flachdach. Schweren Herzens machte er sich ans Werk.

Nach ein paar Stunden hatte er sich die nötige Übersicht verschafft. Wenn er jetzt Otto mit der Reparaturliste käme, würde dessen großes Wehklagen über die Kosten einsetzen. Dazu noch die Elektroinstallation. Die gesamte Kabelage war marode und bräuchte eine Runderneuerung. Allein der Name „Brandmeyer“ würde Otto zum Toben bringen. Also verschob Schwabach diesen Gang auf den späten Nachmittag. Auf diese Weise könnte er sich nach dem Kochen unverzüglich seiner letzten Tagesaufgabe widmen. Das gute Wetter hatte ihn darauf gebracht. Er würde Fotografieren gehen. Nicht den Eisvogel, der müsste sich noch ein wenig gedulden, nein, diesmal wollte er mit seiner Teleoptik Portraits von Menschen schießen. Es schien ihm eine gute Idee, das Treiben auf dem Borsighof mit der Kamera zu beobachten. Wäre kein Schaden, die Akteure im Bild festzuhalten und, vor allem, einen Eindruck vom Treiben auf dem Bauernhof zu gewinnen. Bauernhof? Wohl eher eine Fleischfabrik, dachte er, was ihn sofort zu seiner vorletzten Aufgabe brachte: das Essen für heute. Auch dies hatte sich Schwabach zur ehernen Regel gemacht. Er überprüfte die Pegelstände im Gemüsefach des Kühlschranks, linste in Schüsseln mit aufbewahrten Resten, schaute nach Gemüsebrühe, Olivenöl, Crème fraîche und Butterfett. Fast alle Reserven waren im roten Bereich, wenn nicht gar aufgebraucht. Es würde ein mageres Abendessen geben, falls er sich nicht noch die Zeit für einen Einkauf nahm. Immerhin konnte er sich eine gebundene Gemüsesuppe mit Einlage von Paprika, Möhren und Blumenkohl vorstellen, mit einer Currynote vielleicht? Gab es noch Kokosmilch? Da! Dann also ein Dienstag-Resteessen.

„Ganz schön ausgekocht", meinte Otto, als er in den Topf lugte, den Schwabach zusammen mit der Schadensliste auf dem Küchentisch platzierte.

„Was meinst du: meinen Plan, den Borsig-Hof ein wenig unter die Linse zu nehmen, oder das Essen?"

„Natürlich nur das Essen. Riecht allerdings verdammt gut. Darf ich schon einen Löffel nehmen?"

„Du lässt die Finger von der Suppe, bis ich zurück bin. Wir essen gemeinsam. Du darfst sie um ... sagen wir um halb neun auf den Herd stellen. Ich bin spätestens um neun zurück."

„So spät? Ich will nicht immer so spät essen, das bekommt mir nicht", maulte Otto. „Und was ist das hier für ein Wisch?" Missmutig zog er Schwabachs Aufstellung zu sich heran.

„Mach dir 'ne Stulle oder Bemme oder was auch immer, heute essen wir etwas später. Was ich fragen wollte, kann ich dein Fahrrad noch einmal leihen? Ich will wieder etwas ins Training kommen." Ohne auf die Antwort zu warten, beeilte sich Schwabach, zur Tür zu kommen, denn wenn Otto jetzt im Kopf addierte, was an Kosten auf ihn zukam, würde es schlimm werden.

„Ja, ja mach nur", brummelte der. Draußen schallte Schwabach noch ein „Verflucht, bist du wahnsinnig! Willst du neu bauen?" hinterher, dann war er unterwegs.

Schwabach hatte sein Equipment auf ein Minimum reduziert, dennoch drückte der Rucksack bereits heftig, als er das Fahrrad im Wald abstellte. Wie er schon vermutet hatte, war der Weg auf Höhe der Eisvogelhöhle immer noch zu matschig. Weiterfahren schlecht bis unmöglich. Er stapfte los und verfluchte sein Vorhaben, bevor er überhaupt damit begonnen hatte. Als er die Stelle erreichte, an der er Thomas' Rucksack und den vermeintlichen Fußabdruck auf der Pfostenstütze gefunden hatte, schaute er sich nach einem geeigneten Kamerastandort um. Die dämlichen Blechplatten verhinderten jegliche Sicht. Auf den Zaun zu klettern, wäre viel zu offensichtlich. Am besten wäre es von einem hohen Ansitz aus, überlegte er, dann hätte er genügend Blickfeld. Sollte er etwa eine Leiter heranschaffen oder Werkzeug, um einen Hochsitz zu zimmern? Er zweifelte, ob es ein nächstes Mal geben würde. Jedenfalls war so, wie er jetzt stand, die Sicht gleich Null. Der Zaun fiel aus, einen Hochsitz gab es nicht, blieben nur die Bäume. Schwabach prüfte den Bestand. Da gab es tatsächlich eine Buche, bei der er sich trauen würde, auf einen der unteren Äste zu klettern. Ihr Stamm stand schräg und dicke Knubbel unter der Rinde boten sich als Kletterhilfen an. Er versuchte es zunächst ohne die Kameralast und schaffte es tatsächlich, schnaufend und mit zitternden Oberschenkeln, die Astgabel zu erklimmen.

Sitzt sich prima, dachte er zufrieden, und die Aussicht ist klasse. Um die Kamera mit dem Teleobjektiv hochzuwuchten, bräuchte er ein Seil. Und er müsste mit dem Stativkopf ein Provisorium basteln, sonst gäbe es nur unscharfen Bildsalat. Er erinnerte sich an seine Spechtaufnahmen, da hatte er ein Stativ mit Zurrgurten am Baum befestigt und mit einem Fernauslöser gearbeitet. So machte er es sich auf dem Ast bequem und beschloss, für heute auf die Kamera zu verzichten. Stattdessen beobachtete er das Geschehen auf dem Hof durch das kleine Fernglas, das er immer in der Tasche hatte. Nach einer guten Stunde, in der rein gar nichts geschah, war er überzeugt davon, seiner eigenen Schnapsidee aufgesessen zu sein. Der Buchenast drückte unangenehm auf das Gesäß, sein Rücken schmerzte und der Magen knurrte.

Er war gerade im Begriff, den Abstieg von seiner Beobachtungswarte anzugehen, als eine Bewegung im Augenwinkel ihn aufmerksam werden ließ. Ein großer LKW mit Anhänger zuckelte auf den Platz. „Louton Logistique - Le respect des normes d'entreposage des produits" entzifferte Schwabach. Dann verfolgte er das weitere Geschehen, das für ihn ebenso interessant wie nichtssagend war. Der Fahrer wurde durch einen massigen Brillenträger empfangen, der aus einem der Gebäude gewatschelt kam. Papiere wurden übergeben, weitere Männer erschienen und begleiteten den LKW, der inzwischen gewendet hatte und rückwärts vor ein großes geöffnetes Gatter rollte. Nach wenigen Minuten flogen, begleitet von aufgeregtem Geschnatter, Unmengen fetter weißer Gänse in einer Wolke aus Federn und Streu aus dem Laderaum. Ob sie gescheucht oder geworfen wurden, konnte Schwabach nicht ausmachen. Jedenfalls landeten die Vögel unsanft im Weidegras und stoben von dort auseinander. Die, die Richtung Gatter liefen, wurden von den Arbeitern mit Geschrei und Stiefeltritten zurückbefördert. Sechs-, siebenhundert, vielleicht auch tausend Gänse schätzte Schwabach. Nach einer guten halben Stunde war abgeladen. Der LKW fuhr ab, das Gatter wurde geschlossen. Nur das Geschnatter der Tiere begleitete Schwabach noch, als er sich schon auf den Rückweg gemacht hatte. Auch wenn der Erkenntnisgewinn aus der Beobachtung spärlich blieb, grübelte Schwabach über den Umgang mit den Tieren vor sich hin.

Sechsunddreißig

„Das Zeug ist ja eiskalt, beinahe noch gefroren", entrüstete sich der Polizeitechniker, der in seinem weißen Kevlar-Overall auf einer wasserfesten Sperrholzplatte neben der Fundstelle hockte und jetzt vorwurfsvoll Dr. Eze anschaute, als sei der für den Zustand des Substrats verantwortlich. Es war inzwischen Mittag geworden und der Beamte gerade im Begriff, mit den Händen die Moosschicht von der Fundstelle zu nehmen.

„Das ist eine Folge der geringen Wärmeleitfähigkeit des Torfs", erklärte der Professor, erfreut, wieder in die Untersuchung einbezogen zu sein. „Es ist eine bekannte Erscheinung, dass der Frost im Torf sehr viel länger bestehen bleibt als zum Beispiel in benachbarten Mineralböden. Die Sonnenwärme wird nur sehr langsam in tiefere Schichten weitergeleitet, wenn es nachts zudem noch kalt ist, geht der Erwärmungseffekt gegen Null. Overbeck beschreibt das sehr eindrücklich. Tatsächlich kann es in den Mooren der Region durchaus bis in den Juni Frostnächte geben und entsprechend gefrorener Torf gefunden werden. Die Temperaturschwankungen an der Mooroberfläche, gemessen zum Beispiel in den Köpfchen der Sphagnen, das ist das Torfmoos, sind erheblich. Differenzen bis zu 35 Grad Celsius wurden ermittelt, während nur einen Zentimeter tiefer der gleiche Tagesgang nur noch 19 Grad Differenztemperatur erbrachte. Lange Fröste waren für die Torfbauern früher eine große Not. Übrigens, je weiter wir nach Norden kommen, desto extremer wird dieses Phänomen. In Nordschweden und Finnland gibt es die so genannten Palsamoore, bei denen die wachsenden Torfe auf einem Kern aus Eis leben. Faszinierend, nicht wahr? Das ist auch der Grund dafür, dass Moore gegenüber ihrer Umgebung eher ein kontinentales denn atlantisches Klimaverhalten aufweisen. Aber vielleicht führt das etwas zu weit." Dr. Eze lächelte, als er sah, dass der Mann ihn entgeistert anstarrte.

„Danke“, antwortete der Beamte schlicht, „im Moment bin ich hier wohl der Torfstecher und tatsächlich in großer Not. Oder können Sie mir verraten, wie ich die georteten Knochenreste und Objekte hier aus dem gefrosteten Brei bekomme, ohne dass dabei alle vielleicht noch verwertbaren Spuren vernichtet werden?“

Dr. Eze runzelte die Stirn und rieb sich mit der Hand über das Kinn, während er darüber nachdachte. Die Polizei war, für ihn positiv überraschend, tatsächlich sehr systematisch und wissenschaftlich vorgegangen. Bereits gestern hatten die Techniker den Fundort eingemessen und ein ähnliches Raster über die Fundstelle gelegt, wie er es für seine Vegetationsuntersuchungen nutzte. Dann hatte der Leiter der Gruppe die beiden Finger an der Oberfläche isoliert, fotografiert und sofort zu weiteren Untersuchungen in das zuständige gerichtsmedizinische Institut transportieren lassen. „Geschlecht, Alter, Bestimmung der Liegezeit, DNA, vielleicht Fingerabdrücke – aus diesen beiden Fingern lässt sich in relativ kurzer Zeit viel ermitteln“, hatte ihm der Beamte abends auf dem Rückweg erklärt, nachdem es zu dunkel geworden war, um die Untersuchungen fortzusetzen. „Lässt man den Techniker etwas Zeit, ermitteln sie sogar, welche Telefonnummer mit dem Finger zuletzt gewählt wurde.“

Dr. Eze hatte einen Moment gebraucht, bis er den Scherz verstand.

In aller Frühe hatten die Kriminaltechniker am heutigen Dienstag die Arbeit wieder aufgenommen und sich dazu auf Anraten des Professors Verstärkung durch einen Spezialisten für Bodenradar aus Bremen kommen lassen. Dr. Eze hatte sich an die spektakuläre Arbeit eines Kollegen von der University of Bradford erinnert, eines Archäologen, der vor Jahren im Auftrag der Regierung in irischen Mooren mit Hilfe von Bodenradar erfolgreich Opfer von IRA-Morden aufspürte. Der Kollege hatte Eze seinerseits bei moorkundlichen Fragen zu Rate gezogen.

„Sehen Sie dieses Reflexionsmuster?“ Der Radarspezialist deutete auf eine Kette dunkler Verfärbungen auf dem Bildschirm, das Ergebnis seines etwa einstündigen Einsatzes. „Hier ist der vertikale Schnitt durch den Bodenaufbau auf dem D-Transekt, äh, diese Linie dort.“ Der Techniker drehte sich zum Fundortabschnitt, an dessen äußerer Umgrenzung Buchstabenschilder die Abschnitte markierten. „Ich vermute hier einen Ober- und Unterschenkel, das Rückrat, das Becken und dort Rippenbögen, aber keinen Schädel. Das ist für Leichen mit längerer Exposition in der Natur nicht sehr ungewöhnlich. Wie ihr wisst, Kollegen, verschleppen aasfressende Vögeln oder größere Raubtiere wie Füchse gerne ihre Beute. Der Kopf, nur von Muskeln und Sehnen gehalten, löst sich relativ leicht, genau wie die Extremitäten, an denen herumgezerrt wird. Im vorliegenden Fall scheinen Arme und Beine allerdings noch vorhanden zu sein. Besonders ein Bein liegt deutlich tiefer und die die Arme stecken anscheinend fast senkrecht im Torf. Diese Schatten hier könnten Reste der Bekleidung sein. Dann sind da noch mehrere kleine intensiv reflektierende Objekte, bei denen ich auf Metall schließen würde. Knöpfe, Münzen, Gürtelschnalle, etwas in der Größe. Am besten setzt ihr jetzt den Metalldetektor ein, Kollegen, und markiert die Fundpunkte.“

Der Radarspezialist trat den langen Rückmarsch an, sein schweres Gerät auf dem Rücken. Der Metalldetektor schlug tatsächlich an und der Beamte begann, das Gefundene freizulegen.

Der Polizeitechniker rief sich in Erinnerung. „Hallo, Herr Professor? Haben Sie jetzt eine praktikable Idee, wie wir hier vorgehen sollten?“

„Ja, Entschuldigung“, antwortete Dr. Eze, der aus seinen Gedanken gerissen wurde. „Auf dem Schwingrasen sind Ausgrabungen in der Tat schwierig. Wasser zusammen mit dem Torfschlamm werden immer stärker nachdrücken, je tiefer Sie graben. Das größte Problem dürften die Extremitäten sein, vor allem die Arme. Ich vermute, dieser Mensch hier ist gelaufen. Durch das kräftige Auftreten ist er durch die Rhizomschicht gesackt und mit dem Schwung nach vorne gestürzt. Die Person hat versucht, den Sturz mit den Armen abzufangen, und die sind ebenfalls durch die Vegetationsdecke gestoßen. Ungewöhnlich, aber möglich. Er muss sehr geschwächt gewesen sein, sonst hätte er sich ohne besonderen Kraftaufwand aus dieser misslichen Lage befreien können. Also, versuchen Sie erst einmal, so viel wie möglich des Moosrasens und des Torfs darunter abzutragen. Vielleicht können Sie auf diese Weise bereits den Körper und die Beine bergen, ohne dass zu viel Wasser und Schlamm nachlaufen. Pumpen, wie ich es den Archäologen im Falle der irischen Torfstiche geraten hatte, wäre hier zwecklos. Es gäbe die Möglichkeit, eine dünne Metallplatte unter den Körper zu schieben, dann könnten mehrere Personen den Fund in situ herausheben. Nur die Extremitäten müssten erst einmal zurückbleiben. Vielleicht könnte der Pathologe sie abtrennen. So etwas habe ich bei der Bergung der irischen Mordopfern einmal gesehen. Die Beine werden erreichbar sein, die Arme bereiten mir Sorgen. Die beste Lösung wäre wahrscheinlich, Rohre mit größerem Querschnitt wie Ärmel über die Armreste zu stülpen und in den Torf zu treiben. In den Röhren könnten die Artefakte herausgehoben werden. Was halten Sie davon?"

„Soweit ich Ihnen folgen konnte, klingt das ganz vernünftig", sagte der Techniker und erhob sich. „Wir brauchen auf jeden Fall noch weitere Holzplattformen, von denen aus wir arbeiten können. Und ein Stück Schwarzblech, einen Millimeter stark sollte reichen, vielleicht eineinhalb Quadratmeter. Wir werden das gleich in der Kollegenrunde besprechen."

Sie versammelten sich auf dem festeren Grund der Hochmoorfläche. Von Weitem sah es so aus, als würde die Gruppe für ein surreales Gemälde Modell stehen. Vier von Kopf bis Fuß in Weiß eingehüllte Figuren zusammen mit einem

Schwarzen in dunkler Cordhose und Wollpullover auf einer weiten baumfreien Moorfläche. Das Ganze unter einem grau bewölkten Himmel, der Sonnenlöcher zuließ.

„Ich denke, wir haben Ihre Zeit genügend in Anspruch genommen", wandte sich der Chef der Techniker schließlich an Dr. Eze. „Sie können gerne zurücklaufen, vielen Dank noch einmal für die fachliche Unterstützung, wir werden auf Sie zukommen, falls wir weitere Hilfe benötigen." Er reichte Dr. Eze die Hand zum Abschied.

„Mein Arbeitsplatz ist hier", antwortete Dr. Eze und schlug ein. „Falls Sie nichts dagegen haben, werde ich meine Vegetationsaufnahmen dort drüben fortsetzen. Außerdem interessiert mich, in welchem Zustand sich die Überreste befinden. Natürlich rein aus wissenschaftlichem Interesse. In den Zeiten des industriellen Torfabbaus mit diesen Fräsmaschinen und schweren Geräten kommt es ja bedauerlicherweise nur noch äußerst selten vor, dass menschliche Überreste im Moor gefunden werden. Ja, also, ich bin dort drüben zu finden."

Siebenunddreißig – Mittwoch, 25. Mai

„Wenn das keine präzise und zügige Polizeiarbeit ist. Immer gut, wenn so ein Fall gleich einem Profi überlassen wird."

Mit breitem Grinsen lief Hauptkommissar Gerold Stollberg vor der Wand mit den Ermittlungsergebnissen auf und ab, während die acht Mitarbeiter der Sonderkommission gelangweilt auf ihren Stühlen hockten. Sie kannten die Ergebnisse bereits in- und auswendig und hätten gerne auf die Eigenlobhymnen ihres Einsatzleiters verzichtet, um die drängenden weiteren Schritte und Aufgaben festzulegen. Doch Stollberg bestand auf der Zusammenfassung. Das war ganz im Sinne von Polizeihauptwachtmeister Horst Zack, der den gestrigen Dienstag dienstfrei mit seinen Kaninchen verbracht hatte.

„Bei dem Leichenfund im Moor haben die Kollegen von der Spurensicherung Hervorragendes geleistet und mit mir zusammen gestern in den späten Nachmittagsstunden den größten Teil der Überreste des Toten bergen können. Drei ganz wichtige, ja selbst für mich überraschende Entdeckungen ergaben sich schon bei der oberflächlichen Freilegung und durch den Einsatz des Metalldetektors, den ich angeordnet hatte: erstens, es wurde ein Projektil gefunden, wahrscheinlich ein 7,65-er Geschoss. Es befindet sich zurzeit bei den Ballistikexperten zur weiteren Untersuchung. Zweitens, die Kleidung des Opfers ist zum Teil erhalten, besonders die Kunstfasern im Pulli und der Hose haben die lange Exposition im sauren Moorwasser gut überstanden. Von einer Jeansjacke dagegen sind nur Reste vom Stoff und die Knöpfe erhalten geblieben. In einer Hosentasche fand sich eine unversehrte Glasampulle mit unbekanntem Inhalt. Auch dieses Beweismittel wurde, nach meiner Anweisung, zur weiteren Analyse ins Labor gebracht. Und schließlich, drittens, meine Damen und Herren, der Clou: In den Jackenresten steckten die Überbleibsel einer Brieftasche, deren Inhalt allerdings weitestgehend zerstört worden ist. Mit einer Ausnahme." Stollberg machte eine derart lange und, wie er hoffte, bedeutungsvolle Pause, dass Zack ganz zappelig wurde und den Kommissar schon auffordern wollte, endlich weiterzureden. „Auf den Überresten einer Ausweiskarte fand ich eine Fotografie, wahrscheinlich das Portrait des Toten. Der Kopf, wie Sie wissen, konnte ja leider noch nicht entdeckt werden. Ich habe aber die Techniker angewiesen, jetzt im weiteren Umkreis der Leiche zu suchen. Sie sollen auf die Unterstützung dieses Ne... , dieses schwarzen Professors zurückgreifen. Kleinschmidt, wie heißt der noch einmal?" Stollberg wandte sich an einen jungen Beamten in brauner Lederjacke und mit Pferdeschwanzfrisur, dessen Gesicht hinter einem dichten Bart verborgen blieb und der zu Stollbergs Ärger die ganze Zeit über mit der Polizeianwärterin des Reviers flirtete.

„Professor Dr. Walter Obinna Eze, Herr Stollberg. Wie konnte Ihnen das nur entfallen?“, antwortete der Angesprochene spitz.

„Was? Na ja, egal. Kleinschmidt, Sie sollten besser aufpassen, sonst werden Sie die gründliche Polizeiarbeit nie begreifen. Wo war ich? Ah, ich hatte die Gelegenheit, gestern im Hotel ein längeres Gespräch mit diesem Professor zu führen.“

„Und dabei wahrscheinlich alle Ermittlungsergebnisse auszuplaudern“, flüsterte Kleinschmidt der jungen Beamtin zu, die darauf ein breites Grinsen aufsetzte.

„Ausgesprochen angenehmer Mensch“, fuhr Stollberg fort, der den Einwurf geflissentlich überhörte. „Ich habe zusammen mit Professor Eze die Bergung der restlichen Leichenteile diskutiert und wir haben dazu einen Plan ausgearbeitet, der heute von den Technikern draußen umgesetzt wird. Die von mir gefundene Fotografie werden wir nach der technischen Bearbeitung umgehend an die Medien weitergeben. Vielleicht erhalten wir über diesen Weg einen Hinweis auf die Identität des Opfers, denn zweifellos handelt es sich bei dem Leichenfund um ein Gewaltverbrechen. Die genaue Todesursache wird noch ermittelt. Soweit dazu. Fragen?“

Bis auf Kleinschmidt, der aufstand, um sich Kaffee nachzuschenken, gab es keinerlei Reaktion.

Stollberg wirkte angefasst. „Im Fall der Brandstiftung dürften wir auch ein Stück weiter sein. Dank der Aufmerksamkeit von Polizeihauptwachtmeister Zack konnten wir einen Tatverdächtigen vorläufig festnehmen, näh ... einen gewissen Milos Ferenc, Mitarbeiter auf dem Borsig-Hof. Ferenc ist bulgarischer Abstammung, lebt aber seit fünf Jahren in Deutschland und besitzt eine gültige Aufenthaltsgenehmigung. Er wurde bereits einmal wegen schwerer Körperverletzung vernommen, musste aber aus Mangel an Beweisen freigelassen werden. Es gab damals nur widersprüchliche Zeugenaussagen, jedenfalls nichts Verwertbares. So die Aktenlage. Nach Aussage des Tatzeugen Hans-Peter Schwabach musste der Brandstifter eine Augenverletzung links, hervorgerufen durch einen Daumen mit, näh ... ja, Chili-Anhaftungen, davongetragen haben. Auf mein Drängen hin hat das Labor die Analysen beschleunigt und konnte mir vorhin das Ergebnis der Untersuchungen mitteilen. Es hilft also, wenn etwas Druck gemacht wird, meine Herren! Das sollten Sie bei Ihrer Arbeit auch einmal beherzigen. So, nun zu dem Ergebnis. Tatsächlich wurden bei Ferenc Spuren von Capsaicin nachgewiesen, das ist das scharfe Zeugs aus dem Chili, irgendein, näh ... Alkaloid, ist ja auch wurscht. Der Laborleiter sagte mir, wir hätten Glück, denn dieses Capsaicin sei nicht wasserlöslich und nur durch Fett oder Alkohol zu entfernen. Sie haben die Spuren in den Augenfalten von Ferenc gefunden. Allerdings behauptet Ferenc, selber mit Chili gekocht zu haben, wobei ihm etwas davon ins Auge geraten sei. Wir werden ihn leider wieder freilassen müssen, es sei denn, wir finden weitere Beweise gegen ihn. Die Hausdurchsuchung dort hat nichts ergeben, was der Tat eindeutig zuzuordnen wäre. Die Beweislage für eine vorläufige Inhaftierung sei zu dürftig, sagte mir Staatsanwalt Dr. Müller-Gundelmoser. Kleinschmidt, zusammen mit dem Kollegen Zack werden Sie diesen Ferenc heute noch einmal zur Tat vernehmen. Kleinschmidt, zeigen Sie mal, was Sie bei mir gelernt haben. Bringen Sie mir ein Geständnis.

So, nun zu unserem wichtigsten Fall, dem gewaltsamen Tod von Thomas Seidel. Herr Gunther, was gibt es da inzwischen für Erkenntnisse?"

„Wir haben inzwischen das Ergebnis der Obduktion vorliegen, das liegt auch in Kopie in Ihren Unterlagen. Demnach wurde Seidel vor seinem Tod durch stumpfe Schlageinwirkungen misshandelt, vermutlich mit Fäusten. Es gibt da diverse Unterblutungen am Körper und im Gesicht. Lippen und die rechte Augenbraue waren aufgeplatzt. Diese Verletzungen führten jedoch nicht zum Tod. Thomas Seidel starb an einer

Fraktur der Axis, also des oberen Kopfgelenks, genauer einem Abriss der Dens axis. Schlicht: Genickbruch, so steht es im Untersuchungsbericht. Einwirkung stumpfer Gewalt, da war sich der Pathologe sicher. Dem Opfer muss etwas sehr Schweres auf den Kopf gefallen sein. Ob das mutwillig geschah oder zufällig, bleibt noch offen. Tatsache jedenfalls ist, dass der Fundort der Leiche nicht der Tatort ist, die Leiche wurde eindeutig transportiert, was eher auf Mord denn auf einen Unfall deutet. An der Leiche wurden eine Unmenge von Anhaftungen gefunden, Spuren von Erden, Fasern und anderen Partikeln, die derzeit noch ausgewertet werden. Erste wichtige Nachweise sind diverse Fragmente von Federn, die unzweifelhaft von Gänsen stammen, sowie Speichelspuren, die nicht vom Opfer stammen. In Bodenresten an den Schuhen des Opfers wurde Buchenlaub nachgewiesen, was uns vielleicht einen Hinweis auf den Tatort geben könnte. Außerdem fanden die Laboranten Zementstaub sowie Gänsekot. Das ist erst einmal alles. Wir sollten jetzt ..."

„Danke, Herr Gunther", unterbrach Stollberg den Berichtenden, „ich werde gleich das weitere Vorgehen selber entscheiden. So, wie Sie die Sachlage schildern, müssen wir uns um einen Ort kümmern, an dem sich eine Gans oder mehrere Gänse befinden. Richtig? Natürlich. Der Fundort von Thomas Seidel liegt nicht allzu weit entfernt vom Hof des Gänsezüchters Borsig. In dessen Umfeld sollten wir die Suche nach dem Waldboden aufnehmen. Herr Gunther, dafür gebe ich Ihnen drei Leute. Sie selbst sollten diese Speichelspur verfolgen. Machen Sie den Kollegen im Labor mit der DNA-Analyse Dampf!"

„Das Labor ist überlastet", warf Kommissar Gunther ein. „Sie mussten die Analyse des Speichels erst einmal zurückstellen, weil Sie die Untersuchung der Finger als höchste Priorität angewiesen hatten."

„Was? Na ja, Sie müssen eben lernen, sich durchzusetzen, nicht wahr? Also, machen Sie Druck im Labor. Ich selbst werde mich um die Öffentlichkeitsarbeit zu unserer Moorleiche kümmern. Die Medien sind ja dermaßen heiß auf Informationen, da bedarf es eines erfahrenen Mannes, die Plagegeister in Schach zu halten."

Stollberg beendete schließlich die Sitzung.

„Mann, was für ein aufgeblasener Flachwichser", murmelte Kleinschmidt unter dem Bart. Er stand auf. „Kommen Sie, machen Sie Ihrem Namen Ehre und bringen Sie diesen Bulgaren auf Zack, was?"

Für Polizeihauptwachtmeister Zack war die Sitzung ein Wechselbad der Gefühle gewesen, vom Lob des Hauptkommissars bis zur erzwungenen Zusammenarbeit mit diesem langhaarigen Quertreiber. Außerdem stieß es dem Wachtmeister auf, dass der Rüpel die Zuneigung seiner Polizeianwärterin Braunhuber gewonnen hatte. Er schnaufte verärgert und folgte dem wippenden Zopf auf der Lederjacke.

Achtunddreißig – Wissenbourg, Mittwoch, 25. Mai

Der asthmatische Hahn rettete Aloysius Kock vor der Strafexpedition in den Garten, wo er sich mit wuchernden Hecken, bösartigen Weißdornstacheln und irgendwelchem Laub, das lag, wo es nicht hingehörte, hätte auseinandersetzen sollen. Dabei war er einer Depression nahe, denn sein vom Weib mit einer gewaltigen Zetertirade kommentierter Ausflug in die ungebändigte Bergwelt der westlichen Pyrenäen hatte ihn nur geringfügig weitergebracht. Tatsächlich hatte er nur einen einzigen Beamten gefunden, der sich an seinen früheren Besuch als Polizist erinnerte und nach diversen Gläsern Rotwein bereit war, ihm einige Ermittlungsergebnisse zu den Toten im Fahrzeugwrack zu verraten. Die beiden Erschossenen waren als Kleinkriminelle identifiziert worden, die einer Bande von Schmugglern zugeordnet wurden und die anscheinend auch

Verbindungen zur ETA gehabt hatten. Es gab Gerüchte, dass dieser Bande eine sehr große Menge Kokain gestohlen worden war und die beiden dabei umgebracht worden waren. Es gab auch Gerüchte um einen Verräter, einen gewissen Xabi Barraqueta. Das steckte ihm der Spanier in der letzten Bar, die sie an jenem Abend aufsuchten. Dieser Xabi wurde zuletzt in Alsasua in Begleitung eines Ausländers gesehen. Dort verlor sich die Spur. Kock ging allen Angaben nach und kam zum gleichen Ergebnis. Er fand das Dorf, in dem die Barraquetas wohnten, mehr nicht.

„Hier, für dich", schnaubte sein Weib und hielt ihm den brokatummantelten Knochen hin. „Irgendein Barteaux will was von dir. Ich jedenfalls will, dass du gleich im Garten erscheinst, hörst du?"

Er nahm ihr den Hörer aus der Hand. „Ja, Aloysius Kock am Apparat?"

„Ah, Monsieur Kock, Barteaux hier, wie geht es Ihnen? Konnten Sie in Spanien etwas herausbringen?", fragte der junge Beamte, dem Kock das „Du" angeboten hatte, was dieser aber nicht gebrauchen wollte, wie er leicht verärgert feststellte. Kock berichtete das Wenige, dass er herausbekommen hatte. „Immerhin könnte es sich bei unserer Leiche, ihr Fall, mein lieber Jean-Jaques, um einen Basken namens Xabi Barraqueta handeln. Gehen Sie dieser Spur nach, machen Sie Druck mit einem DNA-Abgleich eines nahen Verwandten, dann werden Sie einen Schritt weiter kommen. Aber erzählen Sie auf keinen Fall, woher Sie die Information haben", riet Kock dem Polizisten abschließend. „Und haben Sie auch etwas für mich?", fragte er hoffnungsvoll.

„Ja, in der Tat, ich habe etwas. Heute erhielt ich einen Hinweis von Interpol wegen unserer DNA-Spur. Die Haare in der Skimütze. Es gab eine Vergleichsanfrage der deutschen Polizei, irgendwo aus dem Norden. Es war zwar kein Volltreffer, aber es wurde eine nahe Verwandtschaft nachgewiesen. Eine

Übereinstimmung auf dem Y-Chromosom. Das heißt, ein naher männlicher Verwandter unserer Haare wird gerade in Deutschland bearbeitet. Ich habe mich natürlich sofort an die Kollegen dort gewandt, aber bisher keine Antwort erhalten. War ja erst vor einer Stunde, aber ich wollte Ihnen dies unbedingt mitteilen."

„Mein lieber Jean-Jaques, das hört sich wirklich vielversprechend an. Können Sie mir vielleicht auch verraten, wo in Deutschland der Vergleichsfund aufgetreten ist und wer ihn dort bearbeitet? Natürlich, mon ami, Sie werden es mir verraten, nicht wahr?", bettelte Kock. „Und ich werde für Sie vor Ort ein wenig die Augen und Ohren aufsperren. Was halten Sie davon? Ganz diskret. Passen Sie auf. Ich gebe Ihnen jetzt die Nummer meines mobilen Telefons. So können wir Kontakt halten. Jetzt werde ich meine Tasche erneut packen und mich umgehend auf den Weg machen. Der Fall der toten Schafe muss abgeschlossen werden."

Nachdem er das Telefon wieder in seine museale Präsentation zurückgelegt hatte, schaute Kock aus dem Fenster, um seine Frau in dem parkähnlichen Gelände auszumachen. Er entdeckte ihren breiten Hintern zwischen den Rosensträuchern vor dem Teehäuschen. Befriedigt ging er in sein Schlafgemach und zog den Koffer unter dem Bett aus schwarzer Eiche hervor, das Erbstück eines Grafen, wie sein Weib gerne betonte. Er hasste dieses Ungetüm, weil es jedes Mal, wenn er sich umdrehte, knarrte und knackte, so dass er davon wach wurde. Er würde einiges ändern, wenn er seine Mission beendet hätte, nahm er sich vor, als er das Haus durch die Gartentür in der Küche verließ. Es war der kürzeste Weg zur Garage, die weitab vom Rosenbeet auf der entgegengesetzten Hausseite lag.

Drago war verwirrt. Das Zusammentreffen mit Herrn Tenner, der ihn am Morgen vor der Tür zum Wohnheim abgefangen und am Ärmel seiner Kittelschürze hinter das Gebäude gezerrt hatte, war schon ungewöhnlich. Noch viel ungewöhnlicher allerdings war der Auftrag, den Tenner ihm anbot, inmitten der kniehohen Brennnesseln, die dort in etwa die Abmessungen der ehemaligen Latrinengrube markierten. Ein Auftrag. Gegen Bezahlung. Viel Geld. Geld, das ihn näher an die Realisierung seiner Pläne bringen könnte. Wäre da nicht die Abmachung mit dem fetten Chef Borsig.

Der Herr Tenner wollte ihm dafür, dass er morgen, während des Schlachtens, aber noch vor dem Ausnehmen, Gänse mit schwarzem Beinring unauffällig in vier Kisten sortieren und nach Feierabend zum Auto transportieren würde, tausend Euro geben. Tausend Euro! Mehr, als er in sechs Monaten von seinem Lohn beiseitelegen konnte.

Tenner hatte allerdings keinen Vorschlag, wie er das unter der Beobachtung der anderen Schlachter und vielleicht auch unter den Augen des Chefs bewerkstelligen sollte. Geld gäbe es nur, wenn er die Kisten mit den richtigen Gänsen nach draußen und dafür vier gleiche Kisten, die Tenner für ihn bereithielte, zurück ins Schlachthaus schleppen würde. Zwanzig Gänse mit schwarzen Aluminiumringen. Es wäre möglich, dachte er, da er oft vom Ende der Schlachttische beobachtet hatte, wie Milos die Tiere nach dem Rupfen auf Federreste überprüfte und nach Größe und Zustand in Kisten sortierte. Die Kisten wurden ins Kühlhaus gebracht, wenn erst am Folgetag die Zerlegung angesetzt war oder wenn nur wenige Schlachter zur Verfügung standen. So würde es auch morgen sein. Und Milos war nicht da.

Aber wie sollte er die zwanzig Tiere bekommen, wenn er für seinen Chef schon heute eine Gans mit schwarzem Ring besorgen musste? Ein Problem, über das er schon seit einer Stunde grübelte, während er mechanisch rotes Brustfleisch und Keulen auslöste. Die Brüste gingen zum Räuchern, die Keulen zur Vakuummaschine. Die Karkasse mit Hals und Flügeln für die Terrinen oder zum Auslassen rutschte über die matte Edelstahlplatte zu seinem Nebenmann. Das Messer in seiner Faust ritzte schon die nächste Kerbe in die warzige wachsgelbe Haut. Tausend Euro!

Könnte er doch nur mit Mutschka, seiner Frau, sprechen. Mutschka wüsste Rat. Sie konnte immer helfen. Sie würde zum Beispiel sagen: „Drago, denk doch mal nach! Beide Männer, der Dicke und der Tenner, wollen Gänse unbedingt mit schwarzem Ring. Der dicke Chef nur eine, der andere gleich zwanzig Stück. Der Dicke gibt dir hundert, der andere tausend Euro, noh."

Aber Mutschka, würde er darauf erwidern, es gibt doch anscheinend nur zwanzig Gänse mit schwarzem Ring und ich brauche einundzwanzig.

„Noh", würde sie sagen, „Drago, du Dummerchen", würde sie sagen, „dann brauchst du wohl eine Gans mit schwarzen Ring noch dazu."

Das war es! Eine Gans mit schwarzem Ring dazu! Gänse gab es genug, ein schwarzer Ring musste her. Danke Mutschka, dachte er und hätte vor Freude über den Lösungsweg fast laut gelacht. Doch schon trieben die nächsten Bedenken ihm die alten Sorgenfalten zurück auf die Stirn. Er hatte keine Ahnung, wo er einen schwarzen Ring würde besorgen können. Er versank erneut in das gedankliche Zwiegespräch mit seiner Frau.

„Noh", riet sie ihm, „dann musst du eben einen Ring zweimal gebrauchen. So wie den Ring, den du mir zur Hochzeit an den Finger gesteckt und dann deiner alten Tante Borisow zurück in die Schublade gelegt hast, damit sie ihn dort nicht vermisst."

Ein noch vager Plan reifte heran und er war froh, dass er nicht schon gestern den Gänseauftrag für den dicken Chef erledigt hatte.

Nachdem sie ihr Tagespensum in der Schlachterei erfüllt hatten, meldete sich Drago freiwillig zu der Gruppe, die die Gänse von der Wiese in den Stall neben dem Schlachthaus treiben sollte, wo sie bis zum Schlachttag eingesperrt blieben. Eigentlich kein Job für die legalen Schlachter, die normalerweise in der Räucherei oder in der Wurstküche weiterarbeiteten. Aber weil Milos nicht da war, ging er vor Feierabend mit zwei Illegalen auf die Wiese. Drago sorgte dafür, dass eine große Anzahl Gänse vor dem Gatter ausbrach und auf die hintere Wiese flüchtete. Er schickte seine Begleiter mit den restlichen Tieren zum Stall und folgte den Ausbrechern in der Hoffnung, dass er ein Tier mit schwarzem Ring darunter entdecken würde. Mit ausgebreiteten Armen trieb er die Gänse in das hinterste Zauneck der Wiese, weitab vom Tor. Er fürchtete schon, dass sein Plan nicht aufgehen würde, denn als er sich umblickte, sah er, dass die beiden anderen ihre Aufgabe fast erledigt hatten. Er ging in die Hocke, um die Beinringe besser kontrollieren zu können. Die Gänse schnatterten vor Aufregung, standen mit aufgereckten Hälsen wachsam in ihrer Ecke.

Dann sah er sie, schaute in ihre schönen orange geränderten, leuchtend blaugrünen Augen und hatte nichts als ihren schwarzen Ring im Sinn. Mit einem Hechtsprung konnte er den zappelnden Vogel packen und brach ihm noch halb im Liegen das Genick, während die restliche Gänseschar in wilder Flucht beiseite stob. Drago rappelte sich auf. Er brauchte noch ein Exemplar.

Die Gänse waren Bewegung nicht gewöhnt. Ihre prallgefüllten Körper mit der gewaltigen Leber darin scheuerten über den Boden und ihre Flucht vor dem Verfolger erlahmte schnell. Drago griff erneut zu. Diesmal brauchte er nicht auf den Ring zu achten. Geschafft. Er schleppte die beiden toten Prachtexemplare rasch beiseite, bedeckte sie notdürftig mit Grasbüscheln, die er hastig mit beiden Händen ausrupfte, und begann anschließend, die restlichen Tiere Richtung Tor zu treiben. Gerade rechtzeitig, denn die beiden anderen kamen ihm schon, über seine Unfähigkeit lästernd, entgegen. Drago lächelte zufrieden.

Vierzig

Der Ast drückte wieder heftig auf den Steiß. Mit jeder Minute steigerte sich der Schmerz, doch Schwabach wollte sich jetzt nicht von irgendwelchen animalischen Körpersignalen ablenken lassen. Er saß seit knapp zwei Stunden auf seiner Buche, hatte die Kamera auf einem Stativkopf montiert, der von einem Spanngurt in Position gehalten wurde. Bis er den Abtrieb der Gänse von der Weide beobachten konnte, passierte wenig. Dann wurde er Zeuge des Gänsemords.

Leider spielte sich das Geschehen in gut zweihundertfünfzig Metern Entfernung ab, so dass er selbst mit seinem großen Teleobjektiv weder den Handelnden identifizieren noch irgendwelche Details erkennen konnte. Nur eines war sicher: Der Arbeiter dort hatte zwei Gänse eingefangen, ihnen den Hals umgedreht und auf der hintersten Wiesenecke versteckt. Soweit konnte er es in der Vergrößerung auf dem Kamerabildschirm erkennen. Interessant. Als der Typ den Rest der Gänse zwischen zwei provisorischen Zäunen zu einem Stallgebäude trieb, gelang Schwabach doch noch eine Aufnahme, auf der auch das Gesicht des Täters einigermaßen erkennbar war. Der Monitor zeigte ein schlankes, kleinwüchsiges Männchen von vielleicht fünfzig Jahren, mit leicht eingefallenen Wangen und dichtem dunklen Haar.

Inzwischen hatte die Dämmerung eingesetzt und weitere Bewegung auf dem Hof fesselte seine Aufmerksamkeit. Ein Mann nutzte die Deckung von Ställen und Büschen und bewegte sich in Richtung Weide, deren Gatter noch weit geöffnet stand. Nach der Statur konnte es der Gänsekiller von vorhin sein. Die Gestalt hielt sich zu Schwabachs Überraschung außerhalb der Umzäunung und lief tief gebückt im Schutz des Zaunes zu der Stelle, wo die beiden toten Gänse lagen. Dort angekommen, blieb er für mindestens zehn Minuten hinter Zaunpfählen außer Sicht. Nur hin und wieder tauchte der Kopf im hohen Bewuchs des Randstreifens auf.

Schwabach brannte darauf zu erfahren, was um alles in der Welt dort getrieben wurde. Jetzt konnte er das Männchen wieder sehen. Es schleppte eindeutig an einer Last. Hin und wieder blitzte etwas Weißes unter seiner Jacke. Nicht auszumachen, ob es beide Gänse waren.

Schwabachs Kamera feuerte eine Serie mit knapp sieben Bildern pro Sekunde, als der Mann sich näherte. Auf dem Hof angekommen, schlich er sich wieder nahe an den Gebäuden vorbei, nur dass er diesmal einer Tür zustrebte, deren Glasausschnitt ebenso hell erleuchtet war wie das Fenster daneben. Schwabach hatte bereits einen Teleblick in den Raum hineingeworfen und ein Büro identifiziert, in dem der dicke Borsig, so vermutete er nach Ottos Beschreibung, an einem Schreibtisch saß.

In das Büro zu fotografieren war ausgesprochen einfach. Mit einem Telekonverter hätte er wahrscheinlich auch die Schrift auf dem Bildschirm lesbar machen können. Jetzt war der Kleine an der Tür und klopfte. Schwabach sah, wie der Dicke den Kopf hob. Dann verfolgte er eine merkwürdige Übergabe. Der kleine Schattenmann legte ein fettes weißes Etwas auf den Schreibtisch und gestikulierte. Schwabach dokumentierte das Geschehen in Pixeln und besah sich das vergrößerte Ergebnis auf dem Kamerabildschirm. Eine Gans. Tatsächlich nur ein Exemplar. Wenn ich jetzt noch ein Richtmikrofon hätte, wäre alles perfekt, dachte er.

Da! Was war denn jetzt los? Der Kleine nestelte an der Gans herum. Am Bein, um genau zu sein. Schwabach presste den Auslöser und zerlegte die Handlung in speichergerechte Momente. Jetzt reichte der Dicke etwas über den Tisch, der Kleine schnappte danach, verbeugte sich mehrfach und verließ den Raum, während Borsig die Gans an den Beinen packte und im Inneren des Gebäudes durch eine Tür verschwand. Reichlich Stoff zum Nachdenken. Und das Schauspiel war noch nicht beendet.

Durch die fortschreitende Dämmerung sehr viel schwerer auszumachen, lief das Männchen jetzt um das Gebäude herum, anscheinend zur Unterkunft zurück. Jedenfalls vermutete Schwabach, dass in dem langgestreckten Gebäude mit dem flachen Satteldach und den drei Eingängen die Arbeiter wohnten. Hinter Fenstervorhängen schimmerte Licht, Wäschestücke hingen auf einem Ständer vor der mittleren Tür. Er verfolgte den Kleinen durch die Kameraoptik, bis der plötzlich abrupt stehen blieb. Schwabach sah vor der dunklen Gebüschkulisse im Hintergrund einen winzigen Lichtpunkt zucken, der zu einem nicht sehr großen, aber kräftigen Mann mit glimmender Zigarette heranwuchs, weil er rasch auf den Kleinen zuging. Serienbilder fingen den Ablauf ein. Schwabach vermutete aber, bei der Auswertung mehr Bildrauschen als erkennbare Gesichtszüge zu finden. Der Große schien aggressiv. Er packte den Gänsedieb und es sah so aus, als würde er mehrfach zuschlagen. Schwabach meinte, über die Entfernung Bruchteile der lauten Auseinandersetzung zu hören. Eine Tür wurde geöffnet. Der Angreifer warf den Kleinen zu Boden und verschwand. Ein Mann trat aus der Tür, half dem Kleinen auf die Beine und ins Haus.

Schwabach war zufrieden mit seiner Ausbeute, doch jetzt wurde es zu dunkel. Zeit, die Ausrüstung zu verstauen und mit heilen Knochen zurück auf sicheren Grund zu gelangen. Auf dem Rückmarsch war er ganz mit seinen Beobachtungen beschäftigt und versuchte, darin irgendeinen Sinn zu entdecken. Was hatte dieser Gänsemord zu bedeuten, und wozu brachte der Kleine eines der Opfer zum Chef, während das andere an der äußersten Grenze des Grundstücks im Gras verborgen liegenblieb? Wer war der Angreifer mit der Zigarette, und worum ging es bei dem Streit? Tief in Gedanken bemerkte er nicht, wie sich eine Gestalt aus dem Schatten eines Gebüschs löste, nachdem er den Baum verlassen hatte und ihm in einigem Abstand folgte. Als Schwabach unerwartet umkehrte, weil er in seinem Trott an seinem Fahrrad vorbeigelaufen war, verbarg sich der Verfolger hinter einem dicken Buchenstamm.

„Lange muss ich deiner Fleischabstinenz hoffentlich nicht mehr folgen", begann Otto nach dem späten Imbiss das Gespräch. „Es gelüstet mich nach den sagenhaften Rouladen, die du vor einigen Wochen produziert hast, oder diesem genialen Szegediner Gulasch, mit Sauerkraut und zartem Schweinefleisch, oder, noch besser, dieser wahnsinnigen spanischen Chorizo, die in dieser Pfanne mit den Pimientos gebraten waren."

„Hast du die Hintergründe der Enthaltsamkeit schon wieder vergessen?", fragte Schwabach angesäuert. „Nach den Bildern und Informationen, die ich bei Thomas auf dem Rechner gesehen habe, bleibe ich vermutlich den Rest meines Lebens Vegetarier. Mann, ich habe erlebt, wie auf dem Hof mit Gänsen umgesprungen wird, was wahrscheinlich noch ausgesprochen harmlos war. Und heute hat einer zwei Gänsen mit bloßen Händen den Hals umgedreht. Ich sollte sofort Anzeige erstatten, damit diesem brutalen Treiben ein Ende gesetzt wird. Also, wenn du unbedingt Überreste gequälter Kreaturen auf dem Teller willst, musst du dich nach einem anderen Koch umsehen."

„Ist ja gut", meinte Otto versöhnlich. „Ich habe mich natürlich auch mal etwas schlau gemacht in Sachen Fleischproduktion. Da gibt es doch auch jede Menge Bioerzeuger mit Vieh aus extensiver Beweidung, Mutterkuhhaltung, Schweinezucht in natürlichen Rotten und natürlich auch Geflügel aus Freilandhaltung. Und Beweidungsprojekte. Da werden Schafe, Ziegen,

Wasserbüffel oder sogar Auerochsen für die Landschaftspflege und bei Naturschutzprojekten eingesetzt. Natürlicher geht's nicht. Die werden auch gezüchtet und geschlachtet. Was ist denn damit? Lehnst du das jetzt auch kategorisch ab, weil deine rote Flamme es so macht?"

„Was hat denn Mona damit zu tun", giftete Schwabach. „Ich weiß, dass es auch Tierhaltung gibt, die an den Bedürfnissen der Tiere ausgerichtet ist, trotzdem, im Moment kann ich gut auf Fleisch verzichten. Mir schmeckt es jedenfalls ohne, und außerdem habe ich das Gefühl, dabei abzunehmen. Jedenfalls musste ich heute meinen Gürtel ein Loch enger schnallen. Allein das rechtfertigt die Enthaltsamkeit. Wollten Mona und der Professor nicht noch einmal vorbeischauen?"

„Die beiden waren schon vor gut drei Stunden da", erwiderte Otto. „Dir ist auf dem Baum der Erkenntnis das Zeitgefühl abhandengekommen, was? Hallo, es ist jetzt kurz nach dreiundzwanzig Uhr. Professor Eze und Mona haben um halb acht geklingelt und sind dann wieder zusammen abgezogen. Der Professor wollte dir noch Aktuelles aus dem Pensionsflurfunk berichten. Er konnte nämlich mithören, wie der Kommissar einen Anruf entgegennahm. Die hatten diesen Vorarbeiter vom Borsig-Hof, diesen Milos sowieso, erst freigelassen und wollten ihn nun aufgrund neuer Erkenntnisse wieder verhaften. Der Typ ist aber anscheinend untergetaucht."

„Hat er auch herausgehört, von welchen neuen Erkenntnissen gesprochen wurde?", hakte Schwabach nach.

„Es ging um die Ergebnisse einer DNA-Untersuchung, mehr konnte er nicht aufschnappen. Übrigens wollte ich mit der Diskussion übers Fleischessen nichts provozieren, es ging mir eher um deinen Hang zur Kochkunst. Hast du nicht Interesse, diese Fähigkeiten einmal beruflich auszutesten, ich meine, als richtiger Koch oder als Küchenkraft zu arbeiten?"

„Ich als Koch arbeiten, wie kommst du denn auf den Bolzen?", entrüstete sich Schwabach. „Ich versuche mir mühselig einen Ruf als Naturfotograf aufzubauen, und du kommst mir mit so etwas? Willst du mich loswerden?“

„Ist ja gut, ist ja gut, ich meine nur.“ Otto zog ein mehrfach gefaltetes Zeitungsblatt aus einem Stapel Papiere hervor. „Vielleicht änderst du ja deine Meinung, wenn du dir die heutigen Stellenangebote durchliest.“ Er schob Schwabach den Anzeigenteil der Karlenburger Zeitung über den Tisch. Schwabach las laut und runzelte die Stirn.

„Koch/Küchenkraft in Teilzeit gesucht; leistungsgerechte Bezahlung; Bewerbungen bis zum 27.5. an GPN GmbH & Co KG, Moorender Landstraße 49, Bad Karlenburg. Ja, und was soll das? Ich bin doch kein Koch und schon überhaupt nicht geeignet für eine Küche in einem Unternehmen. Otto, was soll der Quatsch?“

„Ich dachte, du setzt dich mit dem Borsig-Hof auseinander? Hockst da halbe Nächte wie ein Affe im Geäst und hoffst auf überlaute Gänsefurze, horchst deine Freunde aus und unternimmst was weiß ich, ohne je auch nur einen müden Kreuzer dafür zu bekommen. Wäre es da nicht viel besser, wenn du direkt vor Ort wärst und dort nach aller Herzenslust herumschnüffeln könntest? Mensch, Hänsel, GPN steht für ‚Gänseproduktion Nord‘, das ist das Hauptunternehmen der Borsig-Familie. Frank Borsig ist der Geschäftsführer und Adele, seine Mutter, ist Vorsitzende des Aufsichtsrats. Ich weiß zwar nicht, worum es bei diesem Job genau geht, aber ich meine, das wäre eine Chance, den Hof näher unter die Lupe zu nehmen. Du als Fuchs im Hühner... nee, im Gänsestall.“

„Otto, du bist der Fuchs“, grinste Schwabach, „und ich bin blind, oder habe mir meine polizeilichen Fähigkeiten aus dem Hirn gesoffen. Meinst du wirklich, dass die mich nehmen würden? Ohne Ausbildung und mit null Referenzen? Ich kann zwar ein bisschen kochen, macht mir auch Spaß, aber so als Beruf? Scheint mir eine Nummer zu groß.“

„Ich denke, du hast beste Karten für den Job“, sagte Otto

und rückte näher an den Tisch heran. „Habe heute ein wenig herumtelefoniert. Die suchen anscheinend schon zwei Monate nach einer Küchenkraft und hatten kaum Bewerbungen. Hier im Kurbetrieb herrscht dauernder Fachkräftemangel in der Gastronomie. Außer ein paar frustrierten Hausfrauen und einem stadtbekannten Alkoholiker, der vor zwanzig Jahren einmal als Smutje auf einem Heringsdampfer gefahren ist, hat sich keiner auf die Annonce gemeldet. Der Kontakt war bisher als Chiffre gelaufen, und mit der Frau in der Anzeigenredaktion kann ich gut." Otto zwinkerte verschwörerisch. „Die weiß immer aus erster Hand, was los ist in der Stadt. Na, jetzt Interesse? Voraussetzung wäre natürlich die fristgerechte Kündigung bei mir, und eines kann ich dir verraten: Du bekommst ein ganz mieses Zeugnis, weil du erstens extrem hohe Reparaturkosten zu verantworten hast, zweitens dich weigerst, Elektrokram zu reparieren und drittens mich nie beim Schach gewinnen lässt. Apropos Schach, sollen wir noch eine Partie spielen, als Absacker?"

„Was? Nee, danke, Otto. Ich denke, es ist Zeit für die Falle. Morgen früh muss ich fit sein und meine Bewerbungsunterlagen zusammensuchen. Du, soll ich meine Zeit beim Bund mit in den Lebenslauf schreiben? Da war ich fünf Monate beim Feldküchentrupp."

Einundvierzig – Donnerstag, 26. Mai

Das Unbehagen war der Angst gewichen. Es war die leise Art von Angst, die seit Tagen ihr Rückgrat hinaufkroch und sich im Hinterkopf verkrallte. Unbestimmte Angst, die sich gleich einer eisernen Klammer um ihre Brust legte und das Atmen schwer machte. Schlimmer noch als im vergangenen Jahr, nachdem der Arzt den Befund erläutert hatte. Inzwischen wuchsen die Haare wieder unter der Eigenhaarperücke, aber ihr war klar, dass sie nur von geborgter Zeit lebte. Eine weitere Chemotherapie würde sie nicht überleben, nicht einmal in Erwägung ziehen. Umso schlimmer traf sie diese neue Angst. Noch nie hatte sie sich so hilflos gefühlt, ihr schien, als sei ihr die Kontrolle über das eigene Handeln und über die Menschen, mit denen sie umgehen musste, verloren gegangen.

Der einzige Grund, der sie antrieb und für den sie bereit war, all ihre Kräfte zu mobilisieren, war in Gefahr. Martin. Das wusste sie mit einer ungeheuren Bestimmtheit, als sie im dunklen Grau vor Sonnenaufgang die Augen aufschlug. Wo war er? Weshalb meldete er sich nicht? Konnte sie ihm überhaupt noch vertrauen? Zwanzig Gänse? Wozu? Er hatte es ihr nicht verraten wollen. Er, der sonst alles mit ihr besprach, der mit ihr Pläne entwickelte. Traurig schob Adele Borsig die Seidengardine am Fenster des Schlafzimmers beiseite und blickte in den Morgenhimmel. Unter einer hoch hängenden blauschwarzen Decke dichter Wolken begann der Sonnenball zu glühen und versprach einen trockenen Tag.

Ein großer Sattelzug bog in die Einfahrt. Sie beobachtete, wie Frank aus dem Haus kam und den Fahrer anwies, wohin er zu fahren hatte. Die getrockneten Federn wurden abgeholt. Sie ließ die Gardine zurückgleiten, als der LKW am Haus vorbeirollte und Frank zu ihrem Fenster aufblickte. Die Angst, mit der sie erwacht war, kehrte ins Bewusstsein zurück. Frank. Der war in den letzten Tagen so erschreckend aufgeräumt, fast guter Laune gewesen. Ständig steckte er in der Produktion und verbrachte dort inzwischen mehr Zeit als am Esstisch. Und dann strahlte er etwas aus, was sie nie von ihm erwartet hatte, etwas wie Siegessicherheit. Hatte er hinter ihrem Rücken etwas ausgeheckt? War Frank zu strategischem Denken überhaupt in der Lage? Bis zur letzten Woche hätte sie diesen Gedanken vehement verworfen. Dieser Versager, den sie nur großgezogen hatte, weil es sich so für die Familie Borsig gehörte. Dieser Sohn, den sie am liebsten abgeschoben hätte in irgendein Internat, in irgendeinen Winkel dieser Welt, um ihn für immer zu vergessen.

Adele setzte sich in den Stuhl vor ihrem Schminktisch und begann, die Fingernägel zu lackieren. Sie war auf seinen Vater hereingefallen, den reichsten Bauern im Umkreis, den sie heiratete, weil er ihr Reichtum und Ansehen versprach. Sie, das Aschenputtel, die Tochter einer Melkmagd. Die dumme Gans, die sich vom Reichtum blenden ließ und dabei alle Warnungen und jeden Rat in den Wind schlug. Sie dachte, sie könnte Herrin werden, ohne einen Preis dafür zu zahlen. Sie ahnte damals nicht, wie teuer diese Entscheidung für sie werden würde. Es gab Warnungen von Leuten, die es wissen mussten. Warnungen vor diesem Widerling, dem Schürzenjäger, der alle Frauen auf seinem Hof flachlegte, egal ob jung oder alt, verheiratet oder ledig. Der sich das erlauben konnte, weil er die Macht besaß. Kaum verheiratet, hörte sie von den Gerüchten, dass er vielleicht sogar ihr eigener Vater sei, obwohl ihre Mutter dies noch auf dem Totenbett bestritt. Trotzdem konnte sie es sich nie verzeihen, dass er sie ins Bett bekommen hatte und sie sofort mit Frank schwanger wurde. Nie wieder hatte sie ihren Gatten danach an sich herangelassen. Sie hatte eine Mauer von Gefühlskälte und Schroffheit um sich errichtet, die sie vor jedem Menschen schützen sollte.

Nur bei einem hatte sie eine Ausnahme gemacht: bei Volker, dem Studenten mit den unwiderstehlichen Augen. Dem sie alle Liebe schenkte, die sich in den Jahren der Ehe aufgestaut hatte, mit dem sie durchgebrannt wäre, wenn er es auch nur mit einem Wort angedeutet hätte. Aber Volker verschwand durch ihre eigene Schuld. Und ihr Hass, der sich in diesen Jahren mit Anton Borsig angesammelt hatte, loderte wieder auf und übertrug sich auf den damals gerade achtzehnjährigen Frank, nachdem der Alte die Pistole an seiner fetten Schläfe abgedrückt hatte. Ihr schauderte bei der Erinnerung daran, wie sie ihn gefunden hatte, unter Blut, Fett und Gehirn, das an der Wand klebte.

Adele zog ihren Morgenmantel enger um den Körper und ging die Treppe hinunter in die Küche. Früher empfing sie hier der Duft frisch aufgebrühten Kaffees, egal, zu welcher Stunde sie morgens erschien. Seit ihre letzte Haushälterin gekündigt hatte, musste sie eigenhändig Kaffee kochen. Warmes Essen ließen sie sich aus einem Restaurant liefern. Frank rührte hier keinen Finger, es sei denn, es ging darum, seine Trüffelpralinen in sich hineinzustopfen. Während die Kaffeemaschine lief, holte sie die Zeitung aus dem Briefkasten. Ohne Interesse am Weltgeschehen blätterte sie durch die Seiten. Und plötzlich explodierte neue Angst in ihr, konkrete Angst, die sie aufschreien ließ, als sie das Bild im Regionalteil entdeckte. Das Zittern ihrer Hände brachte sie unter Kontrolle, nachdem der erste Schock überwunden war. Die Angst blieb, Angst, die sie noch nie in dieser Reinheit erlebt hatte. Volker.

Adele wusste nicht, wie lange sie mit Zeitung und Kaffeetasse am Tisch gesessen hatte. Als die Türklingel sie aus ihren Gedankengespinsten riss, war der Kaffee bereits kalt. Die Digitaluhr am Backofen zeigte 9 Uhr 35. Gab es Termine? War jemand angemeldet? Sie konnte sich nicht erinnern. Vielleicht war es Martin, der einzige, an den sie sich jetzt klammern konnte. Mühsam stemmte sie sich hoch und ging zur Tür.

„Hans-Peter Schwabach", krächzte es aus dem Lautsprecher. „Ich hatte wegen der Stellenanzeige als Küchenkraft angerufen und für heute einen Termin vereinbart."

Adele wollte den Mann schon abwimmeln, besann sich aber anders und ließ ihn ein. Sie führte den beleibten Fremden mit dem sympathischen Gesicht in das Büro, wies ihm einen Besucherstuhl an mit dem Hinweis, dass sie sich erst ankleiden wolle. Er blieb allein.

Zweiundvierzig

Sie war zum ersten Mal seit langer Zeit wieder in einem Hotel und das luxuriöse Ambiente in der Halle des Kurhotels schüchterte sie etwas ein, obwohl sie in der ungewohnten Umgebung hervorragend geschlafen hatte. Sie wartete vor dem Empfangstresen, bis sie von einer Mitarbeiterin angesprochen wurde und nach dem Frühstücksraum fragen konnte. Sie folgte der Wegbeschreibung durch zwei mit Teppichboden ausgelegte Flure, blieb vor einigen der Bilder stehen, die ein örtlicher Künstler hier ausstellen durfte, und freute sich an den kräftigen Farben der Wald- und Wassermotive. Sonnenaufgang über See und Moor. Dreihundertfünfzig Euro. Das Bild würde sich prachtvoll in ihrer Kieler Wohnung machen, dachte sie. Über der Couch. Dann wandte sie sich ab. Es war nicht übertrieben teuer, aber auch nicht die richtige Zeit, um über Wohnungsdekoration nachzudenken.

Sie erreichte den Frühstücksraum, einen aus Holzbalken konstruierten Wintergarten, der um diese frühe Stunde noch spärlich besucht war. Einige Geschäftsleute in Anzug und Krawatte und zwei, drei Einzelreisende saßen an den Tischen. Überwältigt stand sie vor der riesigen Auswahl des Buffets, das in einem großen Vitrinenbogen aufgebaut war. Sie wählte ein Brötchen, etwas Butter und Käse und entschloss sich auf Nachfrage der Servicekraft zu Kaffee und Rührei. Sie setzte sich an einen Fensterplatz, eine Wand im Rücken, und wartete auf den Kaffee. Über ihr zog sich eine Spur spärlicher weißer Wolken über dem tiefblauen Himmel in die Länge. Kondensstreifen. Sie genoss den Luxus und unternahm einen zweiten Gang zum Buffet. Nach etwas Lachs mit Meerrettichsahne und frischem Obstsalat brachte ihr die Hotelangestellte die Tageszeitung, um die sie gebeten hatte.

Elisabeth Stein konzentrierte sich auf die gestrigen Geschehnisse, um sich nicht in Urlaubsstimmung zu verlieren.

Sie dachte an ihre überstürzte Reise in diesen Kurort, von dem sie bisher nie gehört hatte.

Gestern rief ihre alte und beste Freundin Petra an, die in einer Nachrichtenagentur in Hamburg arbeitete, und berichtete von dem Aufruf der Polizei in Bad Karlenburg. Es ging um Informationen über einen im Moor aufgefundenen Toten, ein Foto war dabei. Wenig später erhielt Elisabeth per Mail eine Bilddatei und öffnete mit zitternden Händen den Anhang. Obwohl die Fotografie starke Beschädigungen aufwies, erkannte sie das Portrait sofort wieder. Es zeigte ihren seit fast dreißig Jahren verschollenen Bruder Volker. Nie würde sie sein jugendliches Lachen, die dichten blonden Haare und das intelligente Funkeln in seinen Augen vergessen. Vor ihren Augen vermischten sich die Erinnerungen mit den verblassten Resten einer Fotografie auf dem Computerbildschirm.

Ohne auf den Telefonkontakt zu achten, der zu dem Polizeiaufruf gehörte, hatte sie sofort beschlossen, nach Bad Karlenburg zu reisen, und war spätabends hier angekommen. Sie wollte ihrem Bruder, nach dem sie jahrelang gesucht hatte, jetzt nahe sein, sie wollte ihn sehen und sie wollte ihn im Familiengrab in Kiel beisetzen lassen. Unaufmerksam blätterte sie durch den Mantelbogen der Zeitung mit den Rubriken Politik, Wirtschaft und Weltgeschehen. Im Lokalteil war Volkers Portrait der Aufmacher. Auf einer Viertelseite prangte sein Gesicht. „Wer kennt diesen Mann?“, titelten große Lettern über dem Bild. Sie las den Artikel gleich mehrfach.

Ein Hauptkommissar Stollberg war als Kontakt in der Polizeiwache angegeben. Sie merkte sich den Namen. Ein Grausen befiel sie bei der Schilderung der mysteriösen Fundumstände. Gewaltsamer Tod nicht ausgeschlossen, stand dort. Was hatte Volker in diesem Moor zu suchen gehabt, fragte sie sich. Sie wusste von seinen verdeckten Recherchen. Er hatte als freier Journalist gearbeitet. Volker war sehr erfolgreich gewesen und hatte die Angebote mehrerer großer Zeitschriften abgelehnt, die ihm feste Anstellungen angeboten hatten. Auch für sein letztes Projekt hatte er sich, wie schon so häufig vorher, auf unbestimmte Zeit vor ihr verabschiedet. „Mach dir keine Sorgen, Schwesterchen“, waren seine letzten Worte gewesen. „Ich komme ganz bestimmt wieder. Und dann mit einem Riesenkracher, versprochen!“ Er hatte Wort gehalten, dachte sie und verbarg ihre Tränen hinter der Zeitung.

„Möchten Sie noch Kaffee?“, fragte die Bedienung.

Elisabeth Stein schüttelte den Kopf. Sie legte die Zeitung beiseite und blickte sich im Raum um, der sich mittlerweile deutlich gefüllt hatte. Fast alle Tische, die sie einsehen konnte, waren besetzt. Nach den Geschäftsleuten kamen jetzt überwiegend Paare. Wahrscheinlich Besucher von Kurgästen, vermutete sie. In einer durch begrünte Raumteiler abgegrenzten Nische saß ein jüngerer Mann, der ihr irgendwie bekannt vorkam, über einen vollen Teller gebeugt. Blondes längeres Haar, eine schlaksige Figur, die Haltung, diese hastigen Bewegungen. Sie setzte gerade zu einem letzten Schluck Kaffee an, als der Mann nach der Bedienung suchend aufschaute.

Elisabeth Stein wäre um ein Haar die Tasse aus der Hand geglitten. Der Kaffee schwappte gefährlich hoch an den Rand, als sie das Gesicht des Mannes genauer sah. Volker? War das möglich? Quatsch, dachte sie, Volker war fünfunddreißig, als er verschwand. Er wäre jetzt ein Herr in gesetztem Alter, wahrscheinlich kahl, wie Vater mit Ende fünfzig. Trotzdem, dieser junge Mann war Volker wie aus dem Gesicht geschnitten. Sie verglich den Gast mit der Fotografie in der der Zeitung. Zum Verwechseln ähnlich, auch wenn der Lebende die Haare deutlich länger trug. Und er war eben viel zu jung. Elisabeth konnte kaum den Blick abwenden, es wurde ihr selbst schon unangenehm. Deshalb zwang sie sich aufzustehen und ging möglichst zügig zwischen den Tischnischen hindurch zum Ausgang.

Ob sie dem Polizisten von ihrer Beobachtung erzählen sollte? Sie entschied abzuwarten, wie sich das Gespräch auf der

Wache entwickeln würde. Je länger sie an die Begegnung im Frühstücksraum dachte, desto mehr setzte sich die Überzeugung in ihr fest, dass dieser junge Mann nicht zufällig in dem Hotel wohnte, sondern in irgendeiner Verbindung zu Volker stehen musste. Wer war dieser Mann?

Dreiundvierzig

„Wie geht es dir?", fragte Schwabach, als er in Monas blasses Gesicht und ihre Augen schaute, die tiefer als sonst in den Höhlen lagen. In Jeans und einem grauen Pullover, die wilden Haare durch ein Seidentuch zum Zopf gebändigt, fehlte ihr die magische Ausstrahlung, das Einzigartige, Besondere. Entsprang diese Faszination nur aus den exotischen Kleidern, die sie sonst trug, oder was hatte sie so verändert? „Du siehst immer noch sehr angegriffen aus", merkte er an, als wolle er sich für seine erste Frage rechtfertigen.

Er hatte sich gleich nach dem Morgenritual auf den Weg in ihre Pension gemacht, nachdem er sie vorher angerufen hatte. Sie schien überrascht und erfreut, von ihm zu hören. Mindestens so überrascht wie er selbst, nachdem er seinen Tagesplan geschrieben hatte und „Mona besuchen" mit der höchsten Punktezahl ganz oben auf der Liste stand. Seit dem Verlust ihres Wohnmobils war sie für ihn nicht mehr so präsent. Ursache dafür war nicht nur die räumliche Distanz, sondern auch sein Empfinden. Umso mehr erstaunte ihn das heutige Tagesergebnis und ihre Zusage zu einem gemeinsamen Frühstück. Leider hatte er nur wenig Zeit für sie.

„Ich fühle mich irgendwie amputiert", antwortete Mona leise, „als hätte mir jemand einen Teil meines Lebens aus dem Körper geraubt. Herausgerissen. Es sind die Erinnerungen an viele kleine Alltagsdinge, die in mir verwurzelt waren. Die Erkenntnis, dass sie auf Dauer verschwunden sind, wächst von

Tag zu Tag und nagt in mir. Sie lässt mich nicht mehr richtig schlafen. Kannst du dir das vorstellen? Es ist ja mehr als nur das Materielle, das vielleicht zu ersetzen wäre. Es sind eher die unscheinbaren Sachen, die mir so sehr fehlen. Ein paar Steine, die mich an einen Strand und glückliche Stunden in Griechenland erinnerten, oder meine Sammlung getrockneter Heilkräuter, von denen jedes mit einer Geschichte, mit einem Erlebnis verbunden war. Es ist auch der Duft der Öle und Gewürze, der meinen Moppel so einzigartig machte." Sie wischte sich eine Träne aus dem Auge. „Ich lebe zwar noch, aber alles, was mein Leben ausgemacht hatte, ist im Feuer verschwunden. Es macht mich fast so traurig wie der Verlust von Thomas. Auch wenn wir nicht immer einer Meinung waren und ich mich nie sexuell zu ihm hingezogen fühlte, so war er doch der verlässlichste Freund, den ich hatte. Ohne euch, dich, Otto und Walter, wäre ich, glaube ich, verloren." Mona senkte den Kopf wie nach einer großen Anstrengung.

„Walter?", fragte Schwabach.

„Dr. Eze, wir haben uns auf seinen ersten Vornamen geeinigt. Der geht mir besser über die Lippen als Obinna."

„Wo ist der überhaupt?"

„Oh, ich habe ihn vorhin gebeten, uns alleine zu lassen. Ich hoffe, das war dir recht. Ich meine, zu zweit lässt sich besser sprechen, oder? Walter ist joggen, er wird bald kommen. Wolltest du etwas Bestimmtes von ihm?"

Schwabach bekam eine Gänsehaut. Sie hatte allein mit ihm reden wollen. Eine wohlige Welle durchlief seinen Körper.

„Nein ... nein, überhaupt nicht. Ich wollte dich gerne treffen."

Es entstand eine Pause, die beide Brötchen schmierend und Kaffee rührend überbrückten.

„Ich kann gut nachfühlen, was es heißt, alles zu verlieren", meinte er dann. „Nachdem Carola mich verlassen hatte, ließ ich alles stehen und liegen. Carola war meine Frau. Die Wohnung samt Einrichtung und all der Dinge, die sich im Laufe einer Ehe so angesammelt hatten. Ich bin nie wieder dorthin zurückgekehrt. Ich habe auf der Straße gelebt und wurde beinahe zum Alkoholiker. Wahrscheinlich war ich schon einer. Bis Otto mich aufgesammelt hat. Der saß damals selber noch im Rollstuhl, nach seinem Unfall. In der Zeit danach, als ich wieder klarer in der Birne wurde, da habe ich genau das gefühlt, was du eben beschrieben hast. Ein Stück von mir selbst, eine große Portion, war für immer verloren. Na, ja, einen Teil davon konnte ich wenigstens ersetzen", lächelte er und klopfte sich dabei auf die Kugelwampe. „Das habe ich noch nie jemanden erzählt. Nur Otto kennt diesen Teil von mir."

Er registrierte, dass Mona seine Offenbarung aufmerksam verfolgte, zu seiner Überraschung wechselte sie jedoch das Thema und lenkte das Gespräch auf „Walter", die Bergung der Moorleiche und schließlich wieder auf Thomas.

„Erst wenn ich weiß, warum Thomas sterben musste und wer dafür verantwortlich ist, werde ich von hier verschwinden."

Die Zeit der Vertraulichkeiten schien beendet, und das gab ihm einen Stich. Er wurde einfach nicht schlau aus dieser Frau. Schwabach mühte sich, den aufkommenden Frust zu überwinden. „Weißt du, ich habe den Borsig-Hof ein wenig beobachtet", begann er. „Gestern habe ich etwas Merkwürdiges miterlebt. Da hat einer der Arbeiter zwei Gänse auf der Wiese gegriffen, ihnen den Hals umgedreht und sie anschließend im hohen Gras versteckt. Später, nach Feierabend, hat er eine davon abgeholt und seinem Chef gebracht. Die andere Gans ließ er anscheinend liegen, warum auch immer. Ich bin mir inzwischen sicher, dass der Tod von Thomas mit den Gänsen auf dem Borsig-Hof zu tun hat, und diese eine Gans beschäftigt mich schon die ganze Zeit. Warum wurde sie getötet und weshalb liegt sie versteckt in der letzten Ecke?"

„Hast du eine Idee dazu?", fragte Mona.

„Nee, nicht wirklich." Er nahm eine Papierserviette und

drehte sie zwischen seinen Fingern. „In einer guten Stunde habe ich einen Vorstellungstermin bei Borsig. Sie suchen dort einen Koch, und ich habe mich beworben. Wenn sie mich nehmen, wäre das die beste Gelegenheit, mehr herauszufinden."

„Du willst auf eigene Faust herumschnüffeln, irre. Kann ich dabei irgendwie helfen?"

„Vielleicht. Es wäre sehr wichtig, diese Gans in die Finger zu bekommen. Ich habe Sorge, dass sie jemand dort wegholt, falls es nicht längst passiert ist." Er kniff die Augen zusammen, versuchte einzuschätzen, wie sie auf sein Anliegen reagieren würde. „Du willst doch heute wieder mit deinem Walter ins Moor. Kannst du nicht von den Kolken aus weiter bis zum Hof laufen? Das sind nicht mehr als zweihundert Meter. Du kannst die hohen blauen Futtersilos über das ganze Moor hinweg sehen. Direkt hinter dem letzten Stallgebäude ist eine große eingezäunte Weide. Wenn du aus dem Moor kommst, an der rechten Ecke, da hat er die Gans versteckt. Ganz nahe an der Moorfläche. Das einzige Problem ist der Grenzgraben, den sie vor ein paar Jahren ausgebaggert haben. Keine Chance, darüber zu springen. Steiles Ufer, mindestens zwei Meter Wasser." Die letzten Sätze waren mehr als Selbstgespräch geführt.

„Du meinst also, während du dich als Koch bewirbst, soll ich die Gans klauen?", fragte Mona. Der Vorschlag schien ihr weder unangenehm noch abwegig zu sein.

„Was? Ja, genau. Ich überlege gerade, wie das mit dem Grenzgraben zu bewerkstelligen wäre. Ein Brett ist zu schwer. Eine Leiter! Unsere Aluleiter, das könnte funktionieren. Die ist leicht und knapp vier Meter lang. Dein Leichtgewicht wird sie wohl tragen, bei mir hätte ich allerschwerste Bedenken."

„Sieht das nicht komisch aus, wenn da jemand mit einer Leiter aus dem Moor zum Borsig-Hof läuft?"

„Diese Wiese ist recht abgelegen. Zum Moor hin stehen Birken und Gebüsch, wenn ich mich recht erinnere. Ich vermute, direkt vom Hof aus ist das Gelände nicht einsehbar, höchstens aus dem Obergeschoss des Wohnhauses. So wie von meinem Ast aus. Von da war dieser Winkel des Grundstücks gerade noch einsehbar."

„Wir müssen Walter einweihen, und es gibt viel zu organisieren", entschied sie. „Wenn wir so dem Mörder von Thomas auf die Spur kommen, dann sollten wir handeln."

Vierundvierzig

Martin Tenner wurde mulmig zumute. Er hatte das Gefühl, alle Menschen um ihn herum würden ihn anstarren. Eben riss eine Frau, die zu ihm herüberschaute, ungläubig die Hand vor den Mund, als er den Wintergarten des Hotels verlassen wollte. Hatte er sich mit Ei bekleckert oder klebte noch Marmelade am Kinn? Eine Bedienung wünschte ihm vor dem Ausgang einen guten Tag. Er schob sie grob beiseite. Blöde Kuh. Angespannt stellte er sich in seinem Zimmer vor den Spiegel. Nichts. Natürlich sah er gut aus, wie immer. Die Haare wallten bis auf den Hemdkragen herab, sein etwas kantiges, aber ebenmäßig gereiftes Gesicht lächelte ihm entgegen. Kein Zahnfleischbluten. Er zupfte ein wenig die buschigen Augenbrauen und rieb sich über den Nasenrücken. Nichts Ungewöhnliches zu sehen. Zumindest an seinem Erscheinungsbild. Die Panik blieb. Er fühlte sich down. Angeschlagen, gestresst. Vielleicht waren es Leute, die ihn anstarrten oder ansprachen, wenn er es nicht darauf anlegt hatte. Das brachte ihn immer auf die Palme. Er sollte hier auschecken, den Ort verlassen. Es wurde ohnehin Zeit.

Aber er musste erst wieder in Fahrt kommen. Zwei Briefchen hatte er noch, das sollte reichen, bis er an die Lieferung käme. Er öffnete eines davon und bediente sich. Hoffentlich hatte Adele Wort gehalten und die Tiere beim Gänsezüchter geordert, dachte er dabei. Zum Glück war es gestern mit Drago soweit rund gelaufen. Der kleine Schlachter war die Schlüsselfigur der Aktion. Falls der Bulgare es nicht schaffte, die richtigen Tiere herauszupicken und sie zu ihm nach draußen zu schmuggeln, könnte er einpacken und sich gleich nach Südamerika absetzen. Wenn sie ihn nicht schon vorher greifen würden.

Mit Drago hatte er alles auf eine Karte gesetzt. Allerdings ohne die geringste Chance, dieses Spiel kontrollieren zu können. Es sei denn, er fände noch ein Ass im Ärmel. Milos, dachte er. Der würde Drago so im Nacken sitzen, dass dieser lieber den eigenen Kopf riskieren als eine Gans zu wenig anschleppen würde. Nur, wie konnte er Milos finden? Adele hatte ihm gesagt, er sei verhaftet worden. Oder nur zur Vernehmung aufs Revier gebracht? Sollte er es wagen und Adele noch einmal anrufen, überlegte er unruhig. Besser nicht. Milos würde sicher nicht in die Unterkunft zurückkehren, selbst wenn die Polizei ihn erst einmal laufen ließ. Dumm war der nicht.

Während er die Optionen durchging, stopfte Martin seine Klamotten in die Ledertasche. Langsam kam er wieder auf Touren. Sein Blick blieb an dem grauen Kunststoffetui hängen. Darin lag die Glock, die er sich vor zwei Jahren in Frankfurt beschafft hatte, über denselben Untergrundkontakt, der ihm jetzt im Nacken saß. Brauchte er die Waffe? Klar, damit wäre er der King. Er streifte das Schulterhalfter über und kontrollierte das Magazin. Siebzehn Messinghülsen mit Kegelspitzgeschossen. Keine im Lauf. Gesichert. Demonstrativ legte er auf sein Spiegelbild an. Cool. Er fühlte sich unschlagbar, als er das Gewicht der Waffe unter dem linken Arm spürte. Dann schnappte er sich ein Handtuch und begann, alle Oberflächen im Zimmer, die er angefasst haben könnte, abzuwischen. Zum Schluss fiel sein Blick auf den Papierkorb. Bierflaschen. Sorgfalt ist die Mutter des Gelingens, dachte er, als er die Flaschen auf die Schreibplatte stellte und mit einem letzten Blick den Raum kontrollierte.

Der Mietwagen, ein Opel Combo mit fensterlosem Laderaum, stand wie verabredet bereit. Lüttorf erreichte er in einer knappen Viertelstunde. Den Bauernhof mit dem Schild an der Straße zu finden war einfach. Dort machte Friedhelm Grimmig seinem Namen alle Ehre. Er schimpfte auf jeden und alles, das ihm in den Weg oder an die Ohren kam. Auf dem Gang zu den Ställen meckerte er über die Borsig, die ihn wegen zwanzig lausiger Gänse von der Arbeit abhielt. Dann kamen die Landwirtschaftkammer und die EU mit ihren Formularen und Vorschriften an die Reihe. Wenige Meter weiter jammerte er über Regen und Trockenheit. Das führte ihn zur Biogaswelle, die ungefragt an ihm vorbeigerauscht war. Zum Schluss fluchte er über seine Frau und die Gänse, die ihm die Haare vom Kopf fressen würden. Bis ihn Martin mit dem Hinweis, jetzt den Lieferwagen zu holen, am Stalleingang stehen ließ. Der Typ ging ihm auf den Keks.

Als er zurückkam, wurde er von Grimmig gemustert und musste sich dessen Ansichten über Stadtmenschen anhören, die der Landbevölkerung die Gänse wegkauften. Misstrauisch beäugte er dann die weit geöffneten Hecktüren des Combo, in den die Gänse verladen werden sollten. Über die hohen Strohpreise schimpfend brachte er Streu auf der Ladefläche aus und montierte ein Stück Maschendraht davor, damit die Gänse nicht gleich flüchten konnten, wenn die Türen geöffnet würden. Sehr zärtlich setzte er dann ein Tier nach dem nächsten in die Behausung und schloss schließlich behutsam die Türen.

„Bei diesen Preisen zahl ich drauf", polterte er wieder los, als Martin die Gänse bezahlen wollte, „das Kraftfutter und der Tierarzt, die Kontrollen und der neue Stall. Der Öltank ist auch schon wieder leer." Den letzten Satz rief der Bauer Martin hinterher, als der schon den Wagen gestartet hatte.

Es war inzwischen elf Uhr geworden. Hoffentlich haben sie mit dem Schlachten noch nicht angefangen, dachte Martin und trat das Gaspedal durch. Der Combo reagierte gelassen.

Eine knappe halbe Stunde später rollte Martin, genervt von dem Schneckentempo des Transporters und dem Geschnatter der Fracht, an der Einfahrt des Borsig-Hofs vorbei. Er parkte den Wagen an der Straße und drückte sich seitlich durch eine Lücke zwischen Zaun und Buschwerk hindurch, um unbemerkt zu den Unterkünften der Bulgaren zu gelangen. Dort sollte Drago auf ihn warten. Martin musste erneut durch hohe Brennnesseln stapfen. Der Boden darunter war vom Regen der vergangenen Tage aufgeweicht. Feuchtigkeit drang in seine Lederslipper. Die kann ich in die Tonne hauen, dachte er.

„Drago, wo steckst du, Mann?", rief er.

„Binne hier, Chef, Herr Tenne", antwortete Drago. Es raschelte im Gebüsch und der kleine Mann erschien.

„Was ist denn mit dir passiert? Schlägerei gehabt oder was?", fragte Martin, als er das Veilchen und ein Pflaster im Gesicht des Bulgaren sah.

„War Milos", flüsterte Drago fast verschämt. „Wollte Euro und Zigarette von Drago. Gestern."

„Hat die Polizei ihn wieder freigelassen? Wo steckt er? Arbeitet er wieder?", bohrte Martin nach. Milos auf dem Hof zu wissen, war wesentlich besser als die Glock.

„Issen nich hier, isse weggelaufen. Sagen, kommen heute für Geld. Was mit diese Ganse? Wir schlachten nache Mittag. Diese leben? Machen Lärm, wie machen?"

Martin erklärte sein Vorhaben. Drago sollte den Gänsen im Auto den Hals umdrehen, damit das Gezeter der Tiere sie nicht verriet. Zusammen würden sie die Tiere während der Mittagspause zum Schlachthaus schleppen, in die Schlachttrichter stopfen und den Schlagaderschnitt setzen. Damit waren sie in der Produktion. Drago sollte dann den Posten von Milos am Anfang des Zerlegetisches hinter der großen Nassrupfmaschine übernehmen, wo das vorbereitete Geflügel erst einmal in Kisten sortiert und in die Kühlung gebracht wurde, bevor die Verarbeitung weiterging. Die zwanzig schwarzberingten

Gänse sollte er abfangen und im Kühlhaus verstecken. In der Nacht würden sie mit Martins Schlüssel die Tiere abholen.

„Du bekommst das Geld nur, wenn alles glatt läuft, merk dir das. Und wenn du Mist baust, gibt es richtig Ärger. Los jetzt, wir haben nur wenig Zeit."

Drago blieb stumm und folgte Tenner durch die Brennnesseln zum Lieferwagen.

Fünfundvierzig

Es geschah, kurz nachdem der Strom entgegenkommender Arbeiterinnen zu heftig geworden war. Sie mussten sich einen Parallelweg suchen, einen Weg neben der mit Pheromonen, ihren unverkennbaren Duftstoffen, markierten Straße. Die Schwestern wuchteten und zerrten eine riesige grüne Raupe über zahllose Hindernisse. Die Ausweichstrecke bot ihnen nur polarisiertes Sonnenlicht zur Orientierung, um zurück ins Nest zu finden.

Erschütterungen beunruhigten sie bereits, doch sie hatten keine Chance zu reagieren, als sich etwas Schwarzes zwischen ihre Ocellen, die winzigen Einzelaugen auf der Stirn, und die Sonne schob. Bruchteile von Sekunden später presste sie ungeheurer Druck in den aufgeweichten Untergrund. Die meisten überlebten die Katastrophe, doch es brach Chaos aus. Einige kämpften sich noch aus nasser Walderde, andere reinigten die Fühler, die meisten rannten unkontrolliert, richtungslos durcheinander. Die Beute war verloren. Auch die Hauptstraße hatte es erwischt. Der stetige Strom auf der Ameisenstraße war unterbrochen und es sollte noch fast zehn Minuten dauern, bis die Schäden beseitigt und die Ordnung wiederhergestellt war.

Den Verantwortlichen dieser Katastrophe interessierte es wenig, was unter seinen Ledersohlen geschah. Ihn trieben andere Sorgen um. Er hatte seine Zielperson wieder verloren.

Er war sich inzwischen sicher, dass seine Kugel den Richtigen getroffen hatte, auch wenn die letzte Bestätigung dafür noch ausstand. Deshalb hatte er die Verfolgung des Porschemannes aufgenommen. Bei der halsbrecherischen Rückfahrt am Montag hatte er ihn jedoch aus den Augen verloren. Zunächst nahm er es einigermaßen gelassen, wusste er doch, wo er ihn finden würde. Die beiden vergangenen Tage saß er tagsüber auf seinem Ansitz und beobachtete. Doch der Porsche war nicht wieder aufgetaucht. Erste Unruhe keimte. Hatte sein Versuchsschuss schon die Flucht ausgelöst?

Noch viel tiefer saß der Schock, als er gestern zur Dämmerungszeit seine Observation fortsetzen wollte. Im letzten Moment bemerkte er Beine, die von seinem Ast herunterbaumelten. Ein Dicker in Tarnklamotten hatte sich dort oben breitgemacht, vor sich eine Kamera mit armlangem Objektiv. Der fotografierte wie wild das Geschehen auf dem Hof.

Später war er dem Unbekannten in die Dunkelheit gefolgt, doch als der sein Fahrrad gefunden hatte, kam er nicht hinterher. Diese Begegnung warf sein gesamtes Vorhaben über den Haufen. Er wollte Rache. Dazu brauchte er Zeit und Handlungsspielraum. Der Mörder seines Bruders sollte wissen, dass sein Leben ausradiert würde. Ihn nur zu töten wäre zu simpel. Er sollte seine eigene Zerstörung erfahren, bis in die letzte Faser seines Fleisches.

Auch das Polizeiaufgebot am Montag war Xabis Bruder nicht entgangen. Gestern waren wieder Polizisten auf dem Hof aufgetaucht. Und während er eine kleine Pause einlegte, hatte sich der Dicke auf seinem Ast installiert. Vielleicht war es ein Journalist im Gefolge der Polizeiaktion und mit Hoffnung auf eine große Geschichte, überlegte er. Soweit er verfolgen konnte, schien es bei den Ermittlungen auf dem Gelände drüben um die Arbeiter zu gehen, jedenfalls nicht um seine Zielperson.

Die Ameisen liefen wieder auf ihrer breiten Straße. Der Tritt mit dem Stiefel war lange vergessen, als der Mann einige hundert Meter weiter geschickt den Buchenstamm hinaufkletterte. Vorher hatte er sich vergewissert, dass niemand anwesend war. Tagsüber schien der Platz für den Dicken uninteressant, vermutete er, als er seine Warte eingenommen hatte. Ohne Ausrüstung und Verpflegung, nur mit einem Fernglas bewaffnet, begann er zu beobachten. Von Zeit zu Zeit schreckte ihn ein Rascheln im Laub auf, oder er wurde von den waghalsigen Sprüngen eines Eichhörnchens im Geäst über ihm abgelenkt. Durch das leuchtende Grün der Buchenblätter schimmerte der blaue Himmel, auf dem inzwischen fette Wolken trieben. Es war warm. Mücken begannen ihn zu plagen. Gegen Mittag entdeckte er einen der Arbeiter in weißem Kittel, der sich ins Gebüsch hinter der Wohnbaracke verdrückte. Wie das geschah, ließ den Mann auf dem Ast aufmerksam werden: Der Kittelträger, ein schmächtiges Männchen, schien sehr darauf bedacht, unentdeckt zu bleiben, jedenfalls schaute er sich aufmerksam um, bevor er hinter der Laubwand verschwand. Vielleicht geht er nur pinkeln, dachte er, doch der Kleine tauchte nicht wieder auf. Über zwanzig Minuten war der bereits verschwunden. Im Fernglas verfolgte der Mann auf dem Ast die Gruppe der Arbeiter, die das große Gebäude mit dem Büroraum davor zur Mittagspause verließen. Er kannte die meisten Gesichter und Gestalten. Der kräftige Kettenraucher und dieser Kleine im Gebüsch fehlten.

Als Letzter kam der fette Hofbesitzer aus dem Büro, verschloss die Tür und ging zur Hintertreppe am Haupthaus. Er schien sich mächtig aufgeregt zu haben. Deutlich konnte der Beobachter den hochroten Kopf des Dicken sehen und dessen Gesichtsausdruck. Wut.

Heute würde etwas passieren, dachte Xabis Bruder. In ihm wuchs die Gewissheit, dass seine Zielperson nun wieder auftauchen würde. Er verließ seinen Ansitz. Erneut traf sein Stiefel die Ameisenstraße. Er bemerkte es auch diesmal nicht. Tief in Gedanken ging er die Blaser holen. Er würde erst auf die

Kniescheibe zielen, nahm er sich vor, und sich dann nach oben vorarbeiten.

Sechsundvierzig

Zack wurde zwischen Pflichten hin- und hergerissen, die kaum unter einen Hut zu bekommen waren, wie er verzweifelt feststellen musste. Einerseits stand am Wochenende die Niedersachsen-Rammlerschau bevor. Er hatte kurzfristig nachgemeldet und musste seine Schützlinge dringend trimmen. Das alleine würde seine gesamte Zeit und Konzentration in Anspruch nehmen. Um das zu meistern, hatte er Überstundenausgleich eingereicht, der aber bisher nicht bewilligt worden war. Dabei brauchte besonders Berta nach ihrem Darmleiden seine volle Aufmerksamkeit und Zuneigung. Sie war so sensibel. Am Fell vermisste er den extra seidigen Glanz, und in ihren Augen hatte er heute in der Frühe einen Schimmer von Traurigkeit gefunden. Auf ihr ruhte seine Hoffnung, die Auszeichnung des Landesverbandes zu gewinnen. Er durfte seine Lieben gerade jetzt nicht im Stich lassen, denn sie wollten für ihn siegen. Das spürte er.

Daneben gab es die Fahndung nach Milos Ferenc, den sie im Anschluss an das gestrige Verhör laufen lassen mussten. Der Staatsanwalt selbst traf diese Entscheidung. „Lächerlich. Kein Richter stellt aufgrund von Chilianhaftungen am Auge einen Haftbefehl aus“, so sein Kommentar. Der Bulgare war kaum eine halbe Stunde auf freiem Fuß, da erreichte sie der Anruf aus dem Labor: Die Speichelspur auf dem Opfer Thomas Seidel stammte eindeutig von Milos Ferenc. Haftbefehl. Sofortiger Zugriff. Nur, dass der Mann jetzt nicht mehr auffindbar war. Wie begossene Pudel standen Stollberg, der es sich auf keinen Fall nehmen lassen wollte, die Verhaftung selbst vorzunehmen, und zwei seiner Kollegen vor der Wohnbaracke der Arbeiter. Er, Zack, blieb als Stollbergs Fahrer außen vor. Nachdem die Pleite feststand, hatten die Herren ihn herbeizitiert und ihm die Drecksarbeit aufgetragen, während der Herr Hauptkommissar und seine Handlanger im Dienstwagen zum Revier zurückfuhren.

Er erhielt die Anweisung, alle Mitarbeiter nach dem Verbleib des Flüchtigen zu befragen. Natürlich blieb die Aktion ergebnislos. Der fette Hofbesitzer selbst war nicht auffindbar, und keiner der Arbeiter konnte oder wollte etwas zu Milos Ferenc sagen. Mal abgesehen davon, dass es im Betrieb nur Ausländer gab und von Verständigung kaum die Rede sein konnte. Und ohne Verständigung half auch die von Polizeirat Holsten auf der Fortbildung „Polizeipsychologie" gepriesene Gesprächskontrolle nichts.

Nur die Sorge und die Angst in den Gesichtern der Arbeiter entging ihm nicht. Die wussten etwas! So ein kleines Männchen fiel ihm auf. Das wirkte erleichtert, als ihm bewusst wurde, dass die Polizei Ferenc verhaften wollte. Es schien etwas vor sich hin zu brabbeln. Der wollte reden, vermutete Zack, er schien sich jedoch nicht zu trauen, solange die anderen Bulgaren in der Nähe waren.

Und da war sie, die zweite verdammte Pflicht! Gründlichkeit. Polizeiarbeit nach den Buchstaben des Gesetzes. Sein Lebensmotto. Genau diese aussagewillige Person, Drago Stojanow, wie er seinen Notizen entnahm, musste er sich erneut vornehmen. Hier gab es einen Anhaltspunkt, vielleicht den entscheidenden Hinweis, einen Schwerverbrecher zu fassen. Dienstfrei wurde nicht genehmigt. Um also seine Ermittlungsarbeit fortsetzen zu können, hatte er seine junge Kollegin angefordert. „Polizeianwärterin Braunhuber ist mir zugeteilt und bleibt bis auf Weiteres im Außendienst", musste er sich von diesem langhaarigen Laffen, Kleinschmidt, anhören. Also Innendienst. Bisher sein bevorzugtes Lebensumfeld. Doch inzwischen hatte sein Ehrgeiz frische Nahrung erhalten: das Lob des Hauptkommissars.

Draußen wartete die Lösung eines Falls, zu Hause warteten seine Lieben, und er wurde an den Schreibtisch gefesselt. Er könnte natürlich das Vorübergehend-nicht-besetzt-Schild an die Tür hängen und seiner heißen Spur nachgehen, überlegte er.

Zack stapelte gerade sämtliche Berichtskopien in die Taschen eines Pultordners, um seinem nun stehenden Entschluss Nachdruck zu verleihen, das Revier zwecks Befragung des Zeugen Stojanow zu verlassen, da öffnete sich die Tür. Bereits halb erhoben, fiel der Polizist zurück in den Bürostuhl. Eine Frau im hellen Sommermantel betrat das Revier. Reflexartig griff Zack zum Telefon und forderte das einsetzende Freizeichen auf, umgehend auf der Wache zu erscheinen. Immer die Kontrolle über die Situation behalten, replizierte er den Wahlspruch seines Ausbilders. Ob Berta sich wohl über die Extraportion Möhren freute, fragte er sich und wartete darauf, dass die Fremde Anzeichen von Ungeduld zeigte. Mit Ungeduldigen konnte er gut umgehen.

Der Besucherin, stellte ihre Handtasche auf dem Tresen ab und wartete gleichmütig.

„Ja, worum geht's?", fragte er schließlich, als ihm das Tuten im Ohr auf die Nerven ging.

„Ich möchte bitte zu Kommissar Stollberg", antwortete die Frau mit weicher Stimme.

„Der ist unterwegs. In welcher Sache?" Zack baute sich vor ihr auf, soweit seine Statur es zuließ.

„Ich komme wegen der Fotografie, die heute in der Zeitung abgebildet ist. Ich ..."

„Stopp", rief Zack. „Name, Anschrift?" Er kramte den Schreibblock hervor und starrte sie an.

„Ich denke, ich komme wieder, wenn der Kommissar Stollberg wieder im Hause ist. Wann wird das etwa sein?"

„Vielleicht in zwei Stunden. Sie können hier nicht warten."

„Das hatte ich auch nicht vor."

Zack war irritiert. Er hielt den Bleistift noch über dem Notizblock, als die Frau bereits die Wache verlassen hatte. Zweifel an seinen Fähigkeiten nagten in ihm, was die zielführende Gesprächstaktik betraf. Sein Blick fiel auf das Schild, das auf dem Tresen bereitlag. Vorübergehend nicht besetzt. Er entschloss sich, bis zur Rückkehr der Kommissare zu warten. Vielleicht käme auch ein Anruf aus der Zentrale, dass sein Antrag auf dienstfrei doch noch bewilligt wurde.

Siebenundvierzig

Elisabeth Stein kochte vor Wut. So ein impertinenter kleiner Bürohengst. Dieser Wichtigtuer. Raubte ihr die Nerven, um seine eigene Unsicherheit zu überspielen. In einer solch wichtigen Angelegenheit. Wie wollte so eine Polizei den Tod ihres Bruders aufklären, wenn sie nicht einmal in der Lage war, Hinweise aus der Bevölkerung aufzunehmen, fragte sie sich. Wirklich kein Wunder, dass die Aufklärungsrate bei Verbrechen so gering war, wie überall zu lesen stand.

Nur mit Mühe hatte sie in der Polizeiwache ihre Haltung bewahrt. Sie hätte dem Beamten natürlich etwas mehr von ihrem Anliegen preisgeben können, gestand sie sich ein, doch als sie während des angeblich so wichtigen Telefonats das leise Tuten des Freizeichens mithörte, fielen bei ihr die Klappen.

Genau wie bei meinen Steuerprüfungen, dachte sie. Als Steuerinspektorin war sie vor wenigen Jahren in die Abteilung für Außenprüfungen gewechselt und hatte es in der Regel mit kleineren Handwerksbetrieben oder Freiberuflern zu tun. Wenn ihre Klientel etwas zu verbergen hatte, gab es vergleichbare Verhaltensmuster. Das hatte sie schnell gelernt. Erst einmal der lästigen Schnecke vom Finanzamt die Kante zeigen. Wichtiger Anruf hier, großer Auftrag da. Keine Zeit für lächerlichen Steuerkleinkram. Die täuschten Höchstbeschäftigung vor, um sich das schlechte Gewissen oder die Betroffenheit bloß nicht anmerken zu lassen. Das war für sie das Zeichen, es nicht bei Stichproben zu belassen, sondern die Prüfung kompromisslos durchzuziehen. Elisabeth Stein änderte dann ihren Namen in „Granit".

Die Erfahrung auf dem Revier löste den Drang aus, selbst aktiv zu werden, um dem Schicksal ihres Bruders nachzugehen. Sie wusste nur noch nicht, wie. Vielleicht doch die angegebene Telefonnummer anrufen, überlegte sie und beschloss, es sofort zu tun. Sie ging zum Hotel, um ihr Mobiltelefon aus dem Handschuhfach ihres Autos zu holen.

Als sie sich der Unterkunft näherte, trat dieser junge Mann, der Volker so verblüffend ähnlich sah, gerade auf die Stufen vor dem Eingang. Helles Leinenjackett, Sommerhose, lederne weiche Segelschuhe. Volker wäre nie im Leben in solchen Klamotten herumgelaufen, dachte sie. Diese Ausgabe von Volker sah nach smartem Geschäftsmann aus. Mit passendem Outfit für einen strahlenden Frühlingstag wie heute. Ihr Eindruck bestärkte sich, als auf dem Parkplatz vor dem Haus die Blinker eines Porsches aufblitzten, weil die Zentralverriegelung öffnete. Der Doppelgänger stieg ein. Irgendetwas irritierte sie an diesem Mann. Die Ähnlichkeit ging einfach zu weit. Aber auch etwas in seinem Verhalten machte sie stutzig. Sie konnte es nicht näher fassen.

Elisabeth hatte ihren eigenen Wagen, der in der Nähe des Hoteleingangs geparkt stand, inzwischen erreicht. Ohne zu überlegen stieg sie ein und folgte dem Porsche, dessen kurze Sprints zwischen den Ampeln sie mühelos durch gleichmäßiges Fahren kompensieren konnte.

Die erste Überraschung gab es bei einem Autoverleiher. Der Porsche wurde in einen kleinen Opel Kastenwagen getauscht. Die zweite Überraschung kam, als Volkers Double sein Gefährt mit Gänsen vollladen ließ, und die dritte Überraschung folgte, als sich der Mann offenbar unerlaubt zwischen Zaun und einem großen Kirschlorbeer eines landwirtschaftlichen Anwesens hindurchdrückte. Markante, blau lackierte Futtersilos ragten darüber auf. „Gänsezucht A. Borsig – Hofschlachterei" stand auf dem Silo nahe der Straße. Elisabeth Stein war von dieser Entwicklung, auf die sie sich überhaupt keinen Reim machen konnte, so fasziniert, dass sie ihr eigentliches Anliegen fast vergaß.

Wie jetzt weiter, fragte sie sich. Die spontane Verfolgung des Unbekannten war zu aufregend, um zurück zu den stumpfen Beamten der Polizeistation in Bad Karlenburg zu fahren.

Die Morgenfrische hatte sich in Wärme verwandelt. Schon beim ersten Stopp hatte Elisabeth ihren Mantel ausgezogen. Nun parkte sie hundert Meter hinter dem Opel am Straßenrand in der prallen Sonne. Es wurde unangenehm warm im Auto. Strukturiert vorgehen, wie bei einer Betriebsprüfung, ermahnte sie sich. Zunächst ihr Auto in den Schatten bringen und etwas besser verstecken. Dann mit diesem Kommissar einen Termin ausmachen. Für die weitere Beobachtung setzte sie erst einmal eine halbe Stunde an. Aus der Deckung einer Feldeinfahrt erreichte sie schließlich Kommissar Stollberg. Trotz der permanenten Selbstdarstellung, durch die dieser Mensch jegliche normale Kommunikation fast unmöglich machte, gelang es ihr, einen Termin um sechzehn Uhr zu vereinbaren. Währendessen ließ sie den weißen Kombi keine Minute aus den Augen. Als ihr das zu langweilig wurde, nahm sie ihr Strickzeug von der Rückbank und begann, den angefangenen Pullover ein Stück voranzubringen. Die beste Beschäftigung, ohne den Kontakt zu dem Verfolgten vernachlässigen zu müssen.

So entging ihr auch nicht, dass einer der Schlachter aus dem Betrieb, wie sie anhand der weißen Schutzkleidung vermutete, hinten in den geparkten Opel stieg. Das Volkerimitat stand derweil lässig an den Wagen gelehnt auf dem schmalen Seitenstreifen. Das zunächst laute, dann immer leiser werdende Gezeter der Gänse drang bis in ihr Versteck. Wenig später schleppten die beiden Kisten mit leblosem Federvieh am Zaun entlang auf den Hof. Was war das denn, fragte Elisabeth sich.

Achtundvierzig

Von einem ärgerlichen Schrei begleitet, flog eine halbnackte, ausgenommene Gans durch den Raum und landete zwischen scheppernden leeren Blecheimern. Frank Borsigs aufgestaute Wut verhalf dem toten Tier zu diesem letzten ungewollten Flug. Er hatte es kaum erwarten können, dem Geheimnis der schwarzen Alu-Beinmarken auf die Spur zu kommen. Heute früh fand er endlich Zeit dazu, die Gans, die Drago ihm gebracht hatte, aus ihrem Versteck im Kühlhaus zu holen, sie etwas zu rupfen und in der noch unbesetzten Wurstküche zu zerlegen. Zitternd vor Anspannung und Aufregung über das, was ihn unter der pickeligen Haut denn erwarten würde, hatte er die Spitze des Schlachtermessers angesetzt. Die Prozedur hatte er den Arbeitern am Zerlegetisch abgeschaut. Leider lagen zwischen Zusehen und Nachmachen Welten. Ungeschickt und viel zu kräftig setzt er die scharfe Klinge an, durchtrennte gleich den Flomen und verletzte die Gallenblase. Der aufsteigende üble Geruch der Gallenflüssigkeit machte die Arbeit noch widerlicher. Mit einigem Gewürge brachte er schließlich die Innereien heraus. Immer hektischer zerschnitt oder öffnete er dann jedes Organ, das vor ihm auf dem Schneidebrett herumglitschte. Nichts, nichts, nichts! Die ganze Aktion ein Reinfall. Enttäuschung und Wut standen ihm ins Gesicht geschrieben und entluden sich schließlich an dem gut sechs Kilo schweren Wurfgeschoss, das noch immer zwischen den umgestürzten Eimern in der Ecke lag.

Was hatte er sich letzte Nacht nicht alles ausgemalt! Auf kleine Säckchen mit Diamanten, die er zwischen den Gedärmen herausklaubte, konzentrierte sich schließlich das Traumgebilde. Diamanten für hunderttausende von Euro, vielleicht eine Million. Er stellte schon Überlegungen an, wie er mit seinem neuen Reichtum umzugehen hätte und was für Möglichkeiten sich damit erschließen ließen. Am besten wäre es, die wertvolle Fracht am Körper versteckt nach Antwerpen zu schmuggeln, dem Zentrum des Diamantenhandels. Ein Händler oder Diamantenschleifer, der es mit der Herkunft der Ware nicht so genau nähme, wäre bestimmt aufzutreiben. Irgendein jüdischer Schacherer, stellte er sich vor. Mit dem würde er fertig. Hinter der Aufregung lockten Freiheit und Unabhängigkeit. Keine zickige Mutter, kein hinterhältiger Martin Tenner. Überhaupt, wenn er alle Transportgänse in die Finger bekäme, was hätte Tenner für Möglichkeiten gegen ihn in der Hand?

In dieser Nacht wurde ihm klar, wie dieser Mensch an seinen Superporsche und die goldene Rolex gekommen war. Handeln war angesagt. Er nahm sich fest vor, alle Schwarzringe in die Finger zu bekommen. Schließlich waren das hier sein Hof, seine Gänse, sein Reich.

Jetzt allerdings stand er mit stinkenden und schmierigen, aber absolut leeren Händen da. Seine Wut verebbte, als er zurück ins Grübeln verfiel. Wenn in dieser Gans nichts war, so könnte doch in einer der anderen neunzehn gekennzeichneten Tiere etwas sein, überlegte er. Er konnte sich auch nicht vorstellen, dass Tenner Diamanten für zwanzig Millionen schmuggelte. Vielleicht waren neunzehn Tiere nur Tarnung für eine Frachtgans? Wie dem auch sei, er musste heute bei der Schlachtung dabei sein und den Arbeitern auf die Finger und den Gänsen auf die Beine schauen. Frank schöpfte Hoffnung. Diesmal würde er ohne Drago operieren. Diese Niete war ihr Geld nicht wert. Unter dieser halbwegs günstigen Option verebbte die noch nagende Niederlage. Zeit für die Mittagspause.

Neunundvierzig

Der wohlklingende Dreiklang schwingender metallischer Töne über dem sechsflammigen Gasherd verklang leise. Schwabach, mit einem meterlangen Holzkochlöffel bewaffnet, hatte das Glockenspiel der Kupfertöpfe über dem Herd in Gang gesetzt und freute sich wie ein Kind nach der Weihnachtsbescherung über sein neues Spielzeug. Eine Profiküche hatte er im Hause Borsig nicht erwartet. Es gab sogar scharfe Messer!

Das Gespräch mit der etwas desinteressiert oder verstört wirkenden Hausherrin hatte kaum zehn Minuten gedauert. Dass er den Job angeboten bekam, schien dabei für sie von vorn herein klar. Nur bei den Lohnverhandlungen zeigte die alte Frau Borsig ihre Zähne. Dabei war „alt" keine wirklich treffende Beschreibung. Tatsächlich traute er ihr, obwohl er es besser wusste, nicht die etwa siebzig Lebensjahre zu, die Otto ihm genannt hatte. Der hatte ihn auch vor ihrer Härte gewarnt.

„Zehn Euro die Stunde", hatte sie, ohne Verhandlungswillen zu zeigen, angeboten, nachdem er die Lohnfrage gestellt hatte. Er war aufgestanden und hatte gesagt, dass er unter fünfzehn Euro die Stunde für diesen Job nicht zur Verfügung stünde. Mit sichtlicher Anstrengung, ihre Selbstbeherrschung nicht zu verlieren, willigte sie schließlich auf seine Forderung ein. Sie bot eine 400-Euro-Bezahlung und den Rest bar auf die Hand. Auch nicht ganz sauber, dachte er. Nach seiner kurzen Bedenkzeit vereinbarten sie eine dreimonatige Probezeit. Damit war er eingestellt.

„Wir essen um eins", sagte sie bei einem Rundgang durch seinen Arbeitsbereich. „Die Arbeiter bekommen ihr Essen in der Unterkunft eine halbe Stunde früher. Seien sie dort drüben pünktlich, wir mussten die Mittagspause der Mitarbeiter auf dreißig Minuten beschränken. Die Männer haben also nur wenig Zeit."

Schwabach merkte sich die Zeiten. Es gab auch zu den Gerichten oder Lebensmitteln klare Ansagen.

„Die Arbeiter erwarten einen kräftigen Eintopf, Suppe oder Ähnliches. Keine aufwendigen Geschichten. Die Nebenprodukte aus unserer Geflügelverarbeitung sind bevorzugt einzusetzen. An Schlachttagen wie heute werden ihnen die Sachen frisch gebracht. Mein Sohn isst gerne Kurzgebratenes, ich beschränke mich auf leichtes Gemüse oder frischen Salat. Lebensmittel bestellen sie bei unserem Lieferanten, der bringt die Ware innerhalb einer halben Stunde. Über alle Ausgaben ist genauestens Buch zu führen. Sie sind dafür verantwortlich, dass nicht mehr als zweihundert Euro in der Woche ausgegeben werden. Das ist der Etat, der Ihnen zur Verfügung steht." Nach diesen Worten rauschte sie ab.

Schwabach schaute auf die Uhr. Es war zehn. Sie hatte ihn fast eine halbe Stunde im Büro warten lassen, bevor sie dann geschminkt und angekleidet erschien. Für ihn war das die Gelegenheit gewesen, Einblick in ein paar Geschäftsunterlagen zu nehmen, die offen herumlagen. Das erwies sich, wie erwartet, als wenig ergiebig. Lieferscheine, Rechnungen für Futtermittel, so ein Zeug. Das Beste war noch so etwas wie eine Stundenaufstellung für die Mitarbeiter. Neun Namen standen dort gelistet, vier grün, fünf rot markiert. Unter den Grünen stand an erster Stelle Milos Ferenc, das musste dieser Vorarbeiter sein, den die Polizei erst verhaftet und dann wieder freigelassen hatte.

Seine erste Zielperson, dachte er befriedigt, während er sich in der Küche umsah. Dann fiel ihm Mona ein. Ob es ihr inzwischen gelungen war, die Gans sicherzustellen? Vielleicht war es noch zu früh. Wahrscheinlich schaffte sie es erst um die Mittagszeit herum, vermutete er. Wenn er sie doch nur unterstützen könnte.

Jetzt wurde es allerdings höchste Zeit, mit den Essensvorbereitungen zu beginnen. Nachdem er im Vorratsraum, Kühl-

und Gefrierschrank die Bestände überprüft hatte, machte er seinen Plan. Zunächst das Essen für die Arbeiter, die wollte er durch ein solides, leckeres Gericht gesprächig machen. Gutes Essen schaffte Vertrauen, so die Strategie. Die Zutaten dazu hatte ihm eine seiner Zielpersonen mit blutbefleckter Schürze in einer Edelstahlschüssel kommentarlos auf die Arbeitsfläche gestellt. Schlaffe, gelblich weiße Gänsehälse, Herzen, Lebern. Heute würde es wohl nichts mit vertrauenschaffenden Maßnahmen, ärgerte sich Schwabach. Missmutig wog und drehte er einen der Hälse in der Hand. Er erinnerte an eine Wurst. Ha, jetzt fiel ihm ein Rezept ein, das er irgendwo gelesen und vor einiger Zeit schon einmal ausprobiert hatte. Gefüllter Gänsehals, genial passend und total lecker.

Er zog die zwölf Hälse ab, die er in der Schüssel vorfand. Die Halshäute reinigen, von innen und außen würzen und dann ein Ende mit Küchenschnur zuknoten. Das übrig gebliebene Fleisch mit den Wirbelknochen setzte er in einem Topf mit Wasser, etwas Gemüse und reichlich Gewürzen auf den Herd, um daraus Geflügelbrühe zu kochen. Mit der könnte er nachher im Backofen die Brathälse begießen. Für die Füllung schwitzte er die kleingeschnittenen Innereien in Butter an, dazu kam reichlich frische Petersilie aus dem kleinen Kräuterbeet draußen vor der Küchentür. In einer Schüssel wurde dann das Bratgut mit Paniermehl, Eiern, Sahne und Sauerrahm zu einer Farce vermengt, gewürzt mit Salz, Pfeffer, Paprika und Muskat. Die Masse füllte er in die vorbereiten Hautschläuche und verschnürte das noch offene Ende. Die gefüllten Gänsehälse in eine gefettete Kasserolle geben und bei hundertachtzig Grad fünfundvierzig Minuten ausbacken. Dazu sollte es würziges Kartoffel-Zwiebelpüree und die geniale Bratensauce geben. Perfekt. Für den Dicken plante er Escalopes Navarra, Schwabachs Variante des Cordon bleu mit spanischem Serranoschinken, Oliven und würzigem Pyrenäenkäse, dazu das gleiche Püree sowie etwas Spargelgemüse. Bandnudeln mit grünem Spargel und Tomaten hatte er für die Hausherrin vorgesehen, damit sollten alle bestens zufrieden sein. Zum Glück hatte der Lebensmittel-Lieferservice perfekt funktioniert.

Sieben Südosteuropäer in Arbeitsklamotten staunten einige Stunden später nicht schlecht über das, was Schwabach vor ihnen aufdeckte. Von einem Rollwagen aus lud er die Speisen auf den wackeligen, mit Krümeln und Zigarettenasche übersäten Holztisch im Gemeinschaftsraum der Arbeiterbaracke. Der wundervoll würzige Duft gebratenen Geflügels überdeckte für einen Moment sogar den sonst alles beherrschenden Tabakgestank. Schwabach wunderte sich, dass nur sieben Arbeiter erschienen waren, ließ sie aber zunächst den ersten Hunger stillen, bevor er nach den beiden Fehlenden fragte.

„Milos weggelaufen, Drago kommen gleich", war die knappe, aber freundliche Antwort.

Es wurde Zeit, die Herrschaften zu versorgen, deshalb verabschiedete Schwabach sich von den Arbeitern und ging zurück in sein neues Reich, wo er nur noch die Schnitzeltaschen ausbraten und den grünen Spargel für Madame anrichten musste. Punkt eins deckte er im Speisezimmer auf. Der dicke Frank saß schnaufend und sichtlich verärgert hinter einer Zeitung. Er blickte nicht einmal auf, als Schwabach einen guten Appetit wünschte. Adele Borsig erschien zum Essen umgezogen in einem dunkelgrauen Hosenanzug. Ihr war die Freude über das, was sie auf dem Tisch erwartete, anzumerken. Befriedigt zog sich Schwabach zurück.

Beim Aufräumen und Abwaschen dachte er wieder an Mona. Ob sie ihre Aufgabe bereits bewältigt hatte? Ihm kamen Zweifel an der eigenen Idee und er machte sich Vorwürfe, sie mit in diese Geschichte hineingezogen zu haben. Sobald er die Küche klar hätte, würde er nach ihr Ausschau halten und versuchen, ihr zu helfen oder die Aktion abzubrechen. Wie auch immer.

Fünfzig

Die Stunden auf dem Betonfußboden des alten Lagerraums, nur mit ein paar Pappkartons als Schutz vor der Kälte unter sich, wurde zu einer einzigen Qual. Sein Magen knurrte. Schweißausbrüche und Schwindel wechselten sich ab mit zitternden Händen und bösen Hustenattacken. Wut ließ ihn auffahren und Mutlosigkeit kurz darauf wieder zurücksinken. Der Nikotinmangel nagte. Milos brauchte Zigaretten. Und Essen. Von Schlaflosigkeit geplagt, irrte er die halbe Nacht durch die Gegend. In seiner Verzweiflung brach er eine schäbige alte Jagdhütte im nahen Wald auf. Nichts: keine Zigaretten, nichts zu beißen, nicht einmal Alkohol, mit dem er sich hätte betäuben können.

Auf dem Hof musste er sich jetzt vor den Wachmännern und seinen eigenen Landsleuten in Acht nehmen. Vor ein paar Tagen war er noch der Herrscher über diese Herde von Idioten, konnte sie nach Belieben erpressen oder schlagen. Mit der Polizei im Nacken war das anders geworden. Jeder von denen und ganz besonders Drago würden ihn sofort verpfeifen, das wusste er bestimmt. Sie hielten jetzt zusammen wie Pech und Schwefel, gegen ihn, denn er gehörte nicht mehr dazu, hatte nie dazugehört. Er war der brutale Chef gewesen, der jeden mit einem Wort in die Armut seiner Heimat zurückbefördern konnte. Sie kuschten vor ihm, aber achteten ihn nicht. Wenn er jetzt unter ihnen auftauchte, würden sie ihn fertigmachen, da war er sicher.

Gegen Morgen war er eingeschlafen und erst wieder erwacht, als es bereits Mittag war. Der Hunger quälte. Vorsichtig stieg Milos die stählerne Wendeltreppe hinauf. Sie hatten die herabgerissene Videokamera noch nicht wieder instand gesetzt, so konnte er sich zumindest in Vorraum des Stalls unbeobachtet bewegen. Nur zu den Fütterungszeiten musste er in Deckung bleiben, aber das war kein Problem, der Stall stand zurzeit leer. Außerdem war Mittagspause. Trotzdem prüfte er, ob sich jemand auf dem Hof aufhielt.

Niemand zu sehen. Die Sonne blendete so, dass er die Augen zusammenkneifen musste. Schwarze Flecken wanderten hinter seinen geschlossenen Augenlidern. Er verharrte einen Moment, damit sich seine Augen an die Helligkeit gewöhnen konnten, und ließ sich nach der Kellerkälte von der Sonne wärmen. Dann wandte er sich Richtung Pflegeweide, um hinter den Stallgebäuden zur Unterkunft zu gelangen. Dort gab es Zigaretten und Essen. Sobald seine Landsleute wieder in die Schlachterei gingen, würde er in seinem Zimmer alles finden, was er brauchte.

Auf dem Weg zur Rückseite des Stalls bemerkte er zwischen den Birken am Weiderand eine Bewegung. Dort schien jemand zu sein, obwohl sich in diesem Winkel des Grundstücks, einem verwilderten Randstreifen, nie jemand aufhielt. Das interessierte ihn jetzt, trotz seiner Sucht und aller Qualen. Vielleicht war es Drago, diese Ratte. Er folgte dem Zaunverlauf und duckte sich kurz vor dem Grenzgraben ins tiefe Gras. Eine großgewachsene Frau mit schwarzer Strickmütze und unauffälligen Klamotten stieg die Böschung hinauf. Sie schien nicht entdeckt werden zu wollen, denn sie duckte sich hinter dem Laub der niedrigen Büsche und des Rainfarns und schlich von dort gebückt weiter. An der Zaunecke tauchte sie ins Gras hinab. Als sie sich wieder aufrichtete, baumelte eine an den Beinen gepackte tote Gans in ihrer Hand. Milos war verblüfft. Die Frau trat den Rückweg an. Ohne weiter zu überlegen, sprang er auf und rannte ihr nach. Sie hörte das Stampfen seiner Stiefel anscheinend erst spät. Als sie sich umdrehte, war er schon bei ihr. Milos verpasste ihr einen Faustschlag ins Gesicht, unter dem sie zusammenbrach, die Gans immer noch an sich gepresst.

Er war ganz außer Atem. Das erste, was ihm einfiel, war, die Taschen der Frau nach Zigaretten abzusuchen. Nichtraucherin. Er hustete ausgiebig. Was jetzt? Schweißgebadet ließ er sich ins Gras fallen. Sie würde bald wieder erwachen und Alarm schlagen. Und die Gans? War es eine von Tenner? Der Bulgare prüfte die Beine. Überhaupt keine Marke, was war denn das? Es blieb ihm keine Zeit mehr. Er packte sich die Frau, die für ihre Größe leichter war als er erwartet hatte, über die Schulter, schnappte sich den toten Vogel und trat eilig den Rückweg in sein Kellerversteck an. Die Mittagspause ging zu Ende, die Arbeiter würden zurückkommen.

Mona stöhnte, als Milos ihr mit einem Stück rostigen Draht, den er am Zaun gefunden hatte, die Hände auf den Rücken band. Ihre Beine waren bereits gefesselt.

„Still, keiner hören! Wenn nicht still, ich schlagen tot", drohte er. Dann stopfte er ihr soweit es ging die Mütze in den Mund und sicherte den Knebel mit einem Lappen. Sie wehrte sich kaum, sondern sah ihn nur mit großen, angsterfüllten Augen an. Milos verließ den Keller, schloss die Tür und machte sich erneut auf den Weg zur Unterkunft.

„Milos, bist du das?", fragte jemand aus dem Nichts hinter ihm, gerade als er die Tür erreichte. Milos musste die Stimmenquelle suchen, bis er Tenner im Wildwuchs hinter dem Gebäude entdeckte. „Mensch, ich hab dich überall gesucht. Was ist passiert? Komm hierher, hinter das Haus, damit uns keiner entdeckt. Die Leute sind in der Schlachterei."

„Ich erst Zigaretten und Essen, dann kommen", sagte Milos und verschwand in der Unterkunft.

Inzwischen hatte er die dritte Fluppe angezündet, das Zittern der Hände hatte spürbar nachgelassen und mit einem zwar kalten, aber sehr schmackhaften Gänsehals, den er im Stehen verschlungen hatte, war sein größter Hunger gestillt. Gerade klärte ihn Tenner über die letzten Entwicklungen auf. Der war anscheinend ebenfalls auf der Flucht, zumindest verbarg er sich vor der Polizei. Tenner erzählte auch von seinem Deal mit Drago und wie er an die schwarzberingten Gänse kommen wollte.

„Jetzt, wo du wieder dabei bist, können wir Drago vergessen. Wir lassen ihn die Gänse sortieren und später nach Arbeitsende holen wir die Ladung und verschwinden", schlug Tenner vor. „Ich nehm dich mit und bring dich sicher unter. Was hältst du davon? Ist auch reichlich Kohle für dich in dem Deal!"

Milos musste nicht lange überlegen. Tenner versprach ihm Sicherheit. Was mit dem Inhalt der Gänse zu tun sei, konnte er immer noch überlegen. Auch, ob er Tenner dazu brauchte. Er war bereits gespannt darauf, was Tenner bei seinen heimlichen Schlachtaktionen aus den Gänsen holte. Bisher war er nicht dahintergekommen.

„Gut, ich mitmachen", antwortete er deshalb. „Aber ist eine Problem in diese Keller." Milos berichtete, dass er jetzt eine Gefangene und eine Gans im Keller verborgen hatte.

„Das mit der Frau ist schlecht, aber nicht zu ändern. Da scheint jemand etwas zu wissen. Lass sie einfach gut verschnürt im Keller liegen. Vielleicht verreckt sie, vielleicht wird sie gefunden. Egal, bis dahin sind wir längst verschwunden. Aber bring die Gans zu meinem Auto, ich warte da auf dich. Wir können dann später überprüfen, ob sie zu meiner Lieferung gehört. Ist jetzt fast egal, ob das mit einem Tier weniger auffällt."

„Muss holen, dauert kurz", nickte Milos, entzündete eine weitere Zigarette und verschwand durch eine wabernde Qualmwolke.

Einundfünfzig

Poff.

Gleich den Trümmern einer explodierenden Supernova stoben winzige Daunenfedern zu allen Seiten auseinander, um Bruchteile einer Sekunde später im milden Wind davonzuschweben. Für Polizeihauptwachtmeister Zack bekam in diesen Moment der Begriff „Gänsekeule“ eine vollkommen neue Bedeutung, als ein sieben Kilo schwerer, nach Verderbnis muffelnder Federsack ihn mit Wucht mitten im Gesicht traf.

Er ging zu Boden. Tiefrotes Blut quoll aus beiden Nasenlöchern. Ungläubig starrte er auf seine verschmierte Hand, mit der er den Schaden im Gesicht hatte ertasten wollen. Dann wandte er sich Richtung Angreifer, doch bevor er sich wieder aufrappeln konnte, beförderten ihn zwei trockene Kinnhaken unvermittelt ins Nichts.

Zack hatte sich nach qualvoller Wartezeit endlich aus dem Büro absetzen können. Das sehnsüchtig erwartete Fax war tatsächlich eingegangen, allerdings mit negativer Botschaft: Sein Freizeitausgleich war aufgrund der Personalknappheit und der zu bearbeitenden Gewaltverbrechen abgelehnt. Mit schlechtem Gewissen setzte er sich über diese Entscheidung hinweg und war trotzdem sofort zu seinen Lieblingen gefahren, als ein Kollege für ihn den Dienst in der Wache übernahm. Die Tiere mussten umsorgt werden. Sie brauchten ihn jetzt. Besonders Berta. Ohnehin wurde ihm angesichts des Pflegedefizits und des geplanten Auftritts bei den Landesmeisterschaften ganz mulmig zumute. Ob er sich diesmal zu viel vorgenommen hatte? Gleich zu den Landesmeisterschaften? Zack haderte mit seinem Entschluss und mit seiner Dienstverpflichtung, während er die Kaninchen kraulte. Als Onno, dieser Rüpel, ihn wieder einmal kräftig in die Hand biss, setzte sich schließlich sein Pflichtgefühl durch.

Er machte sich zum Borsig-Hof auf. Die Befragung dieses Herrn Drago Stojanow stand schließlich noch aus. Um seinen Ermittlungserfolg mit niemandem teilen zu müssen, verschwieg er sein Vorhaben auf der Wache und schob für den Nachmittag eine ausgiebige Streifenfahrt vor.

Er stellte den Einsatzwagen diesmal etwas abseits vor dem Wohnhaus ab und machte sich zu Fuß auf den Weg. Zunächst wandte er sich der Unterkunft der Bulgaren zu, die linker Hand ungünstigerweise neben dem Haupthaus stand, das er unbedingt meiden wollte. Er klopfte an alle drei Eingangstüren, erhielt jedoch keine Reaktion. Ein Blick auf die Uhr, es war inzwischen zwanzig nach eins, machte ihm klar, warum niemand da war. Die Leute mussten arbeiten. Also müsste er mit dem Büroeingang zum Schlachthaus nebenan vorliebnehmen und Gefahr laufen, dort auf Frank Borsig zu treffen. Der würde versuchen, ihn abzuwimmeln, und sein schöner Plan wäre wahrscheinlich im Eimer.

Noch während er das Für und Wider abwog, stapfte ein Mann durch das wuchernde Unkraut auf der Rückseite der Schlachterei. Zack erkannte in der Person auf Anhieb den zur Fahndung ausgeschriebenen flüchtigen Mordverdächtigen, Milos Ferenc. Schließlich hatte er ihm beim Verhör am Vortag lange genug gegenübergesessen und sich über den beißenden Tabakqualm geärgert, der ihm vom Delinquenten in die Augen geblasen wurde, weil dieser zopftragende Lackaffe ihm das Rauchen erlaubt hatte. Dieser Kleinschmidt qualmte selber wie ein Schlot. Wahrscheinlich Haschisch, vermutete Zack.

Milos identifizieren und reagieren war für ihn eins. „Halt, stehen bleiben", brüllte er los. „Milos Ferenc, Sie sind hiermit verhaftet! Heben Sie die Hände über den Kopf, damit ich sie sehen kann. Flucht ist zwecklos, ich würde von der Waffe Gebrauch machen." Erschrocken hielt Ferenc inne, er schien den Polizisten zuvor nicht bemerkt zu haben.

Mit seiner Linken nestelte Zack an den Handschellen herum, die er in einer ledernen Gürteltasche trug. Immer verhakelten sich diese Dinger, fluchte er im Stillen. Er sah, dass der Flüchtige zwar stehengeblieben war, jedoch seiner Aufforderung, die Hände zu zeigen, nicht Folge leistete. Zack stürzte deshalb auf den Bulgaren zu, um ihm Handschellen anzulegen und auf gar keinen Fall seine Beute zu verlieren. In diesem Moment traf ihn die Gänsekeule. Es war ein mächtiger Schwinger.

Ich bin blind, dachte Zack, im ersten Moment geschockt, noch während er stöhnend erwachte. Sein Kinn schmerzte, im Hinterkopf dröhnte es. Er hatte die Augen geöffnet, doch die vollständige Dunkelheit blieb, sie hüllte ihn gnadenlos ein. Tatsächlich schien es mit geöffneten Augen noch dunkler zu werden. Sind meine Augen überhaupt offen, fragte er sich. Er schüttelte den Kopf, was erneut Schmerzstiche von der Kinnregion über die Schläfe zu Hinterkopf auslöste und ihm den stinkenden Stoff vergegenwärtigte, der über seinen Kopf gestülpt war.

Ihm war kalt. Die Kälte kroch aus dem Betonboden durch die Sommeruniform, die er heute frisch aus dem Schrank geholt hatte. Er wollte sich aufrichten, doch die eigenen Handschellen hielten die Arme fest hinter dem Rücken. Seine Beine schienen ebenfalls gebunden, jedenfalls konnte er sie nur gleichzeitig in den Kniegelenken bewegen.

Das Atmen fiel ihm schwer. Er konnte nur mit Mühe durch den Mund hecheln. Seine Nase war blutverkrustet und zugeschwollen. Er strampelte, um sich wenigstens aufzurichten und dem kalten Boden zu entkommen.

„Himphe, himphe“, hörte er durch sein eigenes Geraschel aus einer Ecke.

„Hallo, wer ist da?“, fragte er näselnd. „Hier Polizeihauptwachtmeister Zack! Herr Ferenc, Sie sind erkannt. Lassen Sie mich sofort frei. Sie haben keine Chance, die Kollegen sind unterwegs. Wenn Sie mich jetzt freigeben, werde ich die Sache mit der Körperverletzung und Geiselnahme vergessen. Versprochen.“

„Hmff“, klang es enttäuscht aus der Ecke.

Zweiundfünfzig

Mutschka, du musst mir helfen, dachte Drago, was soll ich nur tun?

„Noah, was haste denn nu schon wieder angestellt, du dummer Tölpel du? Kannst du nicht einmal etwas alleine fertigbringen? Noh?“, würde sie antworteten. „Immer hältst du mich von der Arbeit ab. Ich muss die Kinder versorgen und den Haushalt, die Schweine fressen mir die Haare vom Kopf und die Mädchen brauchen neue Schuhe. Und was macht der feine Herr, noah? Der feine Herr geht nach Deutschland auf Urlaub und quält mich mit seinen ständigen Fragen. Wie konnte ich nur auf so einen Stoffel hereinfallen? Hätte ich bloß auf Mutter gehört. Gestern noch sagte sie zu mir, Mutschka, sagte sie, wie konnteste nur so einen Zwerg aus Kriwodol nehmen, war dir dein Vater, Gott hab ihn selig, keine Lehre? Genau so ein Nichtsnutz wie alle aus der Oblast Wraza ...“

Zum Glück musste Drago sich auf die nächste Gans konzentrieren, die ihm fast von der Edelstahlplatte geschlittert wäre, sonst hätte er sich ihre Schimpftirade wohl noch zwanzig Minuten anhören müssen.

Mutschka, Liebste, nun schimpf nicht so mit mir. Ich habe doch alles gemacht, wie du mir geraten hast, Mutschka, fing Drago sein Gedankenspiel erneut an, nachdem er den Fließbandablauf wieder in den Griff bekommen hatte.

„Wenn du alles so gemacht hättest, wie ich geraten habe, du Trottel, dann bräuchtest du doch nicht schon wieder meinen Rat, noh?“

Der bestechenden Logik ihrer Argumente hatte er in den meisten Fällen leider wenig oder faktisch nichts entgegenzusetzen. Deshalb versuchte er es jetzt anders. Mutschka, ich habe doch so Angst, so große Sorge habe ich, weil ich dem Chef Tenner doch nun zwanzig Gänse mit schwarzem Ring bringen soll, aber nur neunzehn da sind, wo sie sein sollten, nämlich hier im Schlachthaus. Und wenn der merkt, dass eine fehlt, wird er böse sein mit Drago und ihm kein Geld geben. Eintausend Euro, sagte er, gibt er mir, wenn er heute zwanzig Gänse bekommt mit schwarzem Ring. Eintausend Euro, das wäre genug für uns, um diese nette kleine Werkstatt in Wraza zu mieten, um die Werkzeuge zu kaufen und das Elektrikergeschäft zu eröffnen. Sogar eine Leiter aus Aluminium könnten wir uns anschaffen damit.

Und die Mädchen bekämen neue Schuhe, fügte er noch sicherheitshalber an. Und zusammen wären wir auch wieder, du und ich.

„Und wo, bitte schön, ist nun Gans Nummer zwanzig? Haste nicht den Ring genommen von der einen und ihn aufgetan der anderen, so wie du mich mit dem Ring von der alten Tante Borisow getäuscht hast? Noh, wo haste diese Gans gelassen?"

Aber ich hab mir doch gedacht, rechtfertigte sich Drago, wenn ich eine Schwarzringgans zur Sicherheit habe, dann gäbe es ein Pfand, damit er die eintausend Euro auch gibt. Jetzt liegt mein Pfand draußen in der Sonne und vergammelt, während ich hier sortieren muss.

„Ah, wusste ich doch, dass du nicht hören kannst auf meinen Rat! Hatte ich nicht gesagt eine Gans, noah? Nein, der gierige Herr weiß alles besser und nimmt gleich zwei. Wie mit den Ferkelchen. Ich sage, Drago, kauf uns ein Ferkelchen, das können wir fett machen und zum Winter schlachten. Da hätten wir gut und genug für alle. Aber was macht der Besserwisser von Ehemann. Gierig, wie er ist, kauft der Herr gleich zwei Schweine, und ich muss sehen, wie ich Futter herankriege für die gefräßigen Viecher."

Aber was soll ich nur tun, fragte Drago verzweifelt, Mutschka, der Tenner hat doch eine Pistole umgeschallt. Ich habe sie gesehen, heute, als ich für ihn zwanzig Gänsen den Hals umdrehen musste.

Das gab Mutschka anscheinend schwer zu denken, denn sie

verstummte, während Drago mit seinem Späherblick gerade wieder zwei schwarze Ringe entfernte und die beiden fetten Tiere in die Kisten unter dem Tisch legte. Sechzehn Stück hatte er bereits, die Schlachtung war weit vorangeschritten.

Mutschka, bist du noch da, fragte er ängstlich.

„Noh, was denkste, natürlich bin ich da. Was will denn der Tenner mit den Gänsen machen, du Trottel?“, fragte sie. „Will er sie essen? Nein, will er sicher nicht. Wer eine Waffe hat, ist ein böser Mensch, sagt Mutter immer, und die muss es wissen. Den Krieg hat sie mitgemacht und die Flucht aus unserer Heimat. Tenner ist ein böser Mensch und böse Menschen denken nicht an einen Gänseschmaus, wenn sie zwanzig Gänse heimlich vertauschen. Also gib ihm deine stinkende Gans, was macht schon so ein wenig Geruch, noh. Mutter musste im Krieg den Schimmel auf dem Brot mitessen, sonst wäre sie verhungert. Heute nehmen nicht einmal die Schweine so ein Brot, wenn etwas Schimmel daran ist. Nein, nur bestes Futter muss es sein. Geht ihnen gerade so gut, wie meinem feinen Herrn Gatten in Deutschland. Mach, dass die Gans von draußen so aussieht wie die anderen, dann wird Tenner zufrieden sein und auch nichts merken.“

Danke, Mutschka, danke, vielen Dank!

„Sdraßti, momtsché, hallo, Bürschchen, was ist los?“ Der Bulgare rief Drago aus seinen Träumereien. „Redest du schon wieder mit dir selber, was? Wo bleibt der Nachschub?“

Drago beeilte sich, dem Schlachter eine Kiste Grünringe zu bringen, das hieß, die Ringe hatte er schon entfernt, aber er wusste, dass diese zu der normalen Gruppe gehörten. Eine halbe Stunde später hatte er Gans Nummer neunzehn sicher im Kühllager verstaut. Es gab nur noch wenige Tiere zu schlachten. Dann müsste er seinen Arbeitsplatz aufräumen und würde später zusammen mit den anderen Schlachtern das Zerlegen übernehmen.

Jetzt könnte er schnell verschwinden und die fehlende Gans

einsammeln. Wie er sie in die Rupfmaschine bekäme, müsste er sich noch überlegen.

„Trjabwa da lee. – Ich muss mal pinkeln", verkündete er überlaut und verschwand Richtung Hintertür, wo die Schlachter gerne ein Pinkel- oder Zigarettenpäuschen einlegten, wenn der Chef nicht in Sichtweite war.

Kaum hatte er die Tür einen Spalt geöffnet, hörte er draußen ein leise ausgetragenes Wortgefecht. Drago erkannte die Stimmen sofort. Milos und Tenner. Sie debattierten, wobei Tenner jetzt das Wort führte. Der war sichtlich aufgebracht, das konnte Drago durch den Türspalt sehen. Milos hob immer nur wieder gleichgültig die Schultern und zeigte auf etwas zwischen seinen Füßen. Dort lag ... eine tote Gans. Seine Gans, da war Drago sich sicher.

Ein Schauer lief ihm den Rücken hinunter. Nun war alles zu spät. Das versprochene Geld würde er nie sehen. Schon gar nicht, wenn Milos bei Tenner war. Er griff in seine Kitteltasche. Dort klimperten inzwischen zwanzig schwarze Aluminiumringe. Er sah den Laden mit dem Zu-vermieten-Schild im Schaufenster, er sah seine neuen Werkzeuge und seine neue Aluleiter in weite Ferne rücken. Wieso sollte er eigentlich unter dieser neuen Situation den Kopf für Herrn Tenner hinhalten, fragte er sich. Es war doch schon offensichtlich, dass er betrogen würde. Wohl möglich sogar getötet. Drago dachte an die Pistole in dem Halfter unter der Jacke.

Mit dem Klimpern der Aluminiumringe erreichte ihn ein Gedanke. Er würde, nein, er musste jetzt etwas unternehmen. Er war sich sicher, Mutschka würde ebenso handeln.

Drago kehrte zurück in den Schlachtraum. Dort ließ er eines der Messer in seine Tasche gleiten, füllte, als sei nichts gewesen, noch zwei weitere Kisten mit geschlachteten Gänsen und trug die tote Fracht ins Kühlhaus, auch wenn das eigentlich noch nicht anstand. Im Schutz der Kühlkammer machte er sich so schnell er konnte an sein Vorhaben. Den Tennergänsen ritzte er mit dem Messer am linken Fuß beide Schwimmhäute ein. Zwanzig normalen Franzosen wurde ein schwarzer Aluring angelegt. Das musste sehr sorgfältig erfolgen, damit die Ringe keine verräterischen Knickspuren bekamen.

Keine zehn Minuten später hatte er es geschafft. Die falschen Tennergänse lagen in ihrem Kühlhausversteck, die neunzehn Geschlitzten standen etwas abseits. Sollte Tenner sich daran doch schwarzärgern, er, Drago, würde sagen, er hätte die richtigen Gänse aussortiert und wüsste von nichts. Dann brauchte er nur noch eine Gelegenheit, in aller Ruhe die Transportgänse zu öffnen, und den Inhalt an einer sicheren Stelle zu verstecken.

Mutschka wäre stolz auf ihn! Er würde später an sie denken, nahm er sich vor, wenn alles vorbei wäre.

Dreiundfünfzig

„Aufgepasst, Leute, Ich-AG im Anmarsch", grinste Hauptkommissar Schuster. Er hatte die Dienstbesprechung nach der Mittagspause bereits ohne den offiziellen Leiter eröffnet.

„So, meine Dame, meine Herren, es tut sich was", begann Stollberg, noch während er einen Stapel von Aktendeckeln und eine Loseblattsammlung vor sich ausbreitete. „Kleinschmidt, nun lassen Sie mal die Polizeianwärterin Braunhuber in Ruhe und hören hier zu. Wie gesagt, es gibt ausgesprochen positive Entwicklungen in fast allen Fällen. Zunächst einmal hat meine Strategie, die Öffentlichkeit um Hilfe bei der Opferermittlung zu bitten, für eine große Anzahl an Hinweisen gesorgt. Damit haben wir handfeste Ansätze zur Identität unserer Moorleiche erhalten. Kleinschmidt, merken Sie sich das für die Zukunft: Die persönliche Untersuchung des Tatorts ist die wichtigste Grundlage des kriminalistischen Erfolgs. Das Passfoto, das ich gefunden habe, ist der beste Beweis für diese These. Nach dem Einschalten der Medien kamen auffallend viele Hinweise aus dem Kurhotel, wo Gäste wie Personal die gesuchte Person unabhängig voneinander kürzlich gesehen haben wollen. Der Fundort des Opfers und sein letzter Aufenthaltsort zu Lebzeiten stehen demnach in einem direkten Zusammenhang. Vermutlich hat die Person dort oder in der näheren Umgebung früher einmal gewohnt."

„Unsere Moormumie geht offensichtlich als wandelnde Leiche umher. Pass auf, dass sie dich nicht holen kommt", flüsterte Kleinschmidt und kratzelte der Braunhuber mit den Fingern im Nacken. Sie schreckte zusammen und knuffte ihren Freund in die Seite.

„Ja, was ist das schon wieder? Kleinschmidt, jetzt konzentrieren Sie sich. Wenn Sie so weitermachen, wird mein Personalbericht über Sie wirklich schlimm ausfallen. Sie werden mit Hauptwachtmeister Zack, näh ... wo steckt der örtliche Kollege eigentlich ... jedenfalls werden Sie beide zusammen diesen Hinweisen am Kurhotel nachgehen. Ich habe gegen sechzehn Uhr eine Verabredung mit einer Zeugin, die sich heute früh telefonisch bei mir gemeldet hat. Sie schwört, in dem Zeitungsbild ihren eigenen Bruder erkannt zu haben. Das wäre dann ein gewisser, näh ..." Stollberg begann hektisch in einem Stapel Notizzettel zu wühlen.

„Volker Stein hieße der Mann", rief Kleinschmidt. „Wir haben seine Person bereits überprüft. Nach den uns vorliegenden Informationen ist Volker Stein im Frühjahr 1983 spurlos verschwunden. Es gibt eine Vermisstenanzeige seiner Schwester aus dieser Zeit, Elisabeth Stein. Dieser Stein war freier Journalist und hat Ende der siebziger Jahre mehrere aufsehenerregende Enthüllungsgeschichten in großen Magazinen und Zeitungen veröffentlicht. Im Spiegel und in der Frankfurter Rundschau und so. Unter anderem war Stein an der Aufdeckung illegaler Methoden bei der Kälbermast beteiligt. Damals ein ganz heißes Eisen, das durch alle Medien ging und über Wochen auch in der Tagesschau behandelt wurde. Stein hat häufig verdeckt recherchiert und soll, als er verschwand, laut Auskunft seiner damaligen Redaktion gerade wieder an einer Story gearbeitet haben. Er hat nur niemanden in sein Vorhaben eingeweiht."

„Ja, Kleinschmidt, Sie durften mir helfen, all diese Details aufzudecken, jetzt lassen Sie mich bitte fortfahren. Also, der Inhalt der unbeschrifteten Ampulle, die ich bei der Moorleiche gefunden habe, ist inzwischen analysiert. Na, Kleinschmidt, wissen Sie noch wie das Zeugs hieß? Sie wissen doch sonst immer alles." Stollberg wedelte mit einem seiner Zettel in der Luft.

„Bei der Substanz handelt es sich um Dienoestrol. Es gehört zur Chemikalien-Gruppe der Stilben und ist eng mit den weiblichen Sexualhormonen verwandt. Das Dienoestrol ist genauso wirksam wie das bekanntere Diäthylstilböstrol, das seinerzeit häufiger bei der illegalen Mast eingesetzt wurde. Steht übrigens auch im Verdacht, krebserregend zu sein, war aber seinerzeit, also Anfang 1983, mit den bekannten Analysemethoden kaum nachweisbar. Hier in der Gegend wurde übrigens der erste Fall von illegaler Mast mit Dienoestrol aufgedeckt. Es handelte sich um den bereits bekannten Borsig-Hof, der damals noch im Kälbergeschäft war. Der damalige Besitzer, der Landwirt Anton Borsig, hat nach Aufdeckung des Skandals Selbstmord begangen. Ich habe die Untersuchungsakte hier und die wesentlichen Aussagen für alle zusammengefasst." Das Vergnügen, Stollberg vorzuführen, war dem Zopfträger anzusehen. „Der entscheidende Hinweis für unseren Fall ist die Waffe, die Anton Borsig für den Selbstmord benutzte. Eine Borchardt M1893, der Prototyp der heutigen Selbstladepistolen. Absolutes Sammlerstück. Für die Pistole entwickelte Hugo Bochardt eine 7,65-er Patrone, übrigens ebenfalls ein Prototyp, nämlich die für unsere moderne Pistolenmunition."

„Ja, sehr schön, Kleinschmidt, was Sie da über diesen alten

Fall ausgegraben haben. Das unterstreicht ja nur meinen Anfangsverdacht, dass alle Spuren auf den Borsig-Hof verweisen, nicht wahr?“ Stollbergs lahmer Versuch, die Gesprächsleitung zurückzuerobern, wurde sofort unterbunden.

„Der eigentliche Clou ist, dass beide, der Hofbesitzer Borsig und das Mooropfer, vermutlich Volker Stein, durch die gleiche Waffe starben“, führte Kleinschmidt fort. „Ich habe den Bericht der Ballistik vorab per Mail erhalten, weil die Kollegen meinten, es sei wichtig.“

„Wichtig? Wichtig? Natürlich ist das wichtig! Aber noch viel wichtiger ist, dass Sie endlich lernen, den Dienstweg einzuhalten und mich als Leiter der Kommission umgehend zu informieren, wenn neue Erkenntnisse vorliegen. Ist das klar, Kleinschmidt? So, damit für alle: Wir konzentrieren uns jetzt ausschließlich auf den Borsig-Hof. Der Verbleib der fraglichen Waffe, näh ...“

„Borchardt M1893“, rief Kleinschmidt.

„Ja, also, die muss gefunden werden. Ich werde bei der Staatsanwaltschaft einen Durchsuchungsbeschluss für den gesamten Hof erwirken. Einsatz, sobald das Papier eingetroffen ist. Gleichzeitig suchen wir nach dem flüchtigen Bulgaren, näh ...“

„Milos Ferenc!“

„Näh ... danke, Kleinschmidt. Es ist als Leiter einer Kommission mit drei so schwerwiegenden Fällen tatsächlich nicht immer leicht, alle Details im Kopf zu behalten. Aber ich muss ja eher an das große Ganze denken, nicht wahr? Allein vier Interviews dazu gab es heute Vormittag. Außerdem ...“ Stollberg rückte sich in Positur und schaute auf Kleinschmidt herab. „Außerdem hatte ich heute Morgen ein sehr langes Gespräch mit einem Kollegen aus Frankreich, dem Kommissar, näh ...“ Er rückte einen Zettel zurecht. „Jean-Jaques Barteaux von der Nationalpolizei in Mont-de-Marsan. Herr Schuster hat mich dankenswerterweise mit seinen ausgezeichneten Französischkenntnissen unterstützt. Meine Schulzeit liegt denn doch recht lange zurück, nicht wahr. Also, meine Initiative in Sachen DNA-Abgleich des Mooropfers hat ebenfalls Früchte getragen. Besagter, näh ... Barteaux bearbeitet seit Mitte 2006 einen Mordfall, bei dem mehrere Haare gefunden wurden, die auf einen Tatbeteiligten verweisen, vielleicht sogar den Mörder selbst. 2006, das muss man sich einmal vorstellen, da arbeiten wir doch erheblich schneller und effektiver als die französischen Provinzkollegen, meine Damen und Herren, was? Na ja." Stollbergs humoristischer Versuch traf auf gelangweilte Gesichter, denn Kollege Schuster hatte alle bereits ausgiebig informiert.

„Die DNA-Spur hatten die Kollegen damals bei Interpol eingespeist", fuhr Stollberg fort. „Es ergab sich eine Übereinstimmung der Spur von 2006 mit unserer Moorleiche auf dem Y-Chromosom, was auf eine sehr nahe Verwandtschaft der Personen schließen lässt. Einziger Haken an der Geschichte: Laut Auskunft von Elisabeth Stein existierten zum Zeitpunkt des Verschwinden ihres Bruders keine nahen männlichen Verwandten in ihrer Familie. Das heißt: Wenn es sich bei dem Toten im Moor tatsächlich um besagten Journalisten handelt, stehen wir vor einem zusätzlichen Rätsel."

Dies war tatsächlich eine Neuigkeit. Im Kreis der Zuhörenden war es leise geworden.

„Beide Ergebnisse müssen verifiziert werden, das ist doch klar", rief Kleinschmidt. „Und dann sollten wir erst einmal abwarten, ob es sich bei dem Toten tatsächlich um Volker Stein handelt. Und wer weiß, vielleicht gab es ein uneheliches Kind, das der Vater verschwiegen hat, soll doch in den besten Familien vorkommen."

„Sehr richtig, Kleinschmidt, den Gedanken hatte ich auch schon und genauso habe ich auch entschieden: Die Ergebnisse müssen im Labor überprüft werden. Wir kümmern uns derweil um die Laufarbeit. Ich werde zunächst den Kollegen in

Frankreich bitten, die Haarproben erneut in eines ihrer Labore zu schicken. Herr Schuster, Sie assistieren mir bitte, ja? Kleinschmidt, Sie überprüfen die Meldungen aus dem Kurhotel. Hat inzwischen irgendjemand herausgefunden, wo Kollege Zack abgeblieben ist? Frau Braunhuber, bitte kümmern Sie sich doch darum. Der Rest beschäftigt sich mit dem Borsig-Hof. Ich werde die Staatsanwaltschaft informieren und, meine Dame, meine Herren, bitte halten Sie mir heute die Presse vom Hals. So, und nun an die Arbeit!."

Vierundfünfzig

„Nein, Herr Bosselmann, ja ... ja ... ja, hatte ich ... ja, hatte ich Ihnen für heute zugesagt. Selbstverständlich, werden wir ... nein, Herr Bosselmann, selbstverständlich werden wir die versprochene Menge liefern. Wenn ich ... Nein. Ja ... aber ... aber ... aber bitte nicht vor 21 Uhr. Nein. Nein. Das ... das ist ... aber das ist vorher nicht zu ... Nein. Gut! Gut. Ja. Nein. Gut. Danke Herr Bosselmann, gut. Na, ich denke ... was? Ach so ... nicht denken ... nein. Also die Nassware der Schlachtung heute, was ...? Ja, guter Preis, ja ... aber ... aber ... das ist doch erstklassige ... was? Gut. Was? Ja, 1.000 Tiere. Von der Lebendrupfung? Versprochen? Na, ja, vielleicht ... wie? ... Ja ... zugesagt ... ja ... werden wohl 500, etwa ... ja natürlich. Mehr geht ... aber nur zwei Maschinen ... wie? Gut. Ließe sich ... ja ... machen. Also 21 Uhr, wie besprochen. Danke. Ach, Herr Bosselmann ... wo ich Sie doch gerade am ... ja, also ... die letzte Rechnung, Sie wissen, von vor sechs Wochen ... nein ... nein, kein ... Zahlungseingang. Was? Wieso schwarz? Ich ... nein ... nicht das normale Geschäftskonto, ja, schon ... aber. Würde ich nie ... nein, nie an der Steuer vorbei, nein. Könnten Sie vielleicht für die Anweisung sorgen? Ja ... aber ... doch ... aber ... der Hof ... die Gehälter... Wie, Hungerlöhne? Nein! Wir ... branchenüblich, natürlich ... nein. Dann würden Sie jetzt ... die Zahlung ... ah, in den nächsten Tagen. Gut. Gut. Danke, Herr Bosselmann, einen schönen Ta ...“

Der Mistkerl hat einfach aufgelegt, dachte Frank Borsig. Seine Gesichtsfarbe näherte sich einem herzinfarktnahen Wutrot. Wie hatte er sich nur mit diesem windigen Federnhändler einlassen können, fragte er sich voller Ärger. Der betrog ihn doch nach Strich und Faden. Immer an der Qualität mäkeln, die Mengen kleinrechnen und möglichst gar nicht bezahlen.

Nervös trommelte er mit den Fingern auf seine schwarze Kladde, Kalender und Geheimbuchhaltung zugleich, in die er alle Lieferungen an Bosselmann eintrug. Dieser Geschäftsbereich ging natürlich an den offiziellen Büchern, vor allem jedoch an seiner Mutter vorbei. Ohne die Aufzeichnung würde er die Übersicht verlieren. Im schwarzen Buch, wie er die alte Schulkladde im Stillen getauft hatte, waren mittlerweile mehrere Seiten mit krakeliger Schrift gefüllt. Die Abstände zwischen den Datumsangaben wurden geringer, die Liefermengen und Beträge stiegen. Es gehörte zur Routine seines Arbeitsbeginns, die Termine zu prüfen. Verließ er das Büro, verschloss er das Dokument im Schreibtisch.

In der Aufregung um seine Entdeckung der schwarzberingten Gänse jedoch hatte er es versäumt, die Liefertermine zu kontrollieren. Vor allem seine angebliche Zusage, Bosselmann frische Daunen zu liefern. Er musste bescheuert gewesen sein, sich darauf einzulassen. Milos hatte ihm einmal gezeigt, wie in Bulgarien Daunen gewonnen wurden. Ein fürchterlicher Schweinkram, das konnte er sich bei der Schilderung lebhaft vorstellen. Die Gänse wurden von den im Kreis sitzenden Arbeitern zwischen den Beinen eingeklemmt und dann drauflos gerupft. Einer kehrte die am Boden liegenden Federn zusammen, andere stopften sie in Säcke. Nur Staub und Dreck das Ganze. Widerlich. Wenige Tage später kam er zufällig an den beiden Trockenrupfmaschinen vorbei, die seit der Einrichtung der Schlachterei nutzlos im Lager herumstanden. Damit könnten wenige Leute saubere Federn gewinnen, überlegte er. Irgendwann hatte er mit Bosselmann darüber gesprochen. Der weckte seine Gier und bot ihm ein ausgesprochen lukratives Geschäft an. Seitdem produzierte er hin und wieder, wenn weder seine Mutter noch Tenner etwas merken konnten, den hochbezahlten ersten Rupf. Er schob Milos die komplette Arbeitsorganisation zu, trotzdem blieb ein Restrisiko, entdeckt zu werden. Na, beruhige dich, forderte Frank sich selbst auf, bald ist es damit vorbei. Wenn sein Plan aufging, könnte er auf die paar Kröten leicht verzichten.

Die Zeit nach der Mittagspause hatte Frank hinter der runden Sichtscheibe in der Tür zum Schlachthaus verbracht und sämtliche Stationen entlang der Schlachtstraße, von der Ausblutung über die Nassrupfmaschine bis zum Zerlegetisch, genauestens beobachtet. Der komplette Bulgarentrupp war heute im Einsatz. Die Illegalen schafften die Tiere heran, zwei schlachteten, zwei arbeiteten am Brühkessel und an der Federfräse, der Rest beim Ausnehmen und Zerlegen. Bisher war ihm nichts Ungewöhnliches aufgefallen. Trotzdem. Er würde die Schmuggeltricks von Martin Tenner aufdecken. Heute noch. Das war sein fester Vorsatz, auch wenn ihm bereits nach fünf Minuten die Füße wie Feuer brannten, denn um gut sehen zu können, musste er sich auf die Zehenspitzen stellen.

Im Stillen verfluchte er seine eigene Fresslust. Er wollte ja abnehmen, gesünder leben und alles, aber heute: diese Cordon bleus? Einfach zu lecker, um sich mit nur einem zu begnügen. Nun lagen ihm die dicken Fleischstücke samt Schinken, Käse und einer halben Schachtel Trüffelpralinen schwer im Magen, und er musste diese Last zusammen mit den ohnehin vorhandenen Kilos auf Zehenspitzen tragen. Nur ein Haufen Diamanten, der vor seinem inneren Auge funkelte, schaffte genügend Ansporn, sich dieser Kraftanstrengung zu stellen.

Frank Borsig hatte beschlossen, alles verdeckt und schnell abzuwickeln. Es wäre natürlich ein Leichtes gewesen, die fraglichen Gänse unter irgendeinem Vorwand zu konfiszieren, doch inzwischen fürchtete er die Macht und Verschlagenheit seines Gegners. Umsichtig vorgehen, ermahnte er sich, vorausdenken. Tenner sollte gar nicht erst mitbekommen, wer hinter der Sache steckte. Sollte sich die ganze Bande auf der Suche nach einem Verräter doch erst einmal selbst zerfleischen! Bevor Tenner herausbekäme, wer die kostbare Fracht abgefangen hätte, säße er längst im Flieger Richtung Antwerpen. Er hatte sich über Flugpläne im Internet informiert. Von Hamburg nach Brüssel täglich um 7.10 Uhr, dann mit dem Zug die rund fünfzig Kilometer nach Antwerpen. Oder sollte er gleich vom Flughafen ein Taxi nehmen? Klar, wozu der Geiz? Er dachte an die zweite Option in seinem Kalkül, den Plan B: Sollte sich das Gefundene tatsächlich als etwas ganz anderes herausstellen als Diamanten, was er sich beim besten Willen nicht vorstellen konnte, dann wollte er Tenner einen Deal anbieten. Bares gegen die Ware oder die Überschreibung aller Eigentumsrechte am Borsig-Hof auf ihn, samt Tilgung der Kreditschulden, irgendetwas in dieser Richtung. Nicht ganz so sexy wie die erträumte Freiheit mit Millionenvermögen, aber zukunftsfähig. Für diesen zweiten Weg müsste er sich allerdings mehrfach absichern. Vielleicht einen Termin bei Notar Kruschke ausmachen? Das konnte er in aller Ruhe schon einmal angehen, sinnierte er.

Da! Im Gleichtakt der Abläufe geschah etwas Ungewöhnliches. Dieser Drago verließ seinen Posten durch die Hintertür. Frank war plötzlich hellwach, spürte nichts mehr von schmerzenden Fußballen. Jetzt kam der Schlachter zurück. Viel zu kurz für eine Zigarettenpause. Rauchte der überhaupt? Egal. Sah irgendwie nachdenklich aus, bemerkte Frank. Komisch, dachte er, ihm war bisher nie in den Sinn gekommen, dass diese Bulgaren überhaupt nachdenken konnten. Jetzt schnappte sich diese Person zwei Boxen und bewegte sich damit Richtung Kühlhaus. Warum nur, fragte er sich. Die Tiere kamen doch nur in die Kühlung, wenn nicht sie weiterverarbeitet werden konnten oder sollten. Und er hatte nichts dergleichen angeordnet. Sehr auffällig. Das musste diese Lieferung sein, nur so ergab es einen Sinn. Natürlich! Versteckt im Kühlhaus, so wie beim letzten Mal, nur dass statt Milos jetzt dieser Drago eingesprungen war. Der steckte also ebenfalls mit Tenner unter einer Decke. Alles ein Gesocks. Deshalb hatte er in der schwarzberingten Gans heute Morgen nichts gefunden.

Schlagartig wurde ihm alles klar. Dieser Bulgare hatte ihm eine falsche Gans untergeschoben, den Ring unter dem fadenscheinigen Vorwand, Tenner zu täuschen, mitgenommen und das Geld eingesteckt. So hielt Martin Tenner alle Fäden in der Hand. Und Franks Mutter mischte hinter seinem Rücken kräftig dabei mit. Diese falsche Schlange. Fragte ihn scheinheilig beim Mittagessen, ob er gerade mit Herrn Tenner Kontakt hatte, sie hätte ja sooo lange nichts von ihm gehört. Dabei hatte sie in der letzten Woche noch ständig mit ihm herumgegluckt und wahrscheinlich schon wieder zig Mal mit ihm telefoniert. Er, der Hofbesitzer Frank Borsig, stand jetzt ganz allein da, wurde ihm nun bewusst. Und gleichzeitig hatte er mit seiner Entdeckung nun die Chance, alle mit einem Handstreich zu vernichten. Tenner und seine falsche Brut wollten Krieg? Den konnten sie haben. Nur der, der die präparierten Gänse besaß, hatte die Macht. Und ich werde sie bekommen, dachte er.

Erst das penetrante Telefonklingeln im Büro hatte ihn schließlich von seinem Lauerposten hinter der Tür zurück in die Wirklichkeit gebracht. Er hatte Bosselmanns Anruf annehmen müssen und von dem vergessenen Auftrag erfahren.

Dreimal verfluchte Scheiße! Der Federbunker war so gut wie ausgeräumt, nur das, was heute bei der Schlachtung anfiel, wäre zu liefern, als Nassware. Er hatte Bosselmann Daunen versprochen, dreißig Säcke. Wenigstens hundertfünfzig Kilo. Und weiße Konturfedern, mindestens fünfhundert Kilo. Wo sollte er die jetzt noch hernehmen?

Da waren die Mastgänse aus der normalen Produktion. An den Zuchtreihen, dem Grundstock für die Zukunft des Hofes, dürfte er sich nicht vergreifen. Es waren vielleicht noch zweitausend Tiere auf der neuen Weide. Bei denen wäre es die zweite Ernte, nicht die allerbeste Qualität. Aber Bosselmann zahlte ja auch nur schlappe fünfzehn Euro für das Kilo Daunen, normal bekäme er zwanzig, vielleicht dreißig. Also die bereits abgeernteten Tiere von der neuen Weide, entschied er sich. Sollte der Bosselmann doch zetern, so sehr er wollte. Wenn die Bulgaren sofort mit dem Fräsen begännen und durcharbeiteten, könnten sie so gegen 21 Uhr einiges geschafft haben. Mit einem schmuddeligen Taschentuch wischte er sich den Schweiß von der Stirn. In dem kleinen Büro war es warm und stickig geworden. Er stemmte sich aus dem Bürostuhl, watschelte in die Schlachterei und schlug mit der flachen Hand auf den Alarmknopf neben der Tür. Das schrille Klingeln ließ alle Arbeiter aufblicken.

„Alle herhören", brüllte Frank über den Lärm der Nassfräse hinweg. „Stellt die verdammte Maschine da drüben ab! Ihr müsst sofort in die Federn, ich brauche Daunen, eine Menge Daunen, klar? Wir nehmen die Tiere der übernächsten Schlachtung. Vier Leute schaffen sie von der neuen Weide hierher. Baut die Maschinen drüben im alten Stall auf, der steht leer. Ihr könnt die gerupften Weidetiere gleich dort lassen. Einstreu muss da rein, Futter und Wasser. Auf keinen Fall ich will Gerupfte draußen sehen."

Die Arbeiter schauten sich fragend an.

„Was machen mit Tieren hier?", fragte Drago, der sich ohne Milos scheinbar als Vorarbeiter fühlte.

„Was wird denn mit nicht verarbeiteten Tieren gemacht, hä? Ab in die Kühlung! Aber zack, zack. Zwei räumen hier auf, der

Rest geht in die Federn. Los jetzt, es wird spät heute.“ Frank schwankte zurück in sein Büro. Er musste seinen Schlachtplan ausarbeiten.

Fünfundfünfzig

Jetzt tat sich wieder etwas an dem weißen Kombi. Volkers Doppelgänger erschien zwischen den Büschen und lehnte sich an den Wagen. Er schien auf etwas oder jemanden zu warten. Elisabeth hatte inzwischen die Nase voll vom Beobachten, außerdem war sie mehr als neugierig geworden. Die Uhr im Armaturenbrett zeigte 14.08 Uhr. Sie glättete ihr Strickwerk und strich über das weiche Gewebe. Feinste Seide. Naturfarben. Inzwischen hatte sie den Ärmel ihres Pullovers begonnen. Dies würde ihr Meisterstück in der langen Reihe von Strickwaren werden, die sie in ihrem Leben bereits produziert hatte. Dünnes Garn locker gestrickt, ein raffiniertes Zopfmuster und ein herrlicher Schnitt. Leider sündhaft teuer. Trotzdem war sie froh, die Strickanleitung in dieser Frauenzeitschrift gefunden zu haben. Ganz zufällig, im Wartezimmer ihres Zahnarztes. Die Hochglanzausgabe, die sie daraufhin erworben hatte, lag jetzt aufgeklappt neben ihr auf dem Beifahrersitz. Elisabeth bündelte Seidenknäuel und Ärmelstück sorgfältig und steckte, damit sie keine Maschen verlor, die fünf Zwei-Millimeter-Nadeln in das Bündel. Inzwischen bedauerte sie, nicht doch die etwas weniger glatten Bambusnadeln gekauft zu haben, aber sie hatte befürchtet, mit der raueren Oberfläche dem Seidengarn zu schaden. Sie legte das Strickzeug auf die Zeitschrift, stieg aus, verschloss den Wagen und querte die Straße.

Der Mann stand noch immer an den Wagen gelehnt, die Arme vor der Brust verschränkt. Er kehrte ihr halb den Rücken zu.

„Entschuldigen Sie, wenn ich Sie einfach so auf offener Straße anspreche, aber würden Sie mir Ihren Namen verraten?“, fragte sie, nur noch wenige Meter von ihm entfernt.

„Was?" Der Angesprochene schreckte auf. Er wirbelte herum, die Arme angewinkelt und die Fäuste geballt wie ein Boxer vor dem K.-o.-Schlag.

Du meine Güte, wobei habe ich den denn ertappt, dachte Elisabeth. Sieht aus, als wollte er gleich auf mich losstürzen. Sie versuchte zu lächeln und setzte, übertrieben freundlich, neu an.

„Noch einmal Entschuldigung. Ich wollte Sie nicht erschrecken. Aber Sie sehen einem guten Bekannten von mir dermaßen ähnlich, ich musste Sie einfach fragen. Sie könnten sein Zwillingsbruder sein oder ein echter Doppelgänger, wirklich. Kennen Sie zufällig einen Volker Stein? So heißt mein Bekannter nämlich?"

„Und wer sind Sie?"

„Ah, natürlich. Sie waren doch heute Gast im Kurhotel, genau wie ich. Wahrscheinlich haben Sie mich überhaupt nicht bemerkt. Ich hatte Sie dort beim Frühstück gesehen. Und später, wirklich zufällig, als Sie aus dem Hotel kamen, da habe ich sie wegfahren sehen und bin ich Ihnen gefolgt. Es war so ein Impuls, eine spontane Entscheidung, wissen Sie? Weil diese Ähnlichkeit mit Volker für mich tatsächlich zu verblüffend war. Ich konnte Sie auf dem Parkplatz nicht mehr ansprechen, ich konnte Sie nicht rechtzeitig erreichen. Nur deshalb bin ich Ihnen nachgefahren."

„Sie haben mich verfolgt?", fragte er. „Die ganze Zeit? Was soll das? Sind Sie von der Polizei oder was?"

„Nein ... wirklich nicht. Ich bin Finanzbeamtin und mache hier Urlaub." Aus einem unguten Gefühl heraus antwortete sie nicht ganz wahrheitsgetreu. Sie bereute bereits ihr forsches Vorgehen. „Ich bin wirklich nur zufällig auf Sie gestoßen und Ihre Ähnlichkeit mit Volker hat mich dazu angetrieben, bitte glauben Sie mir."

„Also gut. Ich heiße Martin Tenner und Ihren Volker Stein kenne ich nicht. Nie gehört, den Namen. Reicht das jetzt oder muss ich Ihnen noch meinen Personalausweis zeigen? So, nun lassen Sie mich zufrieden. Und tschüss." Er wandte sich von ihr ab.

Etwas verdattert stand Elisabeth da. Schon im Abwenden begriffen gewann ihre Neugier erneut die Oberhand.

„Würden Sie mir vielleicht noch Ihr Alter verraten?"

Sie sah, wie sich Tenners Profil verhärtete, als er die Backenmuskeln anspannte. Im gleichen Moment begann es zwischen den Büschen am Zaun laut zu rascheln. Ein Mann brach aus dem Grün des Kirschlorbeers hervor, eine am Hals baumelnde Gans in der Faust.

„Verfluchte Scheiße, Sie haben es so gewollt", brüllte Tenner. Er zog seine Glock aus dem Holster. „So, Sie Nervensäge, Sie kommen jetzt mit."

Die Waffe auf Elisabeth gerichtet, umklammerte er mit der Linken ihren Oberarm und zerrte sie von der Straße. Elisabeth schrie auf, mehr vor Angst als vor Schmerz.

„Wenn du weiterleben willst, Schätzchen, dann halt jetzt die Schnauze", raunzte Tenner sie an. Dann wandte er sich Milos zu, der die Szene regungslos verfolgte. „Los, steh da nicht so dämlich rum. Wirf die verfluchte Gans in den Wagen und stopf dieser dummen Kuh hier das Maul, damit das elende Gejammer aufhört!" Tenner zog sie zu dem Durchschlupf in der Hecke. Milos folgte den beiden. Der Bulgare griff ihr von hinten in die Haare und presste seine Hand auf ihren Mund. Elisabeth wimmerte. Die Männer zerrten sie über den inzwischen ausgetretenen Pfad hinter den Stallgebäuden bis vor das Kellerverlies.

„Hast du was, um ihr die Hände zu binden?", fragte Tenner den Bulgaren.

„Is nur diese Draht. Von de Zaun. Sonste nichts", antwortete Milos.

„Na, los, worauf wartest du noch? Mach hin."

Sie bogen der Gefangenen den Zaundraht um die Handgelenke, öffneten die Kellertür und stießen sie hinein. Milos schloss hinter ihr ab.

Sechsundfünfzig

Quellwolken gewannen die Oberhand am Himmel, die ersten trugen bereits dunkelgraue Schattenränder. Am Boden begann es unangenehm zu werden. Schwülwarme Gewitterluft machte sich breit.

Schwabach hatte die Aufräumarbeiten in der Küche gerade beendet und einen ersten Entdeckungsgang über das Hofgelände unternommen, der ihn natürlich zwanghaft in Richtung Gänsewiese trieb. Dort war nichts von Mona zu entdecken. Auch der Hof schien verwaist, keine Arbeiter, keine Geräusche. In der Ferne schnatterten Gänse auf einer anderen Weide. Ohne lange zu überlegen wagte es Schwabach, selbst die Ecke an der Wiese aufzusuchen, in der er die getötete Gans vermutete. Statt des toten Vogels fand er Ottos Aluleiter an der Sohle des Grenzgrabens. Er entdeckte Spuren im Torf des Uferhangs. Mona musste Erfolg gehabt haben, folgerte er erleichtert. Eilig machte er sich auf den Rückweg und schwang sich, vollständig durchgeschwitzt, auf den Motorroller, um sie zu treffen.

Mit blockierenden Reifen stoppte er vor Ottos Bungalow. Abgeschlossen. Stimmt, Otto wollte heute in die Kreisstadt und einiges erledigen. Der würde erst gegen sieben zurück sein, da er für diese Fahrten immer den Überlandbus nahm. Schwabach stemmte sich auf den Kickstarter und fuhr die wenigen hundert Meter hinüber zur Pension, in der Mona und Dr. Eze untergebracht waren.

Wie üblich stand die Besitzerin im Licht ihrer Tiffanyleuchten hinter dem Tresen.

„Tut mir leid, Herr Schwabach, aber Ihre Bekannten haben heute früh gemeinsam das Haus verlassen und sind bisher nicht zurückgekehrt", sagte die Grauhaarige. „Der Herr Professor wollte doch seine Forschungen fortsetzen, wie er mir verriet. Die Schlüssel der Zimmer sind auch an ihrem Platz. Ich kann Ihnen leider nicht helfen." Sie lächelte ihn erwartungsvoll an.

Schwabach bedankte sich und verließ die Pension. Zurück in der schwülen Wärme des Nachmittags merkte er erst, wie kaputt er war. Vielleicht hatte Mona die Gans bei sich und blieb noch bei ihrem „Walter" im Moor.

Auf der Fahrt zurück zum Campingplatz stichelte Eifersucht. Im Stillen hatte er gehofft, hier Mona oder wenigstens eine Nachricht von ihr zu finden. Fehlanzeige. Er setzte Kaffee auf und duschte ausgiebig, bevor er sich in seinen Campingstuhl sinken ließ, den dampfenden Becher an die Lippen setzte und auf die belebende Wirkung des Koffeins wartete. Er nahm sich seine Arbeitsliste für den Tag vor. Mit Ausnahme der potentiellen Gänsezerlegung, die Mona ihnen bescheren würde, gab es für heute nichts zu erledigen. Jetzt noch mit Reparaturarbeiten im Sanitärhaus anzufangen, schien ihm sinnlos.

Er beschloss, seinen Beobachtungsposten auf dem Ast noch einmal aufzusuchen, vielleicht gäbe es weitere Entwicklungen bei seinem neuen Arbeitgeber. Heute war Schlachttag der „Franzosen", soviel hatte er schon mitbekommen. Das schwere Kamerazeugs mitschleppen? Besser ja, entschied er, er brauchte handfeste Beweise.

Unter dem Laubdach der großen Bäume war die Luft spürbar angenehmer und er fühlte sich fast entspannt, als er im spärlichen Nachmittagskonzert weniger Vögel die letzte Wegstrecke zurück legte. Ein Waldlaubsänger begann zu schnurren. Der nervtötende, eintönige Regenruf eines Buchfinks passte zu den dunklen Wolken, die zwischen den Lücken im Kronenschluss der Bäume drohten. Er hatte kein Regenzeug dabei. Zum Glück wären Kamera und Ausrüstung in dem wasserdichten Rucksack geschützt. Und er hatte sein polnisches Kampfspray vergessen, was er inzwischen bitter bereute, denn je weiter er in den Wald kam, umso mehr begannen ihn Mücken zu piesacken. Verflucht! Auch noch Regenbremsen.

Wie eine wild gewordene Windmühle fuchtelte er mit den Armen herum, um den Blutsaugern zu entgehen. In der Nähe seiner Kletterbuche wurde er von dem lästigen Treiben abgelenkt. Eine markante große Eiche erinnerte ihn an den Pirol, den er auf diesem Baum zum ersten Mal in seinem Leben gesehen hatte. Ob der hier noch irgendwo brütet, fragte er sich.

„Dü."

Schwabach stoppte überrascht. Den Blutzoll, den er dafür zahlte, ignorierte er jetzt. War das möglich? Das konnte tatsächlich der Pirol gewesen sein. Zwar nicht die gesamte Strophe, aber dieser melodische Ton ... Er ging langsamer weiter und lauschte aufmerksam auf jedes Geräusch. Nichts. Hier war der Wunsch wohl Vater des Gehörten, dachte er enttäuscht. Er strebte wieder zügiger seinem ursprünglichen Ziel zu und hatte sich dem Stamm der Beobachtungsbuche bereits auf wenige Schritte genähert. Er war gerade im Begriff, die Gurte des Rucksacks abzustreifen, als zwei Ereignisse fast gleichzeitig geschahen. Ein klangvolles „Dü-delüülio" ließ ihn stoppen und ein schweres Etwas rauschte von oben durch das Laub und hätte ihn voll getroffen, wäre er nicht unvermittelt stehen geblieben. So streifte ihn der Kolben des Gewehres nur seitlich an der Schulter. Ein Knie traf ihn in der Magengegend. Beides zusammen brachte ihn zu Boden. Bevor er begriffen hatte, was gerade geschah, hatte sich der Angreifer aufgerappelt und verpasste Schwabach einen Kolbenschlag, der ihn am Jochbein traf. Das Licht ging aus.

„Wie fühlän Sie sich, mon ami?"

Diesen Inhalt konnte er schließlich aus dem merkwürdig

verzerren Rauschen in seinen Ohren herausfiltern. Schwabach versuchte, die Augen zu öffnen. Das Linke folgte seinen Nervenimpulsen, das Rechte öffnete sich nur schwerfällig, einen schmalen Spalt weit. Ohne dies weiter zu ergründen, schloss er die Lider und stöhnte, weil das Licht ihn blendete.

„Wo bin ich", fragte er.

„Sie aben einän Schlag an die Kopf bekommen. Isch konnte elfen nur wenig für ihrä Kopf." Die Fremdgeräusche waren jetzt leiser geworden.

„Wer sind Sie", fragt er deshalb. „Sind Sie etwa aus dem Baum gefallen?"

„Meine Name ischt Aloysius Kock und isch kommä aus Fronkreisch."

Etwas verschwommen konnte Schwabach seinen Gesprächspartner durch zusammengekniffene Augenlider erkennen. Auf einem Baumstumpf ihm gegenüber hockte ein eher schmächtiger Mann mit Krawatte, trotz der Hitze in einen hellen Trenchcoat gekleidet, die Arme auf die Knie gestützt.

Langsam gewann Schwabach die Kontrolle über seinen Körper zurück. Gleichzeitig wuchsen die Schmerzen in seinem zugeschwollenen Auge. Stöhnend setzte er sich auf und kramte aus dem Rucksack, den er neben sich fand, Kameragehäuse und Objektiv hervor. Mit dem Metall der Fotogeräte versuchte er vorsichtig, die Schwellung zu kühlen.

„Was ist passiert?", fragte er schließlich. „Ich hatte einen Pirol gehört, das weiß ich noch. Und dann war Schluss."

„Oui, le loriot, ein übschär Vogäl", sagte Monsieur Kock.

Von Schwabachs Verständnisfragen unterbrochen, erzählte der Franzose seine Geschichte. Es wurde ein längerer Dialog. Schwabach begriff, dass sein Retter Polizist im Ruhestand war und in Frankreich einen Fall bearbeitet hatte, der ihn nach Bad Karlenburg geführt hatte. Inzwischen ermittelte er auf eigene Faust. Der Franzose erklärte, der Angreifer sei ein gewisser Bixente Barraqueta, Bruder eines in Frankreich getöteten Basken und auf Rache aus. Die Verfolgung des Mörders hatte Barraqueta zum Borsig-Hof geführt. Barraqueta werde in Spanien und Frankreich von der Polizei gesucht, weil er dem militärischen Zweig der ETA angehöre.

Der Mann, von dem die ganze Zeit die Rede war, lehnte, die Arme mit Handschellen hinter dem Stamm gefesselt, an einer mittelalten Buche und betrachtete das Geschehen mit finsterer Miene. Sein Präzisionsgewehr lag neben dem Franzosen im Laub.

Aus der Ferne war Donnergrollen zu hören. Eine geschlossene Wolkendecke ballte sich über ihnen.

„Lassen Sie uns hier verschwinden“, sagte Schwabach. „Sonst erledigen uns die Mücken noch vor dem Gewitter. Haben Sie ein Fahrzeug?“

„Oui, mein Wagän ischt an där Strassä“, nickte der Franzose.

Sie beschlossen, den Basken nach Bad Karlenburg zu bringen. Schwabach wollte seine Wunde im Gesicht versorgen und vor allem wissen, ob Mona wieder aufgetaucht war.

Siebenundfünfzig

„Ay ... Was kommt da denn für einer, wah? Kuck euch das an, 'ne wandelnde Rolle Dachpappe. So wat hab ich ja noch nie gesehen in unserem Klub, wah. Gehört so wat überhaupt hierher?“ Ein schlaksiger Mann in Dachdeckerkluft lehnte, die Ellbogen aufgestützt, mit dem Rücken zum Biertresen und blickte zur Tür. Neben ihm standen eine halbleere Bierflasche und ein umgestülptes Kornglas. Dass es nicht die erste Lage „Bier mit Musik“ an diesem Spätnachmittag war, schwang in der aggressiven Aussprache mit.

Die Kumpel des Redners, einer wohl ebenfalls Dachdecker, der andere offensichtlich Maler, würfelten gerade die nächste

Runde aus. Sie drehten sich zur Tür, in deren geöffneten Rahmen ein großer Schwarzer seinen eigenen Schattenriss darstellte.

„Na, da hat sich aber einer inne Tür geirrt, nelch Dieter?", sagte der mit dem Würfelbecher. „Kommt hier einfach rein inne gute Stube von uns, Tommy, wah? Soll dein Laden etwa mit diese Negers verkommen. Sag doch was."

Der Wirt polierte hinter dem Tresen gelangweilt Gläser. „Lass doch, Rudi, ist doch auch ein Mensch. Wollt ihr drei noch 'ne Lage? Heute gebe ich einen aus. Kommt, und lasst den Mann in Frieden, ja?"

„Komm rüber mit die Buddels und dem Korn, Tom. Ey, Neger, mach die Tür zu, kommt Licht rein."

Dr. Eze, der das kurze Gespräch aus dem Türrahmen heraus verfolgt hatte und hauptsächlich bemüht war, seine Augen an das im Raum herrschende Dämmerlicht zu gewöhnen, machte einen Schritt in die stickige Kneipe und schloss die Tür.

„Ey, Dieter, haste gesehen, der Bimbo hört aufs Wort, nur dass er nicht ‚Ja, Massa' gesagt hat, wie es sich gehört", grölte Rudi los.

„He, ihr besoffenen Säcke", dröhnte jetzt eine Stimme aus dem dunkelsten Teil der Kneipe. „Der Nächste, der ein Wort zu diesem Mann sagt, der kriegt was von mir auf die Fresse. Der da, das ist mein Kumpel, der alte Nortenrocker, der sich sein Bier bei mir abholen will. Komm rüber zu dein Freund Heiner hier. Und ihr da drüben: Seht zu, dass ihr aussauft und verschwindet, sonst misch ich euch auf. Dummes Rassistengesocks hat nichts in meiner Kneipe zu suchen."

Heiner Entelmann hatte sich zu seiner voller Größe aufgerichtet, als er Dr. Eze erkannte. In dicker lederner Motorradjacke war sein Erscheinungsbild so Respekt einflößend, dass kaum jemand sich traute, seine Kräfte und Fähigkeiten wirklich abzufordern. In der Szene ging das Gerücht, er hätte jahrelang als Türsteher vor einer berüchtigten Hamburger

Diskothek gestanden und bei einer kriminellen Rockertruppe mitgemischt. Heiner hatte diese Geschichten niemals kommentiert, es reichte ihm, dass die Leute ihm glaubten, wenn er drohte. Dass er inzwischen als Master Greenkeeper auf dem Golfplatz von Bad Karlenburg arbeitete, wussten nur wenige. Eine ruhige, aber verantwortungsvolle Arbeit, die viel Fingerspitzengefühl verlangte, wenn es um den wertvollen Rasen ging.

Dr. Eze schüttelte dem Motorradmann die Hand. Heiner klopfte ihm noch einmal auf die Schulter.

„Na, Alter, was läuft? Du, das alte Moped habe ich schon fast wieder flott. Neuer Motorblock ist drauf, alles pikobello! Und bei dir? Alles gut? Oder biste inzwischen oben aus der Kurklinik abgehauen? Rappel bekommen, was? Macht nichts. Geht den meisten so nach zwei Wochen Sparfutter und Kräutertee, glaub mir. Tom, mach meinem Freund hier ein Bier, aber ein sauber Gezapftes, versteht sich, das hat er sich echt verdient. Oder biste gar nicht beie Kur?“

„Nein, tatsächlich arbeite ich hier. Draußen, im Tauben Moor“, erklärte Dr. Eze.

„Im Moor? Kein Scheiß? Da haben sie dich aber so richtig an den Eiern gepackt, oder was? Verknackt worden zur Sklavenarbeit, oder was! Ich dachte, das Lager wäre seit Jahren geschlossen, Mann. Ham se da nich nen Gewerbegebiet von gemacht oder so? Egal ey, wenn du von da türmen willst, jede Hilfe von mir, klare Sache! Oder biste schon abgehauen, brauchste Unterschlupf oder was? Kohle?“ Heiner steigerte sich in den Gedanken hinein.

„Was für ein Lager? Was? Nein, nein, du verstehst das falsch. Ich forsche im Moor, ich bin Wissenschaftler. Professor an der Universität Dublin“, sagte Dr. Eze. „Aber Hilfe brauche ich trotzdem. Meine Freundin ist verschwunden, und keiner meiner Bekannten zu erreichen. Und die Polizei ist unfähig.“

„Du bist Professor, kein Scheiß? Kann ich gar nicht glauben, ein Neger als Professor, Wahnsinn, echt. Wenn ich meiner Mutter erzähle, dass ich nen Motorradkumpel habe, der anner Universität ist. Die glaubt mir kein Wort. Und jetzt ist was mit dein Mädchen, und da ist dir dein Motorradfreund Heiner eingefallen. Hab dir doch gesagt, komm zu Tommys Kneipe, da kannst du mich immer finden! Also, was läuft da nich normal, erzähl mal.“

Dr. Eze begann, von seinem Tag im Moor zu berichten. Mona hatte ihn über die Gans informiert und mit einiger Mühe hatten sie es zusammen geschafft, die sperrige Aluleiter im Wagen zu verstauen. Später hatte Mona sich allein auf den Weg begeben und er hatte sich ganz in seine Pflanzenaufnahme vertieft. Erstes Donnergrollen riss ihn Stunden später aus seiner Arbeit und er schaute sich nach Mona um, die schon längst wieder von ihrem Gänseeinsatz hätte zurück sein müssen. Er machte sich auf den Weg zum Borsig-Hof, fand die Leiter am Grenzgraben und sah die Spuren auf der anderen Seite. Er traute sich aber nicht, die Behelfsbrücke mit seinem Gewicht zu belasten. Schon beim ersten Versuch hatte das Metall verdächtig geknirscht. Da er drüben niemanden entdecken konnte, war er umgekehrt und hatte sich auf den Rückweg gemacht. Auf dem Campingplatz hatte er niemanden angetroffen. Zurück in der Pension erfuhr er, das Mona noch nicht wieder aufgetaucht war und Schwachbach sich bereits nach ihr erkundigt hatte. Eine auf der Straße vorbeidröhnende Motorradgruppe erinnerte ihn an Heiner Entelmann. Dr. Eze brauchte jetzt jemanden, mit dem er reden konnte, er brauchte Hilfe. Tommys Kneipe war schnell gefunden.

„Ey, wenn deine Freundin bei dem fetten Borsig aufm Hof ist, dann holen wir sie da einfach weg, ist doch klar“, sagte Heiner. „Tom, mach die Rechnung klar, ich muss meinem Freund hier aus der Patsche helfen!“

Achtundfünfzig

Die schwüle Gewitterluft draußen machte sich inzwischen auch im Haus breit. Adele Borsig schloss das große Fenster, vor dem sie lange in Gedanken versunken gestanden hatte.

Draußen jagten Schwalben im Tiefflug über dem Raster grasmarkierter Pflasterfugen zwischen den Zuchtställen. Blau-schwarz glänzende kleine Geschosse mit schmalen Flügeln. Nur bei den atemberaubenden Wendemanövern blitzte helles Bauchgefieder auf.

Adele sah die Vögel zwar, nahm sie aber nicht wirklich wahr. Ihre Gedanken flogen ebenso rasch kreuz und quer wie die Schwalben auf dem Hof. Was war mit Martin, wie konnte sie Kontakt zu ihm aufnehmen? Sie wollte einfach nicht verstehen, wieso er alle Brücken zu ihr abbrach, nur weil die Polizei auf dem Hof gewesen war. Und welchen Hintergrund hatte diese ominöse Schussverletzung? An die verirrte Kugel eines Jägers glaubte sie nicht mehr. Im Gegenteil, die Gewalttat nährte ihren Verdacht, das Martin Nebengeschäfte betrieb. Nebengeschäfte, von denen niemand etwas wissen sollte. Selbst sie nicht. Es hatte auch sie gewundert, dass er nach all den erfolgreichen Jahren immer noch darauf bestand, die Lieferungen aus Frankreich persönlich zu kontrollieren. Wohlwollend hatte sie es auf seinen Hang zur Perfektion geschoben, auf seine Geschäftstüchtigkeit. Schließlich war es Martin, der ihre marode Landwirtschaft mit seinem Betriebskonzept und den Originalrezepten saniert hatte. Nun glaubte sie nicht mehr daran.

Nach der Schlachtsaison, wenn er längere Zeit in Frankfurt verbrachte, war sie in sein Zimmer gegangen. Sie wollte ihm nah sein, seinen Geruch einatmen, der noch in der Luft hing, sein Leben erforschen. Und sie wollte ein wenig in seinen Sachen herumstöbern, ohne konkrete Anhaltspunkte, mehr, um ihr eigenes Misstrauen zu beruhigen. Nie fand sie auch nur die leiseste Spur illegaler Geschäfte. Martin Tenner, so schien es, war eine durch und durch ehrliche Haut.

Es schmeichelte ihr, dass er jeden Moment, den er nicht in der Produktion war, mit ihr verbrachte. Martin war jung, sah gut aus, er hatte Geschmack, Lebensstil. Ein Frauenschwarm. Doch er schien sich wenig aus seiner Wirkung auf Frauen zu machen, jedenfalls nicht, wenn er in Bad Karlenburg war. Dann war er nur für sie da.

Nur eines störte ihr Verhältnis. Er hatte ihr strikt untersagt, Kontakt zu ihm aufzunehmen, wenn er unterwegs war. Niemals. Sie hatte weder Adresse noch Telefonnummer. Jedenfalls keine, über die sie ihn direkt erreichen konnte. Die Kontaktdaten, die er seinen Geschäftspartnern zur Verfügung stellte, gehörten zu einem Auftragsdienst. Herr Tenner sei gerade nicht am Platz, er werde zurückrufen, wurde sie stets von den Mitarbeitern abgewimmelt. Mehrfach hatte sie um seine Handynummer gebettelt, doch er hatte sie verweigert. „Es reicht, wenn ich mich melde."

Martin hatte eben seine Marotten, wie jeder Mensch. Sie musste sich damit abfinden, auch wenn sie inzwischen wusste, dass Frank eine Geheimnummer von ihm besaß. In den Anfangsjahren der Gänsemast gab es immer wieder kleine Krisen oder Fehler in den Abläufen, die nur schnell und direkt gelöst werden konnten. Wenn Frank einmal mehr den Schlachttag verbaselt hatte, Verpackungsmaterial nicht nachbestellt oder eine Spedition nicht rechtzeitig informiert worden war. Normalerweise kontrollierte sie Franks Geschäftsführung. Nur während ihrer Zeit im Krankenhaus und der langen Reha im vergangenen Jahr musste Martin aushelfen. Zu ihrem Erstaunen funktionierte die Zusammenarbeit zwischen den beiden ausgesprochen gut. Martin schien mit seiner Präsenz und seinem Durchsetzungsvermögen Franks Oberflächlichkeit im Zaum zu halten. Mehr noch, er weckte seinen Eifer. Ihr fetter Herr Sohn, der sonst nichts auf die Reihe bekam, der nur seine Trüffelpralinen und schnellen Reichtum im Kopf zu haben schien, zeigte unter Martins Anleitung ganz neue Fähigkeiten.

In den vergangenen Tagen hatte sich alles verändert. Martin blieb verschwunden und Frank machte, was er wollte. Ohne sie zu informieren. Adele fühlte sich hilflos und ausgeliefert.

Die Schwalben über dem Hof waren plötzlich verschwunden. Gewittergrummeln rollte aus der Ferne heran. Wetterleuchten hinter der Gardine.

Ich versuche es, beschloss Adele gegen alle Ängste. Sie zerrte ihren alten Arbeitsoverall aus einem der Kleiderschränke hervor. Mit dem Stück Stoff kamen sofort die Erinnerungen an Gerda und Gertrude zurück. Noch mehr Tod und Trauer, die ihr Leben belasteten. Gerda und Gertrude, ihre beiden Gänse, die sie von Hand aufgezogen hatte und die ihr bei jeder Arbeit auf Schritt und Tritt gefolgt waren. Martin hatte ihr die beiden verwaisten Federbälle zu Beginn ihrer Zusammenarbeit aus Frankreich mitgebracht, damals, als sie noch aktiv beim Aufbau der Geflügelzucht mitarbeitete. Die beiden Gänse wuchsen heran und wurden ihr Ein und Alles. Sie waren immer in ihrer Nähe. Ein Ruf, und sie kamen mit freudigem Gezeter angerannt. Wenn sie in die Hocke ging, schmiegten die Gänse die langen Hälse an ihren Arm oder an die Schulter, zupften behutsam an ihren Ohrläppchen oder ließen sich genussvoll kraulen. Martins Geschenk.

Doch er war es auch, der die Schlachterei wollte und wenige Monate später diesen schrecklichen Milos und die Bulgaren auf den Hof brachte. Der Schlacht- und Verarbeitungsbetrieb kam in Schwung. An einem regnerischen Herbsttag, einem Sonnabend, kam Adele wie üblich im Morgengrauen die Küchentreppe hinunter, um die Brutanlage in den Aufzuchtställen zu kontrollieren. Gerda und Gertrude warteten nicht wie üblich am Fuß der Treppe auf sie. Kein Suchen und Rufen brachte die Gänse zurück, sie blieben verschwunden. Später erfuhr sie, dass Frank die beiden am Freitag hatte schlachten und verarbeiten lassen, weil ihm einige Stücke für irgendeine eine dringende Bestellung fehlten. Milos war der Schlachter. Seit diesem Tag wollte sie nie mehr eine lebende Gans sehen.

Adele schwitzte heftig, nachdem sie den Weg zu Franks Büro hinter sich gebracht hatte. Warme, wassergesättigte Luft hüllte sie ein, wie damals die Dampfschwaden in der Waschküche ihrer Mutter. Adele ließ die abgegriffenen Kärtchen auf dem alten Rolodex vor sich kreisen, öffnete Schubladen und Ordner in der Hoffnung, Martins Telefonnummer zu finden. Nichts.

Enttäuscht glitt ihr Blick über das typische Chaos auf dem Schreibtisch ihres Sohns. Eine halbleere Schachtel Trüffelpralinen, Kugelschreiber, Telefonbücher, Kaffeebecher mit Bodensatz, geöffnete und ungeöffnete Post, ein aufgeschlagener Ordner mit Werbematerial. Sie blätterte in einer Schulkladde neben dem Telefon. Daten und Zahlenkolonnen, Eurobeträge, keine Telefonnummern. Sie war gerade im Begriff, das Heft wieder zu schließen, da begriff sie, was die Eintragungen bedeuteten. Liefertermine, Mengen und Rechnungsbeträge. Von was? Was trieb Frank zu dieser doppelten Buchführung, zusätzlich zu dem normalen Rechnungswesen? Das waren keine Fleischmengen, die hier berechnet wurden, die Beträge waren einfach zu niedrig. Sie blätterte auf die erste Seite, dort stand eine Telefonnummer. Adele griff zum Hörer und wählte, um ihre rotlackierten Fingernägel zu schützen, mit einem Bleistift.

Nach drei Ruftönen meldete sich ein Anrufbeantworter. „Bosselmann, Daunenprodukte. Wenn Sie ...“ Sie legte auf. Mein Sohn hintergeht mich und macht Geschäfte mit diesem Halsabschneider, dachte sie. Sie nahm sich die Kladde erneut vor, überschlug die Beträge und blieb bei der letzten Eintragung hängen. Der 26. Mai, das war das heutige Datum. 18 Uhr war durchgestrichen und zu 21 Uhr geändert worden. Dann erinnerte sie sich an den Lastwagen heute in der Frühe, ihr eigentlicher Abnehmer für die Federn.

War deshalb in der Schlachterei kein Licht mehr, wie sie vorhin verwundert festgestellt hatte? Ließ Frank etwa Federn für seinen kleinen Nebenverdienst produzieren? Ihre Fassungslosigkeit wechselte zu Wut. Grund dafür waren nicht die rund 9.000 Euro Nebeneinnahmen, die sie aus den Aufzeichnungen zusammengerechnet hatte. Es war vielmehr die Tatsache, dass Martin und sie immer auf eine absolut gesetzeskonforme Produktion gedrängt hatten, um die Seriosität des Borsig-Hofes wiederzuerlangen – nach dem Riesenskandal um die Kälberaufzucht. Und sie wusste um die brutalen Methoden der Federnproduktion aus den Fachzeitschriften der Geflügelproduzenten.

Adele riss die Schubladen auf. Nichts als Büroklammern, Briefumschläge, längst vergessene Unterlagen. Die unterste Schublade war verschlossen. In Rage gekommen, griff sie die große Papierschere und hebelte das einfache Schloss auf. Nachschub an Trüffelpralinen, eine Geldkassette und eine Flasche mit Etikett. „Carbofuran gegen Insekten" stand über einem orangefarbenen Totenkopf. Also doch Giftköder. Auch das war Franks Werk!

Das Gewitter schickte mächtige Sturmböen als Kundschafter voraus, Blätter und kleine Äste flogen aus den gepeitschten Bäumen. Als sie das Büro verließ, wurde ihr die Tür aus der Hand gerissen und knallte gegen die Wand. Der Sturm nahm die Einladung dankend an und langte in den geöffneten Raum. Er wirbelte Papier, Hefter, Schreibutensilien, Kataloge zu ganz neuer Ordnung, bis die Außentür krachend zurück in Schloss fiel. Adele bemerkte nichts davon. Aufgebracht klapperte sie die Stallgebäude ab. Weder in der Mast noch in der Zuchtanlage entdeckte sie etwas Ungewöhnliches. Im Gegenteil. Sie wunderte sich, wie ordentlich und friedlich alles aussah. Alle Tiere machten einen zufriedenen Eindruck.

Gerda und Gertrude. Ihre Wut legte sich etwas. Schließlich blieb nur noch der alte Quarantänestall. Sollte sie auch dort noch suchen, fragte sie sich. Wie bei einer Theateraufführung nach dem letzten Gong wurde das Licht bis zur Dunkelheit gedimmt. Die Aufführung begann, als ein schwarzgrauer Wolkenberg über dem Moor in zwei Hälften riss und gleißendes Licht durchblitzen ließ. Eine Sekunde später klirrten mit dem ausrollenden Donnergetöse die Scheiben in ihren Betonrahmen. Um die Dramaturgie zu steigern, setzte Platzregen ein.

Auf der kurzen Strecke bis zum alten Stall wurde Adele bis auf die Haut durchnässt. Sie öffnete mit ihrem Generalschlüssel die Seitentür.

Neunundfünfzig

Zack bemerkte, wie jemand in sein Verließ eintrat und die Tür sich schloss. „Herr Ferenc, ich möchte Sie doch noch einmal ausdrücklich auffordern, mir die Handfesseln abzunehmen", näselte er durch blutverkrustete Nasenlöcher. Er erinnerte sich vage an den letzten Auffrischungslehrgang „Psychologie II" bei Polizeirat Holsten. Leider im vergangenen Jahr verstorben, der Mann. Kaum einen Monat nach seinem letzten Lehrauftrag. Gerade erst vierundsiebzig Jahre alt. Seinen vielfach wiederholten Leitspruch hatte Zack sich eingeprägt: „Polizeiarbeit ist angewandte Psychologie".

Was hatte Holsten zum Kapitel Geiselnahme gesagt? Bestimmt war es um sein Lieblingsthema gegangen, „Gesprächskontrolle". Aber da war noch etwas gewesen. Irgendetwas wie Vertrauen gewinnen, persönliches Verhältnis zum Täter aufbauen. Er musste es versuchen.

„Ich weiß, Sie sind auf der Flucht und verängstigt, aber wir können doch über alles reden. Wir sind doch keine Unmenschen bei der Polizei. Ich, zum Beispiel, könnte durchaus einmal Gnade vor Recht ergehen lassen, wenn Sie jetzt sofort ein Einsehen haben. Die Sache mit der Gefangennahme, also Freiheitsberaubung, Widerstand gegen die Staatsgewalt, Körperverletzung, unerlaubter Waffenbesitz, Diebstahl ..." Zack hielt inne, seufzte im Angedenken der Schwere dieser Taten einmal tief und bezweifelte selber, sein eben gemachtes Versprechen tatsächlich einhalten zu können. Er appellierte an die Menschlichkeit seines Entführers: „Sehen Sie, meine Berta liegt krank zuhause und braucht dringend Pflege. Sie ist absolut hilflos ohne mich. Sie können doch nicht einfach ein unschuldiges Wesen zugrunde gehen lassen."

„Entschuldigung", mischte Elisabeth sich in den Monolog des Polizisten ein, „aber ich bin nicht Herr Ferenc. Zwei Gangster haben mich soeben in diesen Raum verfrachtet. Ich bin gefesselt. Was wollen diese Typen von uns?"

Sie hatte die Prozedur der Fesselung schließlich ohne Gegenwehr über sich ergehen lassen und war jetzt seltsamerweise frei von Angst, selbst nachdem sie im Dunkeln eingesperrt worden war. Sie verharrte seitdem bewegungslos in vollkommener Dunkelheit und lauschte dieser Stimme, die ihr trotz der nasalen Klangfarbe irgendwie bekannt vorkam.

„Wie, was? Noch jemand gefangen in diesem Loch? Das ist ..." Zack fehlten die Worte, seiner Fassungslosigkeit Ausdruck zu verleihen. „Das ist ja unerhört! Hier spricht Polizeihauptwachtmeister Horst Zack! Ich werde jetzt seit Stunden gefangen gehalten, nachdem dieser Verbrecher mich ... sich seiner Verhaftung entzogen hat. Ich brauche Ihre Hilfe! Können Sie mir aufhelfen, ich hole mir sonst noch den Tod. Es ist eiskalt hier auf dem Beton. Und dieser Sack über meinem Kopf."

„Ich kann zwar gehen, aber meine Hände sind auf dem Rücken zusammengebunden. Außerdem ist es hier stockdunkel. Sie müssen also noch etwas Geduld aufbringen."

„Himpfe, himpfe", klagte es nun aus einer anderen Ecke.

Elisabeth war verwirrt. Diese Stimme klang weiblich und ziemlich schwach. Ich muss erst einmal dort helfen, beschloss sie. „Moment, ich komme sofort. Aber wir brauchen zuerst Licht", sagte sie. „Sonst kommen wir nicht weiter."

Sie ging vorsichtig einige Schritte rückwärts, bis ihre Hände eine kalte Wand berührten und sie die Mauerkante zur Türöffnung fühlen konnte. Sie versuchte, einen Lichtschalter zu ertasten. Wo befindet sich der? Logischerweise direkt neben der Tür an der Wand, überlegte sie. Drinnen ... oder draußen. Ihr Optimismus schwand. Um mit den gefesselten Händen möglichst hoch zu reichen, musste sie sich tief bücken und gleichzeitig auf den Zehenspitzen balancieren.

Während sie sich abmühte, wurde sie von Zacks Sorgen und Nöten bezüglich seiner Berta in Kenntnis gesetzt, inklusive des Durchfalls und der daraufhin eingeleiteten Kur.

„Sie haben Ihrer Frau Heu und Wasser gegen Durchfall gegeben?", fragte Elisabeth, von der Anstrengung ihrer Sucharbeit völlig außer Atem.

„Wieso meiner Frau? Ich bin schon lange geschieden. Ich spreche von Berta, meiner Neuseeländerin, die bei der letzten Meisterschaft Gold gewonnen hat. Ich muss mich zum Wochenende noch um ihr Haarkleid kümmern. Sie braucht auch täglich frische Einstreu und regelmäßig Futter. Sonst wird sie böse. Sie ist nun einmal sehr sensibel."

„Mann, Sie jammern hier die ganze Zeit wegen Ihrer Kaninchen? In unserer Lage? Sind Sie bescheuert? Das darf doch wohl nicht ... na also."

Klack, eine nackte Glühbirne leuchtete auf. „Gott sei Dank, Licht."

Sie musste blinzeln, bis ihre Augen sich an die Helligkeit gewöhnt hatten. Die Wände des Raumes waren mit leeren, von Flugrost überzogenen Metallregalen vollgestellt. Auf dem Betonfußboden schimmerte Feuchtigkeit. Spinnweben hingen von der Decke. In der hintersten Ecke kauerte eine Frau zusammengekrümmt auf einer Unterlage aus fleckigem Karton, den Mund geknebelt, das Gesicht halb verdeckt von einem Schwall roter Haare. Vorne rechts lag der Polizist. Er trug einen Sack über dem Kopf. Elisabeth brauchte trotzdem keinen zweiten Blick, um zu erkennen, dass sie diesem Mann heute schon einmal begegnet war: In der Früh, auf dem Polizeirevier. Der impertinente Dummkopf, der sich mit einem tutenden Telefon beschäftigt hatte. Sollte der warten, bis er schwarz war, dachte sie und wandte sich der Frau zu.

„Alles wird gut", sagte sie. „Ich versuche, den Knebel zu lösen."

Es gelang, unter heftigen Verrenkungen.

„Danke", keuchte Mona, nachdem sie auch die Wollmütze ausgespuckt hatte, „noch eine Stunde länger und ich wäre erstickt. Oder an dem blöden Gelaber von dem dort aus der Ecke zu Grunde gegangen. Ich heiße Mona."

„Ich bin Elisabeth. Bist du verletzt?"

„Nur Schmerzen in der Kinnregion. Der Kerl hat mich niedergeschlagen."

„Auweia. Lass sehen. Bisschen geschwollen und rot, aber nicht schlimm. Wir sollten unsere Fesseln loswerden, was meinst du?"

„Ja, aber wie ..."

„Meine Damen, ich muss doch sehr bitten! Könnten Sie mir diesen Sack vom Kopf ziehen, damit ich die notwendigen Rettungsmaßnahmen einleiten kann", tönte es aus der anderen Ecke.

„Schnauze", riefen beide Frauen gleichzeitig.

„Wenn wir uns Rücken an Rücken legen, könnte eine vielleicht den Draht der anderen lösen", schlug Elisabeth vor.

Mona willigte ein und drehte sich zur Seite. Nach einigen schmerzvollen Erfahrungen lösten sich die Fesseln. Mona massierte die tiefroten Druckstellen an den Gelenken.

„Und wie kommen wir jetzt hier raus?", fragte sie. „Der Bulle dort hat vorhin über eine Stunde laut um Hilfe gebrüllt, ohne dass sich irgendjemand gerührt hat."

Elisabeth war inzwischen zurück zur Tür gegangen und sah sich um.

„Du Mona, hier hängt ein Schlüssel über einem Kalender", platzte sie plötzlich heraus. „Das könnte der Türschlüssel sein. Ist allerdings ziemlich rostig. Kein Wunder, der Kalender ist ja auch uralt. Von 1983, fasst dreißig Jahre hängt der hier! Komm, wir probieren es!"

Sekunden später hatte sie die Tür geöffnet.

„Na, bitte. Geht doch. Knast mit Freigang. Los, wir peilen die Lage oder wie sagt man unter Ganoven? Und dann verschwinden wir." Sie schaute sich nach Zack um. „Wird Zeit, dass hier richtige Polizei auftaucht."

„Sag mal, wie bist du denn drauf? Hast du gar keine Angst vor diesem Typen da draußen, oder bist du selbst von der Polizei?", fragte Mona.

„Ich? Nee, ich bin Finanzbeamtin. Da sind zwei Leute, vor denen wir uns in Acht nehmen müssen. Ein Schnösel, der mich mit einer riesigen Waffe bedroht hat, und dieser bullige Ausländer, der mich durch die Gegend geschleift hat, als sei ich eine zum Schlachten fällige Gans." Vorsichtig bewegte sie sich in den Vorraum hinein. „Irgendwie kommt mir das alles so unwirklich vor, als wäre ich gar nicht richtig dabei", murmelte sie. „Vielleicht stehe ich auch nur unter Schock und breche gleich zusammen."

„Was machen wir mit dem da? Wir können Ihn doch nicht einfach hier liegen lassen?", meinte Mona. Sie ging zu dem Polizisten und zog ihm den Sack vom Kopf. Dann bog sie den Draht der Beinfesseln auseinander und half ihm auf die Beine.

Zu dritt, Elisabeth voran, querten sie den Vorraum und stiegen die Wendeltreppe hinauf. Die Metallstufen schepperten bei jedem Schritt.

„Draußen ist Gewitter. Und was ist das für ein fürchterliches Geschrei da nebenan? Hört ihr das?" Elisabeth prüfte, den Kopf aus dem Treppenschacht gereckt, das Erdgeschoss. „Kein Mensch zu sehen", stellte sie fest, „los, wir können raus."

Sechzig

„Schau an, da steht der Wagen von der neugierigen Schnepfe. Verfolgt mich, nur weil ich irgendeinem Penner ähnlich sehen soll. Wie blöde ist das eigentlich, wildfremden Menschen nachzufahren? Wahrscheinlich männergeil, die Alte“, sagte Martin, als sie von ihrem kurzen Abstecher in ein Gasthaus ein paar Dörfer entfernt zurückkehrten, um die restlichen Gänse abzuholen. Die Schlachtaktion sollte inzwischen beendet sein. Er stoppte direkt neben dem Fahrzeug, das vor einem Weidetor geparkt stand.

„Geh und check, ob der Wagen offen ist, dann könnten wir ihn verschwinden lassen.“ Martin begann, vor dem Rückspiegel seine vom Fahrtwind zerzausten Haare zu ordnen. Sie waren gezwungen gewesen, mit geöffneten Seitenfenstern zu fahren, denn die Schwüle des Nachmittags hatte den Verwesungsgeruch im Innern des Opels merklich verschärft. Martin meinte, selbst schon aus allen Poren nach Aas zu stinken, was ihn ekelte.

Milos stieg aus und rüttelte an den Türgriffen des Kleinwagens. „Türe zu, musse aufmachen mit die Eisen oder Stein. Was zuerst tun, Auto oder die Gänse?“

„Komm, ist jetzt egal“, entschied Martin. „Lass uns die Gänse einpacken. Geh zur Schlachterei. Schau, ob sie inzwischen fertig sind.“

Milos zuckte mit den Schultern und verschwand hinter dem Blättervorhang am Zaun. Martin wendete den Opel, um möglichst nah am Durchschlupf zu parken. Dann folgte er dem Bulgaren.

Zwei Fliegen mit einer Klappe, freute sich Frank Borsig, als die Bulgaren die Schlachterei endlich verlassen hatten und der permanente Lärm sich in angenehme Stille verwandelt hatte. Die vermaledeite Federlieferung würde doch noch klappen, und er selbst konnte jetzt in aller Ruhe nach Diamanten schürfen. Er schloss sich in der Schlachterei ein. Selbst in der Tür zum Büro drehte er den Schlüssel um, was eine absolute Ausnahme war. Aber er wollte unbedingt allein bleiben. Wie ein Goldgräber, der in seinem Stollen eine große Erzader entdeckt hatte.

Niemand außer ihm selbst, seiner Mutter und Martin Tenner besaß einen Schlüssel zu diesem Gebäude. Seine Mutter ging nie auf den Hof, aber Tenner blieb ein Risiko. Der war allerdings schon seit Tagen von der Bildfläche verschwunden. Einfach abgetaucht. Umso besser, dachte Frank.

Ungeduldig schaukelte er sich ins Kühlhaus. Anscheinend rechnete Drago tatsächlich damit, dass jemand die Tiere abholen würde, kombinierte er, als er die schwarzberingten Gänse, wie erwartet, sauber verstaut in ihren Fleischboxen auf der falschen Regalseite entdeckte. Vier rote Kisten, jede davon gut dreißig Kilo schwer. Er nahm den Rollwagen und wuchtete sie unter heftigem Schnaufen darauf. Trotz der Kühlung trieb ihm die Anstrengung Schweiß auf die Stirn, bevor er schließlich seine Beute in den Schlachtraum bugsierte. Fehlte nur noch ein scharfes Messer zum Glück, dachte er. Vor Euphorie und Erregung begann seine Haut zu kribbeln. Die Haare auf dem Arm stellten sich auf.

Wie ein Schlag mit einem Knüppel traf ihn die Stimme hinter seinem Rücken. „Da hat ja einer für uns mitgedacht", sagte Martin Tenner. Frank wurde speiübel. Er wollte sich umdrehen.

„Bleib einfach so stehen, Dicker, und lass die Hände schön auf der Arbeitsplatte, wenn du dir Schmerzen ersparen willst." Martin stand vor dem Hintereingang, den er gerade geöffnet hatte. „Milos, schaff die Kisten ins Auto, ich kümmere mich um unseren Hausherrn."

„Du kommst doch gar nicht weit mit deiner Beute", stammelte Frank. Seine Enttäuschung war ihm anzumerken. Zusammengesunken, mit hängendem Kopf, stand er vor der geöffneten Messerlade.

„Das lass man meine Sorge sein", sagte Martin. Kurzentschlossen machte er vier, fünf große Schritte und verpasste Frank mit dem Pistolengriff einen heftigen Schlag in den Nacken. Die Brille landete scheppernd auf dem Edelstahl, während der Getroffene zusammensackte. Als würde bei einem Michelinmännchen die Luft aus den Reifen gelassen, dachte Martin. Er prüfte den Puls seines Opfers. In Ordnung. Dann schaffte er eine der drei verbliebenen Kunststoffboxen zum Auto. Beim letzten Gang kam Milos ihm auf halber Strecke entgegen.

„Was mit diese Chef? Kann nichte bleiben liegen."

„Stimmt. Wir brauchen etwas Vorsprung. Bring den Dicken in den Kühlraum. Tür zu und verrammeln. Aber nicht in den Froster, klar, wir brauchen keine Leiche. Ich warte am Auto auf dich, und dann nichts wie weg."

„Isse gut. Ich machen, du warten."

Im selben Moment, in dem er die Hecktüren des Opels zuwarf, zuckten grelle Lichtreflexe in den Scheiben, als hätte jemand eine überdimensionale Leuchtstoffröhre eingeschaltet. Erschrocken wandte Martin sich um und erst jetzt wurde ihm das drohende Gewitter bewusst. Es gab einen Moment der Stille, bevor er das Klatschen fetter Tropfen auf den Blättern des Kirschlorbeers hörte und er selber nasse Treffer einfing. Martin flüchtete auf den Fahrersitz und beobachtete, wie die Welt vor der Windschutzscheibe in kürzester Zeit hinter Wasserrinnsalen ins Unscharfe zerrann. Er schaltete Zündung und Scheibenwischer ein. Durch den Halbkreis zackelte ein Blitzband, der unmittelbar folgende Donner erschütterte den Opel.

Er musste jetzt einiges organisieren, überlegte er, die ersten Anrufe dazu hatte er bereits erledigt. Ein Anflug von Abgeschlagenheit und Müdigkeit überkam ihn. Konnte er überhaupt die Kontrolle bewahren? Machte der ganz Mist überhaupt noch Sinn? Er musste sich zusammenreißen, um weiterzumachen.

Was war zu tun? Den Porsche abholen, Ladung umpacken, Strecke schaffen. Er brauchte vor allem eins, Zeit. Warum die jetzt vergeuden, fragte er sich und startete den Motor, wendete und beschleunigte genau in dem Moment in Richtung Bad Karlenburg, als ein bis auf die Haut durchnässter, sehr wütender Milos Ferenc durch das Gebüsch brach. Martin bemerkte ihn nicht einmal.

Nahe der Autovermietung sah er durch die Wasserschlieren auf der Windschutzscheibe mehrere Polizeiwagen mit Blaulicht auf der Gegenfahrbahn an ihm vorbeibrausen. Glück gehabt, freute er sich und schöpfte neuen Mut.

Einundsechzig

Federn. Nur bei Vögeln gibt es diese kompliziert gebauten Horngebilde. Sie sind Teil der Haut, genauer gesagt, der obersten Hautschicht, der Epidermis, in der sie sich aus speziellen Zellen entwickeln. Ähnlich wie menschliche Haare und deren Wurzeln bleiben Federn mit dem Kiel während der Wachstumsphase fest in der gut durchbluteten Federscheide eingewachsen. Bis die Zeit der Mauser kommt und das gesamte Federkleid erneuert wird.

Grob unterschieden gibt es zwei Federtypen: Körpernah liegen die flauschigen, wärmenden Dunen oder Daunenfedern, die von den flachen Konturfedern überdeckt werden. Diese bestimmen das äußere Erscheinungsbild des Vogels. Jede einzelne Feder ist ein wahres Wunderwerk feiner Verästelungen und ineinander verhakter Radien, farbenfroh prächtig, wie beim Eisvogel, oder angezüchtet schlicht, wie bei der Hausgans. Eine ausgewachsene Gans trägt etwa dreihundert Gramm Federn, die sie, ihrem Instinkt folgend, täglich mehrfach pflegt, sie mit dem Sekret ihrer Bürzeldrüsen fettet, legt und zurechtzupft, damit es warm und wasserabweisend bleibt.

Solche Fakten berührten den Bulgaren an der Maschine in keiner Weise. Gerade beförderte ein Kollege mit Fußtritten die nächste Gans herüber. Er dachte an die schmackhaften gefüllten Gänsehälse beim Mittagessen und fragte sich, ob davon heute Abend noch welche zu bekommen seien. Die Chance darauf war allerdings gering. Er packte das angstvoll kreischende Tier an den Flügeln, presste diese auf dem Rücken zusammen und drückte das Bündel gegen die rotierenden Scheiben der Rupfmaschine.

Der Arbeiter war froh, nicht umständlich mit der Hand rupfen zu müssen. Ging doch ganz flott so, und mit Gehörschutz war selbst der Lärm zu ertragen, eine Mischung aus Maschinenheulen und dem Gezeter der verdammten Viecher.

Die Fräse packte zu. Zwischen den keilfömig zueinander angeordneten Scheiben klemmten sich Federn ein, wurden aus der Haut gerissen und durch ein Gebläse nach hinten in einen großen Sack befördert. Saubere Sache. Nach zwei bis drei Minuten warf er die von Bauch-, Hals- und Rückengefieder befreite Gans über die Absperrung in den Stallauslauf und griff sich die nächste.

„Neiiin!“ Adeles Schrei des Entsetzens ging im Donnergetöse des Gewitters unter. Er wäre auch vom Kreischen der Gänse geschluckt worden, die nach der erlittenen fürchterlichen Prozedur in wilder Panik auseinander stoben. Soweit sie es noch konnten. Schwer verletzte Tiere lagen am Boden. Durch den rohen Griff der Arbeiter waren ihnen die Flügelknochen gebrochen oder die Haut vom Herausreißen der Federn tatsächlich in Fetzen gerissen worden. Einige krümmten sich in der Einstreu, zuckten unkoordiniert mit den Gliedmaßen, nur bemüht, fortzukommen. Andere, weniger schwer Verletzte, rannten mit blutenden Hälsen und Brüsten unter leeren Flügelschlägen in die Halle hinein, so als wollten sie aller Welt zeigen, was ihnen gerade angetan worden war. Sie stürzten Adele entgegen, die soeben mit ihrem Schlüssel die Seitentür des Stalls geöffnet hatte. Voller Panik stoppte die Schar und rannte in eine andere Richtung, halbtot geschunden.

Adele versuchte, dem Grauen der Halle zu entgehen. Sie schlug die Hände vor die Augen, doch da waren jetzt wieder Gerda und Gertrude, ebenso blutig gerupft, während qualvolle Schreie ihren Kopf füllten. Sie taumelte zurück und in den Regenguss hinaus. Sie bemerkte nicht, dass zwei Männer über den Hof kamen und ihr durch den an- und abschwellenden Donner etwas zuriefen. Adele nahm die Welt um sich herum nicht mehr wahr.

Die Männer ließen sie fortziehen und wandten sich dem Lichtschimmer der geöffneten Stalltür zu, aus der sich erste Gänse in die vermeintliche Freiheit retteten. Keiner der Bulgaren ganz hinten in ihrer Ecke hatte etwas von dem Zwischenfall bemerkt. Sie arbeiteten weiter, dem Feierabend entgegen.

Dr. Eze hatte seinen kleinen Leihwagen vor dem Büro geparkt. Während der Fahrt von der Rocker-Kneipe zum Borsig-Hof war es ständig dunkler geworden. Heiner Entelmann plapperte die ganze Fahrt über munter vor sich hin, über Kolbenringe, 7/16-zöllige Schraubenschlüssel, Drehmomente, Zahnstangen und Ritzel. Ganz ohne Sorge vor dem, was ihn erwartete. Tropfen platzen auf der Windschutzscheibe, als sie die Hofeinfahrt fast erreicht hatten. Etwas weiter die Straße entlang parkte ein Auto auf dem Seitenstreifen. Inzwischen mühte sich der Scheibenwischer, die Wassermassen zu bewältigen.

„Sollen wir warten?“, fragte Dr. Eze seinen Beifahrer.

„Was denn, Professor, das bisschen Regen wird dich doch nicht abhalten, deine Freundin zu retten“, hielt Entelmann dagegen und wuchtete sich bereits aus der Tür. Der Wagen geriet dabei ins Schwanken.

„Im Büro ist niemand", brüllte Heiner Entelmann in den Wagen. „Sieht wüst aus da drin. Aber da drüben steht jemand in einer Stalltür. Den haue ich jetzt an. Wie heißt deine Braut nun wieder? Dora?" Mit einer Blitzentladung setzte gewaltiger Donner ein.

„Mona", schrie Dr. Eze, ohne gehört zu werden. Er rappelte sich aus dem Fahrersitz, zog die leichte Windjacke zum Schutz der Brille über den Kopf und folgte dem Hünen, gebückt unter dem Gewitterguss. Nach ersten Versuchen, den Pfützen auszuweichen, gab er es auf und beeilte sich, Heiner Entelmann zu erreichen. Er sah, wie der einer Frau im Overall etwas zurief, die eben aus dem Gebäude gekommen war. Sie schritt ohne Hast durch den Regen, von ihnen fort.

„Total durchgeknallt, die Alte", brüllte Heiner, als er Dr. Eze neben sich sah. „Null Reaktion. Mann, Alter, was ist da denn los? Da, wo die komischen Gänse flattern?", fragte er und lief, ohne eine Antwort abzuwarten, in den Stall. „Verfluchter Mist, wo ist der Hühnerficker, der diese Scheiße hier veranstaltet? Wenn ich eins nicht abkann, dann sind das Tierquäler, aber echt. Ey, ihr Schweinepriester da drüben, ich mach euch aber so was von alle, wenn ich euch in die Finger bekomme."

Heiner tobte vor Wut, als er das Elend vor seinen Augen und dessen Ursache erfasst hatte. Der Professor und seine Dora waren vergessen. Mit Riesenschritten hielt er auf die vier Bulgaren zu, die noch immer an den Fräsmaschinen arbeiteten. Heiner stiefelte mitten durch die geschundenen Tiere, die zeternd zu beiden Seiten auswichen.

Ein anderer Moses, der die Fluten eines blutigen Meeres teilt, dachte der Professor noch, bis ihn der jammervolle Anblick der Tiere zurück vor die Tür trieb. Der heftige Regen wurde von nachlassendem Tröpfeln abgelöst und in der kühlen Luft, die dem Gewitter folgte, beruhigte er sich. Er überlegte, was zu tun sei. Um Heiner, seinen Begleiter, machte er sich keine Sorgen. Der konnte auf sich selbst aufpassen. Er verspürte wenig

Neigung, selbst gegen die Tierquälerei einzuschreiten, denn es gab schon genug Gewalt, die er in seinem eigenen Leben hatte erfahren müssen. Das war ein Fall für Polizei und Staatsanwaltschaft.

Aber was war mit Mona? Weitersuchen oder auf die Polizei warten? Er zog sein Handy hervor und tippte den Notruf. Zum Anruf kam er allerdings nicht mehr.

Mona hatte um die Ecke gespäht und ihren neuen Freund etwa dreißig Meter entfernt zwischen Scharen von Gänsen, die aus dem Gebäude quollen, an der Stallwand entdeckt.

„Walter? Walter, bist du es wirklich? Das gibt es doch gar nicht."

Gegen die Proteste des noch in Handschellen gefesselten Polizisten hatten die drei Ausbrecher sich vorhin entschieden, im Schutze des Gewitters zur Straße zu laufen, wo Elisabeths Wagen stand. Jetzt war es anders gekommen. Eng an den Professor geschmiegt, erzählte Mona ihre Geschichte.

Zack inspizierte derweil, die Hände noch auf dem Rücken gefesselt, die Sachlage im Gänsestall. Für Elisabeth sah es aus, als würde er wohlgefällig eine Schaufensterauslage mustern. Aufgrund seiner eingeschränkten Handlungsfähigkeit sah Zack sich nicht in der Lage, einem im hinteren Gebäudeteil tobenden Lederjackenträger Einhalt zu gebieten, der mit einem Eisenrohr oder einer schweren Stange am Boden liegendes Inventar zertrümmerte. Außerdem kannte Zack den Vandalen. Heiner Entelmann. Parken eines Motorrads vor Bäckerei Brüning. Im eingeschränkten Halteverbot! Der Hinweis auf die Ordnungswidrigkeit und das damit fällige Bußgeld hätte ihn fast das Hörvermögen gekostet.

Elisabeth hielt sich etwas abseits. Sie wollte nicht mehr vom Elend der Gänse mitbekommen als unbedingt nötig. Durchnässt wie sie war, presste sie ihre Arme an die Brust. Gerade wollte sie ihre Begleiter auffordern, etwas zu unternehmen, als zuckendes Blaulicht ihre Aufmerksamkeit einfing. Drei Polizeiwagen und ein Zivilfahrzeug preschten durch die seitliche Hofeinfahrt und rauschten bis dicht vor das Gebäude. Uniformierte und Männer in Zivil platzten aus der Kolonne. Türen knallten. Männer rannten über das mit Pfützen übersäte Pflaster.

„Was ist hier los?“, rief ein korpulenter Anzugträger mit strohgelben Haaren, der sich mit dem Verschluss eines Regenschirms abmühte. „Dies ist ein Polizeieinsatz. Niemand verlässt ... ja, Herr des Himmels, verdammte Technik. Na also.“ Der Schirm sprang auf. Stollberg sah auf und stutzte. „Ach ... na so was, Herr Professor? Frau Reuther, ja, was machen sie denn hier? Näh ... das klären wir gleich. Schuster, Kleinschmidt, Sie nehmen sechs Beamte und suchen nach der Waffe. Beginnen Sie im Wohnhaus, wie besprochen. Sie beide dort durchsuchen das Büro drüben und der Rest treibt die gesamte Sippschaft zusammen, Eigentümer, Mitarbeiter, Gäste, wen auch immer. Alle werden erfasst, Ausweise kontrollieren, das Übliche. Aber zackig, meine Herren. Frau Braunhuber, Sie bleiben bei mir. So, jetzt zu Ihrer Runde. Ach, siehe da, der Herr Polizeihauptwachtmeister Zack weilt noch unter den Lebenden. Mann, wo haben Sie denn gesteckt, ich habe überall nach Ihnen suchen lassen? Und was treiben Sie in diesem Gänsestall? Wieso ist das hier so ein grässliches Gezeter? Kann mich mal einer aufklären?“

„Das wäre wirklich kein Problem“, erwiderte der Professor mit ruhiger Stimme, „wenn Sie uns erst einmal zu Wort kommen ließen.“

Zweiundsechzig

Das Erste, was sie bemerkte und was überhaupt keinen Bezug zu der skurrilen Melange von Rettern und Geretteten, in Panik flüchtenden Gänsen, Polizeigewusel und Blaulichtblitzen hatte, die sie aus dem selbst gewählten Abseits heraus beobachtete, war der widerliche Gestank kalten Tabaks vor ihrer Nase. Im letzten Moment mischte sich ein Hauch von Verwesungsgeruch darunter, dann presste sich eine Handfläche unnachgiebig auf ihren Mund. Bevor Elisabeth die Geruchseindrücke auch nur zuordnen konnte, wurde sie bereits rückwärts durch klatschnasse Büsche gezerrt. Ihr kam nicht einmal die Idee, sich gegen die Prozedur zu wehren oder um Hilfe zu rufen. Die kraftvolle, schwielige Männerhand hätte es ohnehin unterdrückt. Die Aktion ging so schnell, dass keiner der Umstehenden etwas bemerkte.

„Du mitkommen zu Auto, sonst ich richtig böse“, raunte ein Mann hinter ihr, den sie unschwer als den Ausländer unter ihren Ex-Entführern identifizierte. Sie versuchte zu nicken und war bemüht, da er sie rückwärts zog, mit dem Mann Schritt zu halten. Nach kurzer Strecke wurden ihr die Verrenkungen unerträglich, deshalb fasste sie an den muskelharten Arm und versuchte einen zusichernden Laut, der bedeuten sollte, dass sie nicht Schreien würde. Der Pressgriff auf ihrem Mund lockerte sich etwas.

„Ich werde nicht schreien. Aber bitte, ich möchte selber laufen, ohne dass Sie mich zerren. Dann wird es deutlich schneller gehen“, nuschelte sie. Der Mann grunzte nur, ließ sie aber los und stieß sie voran Richtung Straße.

Polizeihauptwachtmeister Horst Zack war zwar inzwischen von seinen Fesseln befreit, doch nun hielten ihn andere, schwerer wiegende Ketten gefangen, deren Lösung ihm mächtig zu schaffen machte. War sein amtliches Ego durch die verpatzte Festnahme samt Gänsekeule und Gefangenschaft schwer beschädigt, so glich sein privates Selbstverständnis einem schwelenden Trümmerhaufen nach einem Großbrand.

Der Hauptkommissar zeigte ihm in der Folge seines sachlichen, aber detaillierten Kurzberichts die kalte Schulter. Kollegen tuschelten und schüttelten auffallend oft die Köpfe, wenn er in ihr Blickfeld geriet. Das bohrte. Aber den Respekt als Polizist könnte er durch Leistung schnell wieder erlangen, war er sich sicher. Vor allem dann, wenn endlich Ruhe in seinen Bezirk eingekehrt wäre.

Vielmehr zu schaffen machte ihm die, nach seiner schmachvollen Scheidung, erneute Erniedrigung durch Frauen. Frauen, die seine große Verbundenheit mit und Zuneigung zu Kaninchen in Frage stellten, ja verhöhnten. Dieses Kapitel hatte er natürlich in seinem Bericht unterschlagen. Er konnte es nicht verstehen. Wahre Tierliebe, ins Lächerliche gezogen. Wie können Menschen von Liebe reden, wenn sie nicht in der Lage waren, den harmlosesten Geschöpfen dieser Erde etwas Achtung entgegenzubringen, dachte er und scheuchte eine der auf dem Hof herumirrenden Gänse mit ausgebreiteten Armen zurück in den Stall. Dort hatten sich die lauffähigen Tiere nach und nach in einem abgelegen Winkel zusammengefunden.

„Auch als kleines Rad das große Ganze aktiv unterstützen, mitdenken, Eigeninitiative zeigen", war ein weiterer Hinweis von Polizeirat Holsten, den er sich eingeprägt hatte. Zack überprüfte sein Umfeld nach weiteren versprengten Tieropfern. Er entdeckte einige, doch es fehlte ihm die nötige Motivation, in seiner durchnässten Uniform hinter halbnacktem Federvieh herzujagen, wie es ein paar seiner Kollegen taten. Die Schmach der Gefangenschaft und die Befreiung durch eine Frau saßen zu tief. Zumal diese Frau, wie ihm jetzt bekannt war, auch noch eine wichtige Zeugin in den Ermittlungen zu dieser Moorleiche war. Und er hatte sie praktisch aus dem Büro vergrault.

Er musste sich bei ihr entschuldigen, dann hätte er sein Gesicht wenigstens zum Teil gerettet. Besser sofort als lange aufgeschoben, entschied er und sah sich nach ihr um. Nicht zu finden. Frau Stein hatte doch die ganze Zeit an der Gebäudewand dort hinten gelehnt und sich nicht vom Fleck gerührt. Wo war sie abgeblieben? Zack ging hinüber. Er fand frische Fußabdrücke und Schleifspuren im Schlamm auf dem nassen Pflaster und im hohen Gras dahinter.

Der Hauptwachtmeister folgte den Spuren, bis sie im Gebüsch verschwanden. Merkwürdig, befand er, tastete nach seiner Taschenlampe am Gürtel und duckte sich unter den nassen Zweigen.

Wie ein Schaf, das zur Schlachtbank geführt wurde, trippelte Elisabeth den schmalen Pfad hinter Büschen entlang bis zur Straße. Ein erster zaghafter Sonnenstrahl beleuchtete den dampfenden Asphalt. Es gab keine Gelegenheit für sie, den nachgewitterlichen Frieden zu genießen. Sie wurde rüde von hinten zwischen die Schulterblätter gestoßen.

„Los, weiter zu Auto. Du Schlüssel. Fahren nach Karlenburg. Schnell, schnell.“

Sie folgte dem Befehl. Ihr Wagen stand an der Stelle, wo sie ihn zurückgelassen hatte. Sie wandte sich zu ihrem Entführer, der sich bemühte, eine feucht gewordene Zigarette anzuzünden. Die Hand mit der Pistole hielt er als Windschutz für die Feuerzeugflamme aufgerichtet.

„Mein Gott, Sie sind ja ganz durchnässt“, meinte sie in etwas mitleidigen, mütterlichen Ton. „Wollen Sie nicht lieber aufgeben? Sie kommen doch ohnehin nicht weit.“

„Du still.“

Sie erhielt einen rüden Schlag mit dem Handrücken in ihr Gesicht. Elisabeth taumelte benommen zurück. Milos griff sie am Arm und schubste sie um die Kühlerhaube herum.

„Du jetzt einsteigen und fahren“, sagte er und richtete die Pistole direkt auf ihr Gesicht. Sobald sie die Zentralverriegelung geöffnet hatte und auf den Fahrersitz gesunken war, riss Milos die Beifahrertür auf und setzte sich mit Schwung neben sie.

Aus Elisabeths Sicht geschah im gleichen Moment etwas Sonderbares, etwas, das sie überhaupt nicht in ihre Situation einordnen konnte. Ihr Sitznachbar ließ die Pistole fallen und erstarrte Bruchteile von Sekunden später. Da hatten sich bereits vier von fünf sauber in einen angefangenen Ärmel und Wollknäuel gesteckte Zwei-Millimeter-Stricknadeln in das Hinterteil des kräftigen Bulgaren gebohrt. Eine Nadel perforierte, von links kommend, erst den Schließmuskel, dann mehrfach die Wandungen des Mastdarms, um nur Millimeter vor dem Colon sigmoideum, dem Dickdarmabschnitt innerhalb des Bauchfells, zu verharren. Zwei Nadeln schrabbten ein wenig an der Knochenhaut des Sitzbeins entlang und landeten äußerst tief im Musculus glutaeus maximus, dem Gesäßmuskel, während die vierte Nadel ihren Weg mehr zentral nach vorne geneigt fand, die weiche Haut hinter sich ließ, die Blase samt Prostata durchlöcherte und dann von innen auf den Ledergürtel einer fadenscheinigen Hose traf. Ein zischendes Geräusch, das aus den zusammengepressten Lippen des Getroffenen entwich, begleitete den Vorfall.

Ohne Worte, jeder im Finden des eigenen Seins begriffen, verharrten Elisabeth und ihr von Spießen geschockter Entführer nebeneinander im Fahrzeug. Unendlich viel Zeit schien zu vergehen. Pfützen spiegelten warmes abendliches Licht. In unregelmäßigen Abständen klopfte ein Tropfen aufs Autoblech. Der Mann neben Elisabeth begann zu zittern und zu wimmern.

Dann wurde die Seitentür aufgerissen und ein von Schweiß und Gebüschnässe neu durchfeuchteter, aber kampflustiger Polizeihauptwachtmeister Horst Zack durfte nun doch noch seine Verhaftung des zur Fahndung ausgeschriebenen Bulgaren Milos Ferenc vornehmen.

Dreiundsechzig

Wäre der Verwesungsgestank nicht gewesen, der nach gut dreißig Kilometern aus dem 105 Liter fassenden Kofferraums seines Porsche 911 in den Innenraum drang, so hätte Martin Tenner nicht auf dem erstbesten Halteplatz an der Bundesstraße Richtung Hamburg eine Vollbremsung riskiert. So aber riss er entnervt die Kofferraumhaube auf und schritt direkt auf dem leicht verrotteten Parkplatztisch zur Tat. Er sprühte inzwischen vor Energie, nachdem er vorhin beim Autotausch den letzten Reservestoff durch die Nase gezogen hatte. Er musste einfach gut drauf sein, um die letzten Schritte sicher zu bewältigen. Er vergewisserte sich, allein auf dem Parkplatz zu sein und einigermaßen geschützt zu stehen, so dass er noch reagieren könnte, falls sich an diesem Abend doch noch jemand zu einer Rast genötigt sah.

Dann zog er Gummihandschuhe über und klatschte die stinkende Gans auf das regennasse Holz. Mit dem Rupfen hielt er sich nur soweit auf, bis er den alles öffnenden Schnitt im unteren Bauchraum setzen konnte. Eine widerliche Wolke von Fäulnisgasen schlug ihm entgegen. Er wich zurück. Hey, Geld stinkt nicht, dachte Martin. Die Kohle will verdient sein. Er griff in die Eingeweide und zerrte den prall gefüllten Magen heraus. Ein weiterer Schnitt, und es ließen sich mit Resten vom Nahrungsbrei fünfzig sauber gepackte kleine Kugeln aus dem geöffneten Hohlmuskel drücken. Jede exakt zehn Gramm schwer. Geht doch, dachte er zufrieden.

Er überlegte, die restlichen Gänse ebenfalls sofort zu verarbeiten. Es würde nicht allzu lange dauern, bis auch diese Tiere Betriebstemperatur erreichten und zu muffeln begännen. Zudem war es leichter, zehn Kilo Stoff als zwanzig gerupfte Gänse zu transportieren.

Blieb die Frage der Kadaverentsorgung. Ein Blick auf seine Ausbeute und die blutverschmierten Handschuhe beendeten sein Zögern. Er griff die erstbeste Gans aus dem Kofferraum und setzte ohne weiter zu zögern das scharfe Messer an. Die roten Kisten hatte er im Mietfahrzeug gelassen. Die verbliebenen zwanzig Tiere waren bereits sauber gerupft. Nichts als eine gewaltige Fettleber. Der Magen fast leer, nur etwas Grünfutter zu finden. Mist, verfluchter. Da hatte er wohl genau das überzählige Tier gegriffen, denn er hatte ja einundzwanzig mitgenommen. Er wischte die nackte Gans mit einer Handbewegung vom Tisch.

Nächster Versuch.

Nach der dritten Niete geriet Martin in Panik. Das konnte nicht sein, es durfte einfach nicht sein. Der Dicke hatte doch genau diese Schwarzberingten auf der Karre aus dem Kühlraum geschaffen. Wahllos griff er weitere Gänse und verzichtete auf jegliche Zerlegetechniken. Ein tiefer Schnitt, Hand rein, Magen herausgerissen, aufgeschnitten.

Nur Fehlversuche. Keine Ware.

Wut keimte in ihm auf. Sollte sein Lieferant ihn betrogen haben? Nach Jahren bester Zusammenarbeit und pünktlicher, fairer Bezahlung? Unwahrscheinlich. Batiste war zuverlässig und absolut loyal, auch wenn er beim letzten Kontakt distanzierter als sonst erschienen war.

Steckte Milos hinter dieser Sache, oder gar Drago? Dieses halbe Hemd? Nein, die Bulgaren konnte er ausschließen. Sie hatten zu viel Respekt vor ihm, oder Angst.

Blieb nur das Unfassbare. Frank. Sollte diese fette, phlegmatische Null ihn ausgetrickst haben? Ihn, den genialen Strategen? Das hieße, er hätte sein gesamtes Treiben durchschaut, den Kokainimport, die Tarnung, vielleicht sogar die Vertriebswege.

Letztlich war es ihm egal, was Frank wusste, aber neuneinhalb Kilo reinstes Kokain waren ihm überhaupt nicht gleichgültig. Er brauchte die Kohle. Er hatte Ausgaben gehabt. Das Schutzgeld, das er dem dunkleren Frankfurter Bankenwesen italienischer Abstammung noch schuldete, würde für den Ausstieg nicht reichen. Außerdem war der neue Stoff schon zu einem guten Teil verkauft, das Geld lag praktisch abholbereit.

Martin überließ den Haufen zerpflückter Gänse neben dem Picknicktisch ihrem Schicksal. Er war geistesgegenwärtig genug, die Handschuhe und das Messer wieder in den Kofferraum zu werfen. Dann griff er zum Prepaid-Handy. Rückversicherung bei Batiste. Der war erneut sehr kurz angebunden, beteuerte jedoch den korrekten Versand. Die Ware hatte wie immer Frankreich per Tiertransporter verlassen und musste demnach auf dem Borsig-Hof verschwunden sein.

Also stecke Frank dahinter, diese linke Ratte. Damit ergaben sich neue Probleme. Erstens könnte Frank in seiner Kühlkammer inzwischen verreckt sein. Zweitens würde Milos irgendwo auf dem Hof herumlungern. Und nicht gerade bester Stimmung sein, wenn Tenner dort auftauchte. Und wenn der Dicke abgenippelt wäre, müsste er selbst nach den Tieren suchen.

Komm, das läuft, dachte er. Wer ist der Beste? Martin Tenner, der King mit der Glock. Zeit, für einen letzten Auftritt. Mit dem, was er an Schutzgeld einbehalten hatte, und diesem Stoff blieben ihm eine gute, eine sehr gute Millionen. Damit könnte er sich zur Ruhe setzen. Und ohne die Lieferung wäre er tot. Er brauchte die gesamte Kohle. Er dachte an den Flieger auf dem Eifelflugplatz und die neuen Papiere. Außerdem musste alles schnell gehen, damit die Italiener ihm nicht auf die Spur kamen. Zum Glück hatte er mit seinen Helfern ein Zeitfenster von drei Tagen vereinbart. Er blickte auf seine Armbanduhr, knapp 22 Stunden hatte er noch. Also Tempo. Martin startete den Porsche und fuhr mit durchdrehenden Reifen aus der Parkplatzschleife.

Vierundsechzig

Einzelne Sonnenstrahlen tasteten über abgebrochene Äste und Laub auf den noch nassen Betonsteinen. Die Luft an diesem späten Abend war klar und angenehm kühl. Ein leiser Wind rauschte in den Blättern der Pappeln, als müsse die Natur nach dem Gewitter durchatmen.

Auch sonst hatte sich das Bild auf dem Gelände von Gänse-Borsig verändert. Der Hof glich jetzt mehr einem Feldlazarett als dem Schauplatz eines Polizeieinsatzes. Sämtliche erreichbaren Krankwagen der Umgebung, fünf an der Zahl, hatten sich, ebenfalls mit laufenden Blaulichtern, zu den Einsatzwagen der Polizisten gesellt. Sanitäter wuselten umher. Gleichsam um die Überzahl der rettenden Helfer gegenüber der Polizeimacht klarzustellen, schoss gerade ein orangeroter Kombi mit dem beleuchteten Notarztschild in die Einfahrt und blieb mit blockierenden Reifen schliddernd stehen.

Wie Napoleon auf seinem Feldherrenhügel stand Kommissar Stollberg auf dem Treppenabsatz zur Küche des Herrenhauses und dirigierte seine Truppen. Hier nahm er Berichte entgegen, sammelte er eingetütetes Beweismaterial, schickte Meldungen zu den verschiedenen Einsatzbrennpunkten und freute sich, endlich handeln zu können. Von den verwirrenden Zeugenaussagen der am Tatort angetroffenen Personen hatte er die Nase voll. Versteckte tote oder zu Unrecht gerupfte Gänse, Leiterbrücke, Motorschaden und Norton-Kumpel. Ein gewisser Tenner, von dem er bisher nur am Rande gehört hatte, verschwunden. Entführung, Verfolgung einer lebenden Moorleiche. Was für ein Chaos, dachte er. Besonders besorgniserregend war allerdings der Name Schwabach, der hinter einigen dieser Ereignisse zu stecken schien. Verfluchte Kiste. Dies war sein großer Auftritt, den würde er sich von einem vorzeitig in den Ruhestand versetzten Penner nicht kaputtmachen lassen.

„He, Kleinschmidt, laufen sie mal rüber zu den Leuten dort

und bringen Sie in Erfahrung, wie es um den Hofbesitzer Borsig steht. Vor allem, wann er vernehmungsfähig ist", rief er dem bezopften Beamten zu, der ihm soeben die gesuchte Borchardt M1893 aus dem Haus gebracht hatte und nun ein Pläuschchen mit Polizeianwärterin Braunhuber begann. Stollberg zeigte Richtung Büro in der Schlachterei. Dort klapperte eine Trage mit bedrohlich hoch aufgewölbter Decke schwer über die Türschwelle. Man hatte Frank Borsig in seinem kalten Verließ bewusstlos aufgefunden und mit vier kräftigen Sanitätern auf die Rolltrage verfrachtet. Als sie zwischen die erwartungsvoll geöffneten Heckklappen geschoben wurde, sackte der dazugehörige Transporter bedenklich über die Hinterachse ab. Ein anderer Krankenwagen startete gerade mit einer verwirrten Person in blauem Arbeitszeug Richtung Bad Karlenburg. Man hatte sie bei der Hausdurchsuchung angetroffenen. Wie sich herausstellte, handelte es sich um die Hausherrin, Adele Borsig. Der Kommissar sah den Schlusslichtern des Fahrzeugs bedauernd hinterher. Die arme Frau, was hatte sie nur erleiden müssen. Und so attraktiv. Mit der hätte er sich gerne unterhalten. Na ja, morgen würde sie wiederhergestellt sein, dachte er. Dann widmete er sich dem Notarzt, der suchend umherschaute und anscheinend noch keinen Entschluss gefasst hatte, wo seine Hilfe am nötigsten war.

„Hallo Sie, Notarzt!", rief Stollberg. „Sie müssen zurück zur Straße und dann etwa hundert Meter nach rechts fahren. Dort befindet sich der Schwerverletzte. Aber Vorsicht! Der Mann ist sehr gefährlich. Und würden Sie mir dann gleich einen Zustandsbericht geben, wenn Sie dort fertig sind, ja?"

Der Arzt blinzelte gegen die Abendsonne in Richtung Stimme. „Wer auch immer da spricht, Sie dürfen gerne im Krankenhaus nachfragen. Wenn Sie dazu berechtigt sind, werden Sie auch informiert." Der Arzt drehte sich um und orderte einen der Krankenwagen, ihm zu folgen.

Schnösel, dachte Stollberg. Er ignorierte den Rüpel und

widmete sich nun dem Geschehen am alten Maststall. Dort humpelten zwei reichlich zugerichtete Personen, wenn die Zahl der Notverbände als Maß dienen konnte, von orangeroten Overallträgern gestützt, Richtung Sanitätsfahrzeug. Diese bulgarischen Wanderarbeiter mit ihren Blessuren interessierten den Kommissar allerdings wenig. Die Sachlage schien dort eindeutig zu sein: Ein in die Jahre gekommener Rocker hatte der Tierquälerei der beiden ein Ende gemacht oder so ähnlich. In Stollbergs Augen eine berechtigte Anwendung des Faustrechts. Leider nicht legal und leider der einzig eindeutige Tathergang auf diesem merkwürdigen Bauernhof. Wobei der Grund für die Anwesenheit dieses Rockers ihm entgangen war. Er müsste nachhaken, eine Aufgabe für Kleinschmidt, notierte er im Kopf.

Am fünften Krankenwagen, der zur Feuerwehr Bad Karlenburg gehörte, wurden die Entführungsopfer versorgt. In Decken gehüllt saßen dort die beiden Frauen. Die Zeugin Elisabeth Stein, mit der er sich verabredet hatte, stand offensichtlich unter schwerem Schock. Die andere, wie hieß sie noch gleich, Reuther oder so, sowie der schwarze Moorforscher leisteten ihr Gesellschaft. Zu seinem Unwillen ließ sich auch der örtliche Dienststellenleiter Zack von den Sanitätern behandeln. Der bekam gerade eine dampfende Tasse Kaffee gereicht, wahrscheinlich auch noch ein Stück Gebäck, während er, Stollberg, in die Röhre schaute.

„Polizeihauptwachtmeister Zack, wenn Sie dann ein wenig Zeit für mich hätten", rief er deshalb über den Platz, aber der Mann reagierte nicht einmal. Sich zu ärgern blieb Stollberg keine Zeit. Zwei Uniformierte stiegen die Treppe herauf, um von der Durchsuchung des Kühllagers und des wilden Durcheinanders im Büro zu berichten. Dummerweise gab es nichts zu melden, jedenfalls nichts Bemerkenswertes. Also doch ärgern.

Der Rest der auf dem Hofgelände angetroffenen Personen, ohne Ausnahme Ausländer bulgarischer Abstammung, stand als kleines Grüppchen dicht unter der Treppe, wo Stollberg sie zur Feststellung ihrer Identität hinbeordert hatte. Immer, wenn er zu dieser Gruppe hinunterschaute, blieb sein Blick an einer kleinen Person im Schlachteroutfit hängen, die permanent halblaute Selbstgespräche führte. Schließlich konnte er seine Neugier nicht mehr zügeln.

„Frau Braunhuber, wären Sie so freundlich, in Erfahrung zu bringen, um wen es sich bei diesem Mann dort unten handelt? Dieser Kleine dort, der ständig etwas vor sich hin brabbelt und mit den Armen zappelt? Ich möchte Namen und Hintergrundinformationen. Vielleicht können Sie auch etwas von dem aufschnappen, was er so redet." Die hübsche Anwärterin sah ihn fragend an. „Betet wahrscheinlich, dass wir ihn nicht verhaften oder gleich ausweisen, was", fügte er an. Die Polizeianwärterin verzog keine Miene und verschwand. In kürzester Zeit war sie zurück.

„Der Mann heißt Drago Stojanow, 38 Jahre, gebürtig aus Kriwodol, Bulgarien. Von Beruf Elektriker, hier als Schlachter angestellt. Papiere und Arbeitserlaubnis vorhanden. Stojanow ist anscheinend zur Zeit der Vorarbeiter. Er lässt anfragen, ob er und seine Kollegen sich nun endlich in die Unterkünfte zurückziehen dürften, sie müssten ja schon früh wieder auf, um die Tiere zu versorgen, und hätten auch noch nichts gegessen. Spricht auch nichts dagegen, wie ich finde. Alle Arbeiter sind inzwischen überprüft. Alle haben gültige Ausweispapiere, ein paar arbeiten anscheinend ohne Arbeitserlaubnis. Arme Schweine übrigens. Schuften hier für einen Hungerlohn. Ach, ja, das einzige, was ich zuerst aus dem Gebrabbel heraushören konnte war Mutschka, oder so. Vielleicht heißt das so etwas wie ‚Gott' auf Bulgarisch. Komische Sprache."

„Danke", entgegnete Stollberg. „Was Verdächtige dürfen oder nicht, entscheide immer noch ich, ist das klar? Und zynische Bemerkungen über die Sprache und Religion anderer Nationen dulde ich schon gar nicht", fügte er giftig an, weil die

Frau so überhaupt nicht auf seine Art der zwischenmenschlichen Kommunikation einging.

Tatsächlich hatte Drago den gedanklichen Austausch mit seiner Frau so ziemlich beendet. Er bedankte sich gerade für die wie immer weisen Ratschläge, als diese hübsche Polizistin sich zu ihm gesellte. Insgesamt war alles besser verlaufen, als er je hatte hoffen dürfen. Der dicke Chef und die Chefin: im Krankenhaus. Milos: verhaftet und unter Bewachung im Krankenhaus. Und der Herr Tenner: anscheinend geflüchtet, das hatte er zu seiner Freude aufschnappen können. Mutschka durfte zufrieden sein, sie konnte gar nicht anders, hatte sie ihm jedenfalls telepathisch versichert. Sobald dieses ganze Blaulichtgeflimmer beendet sein würde, wäre er erst einmal der Herr auf dem Hof und könnte in aller Ruhe schalten und walten. Vorhin hatte er Blut und Wasser geschwitzt, einer der herumschnüffelnden Polizisten könnte „die Geschlitzten" bemerken. Doch die Beamten stapelten nur alles hierhin und dorthin, ohne auch nur Notiz von den Schlachttieren zu nehmen. Heute Nacht, vielleicht morgen in aller Frühe, plante Drago, würde er sich eine dieser geheimnisvollen Gänse genauestens anzuschauen.

„Wonach soll ich nur suchen", hatte er Mutschka verzweifelt gefragt.

„Mach die blöden Gänse auf, dann wirst du es schon finden, du Dummkopf", war die unmissverständliche Antwort aus der Ferne.

Fünfundsechzig

„Mensch, Schwabach, endlich einmal ein gutes Werk! Und das zu so später Stunde. Wie hast du das denn zustande gebracht?", meinte Otto und rieb sich genussvoll die Wampe. „Und wenn du mir dann auch noch in aller Ruhe und zum dritten Mal erklären würdest, warum du mit einer zerdepperten Visage herumläufst, wen ich derzeit zwangsweise in meiner neuen Dunkelkammer beherbergen muss und wer dieser merkwürdige Franzose ist, den du da angeschleppt hast, dann wäre ich dir ausgesprochen dankbar."

„Gleich. Alles zu seiner Zeit", antwortete Schwabach. „Darf ich vorher noch dein Telefon benutzen? Ich muss wissen, ob Mona nun endlich zurück ist. Mensch, ich mache mir wirklich Vorwürfe, sie zu dieser dämlichen Aktion überredet zu haben. Nur weil ich eine tote Gans haben wollte. Und ich habe noch immer nicht die leiseste Idee, was es damit auf sich haben könnte. Nur dieses unbestimmte Gefühl. Vielleicht ist Mona etwas Schlimmes passiert. Ich könnte mir das nie verzeihen, ehrlich."

„Mann, ruf doch endlich an, dann weißt du mehr. Aber vergiss nicht, du bist mir ein paar Antworten schuldig, von den unzähligen Telefoneinheiten ganz zu schweigen", rief ihm Otto unwirsch hinterher.

„Telefoneinheiten zählt kein Mensch mehr", rief Schwabach auf dem Weg ins Büro.

Schwabach blieb eine ganze Weile verschwunden, dann kehrte er sichtlich erleichtert zurück.

„Was ist denn nun?", fragte Otto, als Schwabach sich, mit einem vollen Glas Rotwein versorgt, wieder an den Tisch gesetzt hatte.

„Also, das ist wirklich ein einfaches Gericht. Das würdest selbst du zustande bringen: extra Zwiebeln und Knoblauch anschwitzen, dann gut angemachten Spinat hinzugeben, also mit etwas Sahne oder Schmand, Salz, Pfeffer und einer guten Priese frisch geriebenem Muskat. Gut anköcheln lassen. Dann eine Dose weiße Bohnen rein. Wieder auf kleiner Flamme köcheln, vorher noch Chili nach Belieben zugeben. Den hätte ich fast vergessen. Zum Schluss Schafskäse zerbröseln und das Ganze einmal richtig aufkochen, damit der Schafskäse anfängt zu verlaufen. Nochmal mit Salz und Pfeffer abschmecken, fertig. Geht schnell und schmeckt gut, wie du eben selber feststellen konntest. Und was wolltest du noch gleich wissen?“ Bevor Otto aufbrausen konnte, erzählte Schwabach erneut seine Geschichte in allen ihm bekannten Einzelheiten. Zum Schluss hängte er noch den Bericht über den glimpflichen Ausgang der Aktion „Gänseklau“ an, den er soeben von Dr. Eze gehört hatte. „Und wie war dein Tag so?“, fragte er schließlich.

„Womit soll ich anfangen, mit dem Idioten von der Veterinärfraktion oder dem Schwachkopf vom Bauamt?“, schimpfte Otto sofort los. Dabei interessierten ihn die Ereignisse vor Ort sehr viel mehr als der Fortschritt seiner Pläne, seinen kleinen Kiosk zu einer Gastronomie auf dem Campingplatzgelände auszuweiten.

„Und dieser Franzose will wirklich unten im Keller bei dem Gefangenen schlafen?“, fragte er deshalb. „Was verspricht er sich davon?“

„Also der Alois, oder Aloysius, wie es wohl auf Französisch heißt, ist inzwischen seit etwa sieben Jahren mit diesem Fall beschäftigt. Alles fing mit der brutalen Schlachtung von 104 Schafen an. Er kam dahinter, dass es sich dabei um einen raffinierten Kokain-Schmuggel handelte. Die Schafe waren übrigens einem Drogenkartell gestohlen worden, und einer der Diebe wurde ermordet. Sein Mörder konnte nie identifiziert werden, bis Alois, der inzwischen im Ruhestand ist, von der teilweisen genetischen Übereinstimmung mit meiner Moorleiche erfuhr. Du, der hat noch jede Einzelheit dieses Falls, jedes kleinste Detail im Kopf, einfach unglaublich. Die Elisabeth jedenfalls, die auch bei Borsig gefangen gehalten wurde, hat diesen genverwandten Mann gesehen und verfolgt. Elisabeth, das ist die mit dem toten Bruder, also meiner Moorleiche. Und der, den sie verfolgt hat, der so aussieht wie ihr Bruder, das wiederum scheint dieser Martin Tenner zu sein. Ein Investor oder stiller Teilhaber am Borsig-Hof. Verstanden?“

„Ich bin ja nicht blöd."

„Alles deutet darauf hin, dass dieser Tenner der Sohn von Volker Stein ist und der Mörder von Xabi Barraqueta, meint jedenfalls Aloysius. Sein Bruder, also der von Xabi, sitzt unten in deinem Keller, weil er erstens mich heute angegriffen hat, zweitens schon lange auf den Fahndungslisten der französischen Polizei steht, denn er ist ein gesuchter Killer der ETA, und drittens, weil die gesamte dämliche Polizei des Ortes zusammen mit dem oberdämlichen Kommissar Stollberg einen Ausflug macht. Und dem laufe ich bestimmt nicht mit einem Verdächtigen hinterher. Ich denke gar nicht daran. Hast du einen Schnaps, ich könnte jetzt einen vertragen." Ohne auf die Antwort zu warten, griff er in einen Korb neben der Anrichte, klimperte blind mit den Flaschen herum und zog schließlich eine langhalsige Flasche mit klarer Flüssigkeit hervor. „Willst du auch einen?"

„Ja, natürlich habe und natürlich möchte ich einen", sagte Otto. „Und es ist wirklich so, dass der dicke Borsig-Sohn fast erfroren aufgefunden wurde und seine Mutter ebenfalls im Krankenhaus liegt?"

„Sagt Dr. Eze, und der hat es gesehen."

„Und es ist auch so, dass auf dem Hof lebende Gänse mit einer Maschine brutal gerupft wurden?"

„Sagt Dr. Eze, und der hat es gesehen."

„Stimmt diese Geschichte von der vierfachen Pfählung? Ich meine, hat sich dieser Entführer wirklich auf Strickzeug gesetzt? Mich schmerzt es schon bei dem Gedanken daran."

„Sagt Dr. Eze, und dem wurde es aus erster Hand erzählt."

„Wahnsinn."

„Prost", sagte Schwabach nach einer Gedankenpause, senkte aber das Glas auf halbem Wege zum Mund.

„Weißt du, was ich mir die ganze Zeit überlege? Wenn dieser Tenner wirklich mit dem Mord des Basken zu tun hatte, dann war der doch auch an dieser Kokaingeschichte beteiligt. Und wenn der sich das Zeugs damals unter den Nagel gerissen hat? Das muss eine große Menge Kokain in den Schafen gewesen sein. Dann wäre es von ihm doch ein genialer Schachzug, mit einer neuen Form von Tiertransporten den Stoff dorthin zu bringen, wo er gebraucht würde. Und die armen Gänse, die für die Fettleber gemästet werden, indem man ihnen ein Rohr in den Schlund schiebt, haben mit Sicherheit geweitete Mägen. Pro Stopfung ein Kilo Futter, oder mehr? Wenn das zum Teil durch Kokain ersetzt würde?"

„Wenn du noch mehr Wenns zusammenbringst, ist der Alkohol aus meinem teuren Grappa verdunstet. Schwabach, deine Phantasie geht mit dir durch. Jetzt ist Schluss. Du bist nicht mehr bei der Polizei, sondern Rentner."

„Also, da bringst du etwas durcheinander. Das ist kein Grappa, sondern ein sehr guter Weißburgunder Tresterbrand aus der Pfalz. Und, falls du dich erinnern kannst, den habe ich dir letztes Jahr im Herbst zum Saisonende geschenkt, damit du die Monate mit den roten Zahlen besser überstehst. Zum Zweiten habe ich da so ein Gefühl. Irgendetwas läuft mit diesen Gänse oder ist schief gegangen. Ich fahr da jetzt noch einmal hin und schau nach." Er schloss mit Bestimmtheit und unterstrich seinen Entschluss, indem er das Glas in einem Zug leerte.

„Hänsel, du hast mindestens zwei Glas Wein und diesen Brand intus, bist seit sechs Uhr früh auf den Beinen, hast schwere Küchenarbeit geleistet, wurdest zwischendurch fast umgebracht und bist verletzt. Ich fürchte zudem, deine Gehirnerschütterung schwächt dein Entscheidungsvermögen. Und in diesem Zustand willst du jetzt, um zwanzig nach elf, noch acht oder neun Kilometer fahren, um was zu machen? Einem Gefühl nachzugehen?" Schwabach war bereits auf dem Weg zu seinem Motorroller.

„Und was soll ich morgen mit diesem Franzosen anfangen?", rief Otto ihm noch nach.

Sechsundsechzig

Drago fühlte sich sicher und entschlossen wie schon lange nicht mehr. Ob er zur allerletzten Bestätigung seines Vorhabens noch einmal seine weise Frau befragen sollte? Besser ja, entschied er sich.

„Warum zögerst du noch, du Dämlack", lautete die klare Antwort aus dem Nichts. Er hatte etwas in der Art erwartet. Als Herr über den Borsig-Hof konnte er doch schalten und walten, wie er wollte? Seine verbliebenen Landsmänner lagen nach diesem aufreibenden Tag schwer besoffen auf den Pritschen. Während die anderen tranken, hatte Drago die Lage draußen beobachtet. Alles war ruhig. Einzig störend blieb der Streifenwagen, der mitten auf dem Platz zwischen Ställen und Schlachthaus geparkt stand. Zwei Uniformierte saßen darin und rauchten. Jedenfalls meinte Drago, das Glimmen von Zigaretten gesehen zu haben.

Er nahm allen Mut zusammen und ging sein Vorhaben an, für dessen Aufschub er von Mutschka den Rüffel bekommen hatte. Noch in Arbeitskleidung schlenderte er zu den Polizisten hinüber und klopfte zaghaft an die Scheibe.

„Ich muss nach Gänse schauen in diese Kalthaus", sagte er dann in das Fensterloch der heruntergefahrenen Seitenscheibe. „Musse noch vorbereiten. Schlachtearbeit morgen. Kanne in Halle dort?"

Die Beamten winkten ihm müde zu, er solle nur machen, nachdem sie seinen Namen auf einem herumliegenden Zettel notiert hatten. Die erste Hürde war genommen.

Trotz der Medikamente plagten Milos die Schmerzen im Unterleib, ganz besonders im Gesäß. Den Transport im Krankenwagen, wo er in Bauchlage auf der Trage festgeschnallt und mit einer Handschelle gesichert gewesen war, hatte er nur im Nebel schwerer Beruhigungsmittel erlebt. Später, als die beiden

Oberärzte der zentralen Notaufnahme heftig diskutierten, ob die Diagnose anhand einer Laparotomie, also dem operativen Eingriff mittels Längsschnitt, oder durch das Ultraschallbild des Urologen zu stellen sei, war er in die Bewusstlosigkeit gesunken. Grund für die Diskussion war der üblicherweise zur Diagnose genutzte Computertomograph, dessen Einsatz sich jedoch verbot, weil die elektromagnetische Strahlung nicht mit den Metallstäben im Unterleib in Einklang zu bringen war. Beide Ärzte hofften zudem auf den demnächst neu zu besetzenden Chefarztposten. Da konnte die erfolgreiche Behandlung dieses sonderbaren Falls nicht schaden. Um nicht noch mehr Zeit zu verlieren, entschieden die Ärzte sich für beide Optionen: erst ein Ultraschall und, falls freie Flüssigkeit im Bauchraum gefunden würde, dann die Laparotomie. Zudem durfte der Chirurg die Stricknadeln ziehen, dafür kam der Patient zur Beobachtung in die Urologie, so die Abmachung.

Nach dem Befund hatte Milos bei all den Nadeln im Gedärm Glück. Alle Verletzungen würden ohne operativen Eingriff verheilen. So wurde er mit reichlich Oxicodon zur Schmerzstillung und mit einer Ladung Antibiotika versorgt. Das Morphinderivat ließ ihn eine Zeit schlafen, dann kamen die Schmerzen zurück und hielten ihn im Dämmerzustand wach. Im Wabern der Gedanken ging es um Zigaretten, Flucht und Rache. Er wusste, dass die Polizei ihn diesmal nicht laufen lassen würde. Aus dem Krankenhaus heraus gäbe es vielleicht noch eine Chance, zu entkommen; richtig eingesperrt wäre das ungleich schwieriger. Daran hatte er keine Zweifel. Irgendwann versuchte er, sich aus der unangenehmen Bauchlage zu befreien. Allein die Anspannung der Gesäßmuskeln forderte einen Schmerzensschrei. Lieber noch etwas warten, dachte er, als der Schmerz zurück ins Erträgliche wanderte, die Nacht ist ja noch lang.

Ein Stockwerk darunter wurde etwa um die gleiche Zeit ein besonders dicker Patient mit sehr viel Personal auf eine extra breite Liegestatt umgebettet, um eine leichte Gehirnerschütterung und Unterkühlung auszukurieren. Anders als in der Urologie saß hier kein Beamter zur Bewachung vor dem Krankenzimmer. Frank Borsig blieb alleingelassen mit seinen Gedanken im Dämmerlicht und mühte sich, seine Niederlage, die Zerstörung all seiner Träume zu verkraften. Wie konnte es nur soweit kommen, fragte er sich zum wiederholten Mal. Er hatte die Beute schon in der Hand gehalten, war nur eine halbe Stunde von Reichtum, Glück und Freiheit entfernt gewesen. Jetzt lag alles in Trümmern. Der Tenner hatte sein wahres Gesicht gezeigt und ihn überrumpelt. Ein Schlag in den Nacken reichte, und er musste alle Hoffnungen begraben.

Und nun drohte auch noch die staatsanwaltliche Verfolgung wegen Tierquälerei. Das hatte ihm dieser Kommissar noch brühwarm ausrichten lassen. Die polizeilichen Ermittlungen würden jetzt erst beginnen. Was könnten die finden, wenn sie es nicht schon gefunden haben? Ließe sich wenigstens dieser Schaden noch beheben? Das schwarze Buch. Hatte die Polizei es schon gefunden? Ohne das Buch wäre nicht zu ermessen, ob er die Federgewinnung durch Lebendrupfung häufiger eingesetzt hätte. Als Ersttäter käme er vor Gericht vielleicht mit einem blauen Auge davon.

Das Konto, fiel ihm siedendheiß ein. Über die Zahlungseingänge konnte man viel zurückverfolgen. Der Bosselmann hatte nur anfangs bar bezahlt und war später zu Überweisungen übergegangen. Er musste die Bankunterlagen verschwinden lassen, am besten gleich in der Frühe das Konto auflösen. Schließlich könnte er die Sache mit den Federn auch auf Martin Tenner schieben. Der könnte doch die Rupfung angeordnet haben. Ohne direkten Hinweis auf ihn als Verantwortlichen und mit einem guten Anwalt könnte er sich aus dieser Sache herausmogeln. Gab es sonst noch etwas?

Frank bemühte sich, vor dem dumpfen Schmerzvorhang im Hinterkopf seine Gedanken zu ordnen. Irgendetwas fehlte noch, ein Detail, etwas, um das er sich kümmern wollte. Das Bild seiner Mutter tauchte vor dem inneren Auge auf. Es machte klick. Gift. Er hatte in seiner Wut mit dem Gedanken gespielt, das Carbofuran bei seiner Mutter einzusetzen. Die Flasche war in seiner verschlossenen Schreibtischschublade, fiel ihm siedendheiß ein. Winzige Perlen begannen im Streiflicht, das durch das Oberlicht über der Tür hereinschimmerte, auf seiner Stirn zu glitzern. Vielleicht war noch etwas zu retten. Vielleicht hatte die Polizei noch nicht alles durchsucht. Hoffnung keimte in ihm.

Er versuchte, sich aus der Senke der Matratze heraus über die Bettkante zu rollen, was ihm allerdings erst im dritten Anlauf gelang. Nun war ihm wieder richtig warm, gleichzeitig wurde ihm schlecht. Schweißnass wankte Frank, die Arme vorgestreckt, weil er die Brille nicht gleich fand, Richtung Bad. Psychisch wie physisch erleichtert kehrte er nach einer Viertelstunde zurück. Ein Anfang war gemacht. Erst einmal verschnaufen. Ob er seine Klamotten hier finden würde, fragte er sich, und wo bekam er so spät noch ein Taxi her?

Drago kam gut voran. Die ausgezeichnete Gänsepartie fand er an der Stelle im Regal, wo er sie am Nachmittag gestapelt hatte. Die Polizisten hatten vielleicht die Kisten kontrolliert, aber nicht die Gänse selbst. Keiner hatte unter die Haut geschaut. Bedächtig, jeden der Schnitte, die er schon zigtausend Mal ausgeführt hatte, wohl überlegend, öffnete er das erste der geheimnisvollen Tiere. Der ungewöhnlich prall gefüllte Magen neben der Fettleber machte ihn sofort stutzig. Zwanzig weißlich schimmernde Kunststoffkugeln daraus zu entfernen, war die leichteste Übung. Wenig später hatte er die 19-fache Menge vor sich auf der Edelstahlplatte des Schlachttisches aufgehäuft. Das konnten nur Drogen sein, dachte Drago enttäuscht. Was soll ich denn damit? Mutschka ... Mutschka, bist du da?

Schwabach ließ die Zündapp ausrollen und bremste direkt neben dem Polizeiwagen.

„N'abend, Kollegen, oder besser Ex-Kollegen", begrüßte er den schläfrigen Mann hinter dem Steuer. Er war möglichst freundlich, denn er wusste, wie verhasst uniformierten Polizisten diese Art der Objektüberwachung war. „Hans-Peter Schwabach. Blöder Job, den ihr da machen müsst. Ich weiß, wie das ist. War selber Polizist, bin inzwischen pensioniert", erklärte er. „Arbeite seit Kurzem hier bei Borsig als Aushilfskoch. Bisschen Geld dazuverdienen. Mit unserer dünnen Rente kann man wirklich keiner große Sprünge machen. Ich muss noch einiges für die Essen morgen vorbereiten. Wollte bei eurer großen Aktion vorhin nicht stören. Ist es wahr, dass der Frank Borsig verhaftet wurde?" Er bemühte sich, neugierig zu erscheinen. „Und dass drei unserer Bulgaren schwer verletzt wurden? Einer davon hat sich selber aufgespießt, stimmt das? Man erzählt sich schon so einiges in Bad Karlenburg."

„Wenn Sie Polizist waren, müssten Sie wissen, dass wir Ergebnisse laufender Ermittlungen oder Interna nicht an Außenstehende weitergeben dürfen", sagte der Beamte auf dem Beifahrersitz. „Also machen Sie Ihre Arbeit, wir notieren, dass Sie hier waren."

Schwabach hob beschwichtigend die Hände, stieg ab und schob seinen Roller vor die Hintertür zur Küche, für die er einen Schlüssel bekommen hatte. Als er oben auf der Treppe stand und zurückblickte, bemerkte er etwas Ungewöhnliches. Komisch, dachte er, da ist noch Licht im Schlachthaus. Sollte er mit seiner Vermutung tatsächlich Recht gehabt haben? Der Gedanke elektrisierte ihn. Er würde dem gleich nachgehen, aber zuerst musste er für die nötige Ablenkung sorgen. Er schloss auf.

„Der sah ja aus, als wäre er gerade mit dem Kopf gegen die Wand gerannt", meinte der jüngere Polizist, der hinter dem

Lenkrad saß. „Und der ist Koch? Was meinst du, ist das hier eine Art Grand Hotel? Mit eigenem Küchenchef? Kann man so viel Kohle mit diesen dummen Gänsen verdienen?“

„Keine Ahnung“, murmelte der andere, „und jetzt lass mich schlafen. Ich übernehme in drei Stunden.“

„Aber dann kommt doch schon die Ablösung“, nörgelte der Fahrer, doch einen Moment später begann sein erfahrener Kollege gleichmäßig und leise zu röcheln.

Ein langer Schatten löste sich aus der Dunkelheit des Wohnhauses. Die dazugehörige Gestalt querte die Einfahrt zum Hof, um gleich wieder vor der dunklen Silhouette der Arbeiterunterkunft zu verschwinden. Der junge Polizist meinte, im Augenwinkel eine Bewegung wahrgenommen zu haben, traute sich jedoch nicht, seinen Streifenführer zu wecken. Er stierte eine Zeit lang halbherzig ins Graue und verwünschte das schwache Dämmerlicht, weil es die Augen so anstrengte. Die Gestalt schien sich an dem abgestellten Polizeiwagen und an der Tatsache, vielleicht beobachtet zu werden, wenig zu stören. Sie hatte nur verharrt, weil das Licht im Schlachthaus sie ablenkte. Dann setzte sie ihren Weg zum Büro im gleichen Gebäude fort und trat ein. Niemand hinderte die Schattengestalt, denn der junge Polizist war dem Geschehen im Dämmerlicht entrückt und darüber eingenickt. Es war schließlich auch für ihn ein langer Tag gewesen.

Jetzt, wenige Kilometer vor dem Ziel, machte sich bohrender Hunger breit und ließ Martin Tenner keine Ruhe mehr. Immer wenn er seinen Stoff reingezogen hatte und die Wirkung nachließ, kam bei ihm Hungergefühl auf. Tatsächlich hatte er seit dem Frühstück keinen Bissen mehr zu sich genommen. Nur den Pott Kaffee am Nachmittag im Dorfkrug. Er lenkte den Sportwagen an den Seitenrand der Landstraße und durchstöberte sein Handschuhfach, in dem er immer ein paar Schokoriegel als Notreserve aufbewahrte. Nichts. Verfluchte Kiste. Nichts zu trinken, nichts zu futtern. Und er sollte sich auf keinen Fall irgendwo sehen lassen. Jedenfalls nicht in dieser Region. Sein Porsche war schon auffällig genug. Kneipen oder Tankstellen fielen also aus. Die gab es entlang der Strecke, die noch vor ihm lag, ohnehin nicht. Noch eine Ladung aus dem neuen Vorrat? Nee, dann drehte er über. Also fuhr er mit knurrendem Magen weiter. Je näher er seinem Ziel kam, desto mehr reduzierte er seine Geschwindigkeit.

Er erinnerte sich an die Stelle, wo seine Verfolgerin ihren Golf oder was auch immer abgestellt hatte. Der Platz wäre strategisch gut geeignet und schien inzwischen geräumt zu sein. Er konnte keine anderen Autos erkennen. Mit ausgeschalteten Scheinwerfern rangierte er auf die Feldeinfahrt zwischen den Alleebäumen.

Zur Sicherheit nahm er wieder den ausgetretenen Pfad hinter den Gebäuden und hoffte, nicht auf Milos zu stoßen. Von der ersten Gebäudeecke aus entdeckte er den Polizeiwagen mit den Beamten darin. Er stand nicht sehr weit vom Büro entfernt. Hier musste inzwischen ja allerhand passiert sein.

Gebückt wechselte er die Deckung von der Unterkunft zum Schlachthaus. Schon beim Laufen bemerkte er das Licht im Inneren des Gebäudes. Mist. Das könnte eine Falle sein. Lauerte jemand dort auf ihn? Milos? Der Dicke? Oder gleich die Bullen? Vermutlich Letztere. Aber musste er davon ausgehen, dass sie von der Fracht in den Gänsen wussten? Nein. Nur wenn Frank oder Drago geredet hätten.

Tenner beschloss, sich Gewissheit zu verschaffen. Er drückte sich ins Dunkel hinter dem großen Schlachthaus, umrundete es, um dann von der Feldseite aus, im Rücken des Polizeiwagens, das Büro zu erreichen. Geduckt eilte er zur Tür und schlüpfte hinein. Erst als er sich drinnen an die Wand gepresst hatte, um zu verschnaufen, wunderte er sich, dass der Raum gar nicht verschlossen gewesen war. Doch eine Falle? Jeden

Moment rechnete er damit, dass jemand hereinplatzte. Minuten vergingen. Nichts geschah. Er blieb angespannt.

Langsam gewöhnten sich seine Augen an das bernsteinfarbene Halbdunkel im Raum, das die gelben Hoflampen spendeten. Mit der Wahrnehmung seiner Umgebung ging sein Schnaufen in normale Atemzüge über. Obwohl er jetzt einiges erkennen konnte, hatte er das unbestimmte Gefühl, nicht alleine im Raum zu sein. Wer war der King? Er zog die Glock aus dem Holster. Das Klicken der Waffe beim Entsichern schien ihm so laut, als würde eine Eisenstange gegen Stein geschlagen.

Endlich traute er sich von der Wand weg und schwenkte die Pistole von links nach rechts, um jedem möglichen Angriff zu begegnen. In der Vorwärtsbewegung stieß er an den Schreibtisch und erkannte selbst im Zwielicht das Durcheinander darauf. Unübersehbar präsent war ein flacher Karton, halb gefüllt mit erstklassigen belgischen Trüffelpralinen. Typisch Frank Borsig, dachte er, aber nett von ihm. Die konnte er jetzt gebrauchen. Die Waffe in der Hand war er unschlagbar, und sein Hungergefühl war heftiger als zuvor. Normalerweise hätte er die kalorienreiche Kost nie angerührt, aber bei dieser Aktion? Und dann der lange Weg, der ihm in dieser Nacht noch bevorstand. Also erst einmal vier, fünf Stück von den übersüßen Dingern einwerfen, das würde seinen Brennstoffbedarf locker für eine Weile decken. Und die Schachtel würde er mitnehmen, zur Sicherheit. Dann bräuchte er keine Pause zwischen hier und dem Flugfeld am Rande der Eifel.

Die gut drei Gramm Phosphorsäureester in den ersten beiden Pralinen reichten bereits, um die Reizübertragung an den Synapsen seines zentralen und peripheren Nervensystems sowie der Muskeln soweit zu hemmen, dass letztere in Sekundenschnelle zu Steineshärte verkrampften. Er fiel. Im Fallen riss er noch den Bürostuhl um, dessen Getöse er allerdings nicht mehr hörte. Nur wenige seiner Zuckungen nahm Martin

Tenner noch bewusst war, dann lag er in Embryonalhaltung tot auf dem dünnen Büroteppich. Bei der späteren Obduktion musste der Pathologe dem Mann die Finger brechen, um die Waffe daraus zu entfernen.

Schwabach griff sich eine Mülltüte und füllte sie mit allem, was ihm gerade in die Finger kam. Dann machte er sich auf den Weg zum Müllcontainer, der etwas abseits vom Haus in einer Nische stand. Er grüßte die Polizisten in ihrem Wagen, ohne eine Reaktion von dort zu erhalten. Also schlug er hinter dem Einsatzfahrzeug im Schutz der Gebäude einen Bogen, um auf die andere Hofseite zur Schlachterei zu gelangen. Solange die beiden Beamten sich nicht rührten, wollte er sein Glück versuchen.

Als er noch gute zwanzig Meter entfernt war, hörte er den Krach. Er riss die Tür zum Büro auf und fingerte nach dem Lichtschalter. Er fand die merkwürdig gefaltete Person auf dem Boden, die er sofort als tot erkannte. Und dann entdeckte er ganz in der Ecke, zusammengekauert neben einem Aktenschrank, eine weitere Gestalt. Schwarz gekleidet. Bewegungslos. Den Kopf zwischen den Armen, die wiederum auf den Knien lagen. Noch eine Leiche? Schwabach leuchtete eine fast weiße Schädelplatte entgegen, die nur von kurzen dunklen Haarstoppeln bedeckt wurde. Auf dem Teppich davor lag etwas Schwarzes. Was zunächst wie ein Stück Stoff erschien, erwies sich als langhaarige Perücke. Adele Borsig. Schwabach sprach sie an, doch sie reagierte nicht. Ungeschickt versuchte er, ihren Puls zu ertasten. Sie lebte noch und blickte ihn nach seiner Berührung mit leeren Augen an.

„Kommen Sie, ich helfe Ihnen auf", sagte er. Sie folgte seinen Anweisungen, bis sie die Leiche hinter dem Schreibtisch erblickte. „Neiiin", schrie sie, „nicht du, neiiin, Martin, neiiin." Sie krallte sich an Schwabach, dem nichts Besseres einfiel, als sie vom Toten wegzudrehen und in seinen Armen zu halten.

„Wasse vor Lärm?“, fragte eine Stimme hinter ihm. „Brauchen Hilfe? Krank? Oh, die Frau Chefin hier. Und da ... da... Herr Tenner? Diese tot?“

Dem kleinen Bulgaren, der den Kopf zur Tür hereinstreckte, stand die Angst in den Augen. Schwabach erkannte die Gesichtszüge eines bei der Tat fotografierten Gänsekillers.

„Ja, ich kann tatsächlich Hilfe gebrauchen“, meinte er. „Wir müssen diese Frau erst einmal von hier fortbringen. Am besten ins Haus. Die Polizei brauchen wir nicht anzurufen, sie steht ja schon draußen vor der Tür und pennt. Der“, er deutete auf Tenner, „der wird nicht weglaufen, auf eine Stunde mehr oder weniger kommt es nicht an. Und bevor wir die Polizisten da draußen wecken, sollten wir beide uns ein wenig unterhalten.“

Siebenundsechzig – Freitag 27. Mai

„Herr Kommissar. Hallo, Kommissar Stollberg.“

Wie durch das Rauschen eines Wasserfalls hindurch, ganz aus der Ferne, vernahm Stollberg die weiche Stimme von Polizeianwärterin Braunhuber, bevor er sich, den Kopf auf dem Schreibtisch liegend, sammelte.

„Oh, muss wohl etwas eingenickt sein, was? Na, eine kleine Pause zum Nachdenken braucht jeder Mensch“, sagte er. „Wie spät ist es? Schon Zeit zur Pressekonferenz, oder wo werde ich gebraucht?“ Er gähnte und streckte sich ausgiebig.

Du dumme Nuss hast jetzt vier Stunden gepennt, dachte Marie Braunhuber, sagte aber stattdessen: „Gerade wurde uns aus dem Krankenhaus ein Vorfall gemeldet, der sich letzte Nacht oder genauer heute am frühen Morgen ereignet hat.“

„Ein Vorfall? Was denn noch für ein Vorfall, was ist passiert? Ist der Bulgare etwa entkommen? Nun reden Sie schon, Mädchen. Alles, aber auch wirklich alles muss man selber machen, sonst läuft es schief. Kaum bin ich einmal für nur kurze Zeit nicht erreichbar, schon geht etwas daneben. Es ist zum Verzweifeln."

„Also, wenn ich dann berichten darf", setzte die Braunhuber säuerlich an. Sie hatte nach dem Einsatz diese Nacht noch kein Schönheitsschläfchen einlegen können.

„Tatsächlich ist der Verdächtige Ferenc heute gegen 3.30 Uhr früh trotz seiner schweren Verletzungen aufgestanden, hat den wachhabenden Kollegen vor der Tür überwältigt und wollte dann fliehen."

„Was heißt hier ‚wollte dann fliehen'? Wie konnte er seinen Bewacher überwältigen? Wie heißt der Mann? Na, zu dem komme ich später. Also weiter", befahlt Stollberg.

„Ja, also, im Erdgeschoss, da wurde der Verdächtige Ferenc anscheinend von dem gestern fast erfrorenen Herrn Borsig entdeckt und gefasst. Das heißt, der Herr Borsig hat den Bulgaren erst zu Fall gebracht und sich dann auf den am Boden liegenden Flüchtigen gesetzt. Also, ähm ... genauer gesagt, er hat sich fallen gelassen, um dessen Flucht zu verhindern. Herr Ferenc musste daraufhin noch in der Nacht operiert werden. Innere Blutungen, sagte der Arzt. Der Verletzte wurde in ein künstliches Koma versetzt, damit die Verletzungen besser ausheilen können. Morgen oder übermorgen könnte er vernehmungsfähig sein."

„Aah ja! Dann darf ich denn davon ausgehen, dass nun alle Verdächtigen unter Kontrolle sind? Fein. Wenigsten etwas. Ich werde die Staatsanwaltschaft umgehend über diesen Vorfall informieren. Sind die Zeugen Schwabach und dieser, näh ... dieser Bulgare denn mittlerweile eingetroffen?" Stollberg deutete das Schulterzucken der Beamtin als Nein. „Na, egal, wir werden jetzt trotzdem mit der Dienstbesprechung beginnen. Die Aussage von dem Hauptzeugen Schwabach können wir auch etwas später aufnehmen. Ich habe ja alle Fakten und Zusammenhänge. Lassen Sie den Mann durch eine Polizeistreife vorführen, damit er lernt, woher der Wind weht, und trommeln Sie die Leute zusammen. Aber ein bisschen zackig, wenn ich bitten darf. Der Staatsanwalt erwartet meinen Bericht, die Presse umlagert das Gebäude, wir müssen vorbereitet sein."

„Die Kollegen warten bereits seit zehn Minuten auf Sie", sagte die Polizeianwärterin und ging ins Besprechungszimmer.

„Also, ich konnte Ihnen in den vergangenen Tage eine großartige Leistung abfordern", begann Stollberg. „Wahrscheinlich in Rekordzeit habe ich mit Ihrer Unterstützung eine ganze Reihe schwerer Straftaten aufklären können. Zu dem Todesfall der vergangenen Nacht komme ich gleich, ich denke, da brennt nichts an, die Sachlage ist eindeutig, oder? Deshalb werde ich jetzt alle Fälle in chronologischer Reihenfolge noch einmal rekapitulieren, damit wir auf dem gleichen Stand sind. Irgendwelche Einwände? Gut. Womit muss ich anfangen?"

„Mit einem vergifteten Adler, den der Jagdpächter Gerold Schön mir am Samstag, den 14. Mai, gebracht hat", meldete sich Hauptwachtmeister Zack. „Es ging um die Ausbringung von Giftködern am Borsig-Hof. Ich habe sofortige Ermit ..."

„Ja, ja, schon gut. Danke, Herr Hauptwachtmeister", unterbrach Stollberg. „Sie haben unter meiner Anleitung bemerkenswert gut mitgearbeitet, aber ich meinte jetzt die wichtigen Fälle. Keine Adler oder so. Das ist Kleinkram für eine Revierwache. Da wäre zum Beispiel der Mord an dem Journalisten, näh ..."

„Volker Stein", rief Kleinschmidt und grinste durch den Bart.

„Äh ... genau. Volker Stein, sagte ich das nicht? Kleinschmidt, lassen Sie dieses alberne Händchenhalten mit Frau Braunhuber. Also Volker Stein, dessen Leichnam im Moor vom Zeugen Dr. Eze entdeckt wurde. Dieser Journalist wurde unzweifelhaft mit der Waffe des inzwischen verstorbenen Anton Borsig tödlich verwundet. Ich gehe davon aus, dass genau dieser Anton Borsig den Enthüllungsjournalisten enttarnt hatte, vielleicht auf frischer Tat ertappt. Er sieht, wie der

Stein diese Chemikalien entdeckt und erschießt ihn, weil er die Aufdeckung seiner illegalen Mastgeschichten verhindern will. Immerhin hatte der Borsig viel zu verlieren. Die Beweislage ist eindeutig. Ich konnte die Ampulle mit diesem Zeug, Kleinschmidt, helfen Sie mir ..."

„Dienoestrol."

„Äh ... genau, bei der Leiche finden. Die hat der Journalist entwendet, er versucht zu fliehen, Borsig entdeckt ihn und schießt. Weil er mit dieser Tat nicht leben konnte, hat er sich später selbst gerichtet. Tathergang, Täter und Motiv, alles eindeutig. Fall eins soweit abgeschlossen." Stollberg setzte ein triumphierendes Lächeln auf.

„Falsch", tönte Schwabachs Stimme aus dem Hintergrund. Er war unbemerkt ins Besprechungszimmer gekommen, nachdem er bereits vorne im Dienstzimmer eine halbe Stunde gewartet hatte. „Adele Borsig hat ihren Liebhaber Volker Stein mit der Waffe ihres Mannes erschossen. Das hat mir Frau Borsig gestern Nacht im Beisein eines weiteren Zeugen gestand, bevor sie in eine psychiatrische Anstalt eingewiesen wurde. Sie hatte Volker Stein dabei erwischt, wie er im geheimen Kellerlager des Maststalls die verbotenen Medikamente fotografierte und entwendete. Das war aber nicht der Grund für die Tat. Nein, sie fühlte sich von ihm, ihrer großen Liebe, ausgenutzt und erschoss ihn aus Wut und Enttäuschung darüber. Erst später merkte sie, dass sie von Volker Stein schwanger war."

„Soso, aha, der Zeuge Schwabach ist auch schon eingetroffen. Sie dürfen mir gleich Rede und Antwort stehen. Jetzt warten Sie solange in der Wache vorne, ja? Dass sich die gute Frau Borsig vor ihren Mann stellt und alle Schuld auf sich lädt, zeugt von ihrer Loyalität, nicht war. Sie war schwanger von Volker Stein?", vergewisserte er sich, als ihm die Bedeutung dieses Zusammenhangs aufging. „Nun, durch den momentanen Zustand dieser schwer geplagten Frau dürfen wir auf keine verwertbare Aussage hoffen. Ob nun sie oder ihr Mann geschossen hat, diesen Mord konnte ich also aufklären. Das führt uns zu einem zweiten Verbrechen. Genau genommen war es ja das erste, zu dem ich nach Bad Karlenburg beordert wurde. Die Leiche des Studenten, näh ....“

„Thomas Seidel“, rief Kleinschmidt. „Du Dumpfbrumme“, fügte er leise hinzu. Seine Sitznachbarn grinsten.

„Genau. Thomas Seidel, Student aus Hannover und Tierschutzaktivist. Dieser Seidel ist unbefugt auf das Gelände der Firma Gänse-Borsig eingedrungen, wurde bei seinem illegalen Vorhaben vom nächtlichen Wachdienst erwischt und vom Vorarbeiter Milos, näh ....“

„Ferenc.“

„Näh ... von Milos Ferenc schwer zusammengeschlagen und dabei wohl auch tödlich verletzt. Ob mit Tötungsabsicht oder ohne, wird sich noch herausstellen. Dazu gibt es die eindeutigen Speichelspuren, die ich ....“

„Falsch“, rief Schwabach dazwischen, der der Eigenlobhymne Stollbergs im Nebenraum problemlos lauschen konnte. „Milos Ferenc hat zwar den Studenten Seidel verprügelt, ermordet worden oder besser zu Tode gekommen ist er allerdings eher zufällig, durch einen gewissen Bixente Barraqueta. Das ist ein baskischer ETA-Aktivist, der den Mord an seinem Bruder Xabi Barraqueta rächen wollte und der dessen Mörder wiederum auf dem Borsig-Hof vermutete. Seidel hatte genau dort seinen Rucksack abgelegt, wo Bixente auf einem Baum sitzend den Hof beobachtete. Als der verprügelte Seidel seine Sachen holen wollte, muss er Bixente wohl oben auf dem Baum entdeckt haben. Bixente stürzte sich von seinem Ansitz herab. So ähnlich ist es mir gestern selbst ergangen, nur dass ich Glück hatte und auf den Pirol hörte.“

„Weil er einen Vogel hat, ist er mit einem blauen Auge davongekommen“, platzte Kleinschmidt heraus. Alle lachten, Stollberg eingeschlossen.

Schwabach nahm die Anspielung auf seine blau unterlaufene Gesichtshälfte mit einem Schmunzeln hin. Jedenfalls, soweit es die mit drei Stichen genähte Wunde auf der Wange zuließ. Er fuhr fort, als wieder Ruhe eingekehrt war. „Anders als bei mir sprang der Baske Thomas Seidel direkt auf den Kopf, und der brach sich dabei das Genick. An der, nennen wir es Unglücksstelle müssten unter dem aufgewühlten Laub noch Blutspuren des bereits verletzten Studenten nachweisbar sein. Bixente Barraqueta entsorgte die Leiche an ihrem späteren Fundort im Wald. Der Täter wusste allerdings nichts von dem Rucksack, der versteckt zwischen dicken Baumwurzeln deponiert war und den ich später auf der Suche nach Thomas gefunden habe."

Ein lautes Raunen und Geflüster ging durch den Besprechungsraum, in dem die acht Beamten der Kommission zusammengedrängt saßen.

„Schwabach, jetzt ist es aber genug", fuhr Stollberg dazwischen. „Bixente Barraqueta, Mann, was reden Sie denn für ein wirres Zeug. Der geheimnisvolle Rächer. Wo haben Sie denn den auf einmal aufgetrieben? Geht jetzt die Fantasie mit Ihnen durch oder hat Ihr Gehirn durch die Verletzung zu sehr gelitten? Oder können Sie uns eines Besseren belehren. Fangen Sie vielleicht damit an, uns mitzuteilen, wo sich bitte dieser ominöse Mafia-Killer befindet. Oder hat er sich wieder auf seinen Baum zurückgezogen, quasi in Luft aufgelöst?"

„Der Mann ist der baskischen Untergrundarmee ETA, nicht der Mafia zuzuordnen und steht sowohl in Frankreich als auch in Spanien ganz oben auf den Fahndungslisten der Polizeibehörden. Ich werde Sie gleich über den Verbleib von Barraqueta aufklären", antwortete Schwabach. „Bringen Sie doch erst einmal Ihre Lagebesprechung zu Ende."

„Na, da sind wir alle in freudiger Erwartung auf das, was Sie uns da noch für Hirngespinste auftischen werden. Dieses zusammengesponnene Zeug kann tatsächlich noch warten.

Also weiter. Das dritte Verbrechen betrifft die Brandstiftung zum Nachteil der Zeugin Monika Reuther. Bei der Sie, Herr Schwabach, auch in irgendeiner Weise beteiligt waren, wenn ich mich recht entsinne, nicht wahr? Ich jedenfalls halte den bereits erwähnten Rumänen für ..."

„Bulgaren", rief Kleinschmidt.

„Also ich halte den erwähnten Bulgaren, näh ... Ferenc, für den Täter. Richtig?", fragte der Kommissar in Richtung Schwabach, der der Bequemlichkeit halber mit seinem Stuhl ins Besprechungszimmer umgezogen war. Als dieser nickte, fuhr der Kommissar sichtlich erleichtert fort. „Näh ... Frank Borsig ... Ah, Herr Dr. Müller-Gundelmoser, schön, dass Sie an dieser Abschlussbesprechung teilhaben wollen."

Der Staatsanwalt, ein älterer Herrn im dunkelblauen Anzug, nickte zur Begrüßung.

„Wo war ich? Ja. Also dieser Ferenc hat auf Geheiß des Hofbesitzers Frank Borsig das Wohnmobil angezündet, um mögliche Beweismittel zu vernichten."

„Falsch", unterbrach Schwabach. „Milos Ferenc war der Vertraute von Martin Borsig, der unter einer angenommenen Identität, zuletzt als Martin Tenner, in Frankfurt lebte. Es ist der Sohn von Volker Stein und Adele Borsig. Martins Mutter, also unsere Frau Borsig, reiste, lange bevor ihr die Schwangerschaft anzusehen war, unter einem Vorwand zu ihrer Schwester, die in der Nähe von Frankfurt verheiratet war. Dort gebar sie das Kind und ließ es in deren Obhut. Bedingung der Schwester war, dass Adele keinen Kontakt mehr zu dem Kind haben durfte, was diese akzeptierte. Martin war ein Ausreißerkind und verschwand etwa im Alter von sechzehn Jahren aus dem Heim, in das man ihn gebracht hatte. Das Martin Tenner der Sohn von Adele Borsig war, hat er übrigens nicht gewusst. Er hatte über seine Ziehmutter von Bad Karlenburg erfahren und kam auf der Suche nach einem landwirtschaftlichen Geschäftspartner zufällig auf den Borsighof, erzählte mir seine

Mutter. Er muss eine wilde Vergangenheit gehabt haben. Der pensionierte Lieutenant Aloysius Kock von der Kriminalpolizei in Mont-de-Marsan hält ihn für einen Drogenschmuggler und den Mörder seines Komplizen Xabi Barraqueta."

„Was ist das denn nun wieder für eine Räuberpistole?", giftete Stollberg. „Jetzt haben Sie noch jemanden angeschleppt, diesen Herrn Kock, oder wie? Herr Dr. Müller-Gundelmoser, bitte entschuldigen Sie die unqualifizierten Einwürfe dieses Zeugen. Ich arbeite selbst intensiv mit der französischen Nationalpolizei zusammen. Der zuständige Beamte dort heißt, näh ... Schubert, wie war ...? Genau, hier steht es ja, Jean-Jaques Barteaux. Der hat uns natürlich über den Mord und die Verbindung zu unserem Fall informiert. Der zweite DNA-Abgleich bestätigte übrigens das erste Ergebnis der Verwandtschaft über die väterliche Linie. Mir ist schon lange klar gewesen, dass es sich bei dem Täter in Frankreich um den Sohn unserer Moorleiche handeln musste. Dass Frau Borsig die Mutter dieses Jungen sein soll, darauf hatten wir bislang keinen Hinweis. Und was ist das nun für ein neuer Lieutenant mit diesem absurden Namen, den Sie uns da beibringen?"

„Wie gesagt, Lieutenant Kock ist pensioniert. Er hat den Fall zusammen mit Herrn Barteaux bearbeitet. Barteaux war es auch, der Aloysius Kock über die Spur und die Zusammenhänge in Bad Karlenburg informierte. Kock reiste als Privatperson an, um auf eigene Faust Ermittlungen durchzuführen. Er hat übrigens ein großartiges Gedächtnis. Er kennt alle Fakten und Details seiner Fälle. So wusste er auch von Bixente, dem Bruder des Ermordeten, konnte allerdings nicht damit rechnen, dass dieser ebenfalls vor Ort war, um seinen Bruder zu rächen. Durch Zufall, als der ETA-Mann mich einmal im Wald verfolgte, hat er den ETA-Mann erkannt und dann nicht mehr aus den Augen gelassen. Deshalb war Kock auch sofort zur Stelle, als der Baske mich angriff. Er hat ihn überwältigt und gefangen genommen." Schwabach verstummte.

„Ja, und wo finden wir jetzt diese beiden Zeugen beziehungsweise den Mordverdächtigen?“, fragte Stollberg in den Moment der Stille hinein.

„Kock hat seinen Gefangenen mit nach Frankreich genommen, er müsste inzwischen weit hinter Paris sein“, erklärte Hans-Peter Schwabach gelassen, obwohl er an dieser Stelle nicht die Wahrheit erzählte, denn Aloysius Kock befand sich noch in Ottos Bungalow und verhandelte gerade mit den französischen Behörden über die ausgesetzte Belohnung für die Ergreifung des gesuchten Mörders. So hatten die beiden es abgesprochen.

„Schwabach“, platzte Stollberg los, „das ist Behinderung der Polizei, Unterdrückung von Beweismaterial und noch eine ganze Menge mehr, dass ich Ihnen anhängen werde. Verlassen Sie sich darauf! Bringen Sie mir umgehend diese Zeugen, sonst lasse ich Sie hier auf der Stelle verhaften. Herr Staatsanwalt, bitte unterstützen Sie mich.“

„Also erst einmal habe ich nichts mit der Gefangennahme oder der späteren Abreise zu tun, das war ja wohl Herrn Kocks Entscheidung. Außerdem haben die Franzosen wahrscheinlich ältere Rechte an dem Gefangenen angemeldet. Genauso wie die spanische Polizei. Nach Barraqueta wird dort im Zusammenhang mit mehreren Attentaten gefahndet. Mit Sicherheit werden die Franzosen weiterhin gut mit Ihnen zusammenarbeiten. Stellen Sie doch einen Auslieferungsantrag. Allerdings würde ich mir nicht allzu viele Hoffnungen machen, denn die Beweislage ist im Fall Thomas Seidel ausgesprochen dünn. Ein guter Anwalt würde das Wenige, was Sie beibringen könnten, in der Luft zerreißen. Es gibt nur das Geständnis des Verdächtigen gegenüber einem Dritten, was leicht zu widerrufen wäre. Ich vermute, der Herr Staatsanwalt sieht die Sachlage genauso.“ Schwabach schaute auf seine Uhr. „So, ich werde jetzt gehen, denn ich habe gleich einen Arzttermin. Zur Aufnahme meiner Zeugenaussage komme ich gerne demnächst vorbei.“

„Sie bleiben hier", bellte Stollberg. „Immerhin waren Sie in der vergangenen Nacht erneut als erster Zeuge an einem Tatort. Viel zu häufig übrigens, für meinen Geschmack. Leider fehlt mir ein passendes Motiv, sonst würde ich Sie auf der Stelle verhaften. Sie haben gestern Nacht Martin Tenner, oder Borsig, tot im Büro der Firma Gänse-Borsig aufgefunden. Was hatten Sie dort überhaupt zu suchen, so mitten in der Nacht?"

„Wie ich den beiden wachhabenden Beamten gestern schon erklärte, arbeite ich derzeit nebenbei als Koch für den Borsig-Betrieb und sorge für Frühstück und Mittagsverpflegungen der Familie und der Arbeiter. Ich hatte noch einiges vorzubereiten, hörte Geräusche aus dem Büro und fand den Toten sowie Frau Borsig in dem Raum. Das ist alles protokolliert. Dass Ihre Beamten draußen schliefen, konnte ich ja nicht ahnen. Zusammen mit Herrn Stojanow brachte ich Frau Borsig ins Haus und versorgte sie. Während Sie mit Ihrer Mannschaft anrückten, begann Frau Borsig ihre Geschichte zu erzählen. Übrigens, bevor Sie unnötige Untersuchungen anstellen, Frau Borsig hatte gestern das Fläschchen mit dem Carbofuran im Schreibtisch ihres Sohnes gefunden und an sich genommen. Das gleiche Gift, das wohl vor einiger Zeit einen Adler getötet hat, jedenfalls sprach sie von einem toten Adler, der Polizei und einem Schuss aus dem Hinterhalt. Etwas wirre Geschichte, wie ich zugestehen muss. Kurze Zeit später erlebte sie mit, wie eine Partie Gänse auf brutalste Art und Weise gequält wurden. Sie machte ihren Sohn Frank für diese fürchterliche Tat verantwortlich, weil sie dessen Aufzeichnungen über illegale Federlieferungen gefunden hatte. Dass er sie damit finanziell betrog, war nicht ausschlaggebend, aber dass er die Tiere fast zu Tode quälte, brachte sie zum Äußersten. Sie faselte etwas von einer Gerda und einer Gertrude, die ermordet wurden. Ich konnte allerdings nicht herausfinden, was es damit auf sich hatte. Jedenfalls verließ sie in der Nacht ohne Probleme das Krankenhaus, wo man ihr nur leichte Beruhigungsmittel gegeben hatte, und beschloss, ihrem Sohn Frank den gleichen Tod zu bescheren, den der Adler hatte erleiden müssen. Sie wusste ja nicht, dass ihr Sohn im Krankenhaus lag. Sie wollte ihn hinrichten, mit den eigenen Waffen töten. Sie füllte das Gift mit einer Einwegspritze, die sie im Krankenhaus an sich genommen hatte, in dessen Lieblingsnascherei, spezielle Pralinen aus Belgien. Statt Frank kam aber Martin und aß von den Pralinen. Das Schicksal wollte es so."

„Da stimmt doch etwas nicht mit Ihrer Geschichte. Was hatte dieser Sto ... Stojanow dort noch zu suchen? Und dann dauerte es über eine Stunde, bis Sie sich bequemten, die Polizei über einen Mord zu informieren?", bohrte Stollberg nach.

„Lassen Sie den Zeugen in Ruhe", mischte sich der Staatsanwalt ein. „Viel wichtiger als Ihre Eifersüchteleien ist die Aufdeckung der Verbrechen, und dazu hat der Zeuge Schwabach nach dem, was ich bisher gehört habe, mehr beigetragen als der Leiter dieser Mordkommission." Stollberg setzte zu einer Antwort an, überlegte es sich jedoch anders.

„Bei der sofort obduzierten Leiche wurden Abbauprodukte von Carbofuran nachgewiesen", sagte Schubert und bestätigte damit Schwabachs Aussage. „Das Gift wurde in weiteren sechs Pralinen sowie in einer Einwegspritze gefunden, die am Tatort lag. Auf der Spritze wie auf den präparierten Trüffeln und der Giftflasche fanden die Kollegen Fingerabdrücke von Adele Borsig."

„Das war doch das Gift, mit dem auch der Adler getötet wurde", platzte Zack heraus, „wusste ich's doch." Er verschränkte mit einem triumphierenden Lächeln die Arme vor der Brust.

„Im Großen und Ganzen ist es also eine Familienaffäre", versuchte es Stollberg versöhnlich, „angeheizt durch illegale Praktiken in der Landwirtschaft vielleicht? So sind die beiden Opfer, Volker Stein und Thomas Seidel, durch ihre Versuche, Tierquälerei zu enthüllen, ums Leben gekommen. Ich denke, damit können wir zur Pressekonferenz gehen, was meinen Sie, Herr Dr. Müller-Gundelmoser?"

„Falsch", sagte Schwabach ein letztes Mal, „zumindest nur teilweise richtig, denn ein Großteil der Taten waren durch den Drogenhandel motiviert, den Martin Tenner unter dem Deckmantel der Gänsezucht und dem Handel mit Gänseprodukten betrieb."

„Schwabach", schrie der Kommissar mit hochrotem Kopf, „sind Sie total durchgeknallt?"

Schwabach musste weit ausholen, um dem Staatsanwalt und den gespannten Beamten die schlau eingefädelte Masche des Martin Tenner zu erläutern, so, wie er sie sich inzwischen zusammengereimt hatte. Dass er mit Drago zusammen den großen Rauschgiftfund auf den heutigen Tag verschoben hatte, verschwieg er natürlich.

Achtundsechzig – Sonntag 29. Mai

Bixente Barraqueta lag mit Handschellen an ein stabiles eisernes Bettgestell gefesselt in der absoluten Finsternis der Dunkelkammer. Die Nachricht vom Tode Martin Tenners, dem Mörder seines Bruders, hatte ihn zwar nicht befriedigt, aber irgendwie auch gleichgültig gemacht gegenüber dem, was mit ihm geschehen würde. Er war das Kämpfen leid. Deshalb kooperierte er mit diesem Franzosen und würde ihn auch ohne Fluchtversuch nach Frankreich begleiten, hatte er im Stillen beschlossen.

Barraqueta wusste nichts von dem strahlenden Frühlingstag draußen, der die Seeoberfläche in abertausende glitzernde Kräuselwellen teilte, sah nicht, wie Mehlschwalben ihre Nester anflogen und ihre Beute in offene Schnäbel stopften, die sich über den Nestrand reckten. Er konnte sich nicht an den Blühstreifen freuen, die Schwabach entlang der Zäune ausgesät hatte, sondern lag, einem Komapatienten gleich, bewegungslos in der Dunkelheit.

Oben, unter blauem Himmel im Sonnenlicht auf dem Grillplatz, hatten Otto und Schwabach alle freiwilligen oder unfreiwilligen Beteiligten der dramatischen Ereignisse zu einem Essen eingeladen. Und die meisten waren gekommen. Mona und Elisabeth hatten sich angefreundet und bewältigten zusammen die Erfahrungen von Trauer und Gefangenschaft. Ein Riese in Lederklamotten tuckerte auf einem viel zu kleinen Norton-Motorrad auf das Gelände, um mit seinem Kumpel Walter ein paar Biere einzuwerfen und über den dünnen Ölfilm zu diskutieren, den er vorhin am Zylinderansatz entdeckt hatte. Professor Dr. Walter Obinna Eze war zwar der Fachsimpelei über Motorräder im Prinzip nicht abgeneigt, doch viele andere Dinge, die sich in den vergangenen Tagen ereignet hatten, bewegten ihn mehr. Er war glücklich über die ergebnisreichen Untersuchungen im Tauben Moor und über seine neue rothaarige Liebe, die ihm gegenübersaß und ihn hin und wieder anlächelte. Noch war er sich nicht vollständig darüber im Klaren, was ihm wichtiger war.

Otto saß im Rollstuhl, freute sich an der Geselligkeit und mühte sich redlich, die Trümmer seines Schulfranzösisch an Privatier Aloysius Kock auszuprobieren. Drago wuselte um Schwabach herum, der sich mit dem Lagerfeuer abmühte, denn er hatte versprochen, ein Essen am lodernden Feuer zu zaubern. Sie hatten sogar Horst Zack als Mitgefangenen eingeladen, doch der hatte wegen dringender Termine abgesagt, in diesem Fall seiner Beteiligung an der Landesschau der Rassekaninchen.

„Ihr hättet Stollbergs Gesicht sehen sollen, als ich ihm Dragos Entdeckung und die Geschichte dazu brühwarm unterjubeln konnte. Stollberg hatte vom Einsatz des Drogendezernats am Freitag bei seiner Besprechung noch nichts mitbekommen, weil er die ganze Zeit gepennt hatte. Und bis der erst einmal geschnallt hatte, dass er in allen Fällen und auf der ganzen Linie danebenlag ... Und das im Beisein des Staatsanwalts.

Einfach genial." Schwer gezeichnet, aber entspannt schichtete Schwabach die Holzscheite auf die Feuerstelle.

„Schwabach, die Katze", warf Otto ein, der diese Story nun zum wiederholten Male mit anhören musste. „Wie viele deiner neun Leben hast du bei der Aufklärung dieser Fälle verbraucht? Na, ja, wir wollen heute nichts mehr von diesen bösen Geschichten wissen. Uns würde vielmehr interessieren, was du uns denn vegetarisch auf dem Lagerfeuer grillen wirst. Erbsen-Möhren-Spieße?", lästerte er. „Oder ein paar heiße Kartoffeln, die du dann für uns und die Menschheit aus dem Feuer holst?"

„Otto, du bist und bleibst ein Ignorant. Jedenfalls, was Essen angeht. Ich denke, zuerst setze ich ein Kesselgulasch ohne Fleisch auf. Eigene Kreation, lass dich überraschen. Auf jeden Fall scharf. Darin findest du gerösteten Räuchertofu, Knoblauch, Paprika, Tomaten und Zwiebeln. Anschließend gibt es eine Kräuter-Kartoffelpfanne. Die Wildkräuter dafür, Brennnessel und wilder Thymian, Knoblauchrauke und Quendel, wurden von Mona heute frisch gesammelt. Ich habe auch pikante Teigtaschen mit Spinatfüllung, knackiges Wokgemüse, gebackenen Schafskäse mit Oliven, Basilikum, Thymian und Rosmarin, Salate und zum Dessert noch gegrillte Melone. So, du kümmerst dich jetzt um die Gäste und Getränke, ich bereite das Essen vor, gut?" Schwabach widmete sich wieder der Feuerstelle.

„Kollege, musste du diese Holze so legen, quer und noch so, dann gut Glut wenn Feuer. Viel heiße isse wichtig. Und lange glüh. Ich machen. Bitte. Wir viele Feuer in Heimat. Gute Fleisch!" Drago, leicht angeheitert, quasselte auf Schwabach ein und wich seinem neuen Freund nicht von der Seite.

Überhaupt, Drago konnte sein Glück noch gar nicht fassen. Erstens war er die Sorgen um den Berg Kokain aus den Gänsemägen los. Statt sich vielleicht beim Verkauf des Fundes mit üblen Gesellen abgeben zu müssen, war er nun der Held. Schwabach hatte ihre Aussagen so gedreht, dass Drago es war, der ganz allein dem Schmuggel auf die Spur gekommen war und ihn durch das Vertauschen der Transportgänse auffliegen ließ. Alles leicht entfernt von der Wahrheit, aber sehr logisch. Die Polizei jedenfalls glaubte seine Geschichte. Weil er damit auch Martin Tenner enttarnte, hatte Alysius Kock vorgeschlagen, ihn als wichtigsten Hinweisgeber für die Erfassung des Mörders von Xabi Barraqueta zu benennen. Kock versprach, sich für die Auszahlung der ausgesetzten Belohnung an Drago einzusetzen, sobald er Bixente abgeliefert hätte. Wenigstens die Hälfte, vielleicht sogar die gesamte Summe von 9.000 Euro würde bald ihm gehören. Und dann war da noch das denkwürdige Gespräch von vorhin mit Otto und Mutschka, das ihm immer noch im Kopf herumschwirrte.

Er fühlte sich zu Beginn des Treffens noch sehr einsam und befangen unter den ganzen fremden Leuten, die er auch nicht richtig verstand. Der Riese in Leder dröhnte die ganze Zeit über sein Motorrad und die beiden Frauen gegenüber unterhielten sich sehr leise. Der Mann neben ihm im Rollstuhl sprach in einer fremden Sprache mit einem Nebenmann. Drago selbst saß einfach nur da. Und hatte zu dem Zeitpunkt noch große Sorgen. „Mutschka, was soll ich jetzt nur machen? Keine Arbeit mehr. Chef Borsig sagt, er wird alles verkaufen. Kein Geld. Soll ich zu dir nach Hause kommen?"

„Noah, das könnte dem feinen Herrn wohl passen, wie? Ich rackere hier mich ab für alle. Die Schweine werden immer fetter und wollen mehr, die Kinder wachsen aus ihren Sachen heraus und der Mann will heimkommen und sich auch noch durchfüttern lassen, woas? Hätte ich nur auf Mutter gehört und einen mit Gemüsegarten geheiratet. Alles wird hier teurer und der Dämlack hat keine Arbeit mehr. Noah, was werde ich dem wohl raten, geh und such dir eine neue Arbeit."

„Aber Mutschka, es ist schwer, in diesem Land als Ausländer etwas zu finden."

„Haben Sie mit mir geredet?", fragte Otto, der auf das Gemurmel seines Sitznachbarn aufmerksam geworden war.

„Nun sprich schon mit diesem Herrn dort, ich muss hier meine Arbeit machen. Die Wäsche steht noch im Bottich, das Essen wird bald gar sein und es gibt noch so viel zu flicken und zu stopfen. Die Kinder, liebe Güte, alles bekommen sie kaputt … Aber du sitzt ja immer noch herum wie ein Ölgötze. Noah, mach den Mund auf, Trottel, nun antworte dem Herrn endlich."

„Wasse, nein, iche nich rede, denken an Frau in Heimat", sagte Drago mit düsterer Miene.

„Sie müssen Herr Stojanow sein, Hans-Peter hat mir von Ihnen erzählt. Was für eine mutige Tat, diese Kokaingänse aus dem Verkehr zu ziehen. Sehr schlau von Ihnen, alle Achtung", sagte Otto.

Der kleine Bulgare bekam sichtbar bessere Laune. „Du ruhig sagen Drago, alle tun", antwortete er.

„Ich bin Otto. Mir gehört dieser Campinglatz. Sie … äh Drago, du hast ja gar nichts zu trinken. Möchtest du ein Glas Rotwein? Dies hier ist ein wirklich gutes Tröpfchen." Otto schwenkte mit der Flasche, die griffbereit neben ihm auf einem Klapptisch stand. „Dort stehen die Gläser, wenn du dir eins holen würdest, ich bin etwas indisponiert."

„Wasse indis …?"

„Oh, Entschuldigung. Unbeweglich, meine ich. Möchtest du Wein?"

„Ah, jetzt lässt es sich der feine Herr mit Rotwein gut gehen, während ich hier mit Wasser aus dem Brunnen abgespeist werde", hörte Drago Mutschkas Stimme aus dem Off, während er sich ein Glas besorgte. „Hätte ich bloß auf Mutter gehört. Wenn schon keinen mit Gartenland, dann wenigstens einen mit fließend Wasser im Haus."

„Aber Mutschka, es gibt doch Wasser im Haus", rechtfertigte sich Drago. „Du gehst doch gerne zum Brunnen, weil das Wasser von dort so viel besser schmeckt."

„Was hast du gesagt?", fragte Otto wieder. Schüttelte den Kopf, rieb sich an den Ohren und schenkte ein. „Zum Wohl."

„Ah, gut diese rot", stellte Drago fest. „Heimat auch gute rot, süßer, aber gut. Trinke gerne noch eine." Er hielt Otto das Glas hin, das er in einem Zug geleert hatte.

„Vorsicht", warnte Otto. „Der geht schnell in den Kopf. Du arbeitest als Schlachter auf dem Hof von Gänse-Borsig?"

„Ich schlachten, aber nix Schlachter gelernt. Ich Elektrik", antwortete Drago und nahm wieder einen kräftigen Schluck.

„Nun besäuft sich der Mann auch noch, statt sich um Arbeit zu kümmern. Genau wie die anderen Taugenichtse hier im Dorf, die nichts zu tun haben. Lümmeln an der Straße, betrinken sich und liegen ihren Frauen auf der Tasche."

„Aber Mutschka, du hast selber gesagt, ich soll mich unterhalten. Und Otto hat mich eingeladen, ein Gläschen zu trinken", beschwerte sich Drago.

„Was?", fragte Otto. „Ach so, ja. Deine Frau?"

Drago nickte.

„Also, du bist Elektriker von Beruf? Könntest du etwa ein ganzes Gebäude mit einer Feuchtrauminstallation ausstatten oder die Scheinwerfer einer Außenbeleuchtung reparieren?"

„Du Leiter, ich machen Sonne heller", strahlte Drago.

„Noah, hör sich das einer an. Jetzt wird der Faulpelz auch noch ein Aufschneider. Joi, ich habe einen Säufer und Aufschneider zum Mann. Mutter, womit habe ich das verdient?"
Drago bemühte sich, wieder ernster zu werden. „Ich lernen diese Elektrik, machen alles Strom. Steckdos, Lichte, alle."

„Also." Otto holte Luft. „Ich könnte hier auf dem Gelände für diese Saison einen guten Elektriker gebrauchen. Hättest du nicht Lust, in deinem Beruf zu arbeiten? So bis Ende September?"

Drago konnte seinen Ohren nicht trauen.

„Noah, nun sagt schon ja, du Drömellack. Jetzt bietet dir dieser nette Herr eine Arbeit und mein feiner Gatte bekommt den Mund nicht auf. Noh, nimm einen Schluck, damit sich die Zunge löst, und dann antworte!"

„Mutschka, nun lass mich doch überlegen. Wenn die Belohnung aus Frankreich kommt, dann kann ich sofort ein eigenes Geschäft aufmachen, du weißt doch, der Laden, die Werkstatt in Wraza. Dann wären wir wieder beisammen. Sage ich hier zu, dann muss ich den Vertrag erfüllen und die Werkstatt könnte vermietet sein an einen anderen."

„Noah, es gibt bestimmt noch andere Läden in Wraza. Du arbeitest für den netten Herrn solange wie er will. Basta. Wenn der nette Herr dich nicht mehr will, dann kommste eben heim. Mutter wird auch zu uns ziehen, da kommt es auf einen hungrigen Esser auch nicht mehr an."

„Danke, Mutschka", sagte Drago.

„Heißt das, du nimmst den Job an?", fragte Otto, etwas verunsichert. „Ich bin kein reicher Mann, weißt du, aber ich biete dir den doppelten Lohn, den du bei Borsig bekommst, freie Unterkunft und freie Verpflegung, falls du dich mit Schwabachs ständigem Gemüse begnügen kannst. Aber ich verspreche dir, der wird auch wieder normal!"

„Isse gut, danke, Otto, danke. Ich kommen gleich morgen, anfangen." Drago drückte Otto die Hand. „Mutschka, ich habe neue Arbeit. Bist du froh jetzt?"

„Woas, nur den doppelten Lohn. Das Dreifache hätteste verlangen müssen! Der Gänsemann hat dich doch ausgenützt, nun wirste halb ausgenützt, du Trottel."

„Aber Mutschka!"

„Geh, sag ihm, du möchtest lieber mehr. Noah, der Herr Otto wird bezahlen, kannste mir glauben. Wie meine Mutter immer sagt, hält dir jemand den Finger hin, nimmste besser die Hand, also."

„Mutschka, jetzt halt endlich die Klappe", rief er so laut, dass es alle hören konnten, allerdings auf Bulgarisch. Er hob unsicher die Schultern, als alle Augen sich auf ihn richteten, dann nahm er einen großen Schluck Rotwein.

Danksagung

Bei der Realisation dieses Buches haben mich viele liebe Menschen durch ihre Zeit und ihr Fachwissen unterstützt, und so ist der Roman mehr ein Gemeinschaftswerk, bei dem ich Regie führen durfte. Einigen Menschen möchte ich an dieser Stelle meinen besonderen Dank aussprechen; die Reihenfolge ist willkürlich und nicht als Wertung zu verstehen.

Das „unheimliche Moor“ wurde und wird im Krimi-Genre, aber auch in den Medien und im Schulunterricht durch weitergegebenes Halbwissen missbraucht, oftmals angereichert mit vielerlei Mythen. Ein wichtiger Antrieb für mich war es deshalb, dem Moor in der Handlung einen Wirkraum zu geben, der dem biologischen Fachwissen über diesen Lebensraum entspricht. Eine Art „biological correctness“, die mein Freund und Mentor in Sachen lebender Regenmoore, Dr. Hans-Bert Schikora, seit Jahren vehement einfordert. Als ein erfahrener Kenner und Erforscher der Moore Europas hat er mir bei einer Exkursion ins Ahlenmoor das Bild eines typischen Regenmoores unserer Heimat vermittelt. Zudem hat Dr. Schikora die kleine Birke ins Spiel gebracht, mit deren unfreiwilliger Hilfe eine Moorleiche entdeckt werden konnte, und geholfen, diverse weitere Punkte wissenschaftlich korrekt zu lösen.

Dr. Eze hat mich als damals 15-jährigen Schüler mit der Schilderung der Leiden seines Volkes, der Igbo, im Biafra-Krieg dermaßen beeindruckt, dass er in meiner Erinnerung unauslöschbar präsent geblieben ist. Meine Entscheidung, zwei Jahre später den Kriegsdienst zu verweigern, hat Dr. Eze maßgeblich beeinflusst. Dafür möchte ich ihm als Moorforscher im Roman zum Dank ein Denkmal setzen. Ob er jemals ein Moor besucht hat, entzieht sich allerdings meiner Kenntnis.

Danken möchte ich auch den Aktivisten von PETA und Vier-Pfoten und anderen Tierschutzorganisationen, die durch ihre teilweise lebensgefährlichen Einsätze und die Dokumentationen helfen, die unglaublichen Missstände in der Nutztierhaltung aufzudecken. Es ist beschämend zu sehen, wie im reichen Deutschland unter dem Deckmantel von Preisdruck und Wirtschaftlichkeit Tiere gequält, die Umwelt belastet und Menschen krank gemacht oder ausgebeutet werden dürfen.

Damit Stricknadeln im Hintern ausreichend große, aber keine lebensgefährlichen Verletzungen verursachen, musste ich einen anderen Freund, den Internisten Dr. Michael Ecker, zu Rate ziehen. Mit seiner Hilfe konnten auch die Abläufe im Krankenhaus, der Streit zwischen Innerer Medizin und Urologie sowie die Medikation des Opfers sachgerecht behandelt werden.

Um aus Horst Zack einen ordentlichen Polizisten zu machen und den polizeilichen Ermittlungen ein wenig mehr Realitätsnähe zu geben, durfte ich den pensionierten Polizisten Dieter Lemkau aus Bremervörde mit Fragen löchern. Dieter, ich hoffe, es ist mir einigermaßen gelungen, den Kern der Polizeiarbeit richtig wiederzugeben, auch wenn es sich bei meinen Protagonisten eher um untypische Vertreter deiner Zunft handelt.

Das Lesen einer jungfräulichen Geschichte kann eine Strafe sein, wenn der Erzählfaden allzuoft nur provisorisch verknotet wurde. Für den Autor ist der erste Gedankenaustausch über den Roman allerdings eine große Hilfe. Mein Schwager Paul aus Berlin, tatsächlich heißt er Hans-Jürgen Müller, hat einen großen Teil seines Sommerurlaubs damit verbracht, dem Rohmanuskript Logik-, Schreib- und sonstige Fehler auszutreiben. Die gleiche Leistung hat die Wohngemeinschaft aus dem Kuhstedter Moor, bestehend aus der Lehrerin Giesela Lopau und dem Journalisten Thomas Schmidt, vollbracht. Ein großer Dank geht an die drei.

Ein herzliches Dankeschön auch an meine Lektorin Annette Freudling für ihre Unnachgiebigkeit. Liebe Annette, deiner kritischen Durchsicht und deinem immensen Einsatz ist es zu verdanken, dass mein Manuskript zu einem Roman geworden ist.